Goslar 1552: Pietro Paolo Volpi aus Padua, Botaniker und Jurist auf Deutschlandreise, hat von seinem Mäzen den Auftrag erhalten, das »nordische Rom« in einem Gedicht zu verherrlichen. Welch schöner Auftrag ... würde ihn nicht eine schreckliche Schreibblockade lähmen! Gerade hat Volpi im Haus des reichen Wandschneiders Jobst Unterkunft gefunden, als die Feuerglocke zum ersten Mal läutet. Gemeinsam mit Ratsarchivar Bartholdi sucht er zu retten, was zu retten ist. Doch die beiden kommen zu spät: Otto Herbst, der Feuerhüter des Rammelsberges, und die »Schwalbe", seine Geliebte, finden bei dem Brand den Tod. Betört von der Schönheit Sibylle Herbsts, der Witwe, findet Volpi seine poetische Schaffenskraft wieder. Er und Bartholdi werden zu Verfolgern des Feuerteufels, der vom Goslarer Rat mit Brandbriefen eine Menge Silber erpresst. Sie sind der Lösung ferner denn je, als Herzog Heinrich mit großer Streitmacht zur Belagerung heranrückt ... Goslar brennt!

Tom Wolf, geboren 1964 in Bad Homburg, wurde 2005 mit dem Berliner Krimipreis »Krimifuchs« ausgezeichnet. In der Reihe »Hansekrimi« erschienen von ihm »Die Bestie im Turm« (Goslar) und »Der Bierkrieg« (Salzwedel).

TOM WOLF

Feuersetzen

Ein Hansekrimi

Die Hanse

*Dem Andenken
des Brandinspektors
Friedrich Wolf
(1918–1979)*

Akteure (historische Personen erscheinen *kursiv*)

Adener, Henning – Bergmeister des Herbst'schen Schachts „Venus"
Baader, Damian – Arzt, Stadtchirurgus
Bartholdi, Gerhard – Großarchivar des Goslarer Rates
Borngräber, Sebastian – Bogenbauer und Pfeilmacher
Brandt, Martin – vom Rat eingesetzter Bergrichter des Rammelsberges
Eck, Wolter – Stephani-Küster
Geismar, Hans – Privat-Chronist, Tuchmacher
Groenewold, Andreas – Stephani-Türmer und „Feuerreiter"
Heinrich der Jüngere – Herzog, Fürst; Brand- und Mordanstifter; Betrüger
Herbst, Hans – Bergwerks- und Hütten-Besitzer
Herbst, Otto – Feuerhüter des Rammelsberges, Bruder des Vorstehenden
Herbst, Sibylle – Frau von Otto Herbst
Immhoff, Rainer – Erster Bürgermeister des Neuen Rats
Jobst, Daniel – Unruh-Erbe, Wandschneider, Volpis Gastgeber
Papen, Zacharias – Wandschneider, Ratsmitglied
Richter, Adelbert – Zweiter Bürgermeister des Neuen Rats
Stechow, Balthasar von – herzoglicher Auftrags-Kidnapper und -Mörder
Stobeken, Günter – Bürger und Brauer; Sohn von Vera und Eitel Stobeken
Stobeken, Vera – die „Schwalbe"
Tilling, Johann – Ratsmitglied, Wandschneider, Besitzer des „Brusttuchs"
Volpi, Pietro Paolo – Humanist aus Padua, Auftragsdichter, Hobbydetektiv
Warbeck, Veit – Feuerhütergehilfe und Nachfolger Otto Herbsts

Es grüne die Tanne, es wachse das Erz,
Gott schenke uns allen ein fröhliches
Herz!
Bergmannswunsch

Leben und Glas, wie bald bricht das,
Leben und Gras, wie bald verwelkt das,
Leben und ein Has, wie bald verlauft
das.
Abraham a Sancta Clara

Der Vollmond überstrahlte die Venus. Heiß war es tagsüber und grell. Auch nachts kühlte es kaum ab. Noch immer drückte die Hitze, eine Stunde vorm Tag. Das Gras auf der schrägen Heidfläche über der Stadt gilbte, alles verblich. Kein Grün mehr sah man, es versiegten die Bäche. Durchs schluchtartige Bett der Wasserbreke, die bloß noch ein Rinnsal war, konnten sie in diesem Juli bergauf über die Braune Heide laufen, ohne gesehen zu werden. Hier oben waren die schütteren Vogelbeerensträucher trocken wie Reisigbesen, die Heidelbeeren am Boden wurden zu braunem Pulver, wenn man auf sie trat. Die Welt ringsum verkümmerte, nur ihre Liebe sprudelte als frischer Springquell – Balsam, die schnöde Welt zu ertragen. Entflammt und vernarrt waren sie, sich so fremd und trotzdem so nah, ganz unterschiedliche Menschen. Und konnten nicht voneinander lassen. Wie Vogelflug, so leicht, so hoch, fühlte die Lust sich an. Sie flogen viel höher, als selbst der gewaltige Trumm von Berg war, an dessen Flanke sie lagen – beieinander, einander bei. Er neckte sie wegen ihrer Heftigkeit, scherzhaft erst. Sie wehrte ab: Da ist keiner! Aber er legte den Finger auf die Lippen. Denn ... da ging doch einer den dürren Hang entlang, im fahlen Wald. Sie bemerkte ihn jetzt auch, den Schatten, es gab keinen Zweifel ... Sie bedeckte ihre Blöße. Er dagegen lachte nur ... trat im Geiste kurz aus sich heraus und sah sich selbst mit ihr am Hang liegen und den Waldgänger sich entfernen. Der war längst weiter abgedriftet. Freilich, der könnte, ja musste sie gehört haben! Ob er sie auch gesehen hatte? Nicht richtig ... obwohl ... Sie richtete sich auf und blickte zum vollen Mond. Ihr weißer Leib schimmerte in Lunas Licht. Er nahm sie in die Arme. Sie schmiegte sich an ihn und wurde wieder ruhiger.

　»Was immer er gehört oder gesehen haben mag, der Nachtwanderer«, flüsterte er ihr ins Ohr , »das hat er mitgenommen ins Zwielicht. Mag auch sein, dass er uns gar nicht bemerkt hat. Ist möglicherweise taub! Dann wird er schwerlich hergesehen haben! Selbst fühllos trunken und berauscht könnte er sein ...«

　Er drückte sie an sich.

»*Ich hoffe es, Liebster ... denn, denk nur, wenn ...*«

Er küsste sie und sagte: »*Vielleicht war's ein Bergmann oder ein Fremder ... am ehesten aber noch ein Landstreicher. Konnten wir ihn genau sehen? Nein! Dann hat er uns auch undeutlich gesehen und kann uns nicht beim Namen nennen. Und wenn's ein Fremder ist, kennt er uns sowieso nicht ...*«

»*Aber er könnte uns morgen in der Stadt sehen, erkennen ... und davon erzählen ...*«, befürchtete sie.

»*Was man in der Nacht gesehen, sieht meist am Tag ganz anders aus ... Und würdest du einen Nackten, den du in der Nacht sahst, bekleidet bei Tag erkennen?*«

Sie lachte. »*Dich schon!*«

In ihrem Kopf spukten tausend Ängste ... Der Mensch ist dem Menschen ein Wolf, besonders in einer kleinen Stadt. Viele, viele Wölfe gab es da, und sie schlichen umeinander herum, zum Biss bereit, im gleichen Zwinger ... Was sie taten, war weder gott- noch menschengefällig. Strafen würde man sie und lebenslang ächten, wenn es herauskäme. Die Lust war jetzt noch größer als zuvor, er war wie ein Teufel und sie wie eines Teufels Braut .... Sie hatten sich mit gehauchten Beschwichtigungen die schützende Nacht wieder herbeizitiert ... Wenn schon geächtet, dann aus gehörigem Grund ... Und nur der Mond hielt sein großes Auge auf sie, der ewig stumme ... vergaß sie bestimmt im Abnehmen schnell ...

Montag, 16. Mai 1552

Pietro Paolo Volpi aus Padua, groß und schlank, wiewohl nicht dürr, sprach nach den vielen Monaten seiner Reise schon sehr gut Deutsch. Schwarze Ringellocken umspielten seine Stirn. Er war es gewohnt, dass man ihn mit Tomaso, der in Paris lehrte, in einen Topf warf.

»Nein, Tomaso ist mein Bruder!«, sagte er zu Gerhard Bartholdi, dem Wesen mit der hohen Stimme und dachte: Wenn Rosenkohl sprechen könnte, würde es sich wohl so anhören ... Der Attendorner Augustiner-Prior Hanno hatte ihm eine Empfehlung an den Großarchivar des Goslarer Rates mitgegeben, denn das Chorherren-Stift auf dem Riechenberg lag zu weit draußen vor der Stadtmmauer. Das war nichts für Volpis Zwecke, sollte er doch Goslar kennen lernen, die Stadt erleben, um ... sie ... beschreiben zu können ... in diesem ... Auftragsgedicht ... Ein Nebelstreif zog ihm über Stirn und Seele, als er wieder daran denken musste. Er, dem die Sätze immer zugeflogen waren, verzweifelte schier bei dem Bemühen, auch nur die kleinste Silbe anzulocken. Die Fähigkeit, mit Worten zu malen, war ihm gänzlich abhanden gekommen ... Angesichts von Tinte und Feder versiegte der Fluss der Ideen, und die Sterne der Beredsamkeit flohen das Firmament seines Geistes, wenn das weiße Blatt sich zeigte. Seit ihn die schöne Johanna kurz vor der geplanten Hochzeit zugunsten eines anderen verlassen hatte, verhielt sich das schon so.

Weder Strapazen noch Gefahren hatte Volpi auf seiner Forschungsreise in die Nordländer gescheut, um sich von diesem Übel abzulenken. Für den an Venus Verzweifelnden waren die unwegsamen Wälder der Germanen der ideale Zufluchtsort gewesen, denn wahrlich: Volpi hatte die transalpinen Bezirke noch ebenso wild vorgefunden, wie Tacitus vor fast 1500 Jahren. Wüste, Landstriche, rauhe Berge und Urwälder mit ein paar hochkultivierten und vor Geist und Entwicklung glänzenden Perlen darin. Die Alpenpässe hatte er bei Schnee und Eis überquert, rheinabwärts war es im Kahn gegangen bis Mainz, dann durch die Wetterau nach Marburg. Beim berühmten Dryander hatte Volpi lehrreiche Wochen verbracht, war anschließend mit Pferd und Wagen quer durch Westfalen, Mark und Berg nach Köln und weiter durch den Burgundischen Kreis gefahren, hatte Jülich, Limburg, Lüttich, Brabant, Utrecht gesehen, ja selbst Den Haag und Leiden, die berühmten Städte Hollands. Im Bogen durch Geldern nach Münster war er gekommen, über Hamburg und Lübeck an die Ostsee. Entschlossen, an Bord einer Kogge bis Wisby zu segeln, hatte er auf stürmischem Meere Schiffbruch erlitten und nur durch Gottes gnädiges Eingreifen lebendig Rügens Kreidefelsen erreicht. Und war wieder glücklich aufs Festland gelangt, war über Anklam, Stettin, Berlin, Brandenburg, Mägdeburg, Halberstadt gen Goslar geritten ... Das viel gepriesene Rom des Nordens, mit seinen mehr als 40 Gotteshäusern und einer Stadtmauer mit unzähligen Türmen war näher und näher gekommen ... Doch desto mehr hatte den Reisenden wieder Beklemmung umfangen. Schwer war es Volpi ums Herz geworden. Die Aussicht, über Erfurt und Nürnberg wieder auf die Alpen zusteuern zu müssen, erschien ihm wie ein drohendes Todesurteil. Drunten wartete bloß das alte Elend. So hatte er, um die Zeit zu dehnen, ausgiebig die unwegsamen Harzwälder erkundet, war mit zwei Maultieren durchs wilde Tal der Oker gestiegen, bis er vom Bergsattel aus den öden Brackenberg oder Bracken in der Ferne gewahrte ... Nach anfänglichem Zögern ob der Erzählungen der Einheimischen – von Geistern und Monstren –, hatte er sich flugs selbst dort noch hinaufbegeben. Ohne indes bösem Spuk und leider auch keiner wilden Frau zu begegnen, hatte er in vier Tagen bewältigt, was selbst Euricius Cordus, der große Harzreisende, vor drei Jahrzehnten nicht gewagt ... Einsam, in einer Erbsensuppe aus Nebel kauernd, hatte er einen Tag in der Höhe auf die Fernsicht gewartet und war über Gebühr für alle Unbill entschädigt worden. Bis zum Mägdeburger Dom hatte er blicken können und sich ausgemalt, auf diesem weltfernen

Steinbrocken einen Garten mit Alpenpflanzen anzulegen ... Volpis Rücken schmerzte noch vom letzten steilen Maultierritt bergab – die Heerstraße von Osterode und Clausthal herunter war es gegangen –, und sein Magen erinnerte ihn knurrend daran, nach dem faden Rübenmus im Auerhahn-Krug nichts mehr gegessen zu haben.

In der Sakristei der Goslarer Marktkirche Sankt Cosmas und Damian stand er nun also vor dem Adressaten seiner Empfehlung. Im typischen Wackelschritt der kleinen Leute bewegte sich dieser Bartholdi durch die Folianten-Schluchten des Ratsarchivs ... Archivare solcher Größe dünkten Volpi für Goslar sehr passend, denn sie waren platzsparend. Diese stolze Stadt krankte an der Schmalheit. Von allen Städten in Deutschland, durch die Volpi gekommen war, besaßen Marburg und Goslar die engsten Gassen. Er hatte bereits Stellen gesehen, an denen sich Dächer überlappten!

»Gibt es denn zwei Volpis?«, fragte der Gnom aufblickend. Er erkannte die Handschrift des Freundes und einstigen Mentors und fügte hinzu: »Ich stehe in Hanno Schuld – er hat mich im Schreiben und Archivieren unterwiesen!«

»Warum habt Ihr das Attendorner Stift verlassen?«, fragte Volpi.

»Ich hatte keinerlei Weihe, ich war nur Schreiber und Kopist. Ich wollte aber noch nicht mit dem Leben abschließen, ich wollte erst die Welt sehen! Nach meiner Zeit bei den Chorherren bin ich erst lange herumgezogen, hab etwa gegen Geld für die Illiterati Liebesgedichte und Briefe geschrieben oder mich von fahrenden Wunderdoktoren als Kuriosität vorführen lassen ... Auch mit Artisten bin ich herumgezogen! Eine Zeit lang ... Schließlich landete ich in Goslar. Nach zwei Jahren als Bergschreiber in der Grube des Stifts Neuwerk hatte ich Glück im Unglück ... im Bergunglück, wenn man so will. Bei einem Unfall wurde ich verletzt, und unter den Bergherrn, die sich ein Bild der Lage machten, war Daniel Jobst, Goslars reichster Wandschneider, der am Neuwerk Anteile besaß. Wir freundeten uns an – über die Literatur ... Herr Jobst hat mich dem Rat empfohlen. Daraufhin durfte der alte Ratsarchivar endlich seinen Dienst quittieren und auf den Turm von Sankt Stephani ziehen ...«

Bartholdi lächelte über diesen Erinnerungen und musterte Volpi aufmerksam. Diese Italiener waren von Natur aus dunkler, so schien es ... Die schiere Höhe einmal außer Acht gelassen ... Reisende Humanisten, fahrende Weltmänner – wie beneidete er sie! Sehr glücklich sah der Große aber nicht aus. Etwas schien ihm über die Leber zu laufen ... Sah ganz nach einer Laus aus ...

»So ist der Traktat über den Hedonismus gar nicht von Euch?«

»Nein, bedaure ...«, sagte Volpi. »Und Tomaso schrieb zudem die Traktate über das Glück, über die Spektren und den Witz. Aber von mir sind das *Botanologicon* und die Traktate über die Zahlen, die Blumen, den Urin und die Heuschrecken.«

»Ach? *De urinis* ... Das schätze ich sehr!«, sagte Bartholdi, und seine Augen leuchteten.

Volpis Lächeln war wie ein flüchtiger Sonnenstrahl, der durchs Gewölk stach.

»Lasst mich in eurem Harn lesen, und ich sage Euch, ob Ihr den Steinschneider braucht ...«

Bartholdi schüttelte sich leicht pikiert und sagte:

»*Über die Heuschrecken*? ... Davon habe ich noch nie gehört!«

»Diese Abhandlung ist auch noch ungedruckt«, sagte Volpi. »Vielleicht bleibt sie's sogar ... Ich habe darin Regio-Albanus angegriffen, der ein zwölftes Stück von Aristophanes entdeckt haben will – eben *Die Heuschrecken* –, das doch offenkundig von ihm selbst stammt ... Ich für meinen Teil lehrte bis vor einem halben Jahr in Padua die Rechte. Zudem Logik, Kasuistik und Naturlehre, vor allem Medizin und Botanik.«

Bartholdi gluckste erstaunt.

»Was verschlägt Euch dann hierher? Mit Logik oder Kasuistik ist in Goslar kein Brot zu verdienen. Nennt mir etwas, das weniger mit Logik zu tun hätte, als die Ratschlüsse des Goslarer Rates, und ich trete Euch sofort meine gut dotierte Stelle ab! Und wie wollt Ihr in einer Stadt wie dieser je die Morallehre kasuistisch auf den Einzelfall anwenden, wo Moral den Hiesigen so gänzlich abhold ist? Für die Bergwerke seid ihr zu groß, und um die Rechte schwirren Syndici wie Schmeißfliegen. Wir können uns nicht retten vor Rechtsverdrehern! Botanik und Medizin ... Das wär zwar auch kein lohnendes Gewerbe für Euch hier, doch zwei interessierte Gesprächspartner hättet Ihr. Otto Herbst, der Feuerhüter des Rammelsberges, ist ganz verrückt nach der Botanik. Ihm gehört der schönste Garten weit und breit, drüben am Steinberg, gleich neben der Kupferhütte seines Bruders Hans ...Und auch Damian Baader, unser Medikus und Stadtchirurgus, zöge sicher gerne Gewinn aus einem Gedankenaustausch mit Euch. Er hat in Paris studiert, bei Winter von Andernach.«

Bartholdi hielt inne und besann sich. Dieser Volpi hatte Hanno als Fürsprech. Aber bevor er einen Gelehrten auf die Stadt losließ, musste er doch wissen, wie es um dessen Liquidität bestellt war? Davon hinge schließlich auch ab, wen man um Beherbergung bitten könnte ...

»Woher habt Ihr das Geld, in unserer armen, aber teuren Stadt Quartier zu nehmen? Jetzt dämmert mir's: Ihr seid gar kein Magister, sondern ein Kaufmann, der aus unserer Misere Kapital schlagen will! Billig einkaufen wollt Ihr hier, wo alles die Abzucht runtergeht, gebt's zu! Da denkt Ihr, man könnte uns jeden Preis nennen, für Tuche, für Silber, für Kupfer ... Wir müssten ja doch akzeptieren. Wenn Ihr Euch da mal nur nicht täuscht! Es stimmt zwar, dass der Handel Einbußen erlitten hat. Und er wird zweifellos durch den Herzog noch weitere erleiden ... Aber all die Kaufleute, die bis heute durchhielten, werden auch die stärkste Krise, die noch kommen mag, überstehen!«

Der Kleine hatte sich kampfeslustig in die Brust geworfen. Volpi schüttelte belustigt den Kopf. »Kein Gedanke an Handel, ich darf Euch beruhigen. Für mein Auskommen sorgt der Hauptmäzen des Botanischen Gartens in Padua, dem sehr an meinem Wohlergehen und an meinem Auftrage gelegen ist. Er will mich heil wiedersehen mit all meinen Sämereien, denn ich soll ihm in Padua einen deutschen Garten anlegen. Das ist der Hauptgrund meiner Reise durch die nördlichen Provinzen Germaniens ... ich meine Euer schönes, wildes, heiliges deutschrömisches Reich ... Ich sammele auch Pflanzenbeschreibungen und sende alles an botanischen Büchern, was ich irgend kriegen kann, meinem Herrn. Außerdem ... wünscht er, Bartholomeo von Bacchiglione, für seine Gemahlin, die schöne Monika ... ein längeres ... Gedicht ...«

Er stockte. Bartholdi bemerkte, wie Volpis Adamsapfel eine Berg- und Talfahrt am feinen Hals vollführte ...

»... über Goslar, denn sie wurde in dieser wunderschönen Stadt geboren und wuchs hier auf. Das wird die meiste Zeit meines Aufenthalts in Anspruch nehmen.«

Im Grunde schätzte Volpi, wenn er ehrlich war und die Hartnäckigkeit seiner Schreibhemmung in Rechnung stellte, dass es ein Aufenthalt für immer werden würde ...

»Monika von Bacchi... Bacchiglione?«, fragte Bartholdi. »Aus Goslar?«

Volpi reichte als Erklärung nach: »Ihr Geburtsname ist Borngräber, ihr Vater Gerhard hat das Glockengießen beim großen Henrich Schellhorn gelernt.«

Bartholdi merkte auf:

»Ist sie eine Schwester des Buchdruckers? Der letztes Jahr mit 54 gestorben sein soll, in Köln?«

Volpi zuckte die Achseln: »Sie ist auch schon über Fünfzig. Ich weiß nur, dass ihre Mutter Gundel Borngräber, geborene Schellhorn war und nach der Geburt ihres dritten Kindes dreißigjährig am Kindbettfieber starb. Monika kam mit ihrem Vater und einem ihrer beiden Brüder nach Rom. In der ewigen Stadt lernte sie Bartholomeo von Bacchiglione kennen. Da sie seither die Sehnsucht nach der Stadt, in der sie ihre Jugendjahre verbrachte, in ihrem Herzen trägt, soll ich zu ihrer Erbauung das alte Goslar in einem Poem wiedererstehen lassen.«

Bartholdi lachte. »Eine schöne Aufgabe. Ich wünsche Euch die nötige Muße zu einem solch ehrbaren Unterfangen! Bei der Gelegenheit könnt Ihr all das, was inzwischen nicht mehr steht, wieder aufbauen – das Bergdorf, das Kloster Sankt Peter und das Georgenkloster, die Reepervorstadt und die Grabeskirche.«

Bartholdis Lächeln wurde hämisch. Ein Poem über Goslar? Der Arme, da wollte er nicht mit ihm tauschen … Auch die Großen hatten es nicht leicht. Beruhigend und erhebend zu wissen.

»Ich brauche also eine Bleibe für eine gewisse Frist …«, sagte Volpi. »Eine Unterkunft, in der ich einigermaßen ungestört meinen Gedanken nachhängen und dichten kann. Wenn's geht mit Zugang zu einer Bibliothek wie der Euren. Wie könnte ich je ohne die Bücher sein, ohne die Lichter in meiner Einsamkeit? Gibt es einen belesenen gastfreien Mann am Ort, der bereit ist, mich ab und an mit einem Buch zu unterstützten? Und wenn's nur etwas Livius wäre … Meiner Heimatstadt größter Sohn, vor mir … Ich vermisse seine *Römische Geschichte* über die Maßen, auch wenn ich das meiste auswendig kann …«

Er lachte und war froh, dass Bartholdi einstimmte. Niemand lernte auch nur eines der 142 Bücher *Ab urbe condita* von Titus Livius auswendig … Bartholdi hatte eine Entscheidung getroffen. Und sie war ihm, wie es aussah, am Ende gar nicht schwer gefallen …

»Ich schicke Euch zu meinem guten Freund und Worthgildebruder Daniel Jobst ins Unruh-Haus.«

»Unruh ist nicht gerade das, was ich suche …«, wandte Volpi ein.

Bartholdi lächelte. »Das Haus ist bloß nach dem Erbauer so genannt, Jobsts Oheim: Unruh! Es steht zwar an der lautesten Mühle, der Daniel- oder Kehlmannmühle, an der Ecke von Abzucht und Unterer Mühlenstraße, aber es hat dicke Mauern. Jobsts Bibliothek ist weit besser ausgestattet, als meine hier …

Er sitzt schon seit 25 Jahren im Rat. Wenn es eine erste Adresse für Euch gibt, Magister Volpi, dann ist es die! Ich werde später einmal kommen und nachsehen, ob meine Wahl für Euch die richtige war ...«

Von der Breite seines Grinsens her schien sich Bartholdi seiner Sache jetzt sehr sicher zu sein.

»*Doktor* Volpi, wenn ich bitten darf!«

Bartholdi nickte eilfertig und verlachte zuinnerst die Eitelkeit der Gelehrten. Von ihm aus auch *Doktor* .... Gelehrter hin, Gelehrter her – *Gelehrter fort* war jetzt am besten. Ein neuer Stoß Akten vom Reichskammergericht war gekommen ... Dutzende von Mappen, vollgestopft mit beschriebenem Papier, ein heilloses Chaos, Kraut und Rüben ... Aus reiner Schikane hatten herzogliche Schergen irgendwo auf dem weiten Weg von Speyer nach Goslar die Sendung durchwühlt. Er, Bartholdi, musste das viele Papier wieder ordnen, die Schriftstücke in Registern erfassen, Blatt für Blatt auffindbar ablegen. Wozu das alles? Das wusste keiner mehr. Der Rechtsstreit war seit Langem bloß ein Klumpfuß für die Verwaltung. Der Streit um den Rammelsberg hatte eine Abraumhalde an beschriebenem Papier hervorgebracht. In Bartholdis Träumen brannte es unentwegt. Das Ratsarchiv in hellen Flammen – das wäre seine Erlösung! Doch es müsste gewissermaßen ein selektiver Brand sein, einer, der nur die nervtötenden Akten dieses unseligen Bergprozesses erfassen, das übrige Archiv und die Bücher aber unangetastet lassen würde ... Andererseits ... oh nein! Er liebte seine Arbeit ja doch! Was sollte er ohne die Akten tun? Es war schon kurios, dachte er im Fortwackeln, welch unauflösliche Widersprüche das Leben bereithielt.

»Euch schickt mir der Himmel!«, sagte der feine, dicke Mann zum werweißwievielten Male. Jobsts Freude darüber, dass der Archivar ihm Volpi zugeführt hatte, schien echt und aufrichtig. »Nein, Gerhard, dir allein freilich gebührt der Dank!«, sagte er zu Bartholdi, der sich ebenfalls eingestellt hatte und nun lächelnd den Dank entgegennahm. »Ich wünsche, dass Ihr so lange bleibt, wie Ihr nur immer wollt! Ihr glaubt gar nicht, wie ich das Gespräch mit einem Weitgereisten vermisst habe! Was Ihr mir über Padua erzählt habt, und über die ganze Republik Venedig ... Welch ein Gewinn! Hier gibt es auch Weitgereiste, aber deren Reise-Erzählungen kenne ich schon. Und keiner kann sich mit Euch messen! Verzeih, Gerhard, außer dir freilich!«

Jobst lag sehr daran, seinen Freund Bartholdi nicht zurückzusetzen. Der nahm es dankbar lächelnd zur Kenntnis. Volpi ließ sich das Lob gefallen und schwieg beredt.

»Ich könnte wohl selbst losziehen, durchaus ...«, sinnierte Jobst fort, »... doch ich werde träge. Mag zwar die Gefahr für das eigene Leben ein Gutteil des Reizes beim Reisen ausmachen, so käme in meinem Fall noch die Gefahr für das Zurückbleibende hinzu. Ich will meine Handlung, meine Häuser, meine Bücher und auch meine Gemälde nicht allein lassen. Der Herzog kann schon morgen wieder heranrücken und vor den Toren lungern. Dann wäre alles wieder so wie im Jahr der Bestie ... Wir haben so viele Anzeichen wahrgenommen und sollten uns besser rüsten. Doch der Rat ist unschlüssig. Ich weiß nicht, was in den Köpfen meiner Herren Ratskollegen vorgeht. Was muss noch passieren? Derweil tanzen in der Stadt Armut und Hass durch die Gassen. So viele Tote wie im letzten Jahr hat es in unseren Mauern seit damals nicht mehr gegeben ...«

Jobst schloss die Augen. Er dachte an seine Frau Katharina und seinen früheren Gesellen und nachmaligen Kompagnon Gregor Geismar, die beide vor sieben Jahren an den Pocken gestorben waren. Gregors Ehefrau Grete führte ihm seither den Haushalt.

»Da erschlägt einer seinen Brotherrn, weil der ihm seinen Lohn nicht geben kann. Da erstickt einer einen, den er für reicher hält, doch als er neiderfüllt die Truhen aufbricht, findet er nur ein paar Pfennige. Eine erhängt sich, nachdem sie ihre Kinder ums Leben gebracht hat – weil sie nicht mehr weiß, was werden soll. Ein anderer erschießt einen andern mit einer martialischen Feuerbüchse, und keiner weiß, warum. Die Welt gleicht vollends einem Narrenhaus ... Gute Nacht, lieber Doktor! Ab morgen werdet Ihr mir von Euren Fahrten erzählen müssen.«

Jobst hatte etwas sichtlich Übles abgeschüttelt und aus den untersten Laden seines reichen Vorratsschranks für Mienen ein mattes, aber ehrliches Lächeln hervorgezogen. »Solange Ihr hier seid, sollt Ihr mir erzählen ... freilich nur, wenn Euch danach ist! Das wäre der einzige Pachtzins für Eure kleine Gelehrtenkammer, den ich von Euch fordere. Ich hoffe, Ihr findet das nicht unbillig? Außerdem habe ich etwas für Euch – bin gespannt, was Ihr sagen werdet!«

Volpi konnte die Augen kaum noch offenhalten. Auch setzte ihm das Bier zu, das sie hier brauten. Er nahm entgegen, was Jobst ihm umständlich anvertraute. Es war ein Konvolut Pergamente mit blassen lateinischen Gedichtspuren.

Bartholdi sagte erklärend: »Ich fand es bei der Reparatur einer Bibel aus der Bibliotheka Augustana ... Raubgut, das sich mit der Entfernung immer mehr legalisiert hat und seit ein paar Jahren in der Goslarer Ratsbibliothek steckt ... Im Rücken waren die Streifen verborgen ... Vielleicht hilft es Euch beim Einschlafen.«

Volpi las den Titel: *Pervergilium Veneris*, übersetzte: *Nachtfeier der Venus* ... und empfahl sich.

»Oh Jahrhundert! Oh Wissenschaft! Es ist eine Lust zu leben, wenn man auch nicht ausruhen darf, Tomaso! Die Studien blühen auf, die Geister regen sich. He, du! Barbarei! Nimm einen Strick und erwarte deine Hinrichtung! ...«

So enthusiastisch und voller Überschwang hatte Volpi den Brief an den Bruder in Paris begonnen. Wenn er auch sonst am Rande der dunkelsten Verzweiflung reiste, so war der Gedanke an Tomaso stets der Lichtblick, der ihn den nächsten Tritt wieder sicher setzen ließ. Doch weiter kam er vorerst auch an diesem Abend nicht. Weiter in diesem ... Brief ... war er seit Köln nicht gekommen ...

Auch wenn Volpi also der Barbarei in diesem Jahrhundert theoretisch keine Chance mehr einräumte, so war er doch barbarisch matt. Unfähig, noch einen klaren Gedanken zu fassen, legte der Weitgereiste sich zur Ruhe – im Unruh-Haus. Der Schlaf hielt sich auf Abstand. Dazu waren das Wasserpatschen des Kehlmannmühlrads zu laut und die Eindrücke des beschwerlichen Harzabstiegs und der Ankunft noch zu rege. Das wäre es noch, dachte er, wenn ihn außer der Inspiration jetzt auch der Schlaf dauerhaft zu fliehen beabsichtigte! Dann könnte er sich rund um die Uhr den Kopf zermartern, auf der Suche nach dem neuen Grün in seinen ausgedörrten Gedanken ... Eine steinige Halde war sein Gemüt, kein Halm spross, keine grüne Zeile entwand sich dem harten Boden, den nichts überzog außer Trockenrisse ...

Volpi lauschte den Nachtgeräuschen der fremden Stadt. Eine Nachtigall schlug, dass es eine Freude wäre – hätte man eine Liebste, an die man denken könnte ... Der Vogel war bloß lästig ... Er dachte an Johanna und hörte im Geist nur eine katholische Brieftaube krächzen, eine Rabenkrähe ... Das Schlagen und Läuten der Glocken störte ihn, auch das Malmen und Walzen und Wassergeplärr der Mühle und des großen Rades. Dazu gesellte sich der ausrufende Nachtwächter, der seine genau ausgetüftelte Runde durch die Stadt machte. Immer kurz nach dem Dreiviertelschlag war er mit seinem Spruch zu hören, in dem sich nur die Stunden abwechselten. Warum man Menschen, die doch im Grunde bloß in Ruhe schlafen wollten, stets sagen musste, wie spät es war? Wenn es sie interessierte – im Traum etwa –, dann konnten sie es ohnehin am Glockenschlag erkennen, der es ihnen selbst im allertiefsten Schlaf einhämmerte. Auch der dringliche Hinweis, das offene Licht zu löschen, kam Volpi angesichts der vorgerückten Stunde mehr als überflüssig vor. Die jahrzehntelange Erziehung zur Vorsicht schien bei den Goslarern gründlich gewirkt zu haben. Nach Einbruch der Dunkelheit war's allda naturgemäß zappenduster.

Volpis Gedanken wollten und wollten nicht ruhen. Jetzt hatten sie wieder Feuer gefangen. Warum stand er nicht auf, entzündete seine Kerze, die er mitführte für den dringenden Fall, dass er schreiben müsste? Wahrscheinlich könnte er es jetzt! Oh ja, er würde schreiben, bis der Wächter wieder vorüberkäme! Eine Strophe, eine zweite, dann noch eine – für jede weitere Stundenrunde des Nachtwächters eine Strophe. Und morgen früh wäre er mit dem geforderten Lobpreis dieser schönsten aller Städte fertig. Fast glaubte er, es sei schon geschehen, er hätte es getan ... Hatte er es getan? Hatte er an dem kleinen Tisch gesessen, den man ihm extra hingestellt, und auf das Schindeldach hinausgesehen? Den Blick wieder auf das kleine gerollte Heft gesenkt, in dem bisher nichts anderes als unpoetischste Pflanzenbeschreibungen und Notizen zu stehen gekommen waren? Nein, aber nein ... Er war liegen geblieben. Alles war dunkel. Keine Kerze brannte. Nichts hatte Volpi erleuchtet. Kein Geistfunke war ihm gekommen, nicht der verendende Glühwurm einer halben oder viertel Idee ... und wenn hier etwas rauschte außer dem Blut in seinen Schläfen, so war es das Wasser des rauschenden Baches, der draußen vorbeizog und Abzucht genannt wurde – ein Name, der noch dunkel an das römische *aquaeduct* erinnerte. Sie entsprang den Gruben des erzreichen Rammelsberges, der für die fortgesetzten Händel mit dem Herzog von Braunschweig-Wolfenbüttel verantwortlich war. Vitriole und andere Gifte hatten sich in den Sickerwässern gelöst, die aus den Entwässerungsstollen zu Tage rannen. Auf Wasserbrettern den Mühlen zugeführt, war aus der Abzucht kein Trinkwasser zu schöpfen. Sie floss daher in einer strengen Einfassung. Das gute Wasser eines Rinnsales daneben – der Gose, nach der die Stadt hieß – wurde durch die saubere Trennung nicht verunreinigt.

Seltsam, dachte Volpi, während er dem Rauschen und dem Knarren des großen Mühlrades zuhörte ... Vielleicht hatte sich sein Glück ja doch gewendet? Wenn es so wäre? Er musste an Fortunas Rad denken und lächelte schwach, für alle Welt unsichtbar und auch nur kurz: Fortunas Mühlrad! Angetrieben von den giftigen Wässern, die dem Berg entströmten, auf dem Goslars Glück gebaut war, insonderheit das Glück des Herrn, der ihn so gastfreundlich aufgenommen ... Daniel Jobst, ein großer Mann, ein Wandschneider wie aus dem Bilderbuch der Gewerke! Der Erfolg seiner Handlung hatte sich aufs Körperformat geschlagen. Er war nicht mehr der drahtige 33er, der er vor 25 Jahren wahrscheinlich gewesen war, dachte Doktor Volpi, in den Belangen des Körpers wohlbeschlagen ... Für sein fortgeschrittenes Alter dagegen wirkte Jobst sehr gut beieinander und wurde sicher oft für jünger gehalten. Er hatte, das zeigte seine Hausburg, im zurückliegenden Vierteljahrhundert keine Chance ungenutzt verstreichen lassen, mit Metallen und edlen Tuchen, mit Gewürzen und Farben Gewinn zu machen. War der Reichtum des Oheims Unruh bereits beträchtlich gewesen, so war der des Neffen nun fast unheimlich ... Jobst hatte inzwischen mehrere Nachbarhäuser gekauft und alle Außenmauern in Stein aufführen lassen, sodass aus der Kemenate der an sich schon stattlichen Halskrause das Zentrum einer kleinen Stadtfestung geworden war. Nichts fürchtete Jobst inzwischen so sehr wie Feuer und Diebe.

Volpi drehte sich auf die andere Seite, er fühlte die knisternden Gänseflaumfedern im Kissenbezug aus französischer Seide ... Wann hatte er zuletzt etwas anderes als Stroh unter der Wange gespürt? War es dieses betörende Gefühl von Luxus, das ihn keinen Schlaf finden ließ? Wie ein Strauchdieb sah er offenbar noch immer nicht aus, so schmutzig er auch am Tag noch gewesen war. Denn Unruhs Erbe, dieser feine, furchtsame Mann, hatte ihn bereitwillig aufgenommen. Bartholdi hatte es sich nicht nehmen lassen, vorbeizuschauen, als er die Aktenflut kanalisiert hatte. Jobst und Bartholdi hatten in der Bibliophilie eine gemeinsame Leidenschaft, und der Kleine war ein gern gesehener und bevorzugt behandelter Gast, wie es schien. Er brauchte nicht nach Hause zu laufen, sondern konnte ebenfalls bei Jobst übernachten. Als Volpi todmüde den Rückzug angetreten hatte, waren Hausherr und Archivar noch ganz bei ihrer Sache geblieben ...

Volpi drehte sich behaglich auf die andere Seite. Nein, billiger wäre es kaum gegangen. Besser hätte er es gar nicht treffen können. In diesem reichen Haus, im Gespräch mit diesem belesenen Gönner, würde das Gedicht für Monika Bacchiglione wie von selbst entstehen! Einschlafen konnte er aber nicht, trotz – oder gerade wegen – dieser schönen, gänzlich unverhofft aufgeschienenen Aussichten. Das ihm so generös angebotene unbekannte lateinische Gedicht vorzunehmen ... daran war ohnehin kein Gedanke gewesen ... wo der Brief an Tomaso noch wartete.

Dann war Volpi doch eingeschlafen, denn er wachte schweißnass wieder auf, nach einem schrecklichen Nachtgesicht! Es schlug halb ... Halb wie viel? Zu dumm. Wenn man erst einmal eingeschlafen war, dann hatte es sich mit dem Uhrenschlagenwissen ... Halb zwei, halb drei? Wie auch immer ... Volpi hatte im Traum auf einer großen Blumenwiese einem Drachen gegenübergestanden, so lang wie ein Heufuhrwerk, mit einem speckigen, hellen Schweinehinterleib. Vorn aber hatte er schwarze Borsten am Kopf wie ein Wildschwein. Die Flügel einer gewaltigen Fledermaus, auch deren Ohren und einen Schmetterlingsrüssel. Am Bauch gelb, weiß und scheckig, und Flügel und Oberteil schwarz; der halbe Schwanz wie ein Schneckenhaus krumblicht. Ganz kleine, fast nur punktgroße, tückische Fuchsaugen hatte das Unvieh auf ihn gerichtet, ihn regelrecht damit aufpieken wollen ... Er – der heilige Volpi dagegen – hatte eine viel zu große Lanze in der Hand gehalten, einen wahren Maibaum von Lanze ... Spielend leicht hätte er, mit gewaltigen Kräften begabt, den Drachen damit erstechen oder noch besser erschlagen können ... Doch der hatte sich verwandelt. Nicht im Mindesten mehr feindselig war er, geschrumpft wie aufs „Mutabor!" eines Hexenmeisters, und machte Anstalten, die große gelbe und weiße Hundskamille zu fressen: Aus der dicken Schlange mit Flügeln war eine ganz profane Milchkuh geworden! Seine Lanze hatte er zurückgelassen, da sie unnötig war ... Sie schlug, einer gefällten Buche gleich, in die Wiesenblumen. So friedlich, so harmlos, so niedlich beinahe stand die Kuh vor ihm ... Ihre stumpfen Kiefer mahlten, sie muhte ... Er war wieder der kleine Hütejunge von einst, passte auf die Kühe des väterlichen Landgutes in den Euganeischen Hügeln bei Monterosso auf, wo die rote Erde durchs Gras brach ... Volpi trat, erfreut über diese Entwicklung, an die friedlich Grasende heran, um ihr die Flanke zu streicheln. Da erst sah er das Feuer in den Kuhaugen und spürte die Hitze der Flammen, die aus ihrem geöffneten Maul hervorschossen und ihn einhüllten wie ein loderndes, weiß glühendes Leichentuch ...

Das war der Moment gewesen, in dem ihn sein aufgepeitschtes Gemüt hatte aufwachen lassen. Ein Alp! So gegenwärtig, dass Volpi glaubte, den höllischen Anhauch des Ungetüms noch riechen zu können. Der Schlaf wollte ihn schon wieder einfangen, und er sehnte sich auch danach, denn er wollte dieser beängstigenden Vermutung keinen Raum bieten, als er eine Glocke schlagen hörte. Bim-bim-bim-... Monoton. Aufgeregt. Stundenschläge waren das nicht ... Dann waren Stimmen zu hören: Rufe, Schreie. Die kamen von der Straße. Ein Aufruhr? Einbruch der Herzoglichen? Auch das Unruh-Haus machte seinem Namen jetzt alle erdenkliche Ehre.

Eine Magd hämmerte gegen die Tür und rief: »Ihr müsst aufstehen, Herr! Ihr müsst Euch ankleiden und mit hinausgehen! Bei der Schwalbe wüten die Teufelszungen! Hört Ihr! Wacht auf! Kommt mit raus!«

Endlich begriff er, was los war: In der Nachbarschaft brannte es!

Keinen Steinwurf entfernt quoll dichter Rauch aus einem Hausdach. Flammen blakten wie hinter dunkelgrauen Schleiern. In den Göpern hieß die Straße. Sie verlief parallel zur Straße an der Abzucht, in gerader Linie hoch zum Markt. Das Haus gehörte einer Witwe namens Stobeken, die allseits nur als die Schwalbe bekannt war – auch ihr Haus trug diesen Namen. Im Falle des Hauses hatten die Schnitzereien an den Knaggen zur Benennung inspiriert, da waren Schwalbenschwänze zu sehen. Im Falle der Witwe war es der Lebenswandel, denn sie stand im Ruf, seit ihr Gatte im letzten Aufbegehren der Schmalkalder bei Mühlberg auf dem Feld geblieben war, mit leichten Schwingen von einem zum anderen Liebhaber zu fliegen …

Auf der Straße war reichlich Volk versammelt, als Volpi hinzukam, doch er sah wenig Anstrengung, dem Feuer zu wehren. Zwei Männer schleppten eine halbvolle Bütte mit Wasser heran. Die große Menge der Schaulustigen aber war paralysiert vom Anblick der ins Schwarz hinaufzüngelnden Dachbefeuerung. Hörte man Wehklagen? Wie hatte die Magd sie genannt? Feuerzungen! Nein – Satanszungen. Oder?

»Zurück!«, ging plötzlich der Ruf.

Krachend kamen kleinere Dachschwellen herunter und lagen schwarz und rauchend am Boden, dann folgten teils verkohlte, teils brennende Holzschindeln. Ihr Herabprasseln trieb die untätig Herumstehenden zurück.

»Toren! Was steht ihr da und haltet Maulaffen feil!«, schrie Daniel Jobst, als er ein paar Augenblicke später erschien. »Schafft mehr Wasser her! Wir sollten die Wände der Schwalbe einreißen! Das Feuer darf nicht übergreifen! Schützt die Nachbarhäuser, indem ihr die Dächer und Mauern gegen die Flammen verteidigt! Mit Wasser, mit Sand, mit Feuerpatschen! Wo ist Vera Stobeken? Sie wird nichts dawider einwenden können – kann ihr Haus ohnehin nicht mehr retten! Wo bleiben die Stangen mit den Haken –, die Feuerkruken? Rasch, her damit! Die Steine müssen fallen … Die Balken … Ist das etwa alles, was ihr an Wasser vorrätig habt?«

Mit einem Blick hatten er und Volpi sich verständigt. Der Gelehrte wusste um die Größe der Gefahr. Er war zweimal selbst vom Feuer heimgesucht und in Padua um all sein Hab und Gut gebracht worden. So ein Feuer konnte eine ganze Stadt in Schutt und Asche legen. Jobsts gewichtiges Wort brachte langsam Leben in die Gaffer. Aber Volpi ahnte bereits, dass es zu spät war ... Er dachte an das, was ihm einmal einer sagte, der schon viele Feuer erlebt und zu löschen unternommen hatte: In der ersten Minute löschst du ein Feuer mit einem Krug voll Wasser. In der zweiten Minute mit einem Eimer Wasser. In der dritten Minute mit einem Anker Wasser. Und danach? Versuchst du einfach, dein Bestes zu geben ...

»Wo sind die Bütten aus den anderen Häusern? Holt eure Eimer und stellt euch in einer Reihe auf, Leute: Wir müssen eine Kette bis zur Abzucht bilden! Wo ist der nächste Pipen-Brunnen? Beim Heldt im Hof? Also eine zweite Kette dorthin!«

Man rannte, holte Gerät, rief sich kleine Befehle zu. Jetzt endlich zögerte keiner mehr. Inzwischen waren auch die Anwohner aus weiter entfernten Straßen hinzugekommen und gliederten sich in die Ketten ein, die Wasser heranbrachten, nachdem die Tropfen aus den Vorratsbütten nutzlos auf dem brennenden Dach verpufft waren. Volpi erkannte Bartholdi und nickte ihm zu. Dann lenkte ihn der Anblick eines hageren, uralten Mannes in einem roten Kapuzenmantel ab. Viele bekreuzigten sich, und es wurde gemurmelt: »Der Feuerreiter!«

Der Rote saß auf einem Schimmel und ritt gravitätisch die Straße vorm brennenden Haus hinunter.

»Lasst das Wehklagen! Um Gottes Willen – sonst ist es vergebens! Lasst um Herrgotts Willen das Klagen!«, forderte er und deklamierte mit Falsettstimme im Fortreiten, nach Priesterart ständig das Kreuz schlagend:

»Sei willkommen, du feuriger Gast,
Greif nicht weiter, als was du hast!
Das zähl ich dir, Feuer, zur Buß!
Im Namen Gottes, des Vaters,
Des Sohnes und des Heiligen Geistes!
Im Namen der heiligen Dreifaltigkeit!
Im Namen der allerheiligen Dreieinigkeit!«

Der Schimmel fiel in Trab, der Rote ritt die Straße In den Gröpern hinauf, um bei erster Gelegenheit links einzubiegen, wo es zu den Töpferöfen ging.

»Was soll das? Und wer ist das?«, fragte Volpi.

»Groenewold, der Türmer!«, sagte Bartholdi. »Hockt auf dem Südturm der Stephani-Basilika und spielt gern den Feuerreiter, denn er sieht es ja auch meistens als Erster. Es ist ein alter Brauch – das Feuer besprechen und es dabei umreiten. Dreimal insgesamt ...«

Jobsts Stimme donnerte wieder, während er das Anlegen der Leitern beaufsichtigte. Eine fragile Konstruktion wurde herangefahren.

»Die hat Damian Baader, unser verrückter Wundarzt gebaut!«, sagte Bartholdi. »Angeblich nach einer Zeichnung des großen Leonardo, die er irgendwo gesehen hat ... «

»Sieht mir ganz und gar nicht wie das Produkt eines Verrückten aus ...«, staunte Volpi, der gerade noch sah, wie durch das Drehen an einer Kurbel ein Holm mit Tritt-Sprossen ausgefahren wurde, auf dem man lotrecht in die Höhe klettern konnte.

Keiner hatte die Hausbesitzerin gesehen. Jobst, dieser kernige, untersetzte Mann mit der gesunden Gesichtsfarbe und den schon fast weißen Haaren, wurde aschfahl und fragte:

»Ist sie etwa noch da drin?«

Volpi umging die Barriere der qualmenden Trümmer und rüttelte an der Tür – sie war von innen verriegelt. Unschlüssig blickte er zu der kleinen Fensteröffnung linkerhand. Absurder Gedanke, da hindurchkriechen zu wollen, selbst für den kleinen Mann neben ihm war das zu eng. Da hätte einer schon wirklich eine Schlange sein müssen ... Volpi hämmerte gegen das Holz. Nachdruck war in seinen Schlägen, doch die Tür rührte sich nicht.

»Wenn der breite Holzriegel vorliegt, könnt Ihr Euch lange mühen!«, rief Bartholdi und besah sich die grüne Tür.

»Da müssen wir schon stärkere Geschütze auffahren ... Vorsicht!«

Die Menschen hinter ihnen wichen schreiend zurück, während Volpi Bartholdi ruckhaft mit nach vorne riss, sodass er selbst an seiner rechten Schulter schmerzhaft spürte, wie fest die Tür in ihren Angeln saß. Eine donnernd auf die Erde schlagende Saumschwelle verfehlte sie nur um Haaresbreite.

»Die kommt uns gerade recht! Fasst mit an, aber Vorsicht mit der Glut!«, schrie Bartholdi. »Das ist genau der Rammbock, den wir brauchen! Verzeiht, aber allein … schaffe ich es nicht …«

Endlich überwanden sie die Furcht – die nächsten Nachbarn der Schwalbe: der Walker Till und die beiden Buhlmanns – Vater Kilian und Sohn Michael –, außerdem die unweit wohnenden Tuchmacher. Auch der Bergmeister Henning Adener war unter ihnen sowie einige andere, die weit über die Zeit im Trollmönch gezecht hatten und nicht sehr standfest auf den Beinen waren. Alle sahen angsterfüllt nach oben, aber mehr wollte im Augenblick – so hofften sie inständig – nicht herunterkommen … Also packten sie beherzt zu, lieber ein kurzes und schmerzloses Ende, als lange leiden zu müssen … Vereint wuchteten sie den rauchenden Träger an. Schmerzensschreie, Flüche, aber sie ließen nicht locker und brachten es endlich dahin, dass der kantige Pfahl senkrecht auf die Eingangstür traf, bevor sie ihn fallen ließen. Der Türriegel hatte aufgegeben, aber die Tür war heil geblieben und auf den Boden gefallen … Volpi und Bartholdi stürzten ins Haus, wohingegen die anderen ängstlich draußen blieben. Die Nachbarn sorgten sich verständlicherweise mehr um sich selbst und um die eigenen Häuser. Bartholdi und Volpi schlossen die Augen bis auf einen Spalt und pressten die Ärmel ihrer Jacken vor Münder und Nasen, um das Keuchen zu vermeiden. Man sah fast nichts, denn ein feiner beißender Anhauch lungerte überall, wenngleich unten noch nichts brannte … Sie drangen in die hintere Stube im Erdgeschoss. Volpi nahm den schützenden Arm vom Gesicht weg. Sofort schossen ihm die Tränen in die Augen. Auch Bartholdi fing jetzt an zu husten, sie hechelten, hasteten zurück zur Tür, um sich noch einmal die Lungen vollzusaugen.

»Böse Wetter!«, keuchte Bartholdi. »Die Luft wird vom Feuer droben verzehrt und abgezogen. Das Haus hat am Dach zu brennen begonnen, vielleicht am Schornstein.«

Die von Jobst zusammengetrommelten Männer mit den Feuerhaken verharrten unschlüssig und ihr Anführer rief: »Wenn ihr sie jetzt nicht findet, die Stobeken'sche, müssen wir die Sache beenden. Wer weiß, wo sie sich herumtreibt ...«

»Die Tür war doch von innen verriegelt, wo soll sie sich da schon herumtreiben, wenn nicht drinnen?«, keuchte Volpi.

»Es gibt ja auch einen hinteren Ausgang – zum Hof«, erklärte Jobst.

Auf den Dächern der seitlich angrenzenden Häuser begannen die Nachbarn, mit Besen und Feuerpatschen auf die Flammen einzuschlagen, die nach ihrem Besitz leckten. Kleine Wasserladungen flogen aus ledernen Eimern. Bartholdi und Volpi wurden übergossen, bevor sie wieder ins brennende Haus stürmten. Die Stiege aus schönstem Eichenholz stand noch unbetroffen. Aber es war die reinste Räucherkammer. Volpi rannte nach hinten, um nachzusehen. An der Tür zum Hof lag auch der Riegel vor ... Also nichts wie hinauf!

Im ersten Stock war es heiß – im zweiten fast unerträglich –, aber selbst dort brannte es noch nicht. Es qualmte nur von der Decke herab. Sie sahen fast nichts vor lauter Rauch. Auf einem Tisch standen zwei Becher und eine kleine Bierkanne ... Die Decke zum Dach fing seitlich, an den Wänden, wie die Luppe einer Esse zu glühen an. Auf dem Oberboden unterm Dach wütete der Brand. Durch eine der Fensteröffnungen, vor denen der Holzladen fehlte, sah Volpi die rote Gestalt des Feuerreiters wieder auf der Straße, wo es zuging wie in einem Ameisenhaufen. Durcheinander, Getriebe, Gewusel. Anrufungen verschiedener Heiliger. Eine alte Frau schrie unentwegt: »Helft, Heil'ge, helft! Florian – Agathe – Laurenz – Anton – Johannes – Paulus und Donatus – Nikolaus – Coloman – Maria und Josef – Vitus und Katharina – Könige – Evangelisten und Erzengel, oh drei Mann im Feuerofen, helft!«

Die Stimme des Feuerreiters mischte sich drein. Sie war die Beschwörung selbst:

> »Ich gebiete dir, Feuer, bei Gottes Kraft,
> Du wollest legen deine Flammen nieder,
> So wie Marie behüt die Jungfernschaft
> Vor allen Männern, keusch und rein.
> Drum stelle, Feuer, dein Wüten ein,
> Im Namen Gottes, des Vaters,
> Des Sohnes und des Heiligen Geistes!
> Im Namen der heiligen Dreifaltigkeit!
> Im Namen der allerheiligen Dreieinigkeit!«

Volpi spürte, wie Bier über seine Lippen rann … sehr süßes Bier mit einem schlammigen Beigeschmack. Schon setzte sein Begleiter den Becher wieder an. Bartholdi sah jetzt noch unheimlicher aus als der rote Reiter. Schwarz verrußt war das Gesicht des Zwerges, und die Haare klebten, vom Wasser angeklatscht, auf seinem länglich und kantig wirkenden Schädel. Mit weißgrauen Ascheflocken waren sie überstäubt.

»Ihr seid ohnmächtig geworden. Zum Glück hat man uns noch etwas Bier übrig gelassen!« Bartholdi lächelte gezwungen und rieb sich das linke Bein. »Schnell runter und raus, hier ist niemand mehr!«, schrie er, dann nahm er ebenfalls einen tüchtigen Schluck Bier. »Die Fensterlöcher sind Zugpferde für den roten Hahn da droben. Der kommt jetzt mit Fahrt nach unten … Und Ihr: Los, kommt zu Euch!«

Er zerrte am Wams des anderen.

Volpi aber beharrte keuchend: »Ich will erst noch ganz hinauf! Muss es versuchen! Ob ich sie dort finde? Ewig würde ich es mir vorwerfen, nicht nachgesehen zu haben …«

»Du bist verrückt!«, entgegnete Bartholdi, angesichts der Gefahr ins Duzen fallend. »Was kann da oben schon noch sein? Jedenfalls keine lebende Schwalbe mehr!«

Aber er sah, dass dieser sonderbare Kauz, der eben noch fast erstickt wäre, zum Letzten entschlossen war. Und ein Feigling wollte Bartholdi nicht sein. Das war immer sein Problem gewesen ... Warum vermutete jeder in einem Kleinen eine Memme? Also los ... Vorher nahmen sie beide noch einen letzten Schluck von diesem Bier ... Rundum an den Wänden fielen dampfende Lehmbrocken von der Decke. Der Dachstock brannte lichterloh ...

Übers oberste Ende der Stiege zu kommen, fiel Volpi schwer: Etwas zerrte an seinen Gliedern, er fühlte eine bleierne Schwere ... Der beißende Rauch drang in die Nase – auch wenn sie sich die Tücher enger um die Köpfe gebunden hatten. Sie waren im Flammenkreis der innersten Hölle. Kein Dach mehr gab es da oben, keine Wände ... bloß die aufragenden Zungen des Feuers. Eine Rauchglocke stand am Nachthimmel. Glühende Balken querten das Flammeninferno. Ihr glimmendes Gespinst konnte jeden Moment zusammensacken. Die Hitze wollte ihnen die Kleider vom Leib brennen, und der Boden unter ihnen schien in knisternder Bewegung zu sein. Im Hintergrund sah man die besonders mürben Stellen an der Wand, wo es am Grund bereits schwelte ... Sie sahen Stück für Stück nach unten durchfallen. Auf den Dächern links und rechts waren die Nachbarn, verzweifelte Anstrengungen unternehmend. Sie prügelten ihre Dächer mit Feuerpatschen und riefen sich Unverständliches zu. Ab und zu schossen Wasserstrahlen herab und wurden zu Dampf, noch bevor sie auf den heißen Boden trafen ...

»Da!«

Volpi deutete auf den schwarzen Fleck in der Mitte des Raumes, nahe beim Schornstein, der aus Lehm gefertigt war. Pfeifende und fauchende Feuerschlote brachen überall auf wie Geysire, wo immer neue Luftlöcher im qualmenden Grund entstanden. Jetzt sah Bartholdi, was Volpi meinte. Eine Art dunkles Podest ... Ein Floß auf dem Styx. So schien es zu schwimmen auf lauter Glut und Asche, auf einem in Flammen aufgehenden schwarzen See ... das einstige Bett!

»Was willst du da?«, fragte Bartholdi fassungslos. »Bis dahin kommen wir in diesem Leben nie!«

Er schüttelte entsetzt den Kopf und wollte zurück, das sah man deutlich. Mit Volpis Neugier aber war es ein eigenartiges Ding ... Unmöglich, sie zu bezwingen! Schon war er dabei, sich nach vorne zu tasten. Sein Fuß suchte die Festigkeit des Untergrundes zu erproben. Es knirschte, alles unter ihm schien in Bewegung zu geraten. Aber noch hielt die Decke. Wenn erst die Tragbalken durchgebrannt wären, würde sie abstürzen. Aber da dies keinesfalls überall gleichzeitig geschähe, suchte er sich zu trösten, drohte wohl mehr ein Absacken ... Knack – knack – knack! ... Das war der Tanz auf einem feuerspeienden Berg. Volpi kam über den Punkt hinaus, an dem es noch ein leichter, sicherer Schritt zurück gewesen wäre. Dann ließ er die Vorsicht fahren und sprang zu dem schwarzen Sockel hin. Heilfroh, es lebend bis dorthin geschafft zu haben, begriff er im ersten Moment gar nicht, was er zu Gesicht bekam ...
Wird ein Stück rohes Fleisch dem Feuer ausgesetzt, überzieht sich seine zuvor rosa oder violett wirkende Oberfläche zuerst mit einem weißgrauen Schleier. Volpi dachte an den herrlichen Duft, der in diesem Moment entsteht, und sah und roch das große Stück Lamm, das seine Mutter überm offenen Feuer garte ... Es folgen Bräunungen, einzelne Stege, fahnenartige Felder, flächige Braunstellen ... die Höhen werden schon muskatbraun, während sich das ursprüngliche weißliche Grau in ein dunkleres verwandelt und mehr und mehr vom durchgehenden Hellbraun verdrängt wird ... Und so geht es weiter, bis die Stege sich schwärzen, dann die Flächen dunkelbraun und schließlich auch gänzlich schwarz werden. Dies geschieht etwa, wenn man ein Stück Fleisch überm oder im Feuer vergisst ... Volpi fühlte eine merkwürdige Veränderung der Wahrnehmung ... Die Bilder verschwammen kurz, fluktuierten ... Das musste am Rauch liegen, dachte er, genauso wie die Beschleunigung des Atems. Zugleich fühlte er, wie sein Herz zu rasen begann. Erregung am ganzen Körper ... Vergiftung durch die feindliche Atmosphäre ... Nimm dich zusammen ...

Von der Bettstatt war nur ein verkohltes Nachbild übrig geblieben, und von den beiden Menschen darin auch ... denn es waren Menschen gewesen! Wie schwarze Stelen lagen sie nun vor Volpi, nahe beieinander, als wären sie im Liebesakt vereint ... Falsch, es sah nicht bloß so aus – sie waren vereint gewesen ... Nun war es das äscherne Nachbild ihrer Vereinigung bloß ... Volpi nahm es wahr wie ein Naturwunder, wandte sich nicht ab, sondern blickte weiter wie gebannt auf die beiden Körper – gleichsam zwei schwach gekrümmte, aneinandergeschmiegte dickere Äste. Diese verbrannten Leiber, in ihrer fragilen Starre, wie aus Holzkohle geschnitzt, waren so absonderlich anzusehen, dass es ihn weder grauste noch verwunderte. Wo ihre Köpfe gesessen hatten, blähten sich kegelförmige Blasen, verkohlten, gestauchten Brotlaiben ähnlich. Haut und Haar waren verschwunden ... Nur eine hellere Schmauchspur, vielleicht vom brennenden Baldachin des Bettes, lag um die schwarzen Schädel. Das Knochenwerk war fast ganz weg oder geschrumpft. Hie und da stach noch etwas davon durch die bröckelige Kruste. Unter der verbrannten Haut gähnte ein Hohlraum. Das Leben war in heiße Luft aufgegangen. Volpis Geist mühte sich, Boden zu gewinnen. Es gab keine Bilder in seinem Kopf, die dem gleichkamen. Von Opfern eines Vulkanausbruches hatte er gehört, die einst geröstet in der Lava gefunden worden waren. Aber die Holzschnitte und Kupfer davon, soweit er sie kannte, waren undeutlich gewesen. Bei öffentlichen Verbrennungen hatte er wohl Menschen brennen sehen, doch stürzten diese stets im Feuerkegel zusammen, bevor das Spektakel zu Ende ging. Man sah später nichts mehr von ihrer Gestalt. Diese dort lagen nun unmittelbar vor ihm ... Die Frau ... musste die Schwalbe gewesen sein ... dagegen der Mann?

Wieder wurde Volpi schwummerig, und die Bilder gerannen zu reiner Schwärze. Er vernahm Bartholdis Stimme neben sich: »Einer ihrer Liebhaber!«

Der Kleine hatte es also doch gewagt, ihm zu folgen. Doch – wie sah der andere aus? Das geschwärzte Gesicht Bartholdis verzerrte sich zu einem Kürbis, dann wurde es wieder klein wie eine Birne. Als Volpi kurz die Augen schloss, um sie anschließend auf die beiden Verkohlten zu richten, schrie er auf: »Oh, mein Gott!«

Da grinsten ihn zwei lebende Verkohlte an! Schnitten Grimassen! Und redeten zu ihm! Waren das nicht der Leib und das Antlitz Johannas? Ihn grauste, denn so war es! Und neben ihr – Jacopo, ihr Amant, der ihm Hörner aufgesetzt ... Ganz deutlich vernahm er ihre einschmeichelnden, rauchigen Stimmen: »Den großen wie den kleinen Mann – uns alle kriegt er irgendwann!«

»Nein!«

Jetzt schrie auch Bartholdi ... Sah er die Untoten ebenfalls? Wie sie mit schwarz-kohligen Händen nach ihnen langten, mit fahrigen länglichen Klauen? Wie ihre Köpfe zu großen schwarzen Schädeln wurden, deren Deckel aufgingen, sodass man in die Esse zweier Feuerschalen blickte ... inkohlte Kalebassen mit glühenden Kernen ... Wie es in ihren leeren Augenhöhlen brannte? Wie ihre Münder sich öffneten und sie beide, Volpi und seinen gleichsam zitternden Nebenmann, mit Höllenrachen zu umschließen suchten? ... Das alles musste Bartholdi doch auch sehen? Hoffentlich! Denn wenn der andere es auch sah, war er – Pietro Paolo Volpi, Doktor der Philosophie, in Logik wohlerfahren – ... noch nicht verrückt!

»Aaaaaaaaah... !«

Ihr beider Schrei galt der plötzlich spürbar werdenden Bewegung unter ihnen: Die Decke begann abzusacken! Mit lautem Knall war der mittlere Tragbalken gebrochen ... Es ging doch ganz anders vonstatten, als Volpi es innerlich vorausberechnet hatte, als er noch mehr bei Sinnen gewesen war: Die Decke bekam einen eklatanten Knick, der durch die Mitte des Raumes lief, sodass die Fahrt zunächst einfach abwärts ging. Dann aber, nach kurzer Absenkung, rissen die beiden Hälften am Knick auseinander. Da, wo Volpi und Bartholdi eben noch gestanden und gestarrt hatten, war plötzlich ein Loch, durch das zunächst der Schlot des Rauchabzuges zusammenkrachend verschwand.

Und dann kamen sie an die Reihe ... Es ging alles so rasend schnell ... Der Boden wurde zum Trichter. Ihre Anstrengungen, dem sich vergrößernden Loch zu entfliehen, kamen zu spät, nirgends bot sich ein Halt. Die schwarzen Astgerippe der Toten und ihr kohliges Totenbett rutschten zusammen. Im eigenen Abstürzen konnten Volpi und Bartholdi sehen, wie sich die beiden Kohlekörper samt ihrem Lager raspelnd in Stücke spalteten. Die Knochenreste, zuvor nur noch durch die brandige Kruste gehalten, vereinzelten sich. Und schon befanden sie sich inmitten eines Strudels aus Funken, heißen Kohlestücken, Asche, brennendem Holz und Grus, Staub und Knochensplittern, Stroh und Lehmbrocken ...

Im Moment der Überraschung die Tatsache vergessend, dass vielleicht gleich alles vorbei wäre, krampfte Volpi das Gesicht zusammen und fasste rasch an die Stelle, wo gerade noch die Hand des Toten als schwarzes Nachbild ins Rutschen geriet. Er bekam in die Finger, was er dort hatte blinken sehen. Dann rasselte alles ... sie mittendrin ... im Mahlstrom nach unten. Direkt vor Volpis Augen passierte etwas mit Bartholdi. Er wurde zu Kohle, zu einem dieser Totenäste ... Knoten von verkohltem Holz wölbten sich da, wo eben noch rußgeschwärzte Haut gewesen war ... Aber das wollte sein Geist nicht mehr wahrhaben ... Seine Ohren hörten noch die Stimme des Feuerreiters, der draußen eben zum dritten Mal vorbeikam. Er spürte Schmerzen im Nacken und auf der Brust, fühlte einzelne Punkte an sich, die bereits zu brennen schienen ... Laute Geräusche, als würden Knochen unter großer Anspannung brechen, wie dicke spröde Hölzer ... Dann wurde es schwarz vor Volpis Augen und in seinem Geist.

> »Ich gebiete dir, Feuer,
> Du wollest legen deine Glut,
> Bei Jesu Christi teurem Blut,
> Das er für uns vergossen hat,
> Für unsre Sünd und Missetat,

Das zähl ich dir, Feuer, zur Buß,
Im Namen Gottes, des Vaters,
Des Sohnes und des Heiligen Geistes!
Im Namen der heiligen Dreifaltigkeit!
Im Namen der allerheiligen Dreieinigkeit!«
Jesus Nazarenus, Rex Judaeorum,
Hilf uns aus diesen Feuersnöten
Und bewahre Land und Grenz
Vor aller Seuch und Pestilenz ...«

Dienstag, 17. Mai 1552

Die Vögel sangen beim Hellwerden, als ob nichts passiert wäre: Amseln, Singdrosseln, Mönchsgrasmücken, ein Girlitz. Doch um halb fünf in der Frühe war die Luft noch ganz erfüllt von den Ausdünstungen der nahen Brandstätte. Die Gefahr für die Nachbarhäuser war gebannt, der Feuerreiter hatte gute Arbeit geleistet ... Das dachten selbst die, von denen man erwartet hätte, dass sie nicht abergläubisch wären. Vor allem sie selbst hatten doch gut gearbeitet! Das Haus der Schwalbe war dem Erdboden gleichgemacht, nachdem man die Besitzerin nicht gefunden und um Erlaubnis hatte fragen können. Trotzdem wollte in der Diele der Halskrause keine Freude aufkommen. Opfer waren zu beklagen ... zwei schreckliche Tode ... Daniel Jobst hatte zum Bier eingeladen, jeden, der sich um den Erhalt der Stadt verdient gemacht hatte. Sie rochen, als hätten sie die Nacht im Rauchfang verbracht. Krampfhaft hielt jeder seinen Krug umklammert. Der Einsturz der Schwalbe hatte ihnen die Hauptarbeit abgenommen. Sie hatten die Trümmer nur noch zur Seite zerren müssen, wobei ihnen die Verschütteten entgegengefallen waren ... In einem kleinen Zelt aus Balken waren sie dem Zerquetschwerden entronnen, doch hatte kein Mittel mehr ihre völlige Reglosigkeit zu vertreiben oder zu beheben vermocht. Volpi und Bartholdi waren aus mangelnder Versorgung der Lungen erstickt und elend eingegangen.

»Keiner hätte das überleben können! Nur die Götter selbst!«, sagte Jobst. Er war so niedergeschlagen, als hätte er zwei Söhne verloren, und raufte sich das Haar, laut sich selbst anklagend: »Wie habe ich sie nur noch mal hineinlassen können? Was für ein törichter Gedanke, in einen brennenden Dachstuhl zu steigen!«

»Ich habe es gesehen, sie waren kaum am Kamin, als der Boden unter ihnen wegbrach!«, ließ sich Kilian Buhlmann vernehmen, der das Haus rechts neben der Schwalbe bewohnte.

»So ganz stimme ich dir nicht zu!«, wandte sein Sohn Michael ein. »Mir wollte scheinen, als ob sie noch etwas gesehen hatten.

Sie verharrten noch eine ganze Weile vor etwas, das aussah wie ... wie eine verkohlte Bettstatt.«

»Wie fürchterlich – ein verkohltes Lager ... Bist du sicher? ... Könnte es vielleicht sein, dass dort ... ich meine ja nur ... die Schwalbe ...?«, fragte Buhlmann senior.

»Das werden wir nun leider nicht mehr erfahren ...«, meinte der Sohn. »Was hängt auch daran, nur noch rauchende, üble Nachrede ... Die Schwalbe war vielleicht lebenslustig, aber sie war nicht die Besenreiterin, die alle aus ihr machen wollten ... Schrecklich, dass ich noch gestern mit ihr stritt! Es ist ein Jammer, es ging genau um das, was dann eintrat: Sie hat die Wette-Herren bestochen, um sich vor der Reparatur des Schlotes zu drücken ... Ich hab es gehört, als sie die Runde machten. Jetzt wäre es beinahe schiefgegangen ...«

»Mein Guter«, sagte Jobst, »es *ist* schiefgegangen! Nämlich für die Schwalbe und für zwei Unerschrockene ...« Er stockte und bedeckte seine Augen mit der rechten Hand. »Lasst uns auf das Seelenheil der Toten da drinnen anstoßen! Was geschehen ist, war so unnötig! Wir hätten sie zurückhalten müssen: Für immer wird dieses furchtbare Versäumnis auf uns lasten ...«

Groenewold war nicht da; der schrullige alte Mann stieg nur im Notfall vom Turm, um sein selbstgewähltes Zusatzamt auszuüben. Kaum war eine Gefahr gebannt, verschwand er wieder. Es war freilich ihr aller Verdienst, die Stadt vor Schlimmerem bewahrt zu haben. Und es war viel Glück dabei gewesen, im großen Unglück ...

»Bring Groenewold seine Quart auf den Turm!«, sagte Jobst zu einem seiner Gehilfen. »Und nimm eine für den Küster Eck mit, damit er dich hinauflässt!«

Damian Baader, der Wundarzt, kam aus dem dem früheren Kontor von Jonathan Unruh, in dem Volpi und Bartholdi aufgebahrt lagen. Sie hatten ihren Einsatz teuer bezahlt ... Baader, dem man seine 55 Jahre keineswegs ansah, nahm einen Krug, trank begierig und wischte sich genüsslich den Bierschaum vom Mund. Er sah die Blicke aller Anwesenden auf sich vereint.

Ihre Trauermienen machten ihn komischerweise lächeln ... Der Alkohol, dachte Jobst ...

»Gott sei's gepriesen! Bartholdi, der Großarchivar und Narr ... Und Volpi – der große Harnologe, Botaniker und Logiker ...«

Baader griente blöde und musste sich auf eine Stuhllehne stützen, so schüttelte ihn das lautlose Lachen, allen horribel und unverständlich. Oh, die Trunksucht, dachte Jobst nur.

»Ihr müsst seine Abhandlung über den menschlichen Harn lesen: *de urinis* ... Man möchte ihn allein dafür in den Olymp setzen. Er würde Jupiter selbst bitten, ihm eine Probe zu liefern, um ihm zu sagen, ob er Asparagus oder Beta rossa genossen hat. Auch ob er mehr dem Biere oder dem Weine zugeflüstert ...«

Jobst seufzte. Der Arme ... Wem von diesen beiden Baader wohl zugebrüllt hatte? Man sollte sich nicht mehr in seine Obhut begeben. Das schien sicherer ... Aber der Wundarzt kriegte sich wieder ein – unter Aufbietung aller Willenskraft, konstatierte Jobst verächtlich bei sich.

»Diese Narren ... Torheit ... Torheit schützt vor Alter nicht ... Es klingt verquer und unmöglich – aber sie leben! Sie sind beide am Leben!«

Die Anwesenden wurden zu Salzsäulen. Dem dicken Hus lief das Bier aus dem Maul, denn er vergaß zu schlucken. Der Bergmeister Adener seufzte laut.

»Was soll das heißen? Wir haben sie doch alle gesehen? Wir sahen doch, dass sie bereits tot waren!«

»Keinen Mucks mehr gaben sie von sich! Regten sich doch nicht länger? Ihr müsst Euch täuschen, Meister Baader!«, sagte Jobst. »Ich bin zwar arm im Beutel ...«, begehrte Hus auf, »... aber nicht ganz so arm im Kopf, wie Ihr denkt! Auch wenn ich weniger Erfahrung habe als Ihr, so erkenne ich doch einen Toten, wenn ich einen sehe!«

Baader sagte achselzuckend: »Machen wir uns nichts vor – an dieser Frage sind schon erfahrenere Männer verzweifelt. Sonst gäbe es keine lebendig Begrabenen ... Ich wünschte, ich wäre sicherer in solchen Dingen, denn ich dachte zuerst wie Ihr ... doch jetzt? Nennt es ein Wunder ... von mir aus! Aber sie haben wieder zu atmen begonnen, und da ich nicht an lebende Leichname oder Untote oder Wiedergänger glaube, kann dies nur bedeuten, dass sie vom Rauch zwar tief bewusstlos waren, als wir sie aus dem Trümmerhaufen fischten, aber hernach ... ihre Lebensgeister wieder zu ihnen gefunden haben. Jetzt röcheln sie wieder, beginnen zu fabulieren ... Ihr Geist scheint wie umnebelt. Sie reden irre, wohl vom Rauch vergiftet. Aber sie leben! Überzeugt euch doch selbst ...«

Das ließ sich keiner zweimal sagen. Alle eilten in die Stube, um die Totgeglaubten leibhaftig-lebhaft zu sehen.

»Welch ein Glück!«, sagte Jobst zu Baader. »Wenn sie inmitten dieses Sturzbaches aus Steinen, Lehm und Balken überlebten, dann stellt ihr Beispiel selbst das des Vogels Phönix in den Schatten, der bekanntlich aus der Asche eines Feuers unbetroffen hervorging. Die beiden aber, Volpi und Bartholdi, wurden ja überdies noch durch eine Knochenmühle gedreht ...«

Von drinnen kamen Jubelrufe.

»Ungläubige – dachtet ihr, ich machte Scherze?«, flüsterte Baader, schwach lächelnd, während er sich aus der bereitstehenden Kanne Bier nachschenkte. Er folgte den anderen nach nebenan. Aus der Totenkammer war unversehens eine Krankenstube geworden. Jobst unternahm gerade den Versuch, die beiden ins Leben Zurückgekehrten durch exzessive Einflößung von Bier rascher an die Oberfläche zu ziehen. Sie lagen nebeneinander auf dem nackten Boden. Jetzt wurden rasch Decken untergeschoben.

»Wir verfrachten Euch gleich in Eure Betten – zuvor aber müsst Ihr uns sagen, was Ihr drinnen gesehen habt!«, sagte Jobst.

Volpi genoss das Bier, als hätte er bis dahin nie welches getrunken. Die Bilder schwankten – diese vermeintlichen Menschenköpfe etwa hatten noch immer die Neigung, ins Große und Kleine abzudriften ...

Jobst drängte sich eben wieder mit dem Labsal spendenden Krug in sein Gesichtsfeld und fragte: »Habt ihr die Schwalbe gefunden? Ist sie tot?«

Er dachte schneller, als er sprechen konnte, aber das war wohl immer so. Volpi musste erst noch einen Schluck Bier trinken, dann konnte er Jobst Auskunft geben.

»Fanden die Dame ... und ihren Liebhaber, denke ich. Aber ob sie tot waren?« Vor seinem inneren Auge lief wieder die grauenvolle Verwandlung ab. »Mein Geist narrte mich ... Die beiden Verkohlten, anfangs so tot wie nur je zwei Stämmchen Totholz im Feuer, entwickelten zuletzt ein seltsames Eigenleben ...«

»Leben? Meint Ihr, dass die verkohlten Leiber sich beim Absturz bewegten?«

»Nein, schon vorher ... Sie redeten, bekamen wieder Gliedmaßen, wo zuvor nur abgebrannte Stummel waren.«

»Das waren die bösen Wetter, die Euren Geist vernebelten!«, sagte Baader.

»Dann haben sie auch meine vernebelt, denn mir erschienen sie auch, diese lebenden Leichname, sie griffen nach mir ...«, stöhnte Bartholdi nun, sich ebenfalls am Bier erfrischend.

»Eigenartig«, sagte Volpi, »ich kenne solche Gesichter aus Berichten über Vergiftungen durch Fliegenpilze, Tollkirschen, Bilsenkraut ... Die Eindringlichkeit der Bilder wurde stets hervorgehoben. Vielleicht hatte die Hausfrau einen Speicher voller Kräuter, der verbrannte, und dessen Nachwirkung wir spürten?«

Bartholdi, schwarz wie kaum ein Mohr je sein mochte, schlug sich gegen die Stirn, sodass ein helles Zeichen blieb, wie ein umgekehrtes Kainsmal: »Es könnte im Bier gewesen sein, das wir ausgetrunken haben!«

Volpi stöhnte: »Ihr habt ... Du hast Recht. Aber das sollte leicht zu entscheiden sein. Schließlich haben wir es noch in uns!«

»Wie meinst du das?«, fragte der Großarchivar.

Baader lachte. Er schien bereits zu ahnen, was der geschwärzte Gelehrte beabsichtigte.

»Nun, ganz einfach: Wenn etwas im Abschiedstrunk der beiden war, so haben wir es noch im Urin. Und bei der Untersuchung des Urins bin ich erklärtermaßen Fachmann!«

»*De urinis!*«, sagte Bartholdi mit dem Strahlen plötzlicher Erkenntnis.

Jetzt lachten sie alle. Volpi indes war ins Nachdenken versunken.

»Wenn es so war, erlebten die beiden glücklich-unglücklich Vereinten genau das, was wir erlebten. Erst Trübungen des Gesichts und falsche Vorstellungen, dann erstarb ihnen gänzlich die Wahrnehmung. Es kam zu einer Lähmung, zu einem Scheintod oder doch zu einer Art todesähnlicher Starre. Wir erlebten zuletzt die Unfähigkeit, uns zu bewegen oder zu reagieren. Tödlich in Situationen wie der im brennenden Haus.«

Es schauerte Volpi bei dem Gedanken, sie hätten ihn möglicherweise lebendig begraben. Und Bartholdi auch ...

»Meint Ihr den Zustand vor oder nach dem Beilager ... vorher wäre es in der Tat auch tödlich ...«, warf Baader ein. »Tödlich für die Lust!«

»Euren Witz in Ehren, aber ich meine durchaus danach ... Mir fällt ein, dass vor allem der Stechapfel Wirkungen wie die erlebten zeitigt – wenn man zu viel davon genießt. Zur Anregung setzt man ihn in Wein an. Doch das beim Bereiten des Extraktes eingesetzte Quantum entscheidet über die Stärke. Sie tranken ihn sicher zur Verschönerung des Beilagers, aber es war zu viel, daher verfielen sie nach der Extase in diese Todessteife.«

»Soll das heißen, Ihr vermutet, dass es ihre Absicht war, das zu trinken?«, fragte Jobst.

»Bei allen Hurenwirten bekommt ihr dieses oder ein ähnliches Gesöff, auch bei den Storchern, Quacksalbern und Schreiern auf dem Markt! Meistens aber ist es Wein und kein Bier, worin es angesetzt wird ... Müsste man in Erfahrung bringen, wie es der rote Jakob verkauft«, sagte Baader.

»Bei dem gibt es das nur im Wein ...«, sagte Jobst träge, und alle grienten, da sie sich Goslars Haupt-Bordellbetreiber, die verführerische Lupa und den ehrbaren Wandschneider und Rat Jobst nebeneinander vorstellen mussten.

»Wer zur schönen Lupa geht, hat es nicht nötig, ein anregendes Gepantsch zu trinken«, sagte Jobst, und die anderen nickten und sprachen dem Stobeken'schen Bier zu. Der Sohn der toten Schwalbe war Brauer.

»Lupa?«, fragte Volpi schwach.

»Hört«, sagte Baader, »was Euricius Cordus über sie schrieb!«, und er rezitierte:

Wann immer du, Lupa, mir dich zeigst in deiner Pracht,
stellst all deinen Schmuck am Leib du zur Schau!
Haarband, Stirnreif, Brusttuch, Goldgehänge und Gürtel,
am Hals ein Geschmeide und an den Fingern Ringe,
Amethyst, Karneol, Saphir, Rubin, Opal und Chrysopras ...
Deine großen Brüste regen sich unterm Busentuch.
Aus Frankreich ein Schleier umzaubert dein volles Haar.
Wie du mich all das leise lächelnd gering schätzen siehst,
sagst du: „Solche Kleinode besitzt sie nicht, deine Frau!"
Das gebe ich dir zu ... Doch hat sie auch einen Mann nur,
die Ärmste, und diesem allein will sie gefallen.

Volpi hatte wohl zugehört und registrierte das beifällige Lachen der Anwesenden. Doch im Augenblick war er mit den Gedanken woanders.

»Die Türen waren zu. Die beiden wollten nicht gestört werden. Ob sie sich den Trank beschafft oder selbst bereitet hatten, wer weiß? ... Möglicherweise wollten sie sich gar umbringen ...«

»Durch Gift oder durch Feuer? Oder durch beides in Verbindung?«, fragte Bader, und es klang leicht höhnisch. »Bevor man so viel vermutet, ist tatsächlich erst einmal der Giftnachweis gefordert.« Er trat gebieterisch vor die Liegenden. »Darf ich den Herren die Proben abverlangen, damit wir sie Johann Kohler schicken können, dem Apotheker, dem alten Lurch? Er hat Euer Buch sicher, Herr Volpi, aber für alle Fälle solltet Ihr mir die Prozedur noch einmal diktieren … am besten lateinisch, das mag er besonders!«

Sie folgten Baaders vernünftigen Worten. Auf dem Weg in ein freundlicheres Zimmer mit einer richtigen Bettstatt machten die wiedererweckten Toten auf dem Necessarium Station, um ihr flüssiges Zeugnis abzulegen. Ein Bote mit zwei warmen Tonflaschen wurde zur Ratsapotheke in die Marktstraße geschickt. Jobst, Baader und die anderen leisteten Volpi und Bartholdi im Krankenzimmer weiter Gesellschaft, trinkend.

»Wenn man nur wüsste, wer das war, neben ihr …«, fragte Baader, und alle nickten, denn diese Frage beschäftigte sie zuinnerst schon die ganze Zeit.

»Ach … da habe ich, glaube ich, etwas, das Euch helfen wird, ihn zu erkennen …«, murmelte Volpi und kramte in den geräucherten Innereien seines Wamses.

Seine rechte Handfläche war noch immer stark gerötet. Als er im brennenden Haus zugegriffen hatte, war er scheint's durch die Wirkung des Stechapfels gegen Schmerz gefeit gewesen … Jetzt zog er einen goldenen Ring hervor.

»Den konnte ich erhaschen, bevor die Verkohlten den Abgang machten. Er gehörte dem Liebhaber.«

Das Wappen zeigte drei Blätter neben der Hälfte eines angedeuteten Baumes.

»Otto Herbst«, entfuhr es Baader, Bartholdi, Jobst und den anderen fast unisono, als sie es sahen.

»Der Feuerhüter des Rammelsberges!«, sagte Bartholdi.

Volpi erinnerte sich dunkel der Bartholdi'schen Worte über die weitere Liebhaberei dieses Herrn.

»Wie tragisch! Was wird jetzt aus seinem Garten?« fragte er, und verstand nicht, warum ihn jeder missbilligend betrachtete und alle dem Bier noch vehementer zusprachen. Die Mägde kamen kaum nach mit dem Heranschleppen der Schleifkannen.

Das war nur noch ein Trinken und Kopfschütteln, allseitiges Schwenken der ohnehin schon schweren Häupter und Becher ...

»Tragisch!«, ächzte der Bergmeister Adener, selbst die Tragödie in Person. »Ohne Otto Herbst wird es im Berg wieder Katastrophen geben! ... Auch wenn ich ihn oft auf einen seiner Schränke gewünscht habe ...«

»Feuer im Berg? Feuerhüter? Schränke?«, fragte Volpi und wandte sich, da keiner die Kranken weiter beachtete, an Bartholdi. »Das Feuersetzen ist, wenn ich Cordus' Schrift recht entsinne, wichtig für den hiesigen Erzabbau ...«

»Ja«, bestätigte ihm sein Bettnachbar. »Man setzt Holzstöße oder Schränke unter die Firste und brennt sie ab, bis das Hangende herunterkommt. Das Feuer zermürbt den Fels und lässt das Erz von der Decke fallen.«

»Ist das sehr gefährlich?«

»Es geht so ...« Bartholdi lächelte gequält und rieb sich das Bein. »Es hat mich mal erwischt, das Erz, als es herunterkam. Das war der Unfall, von dem ich dir schon erzählt habe. Der Feuerhüter hat eine der verantwortungsvollsten Aufgaben im ganzen Bergbau. Er beaufsichtigt die Feuerknappen beim Setzen der Schränke oder Holzstöße, er zündet sie an, beaufsichtigt den Brand und entwettert die Feuerörter und Stollen.«

»Entwettert?«, fragte Volpi.

Der Bergmeister hatte zugehört und schaltete sich ein:

»Ja, denn er allein weiß immer genau – wenn er denn sein Handwerk von der Pike auf versteht –, welche Entlüftungswege es an jeder Stelle im Berg gibt! Der Feuerhüter öffnet oder schließt demzufolge stets die richtigen Wettertüren, bevor die gesetzten Schränke angesteckt werden. Wenn er Fehler macht, können ganze Trupps von Hauern ersticken. Schlimm besonders nach dem Feuersetzen, wenn die Stickgase in toten, ungelüfteten Stollen oder Schrägschächten stehen, und die ahnungslosen Bergleute im Vertrauen auf gute Wetter wieder einfahren ...«

Henning Adeners Stimme klang unheilvoll, und der kleine, untersetzte Mann schwankte wie eine Pappel im Wind:

»Herbsts Erfahrung ist nicht zu ersetzen! Sein Gehilfe, Veit Warbeck, wird hart kämpfen müssen, aber es doch nicht allein bewältigen ... Herbst hätte ihn noch über Jahre unterrichten müssen ...«

Wie tragisch und wie komisch, dachte Volpi: Feuerhüter zu sein und durch einen Kaminbrand neben jener Frau zu sterben, für die man freventlich entflammt ist ...«

»Wer überbringt Herbsts Gattin diese Hiobsbotschaft und den Ring?«, fragte Jobst trübselig.

Er blickte flehentlich zum Bergmeister. Aber Adener wehrte ab, sturmbewegt in den Morgen hinausfliegend.

Ratsapotheker Kohler hatte sich der kniffligen Aufgabe dankbar angenommen. Das Humanistenlatein des Probenrezepts war ihm Ansporn genug gewesen. Nachdem er den Inhalt der Urinflaschen eingedampft hatte, untersuchte er den Rückstand in der von Volpi beschriebenen Weise: *Für diesen Nachweis ist es nicht weiter nötig, den Harn zu reinigen,* hieß es in *de urinis.* Und weiter: *Das beim Absieden zurückbleibende Salz ergibt in der Spiritusflamme eine blaue Farbe. Das ist das Salz in der Probe. Man mische ein Gran des Salzes oder ein entsprechendes Quantum zu gleichen Teilen mit Bärlapp- oder Drudenfuß-Sporen (mit diesem Hexenmehl betreiben die Feuerspucker ihre Künste): Leuchtet die Flamme jetzt gelblich, ist die Probe rein. Schwarzer Rauch aber bedeutet Gift.*

Kohler hatte nickend das *New Kreutterbuch* zu Rate gezogen und auch Volpis treffliche Beschreibung des Stechapfels im *Botanologicon* nochmals überflogen: *Der Stechapfel, dessen pflaumengroße Frucht wie ein kleiner Morgenstern aussieht, enthält reichlich Gift, vor allem in den getrockneten Samen. Denn zu ihrem Schutze vorm Verzehr durch Tiere ist dieses in der Natur gut. Am grasbestandenen feuchten Waldhang, wo das Tageslicht gedämpft oder gar nicht auftrifft, fühlt sich die Pflanze am wohlsten. Oft steht sie dort in Ringen und kann von einem, der sich nicht auskennt, von der Blattform her für eine Kürbis- oder Gurken-Art genommen werden. Die weißen länglichen Blüten jedoch sollten jeden alarmieren, denn sie sehen aus wie die Posaunen von Jericho. Die stacheligen Nüsse stehen oben mittig auf den Astkreuzen und ähneln den Hüllen der wohlschmeckenden Esskastanie. Doch die Stacheln an diesen Schutzkapseln der Samen stechen sehr unangenehm und machen ein Pflücken nur schwer möglich. Dies möge jedem aufmerksamen Wissenden die Gefahr rechtzeitig anzeigen. Der Stechapfel wird höchstens knie-, hüft- oder schulterhoch und ist kein Baum, im Übrigen einjährig. Nicht selten fressen Weidetiere, Schweine und Schafe und Kühe, die man unbewacht gelassen, in ihrer Blödigkeit Stechäpfel beim Grasrupfen mit auf und verzucken daher reihenweis tot auf dem Boden. Das Fleisch vergifteter Tiere muss unbedingt vor dem Verzehr ausgiebig gekocht oder geräuchert werden!*

Schwarzer Rauch hatte die Anwesenheit von Stechapfelgift angezeigt … Kohler hatte dem Boten noch ein *Sapere aude!* sowie eine Empfehlung an den großen Gelehrten mit auf den Weg gegeben.

Sibylle Herbst hätte Jobst am liebsten wieder die Tür gewiesen, obwohl der gute Mann ja ganz ohne Schuld war. So vorsichtig wie nur möglich hatte er ihr beizubringen versucht, was in der Nacht geschehen war … Doch wenn Jobst, der feine, ehrwürdige Hermes mit seiner Hiobsbotschaft, der sich so um Schonung bemühte, Tränen an ihr erwartet hatte, muss er sehr enttäuscht gewesen sein, dachte sie. Denn die Wut war alles, was sie beim Hören der Nachricht gefühlt hatte, was sie noch jetzt fühlte … ohnmächtige Wut, denn es war ja so ganz und gar unfassbar! Nicht Jobst galt freilich ihre Wut … Sondern dem, der sie in diese fürchterliche Lage gebracht … Jetzt war sie endlich allein mit den aufgepeitschten Gedanken.

Das Haus wirkte nicht stiller als gewöhnlich. Die Nachricht hatte keine hörbaren Auswirkungen auf diesen Morgen. Ihr kleiner Sohn Otto wurde von der Amme versorgt. Manchmal hörte man ihn auflachen, quengeln oder sonstwie Laut geben. Ein Geklapper von kleinen tönernen Spielpferdchen und hölzernen Wägelchen auf den Dielen ... Das Kindermädchen schwätzte beruhigend irgendwelchen Blödsinn. Ihr Mann hatte seit Jahren den Garten zu seinem Reich erklärt und war selbst im Winter stets nur sporadisch im eigenen Haus. Garten und Gartenhaus hatten ihm übers Jahr als Zuhause gedient: zum Empfangen seiner Gespielin, zum Leben, zum Schlafen, und selbst die maroden Mauern der kümmerlichen Schwalbe schienen einladender gewesen zu sein ...

Sibylle Herbst sah ins kleine Spiegeloval an der Wand. Die Tränen kamen einfach nicht ... Ottos Tod lockte keine einzige hervor, nein, beileibe nicht, der Tod dieses lieblosen Viehs ließ sie völlig kalt. Und doch – jetzt zitterten ihre Wangen, ihre Züge verzerrten sich ... Sie erinnerte sich, dass es zu Anfang, im Jahr ihrer ersten Verliebtheit, ganz anders gewesen war ... Damals hatte er ihr auch diesen kostbaren venezianischen Spiegel geschenkt. Wie oft hatte sie hier weinend gesessen, wie viel Leid hatte sie diesem kleinen Spiegel geklagt. Denn die Zeit der ersten Liebe, der Blüte, war so rasch verflogen wie das Weiß und das Rosé der Obstbäume.

Die Jahre der Kümmernis, die sinnlos verstreichenden Jahre. Die Furcht vor dem Sterben bei lebendigem Leib ... Dann die Erlösung, die Wiederbelebung. Das glühende Jahr der Blüte und des Frevels. Des schönen Frevels, der süßen Rache. Ein anderer stand ihr vor Augen, den traf jetzt die Wut. Den allein musste sie treffen ... Er ist ein Narr geworden! Ein ganz anderer ... Ich verstehe und kenne ihn nicht mehr, dachte Sibylle Herbst. Ich will ihn nicht mehr kennen! Wo waren Klugheit, Verstand, Ruhe, Gelassenheit, die sie neben all seiner Glut so an ihm geschätzt hatte? Der Spiegel antwortete ihr nur mit ihrem Bilde ...

Sie fand ihren Körper noch immer schön. Kastanienbraunes Haar, für gewöhnlich zum Knoten geschlungen und unter der Hörnerhaube versteckt, fiel bis auf das Schachbrett des Kachelbodens herab. Schneeweiß und makellos war die Haut. Warum war Ottos Liebe zerbrochen? Warum war ihre Liebe zerbrochen? Weil er ihre Zartheit mit Füßen getreten hatte, weil er ein zügelloser, fühlloser Klotz gewesen war … Am fehlenden Kind, dachte sie erst. Doch als es dann gekommen war vor über einem Jahr, in der letzten Märzwoche, da war es ihm bloß ein Achselzucken wert gewesen. Ob er gespürt hatte, dass da etwas nicht mit rechten Dingen zugegangen war?

Sie sah Otto und die Schwalbe so deutlich nebeneinander vor sich, als sei sie dort gewesen, im brennenden Haus. Sie hatte nie wirklich begriffen, dass er dazu anstands- und umstandslos in der Lage war, die ganze Zeit über … so wie sie nie geglaubt hatte, dass es Frauen gab, die anderen Frauen das Liebste wegnahmen, obwohl sie es doch besser wusste … War sie denn besser gewesen? Wenigstens hatte sie keiner anderen den Schatz gestohlen. Aber selbst die Verweigerung konnte manchmal einen schmerzlichen Tod bei lebendigem Leib bedeuten. Aber konnte sie auch einen Narren aus einem Besonnenen machen? Was für eine Hölle auf Erden … Darin bestand ihrer aller Meisterschaft, dachte sie voller Sarkasmus, sich durch scheinbar so unschuldiges Tun unentwegt das Leben schwer zu machen, sich Dinge vorzumachen, sich Sachen einzubilden … Alle schienen Tag und Nacht nichts anderes zu tun … Was für eine Närrin war sie selbst doch gewesen … Ihre Gedanken drehten sich im Kreis: Die Früchte so vieler Jahre von Ottos harter Arbeit, der ihr so fremden Arbeit eines ihr zuletzt so fremd gewordenen Mannes – jetzt waren sie ihr in den Schoß gefallen, und es schien so, als sei es ihre Rechnung gewesen, die aufgegangen … Als ob es ihr darauf angekommen wäre, als ob sie es darauf abgesehen hätte, als ob sie … Sie sah Otto wieder vor sich, wie so oft in den vergangenen Tagen und in ihren schlimmen Träumen, sah, wie er seine Unterschrift unter das geänderte Testament setzte. So verhasst ihr der Anblick auch war, der sie heimsuchte, als sei es nur dieses, was sie von ihm behalten sollte, für immer – so verrückt, so irre und wahnsinnig es auch war –, wie alles, dachte sie, wie die ganze verfluchte Welt war, so unvorstellbar verworfen. Dennoch! Da, plötzlich, in diesem Moment, liebte sie Otto wieder, und dieses seltsame Gefühl bestand neben der aufrichtigen Freude darüber, dass er tot war ... Der Tod konnte nicht verbessern, was gewesen war, doch durch sein Eingreifen war Otto an sein Wort erinnert worden. Der Tote erst hatte ihrem Sohn eine Zukunft geschenkt. Otto war der tote Beweis dafür, dass es irgendwo auf dieser gottverlassenen Welt noch so etwas wie die Liebe gab. Sie grinste irr sich selbst im Spiegel an ... ja, war sie denn vollends verrückt geworden, solche Dinge zu denken? Sie weinte plötzlich, schluchzte, heulte Rotz und Wasser, kaum mehr wissend, wen sie mehr betrauerte: die drei – irregeleitet und närrisch geworden durch das alles verzehrende Liebesfeuer – oder sich selbst.

Donnerstag, 19. Mai 1552

Mit jedem Schritt feierten sie, noch am Leben zu sein. Die Glieder schmerzten bei jeder Bewegung, als sie neben Daniel Jobst zum ersten Mal wieder den Gang nach draußen wagten. Doch am liebsten hätten sie vor Freude gesungen – wie die Vögel, die jetzt lautstark aus jedem Winkel den Frühling priesen. Sie hatten einander viel erzählt, während des Tages als bettlägerige Zimmergenossen selbstredend lang und breit die nächtlichen Erlebnisse besprochen. Nun inspizierten sie gemeinsam mit Jobst die Brandstelle. Auch den letzten schwelenden Balken hatte man beseitigt, um keinen neuen Feuerherd entstehen zu lassen. Vom Lehm aus Wänden und Decken war noch ein kleiner Hügel übrig. Die Asche türmte sich, besonders abgelöscht und zu kleinen Kegeln zusammengefegt.

»Wie hat die Betrogene es aufgenommen?«, erkundigte sich Volpi, während er mit seinem Stock in den Aschehaufen stocherte. Beide Seiten seines geschundenen Leibs brannten und stachen, sodass er bei jedem Schritt fürchten musste, in der Mitte durchzureißen. Aber er war bemüht, es mannhaft zu ertragen und dies gelang, indem er innerlich unablässig den Schwur tat, künftig nicht nur fremde Häuser, sondern auch die eigene Neugier einfach ... brennen zu lassen ...

»Gut und schlecht«, antwortete Jobst sehr sibyllinisch. »Dass Otto, ihr Mann, sie betrog, traf Sibylle Herbst sehr übel! Das heißt, es kam sie wohl vor allem schlimm an, dass es nun auf so schmähliche Weise öffentlich ruchbar wurde und im Gedächtnis der Stadt eingebrannt ist ... Daher schäumte sie vor Wut. Dass er tot ist – ertrug sie dagegen völlig gefasst. Sie will von der Geschichte zwischen ihrem Mann und der Schwalbe nichts gewusst haben. Dass er ihr untreu war, habe sie freilich vermutet ... Sie wurde von einem Sohn entbunden, noch letztes Jahr. Nun scheint sie über ihre eigene Zukunft und die des Kindes beruhigt. Herbst muss ihr gedroht haben, sie zu verlassen, oder ihr und dem Kind etwas anzutun, um ganz frei zu sein. Sie hat es vor einigen Herren des Rates bekannt.«

Wieso machte man so viel Wesens vom Unterschied zwischen Mensch und Tier? Menschen waren redende Bestien, darauf lief es hinaus, dachte Volpi.

»Wie furchtbar – das alles nun vor aller Ohren enthüllen zu müssen ... Ich schätze, sie ist überdies sehr hässlich ...«

»Wie kommst du denn darauf? Ich möchte sie zur reizendsten Witwe der Stadt erklären!«, sagte Bartholdi. »Wäre ich nicht so schüchtern ... würde ich ihr die Tür einrennen!«

»Vorsicht ...«, sagte Jobst und blickte demonstrativ um sich. »Du siehst, was bei deinem letzten Tür-Einrennen rauskam!«

»Was ist denn das hier?«, fragte Volpi unvermittelt, mit der Spitze seines Stockes ein kleines längliches Etwas von einem Aschekegel fort zur Seite schiebend. Er bückte sich ächzend, hob das Ding auf und hielt es prüfend ins Sonnenlicht.

»Eine Pfeilspitze aus Eisen, will ich meinen! Nichts Besonderes.«

»War die Wittib etwa in der Schützengilde?«

»Nein, aber ihr Mann! Wie wir alle, versteht sich ...«

»Vera Stobekens Mann hieß Eitel Stobeken. Er fiel vor fünf Jahren ...«, fügte Bartholdi hinzu, »... in der Schlacht bei Mühlberg, wo die Schmalkalder schmählich dem Kaiser unterlagen.«

»Und der Gildeschütze hatte nur einen Pfeil im Haus?«, verwunderte sich Volpi. »Wenn ich mir die Eisentrümmer anschaue, die hier sonst so herumliegen, scheint sich bisher niemand für die Nachlese interessiert zu haben: Nägel, Schnallen, ein Schürhaken, ein paar Messerklingen, ein kleiner Eisenkamm. Warum liegen hier nicht die Spitzen von einem oder zwei Schock Pfeilen herum? So viel hat doch jeder Schütze, mindestens, oder nicht?«

Volpi hatte schon vom liebsten Zeitvertreib Jobsts gehört. Seine Kenntnisse waren dagegen rein theoretisch – er hatte Roger Aschams *Toxophilus* gelesen. Was er über Pfeil und Bogen wusste, hatte er daraus.

»Ungewöhnlich in der Tat ...«, sagte Jobst. »Vielleicht hat die Schwalbe dennoch einen Pfeil aufbewahrt – im stillen Angedenken an den wehrhaften Gatten – ... – denn ich kaufte ihr seinerzeit alle Bögen und Pfeile, soweit noch vorhanden, ab. Ihr Mann hatte freilich seinen besten Bogen mit im Krieg und auch sicher drei Schock Pfeile. Was überhaupt noch übrig war an Kriegsgerät, wollte sie loswerden.«

Bartholdi und Jobst waren noch mit dem Rätsel dieser singulären eisernen Pfeilspitze beschäftigt, als sie die Stimme von Till hörten, einem vom Feuer verschont gebliebenen Nachbarn. Buhlmann wohnte rechts neben der Lücke – Till links. Er teilte seinen Namen ganz zu Unrecht mit Ulenspiegel – denn er war ein humorloser Geselle, auch wenn er dauernd grinste. Ein Gerber eben.

»Es musste ja so enden, das hab ich immer gesagt! Sie hat es abgestritten, aber es war doch, wie ich gesagt hab. Schaut euch nur um – hat mich etwa der Sinn getrogen? Seht's euch nur an und sagt mir: Hab ich etwa falsch gelegen?«

Till blitzte in die Runde, doch Jobst, Volpi und Bartholdi, die Brand-Inspektoren, schenkten ihm wenig Beachtung.

»Was soll die üble Nachrede, Till?«, sagte Bartholdi. »Das hilft keinem und dir auch nicht, wenn du es noch darauf angelegt haben solltest, in den Himmel zu kommen.«

»Aber ich weiß doch ganz genau, wovon ich rede!«, beharrte Till.

Jobst schaltete sich ein und machte breite Front gegen diesen dahergelaufenen Strich in der Landschaft.

»Verschon uns, wenn du dich jetzt brüsten willst, den Lebenswandel der Schwalbe gekannt zu haben! Da warst du weiß Gott nicht der Einzige.«

Till trat sicherheitshalber einen Schritt zurück, bevor er kicherte und sagte: »Und doch der, der am meisten gehört hat davon ... hehe! ... Aber das meine ich gar nicht, Meister Jobst. Ich meine den feurigen Gast unter ihrem Dach ...«

»Versteh ich nicht? Läuft das nicht aufs Gleiche hinaus?«, fragte Bartholdi grinsend.

»Du solltest wissen, wovon ich spreche, Georg. Dein heiliger Namensvetter kämpfte mit einem von denen ...«

»Wie oft soll ich dir noch sagen, dass ich Gerhard heiße!«, entgegnete Bartholdi boshaft, doch dann erstarb sein Furor. »Du meinst doch nicht etwa, dass sie ... einen ... hatte ...?«

Till kicherte: »Doch, hatte sie! Sieh dich doch um!«

Bartholdi verstand offenbar als Einziger, wovon die Rede ging ...

»Hat sie ihn geärgert? Vielleicht ... war er eifersüchtig ...!«

Jetzt hatten der Gerber und der Großarchivar doch ihren Spaß zusammen.

»Wovon redet ihr überhaupt?«, fragte Jobst.

Volpi schien ein Licht aufzugehen. Ohne weitere Erläuterungen auszukommen, war für den Logiker Ehrensache.

»Nichts sagen!«, flehte er, da er sah, wie Tills Mund schon wieder aufgehen wollte.

»Des Heiligen Georgs Gegner war ein Wurm, denkt Ihr! Ein geflügelter Scheunenanzünder, ein Heerbrand, ein Schatzhüter! Gelt, Herr Till? Und Ihr glaubt, sie hätte diesen heimlichen Gast nicht gut behandelt, sodass er ihr das Dach überm Kopf ansteckt hat ... Da könnte was dran sein, er dürfte auf die anderen feurigen Gästen getroffen sein ... Wir fanden ihr Liebesnest ja direkt unterm First!«

Bartholdi gluckste. Endlich hatte auch Jobst, der alte, seriöse Handelsherr, verstanden. Das war es, worüber sich die grünschnäbelige Jugend amüsierte: Diese Toren redeten von Lindwürmern, von Drachen, die nachts als wurmartige Feuerschweife in Häuser einfielen und den Hausbesitzern Glück brachten, angeblich ...

»Unfug, Aberglaube!«, entfuhr es Jobst. »Ich hielt Euch für einen klugen Mann, mein lieber Doktor. Was soll ich denn jetzt denken? Sagt mir aufrichtig: Glaubt Ihr ehrlich noch an Hausdrachen?«

»Oh ja, ich hatte schon zwei in meinem kurzen Leben, und ich habe zweimal die Flucht ergriffen!« Volpi lachte kurz. »Nein, nein, im Ernst, Herr Jobst, äh ...«

Volpi hatte Till wohl für eine halbe Sekunde zu lange fixiert. Der Gerber nickte eifrig, denn ihm *war* das Ernst.

»Mit Verlaub – so ist es!«, verkündete er erfreut,, zog eine gerollte Broschur hervor und begann vorzulesen:

Einige sagen, unter anderem Ptolomäus selbst, der Feuerdrache oder Wurm sei nichts als eine Menge brennbarer Luft ...«

Aber Jobst schlug Till das Heft zornig aus der Hand: »Du Quatschkopf! Willst du der Schwalbe anhängen, sie sei eine Hexe gewesen, die der Teufel in Drachengestalt besucht hätte – jetzt, wo sie schon unglücklich verbrannt ist?«

Till hob das Heft auf und funkelte Jobst an.

»Nein, aber es wär wohl noch gekommen – hätte sie den Drachen nicht gleich durch ihr Verhalten angeekelt. Statt ihn mit Hirsebrei zu empfangen, was nach Ptolomäus seine Leibspeise ist, vergnügt sie sich weiter mit ihrem Buhlen ...«

Volpi und Bartholdi kamen schier um vor Lachen ... aber Till verkündete mit fester Stimme: »Als der Drache hereinkam – schöne Bescherung – sieht er die Hexe, wie sie beim Feuerhüter liegt! Na, da wird der Wurm ganz schön geflucht haben! Das Ende vom Lied kennen wir ja ... Ich hab ihn jedenfalls einfahren sehen, den Drachen. Könnt Ihr Herren sagen, was Ihr wollt! Und dass Ihr die Lehrmeinung des Ptolomäus nicht achtet, wird den obersten Teufelsaustreiber von Westfalen, Karolus Fischer nämlich, sicher interessieren!«

»Nun mach halblang, Till«, beschwichtigte ihn Bartholdi, der plötzlich wieder sehr gefasst wirkte. Die Erwähnung der Inquisitoren hatte immer diesen plötzlichen Ernst zur Folge. »Erzähl uns lieber, was du gesehen hast. Beschreib es mal mit deinen Worten. Hier steht, wie du richtig gesagt hast, ein großer Naturforscher«, dabei zeigte er auf Volpi. »Beobachtungen sind die wichtigste Grundlage für jede Theorie.«

Bartholdi sah lächelnd zu Volpi hin, der sich ganz den Anschein des lebhaftesten Interesses gab.

Till berichtete: »Ich konnte nicht schlafen, da bin ich halt unters Dach geklettert, wo die Häute trocknen, um welche davon abzunehmen. Daher hörte ich die Geräusche von drüben gut. Wie sollte ich denn auch nicht? Man hörte die Schwalbe und ihren Gespielen ja in der ganzen Straße! Ich hab da mehrere Trockenluken, da kann man durchschauen. Nicht nach drüben, ihr Herren! In den Himmel! Und da sah ich ihn anfliegen! Der Feuerdrache kam just in diesem Moment, als ich hinaussah: Ein grausiger Anblick, sag ich Euch! Erst war es bloß ein von Weitem aufsteigender Strich. In die Höhe stieg's, dann hörte man ein lauter und lauter werdendes Zischen und sah zugleich einen hellen, dichten Schein, der näher kam. Er fuhr direkt hinein ins Dach der Schwalbe. Mit einem harten Knall!« Till bekreuzigte sich. »Eine Feuerkugel, eine blakende Sphäre, ein Halo, einen Funkenregen, einen kleinen Sturzbach Feuers ... das hab ich übers Dach laufen sehen und bin schnell abgetaucht, damit er mich nicht sieht und mir einen Strahl Feuer entgegenschleudert! Das hab ich mir nicht bloß eingebildet! So wahr ich hier vor Euch stehe!«

»Aus welcher Richtung kam er?«, fragte Volpi, und sowohl Bartholdi als auch Jobst staunten über den Ernst, den er in seine Stimme legte. Hatte er etwa doch Feuer gefangen? Wollte er das Drachen- und Wurm- und Glühschwanz-Geschwätz etwa für bare Münze nehmen?

»Darüber nun hab ich mir den Kopf zerbrochen, aber ... genau weiß ich es nicht zu sagen. Von oben ..., aber ob von der Abzucht oder aus dem Norden? Ich hab es nicht gesehen ... Ist denn das wichtig?«

»Für die allgemeine Drachentheorie nicht. Aber sozusagen für die kasuistische Drachenlehre. Für die Anwendung auf diesen besonderen Drachenfall ... diese sogenannte Einfahrt ... oder gleichzeitige Ein- und Wiederausfahrt ...«

Volpi dachte scheinbar wirklich angestrengt über Drakologie nach.

»Tsts ... kam der Kerl doch einfach zur Unzeit ...« Der Gelehrte hielt die Pfeilspitze hoch. »Was für ein Dach war das eigentlich, ich sah es ja nur noch, als es bereits in Rauchform existierte ...«

»Eines mit Holzschindeln«, sagte Bartholdi achselzuckend. »Der Schiefer ist für die wenigsten erschwinglich.«

»Verdammt«, knurrte Jobst. »Also doch ...«

Der Drachenbeobachter Till blickte von einem zum anderen, bis Volpi sagte: »Was Ihr gesehen habt, mein Freund, war eine seltene Art, besonders in so zivilisierten Städten wie dieser hier. Ein Drache, der aussah und sich ganz so verhalten zu haben scheint wie ... ein Feuerpfeil!«

Freitag, 20. Mai 1552

»Ihr seht aus wie drei Tage Regenwetter!«, sagte Jobst, als er den Syndikus Keller eintreten sah. Die Beschreibung passte, wie auch die anderen Biertrinker in der Kemenate der Halskrause unumwunden zugeben mussten. Keller vergalt die wenig schmeichelhafte Begrüßung mit einem Lob über das blendende Äußere Jobsts, wurde daraufhin mit dem noch leicht angeknacksten Volpi bekannt gemacht und grüßte erst den stets fidelen Baader und zuletzt Bartholdi, dem es schon wieder prächtig zu gehen schien. Kleine Menschen waren härter im Nehmen, dachte Volpi, und das mussten sie ja auch sein, hätte Bartholdi hinzugefügt.

»Wo drückt Euch der Schuh? Ist's die Hinterlassenschaft der Schwalbe?«, fragte Baader den jungen und schmächtigen Mann.

»Nein, es ist freilich die Ordnung der Herbst'schen Angelegenheiten, mit denen ich betraut bin ... Die Witwe Herbst ist wirklich nicht zu beneiden ... Schließlich hat keiner damit gerechnet, und es ist ein Glück, dass überhaupt Verfügungen von Otto Herbst vorhanden sind. Es gibt gar deren zwei ... doch die zweite ist noch so frisch, dass man sich fragt, ob das Schicksal nur darauf gewartet hat, bis das Testament unterzeichnet war ...«

»Ach!«, entfuhr es allen. »Erzählt!«

Keller tat entrüstet: »Meine Freunde – das geht doch nicht! Schließlich vertrete ich Euch ja auch alle, und erzähle auch nicht in aller Öffentlichkeit davon, wie Ihr es in Euren Erbschaftsverfügungen haltet!«

»Nun ja, aber ein bisschen andeuten ... Ihr wisst, dass es bei uns so sicher ist wie in Abrahams Schoß ... das Geheimnis ...«, sagte Baader.

Jobst nahm zu drastischen Mitteln Zuflucht: »Na gut, wenn Ihr kein Bier mit uns trinken wollt, dann ... hat mich sehr gefreut ... Einen schönen Abend noch, Herr Syndikus!«

»Es gibt auch noch andere Syndici!«, kam es hoch und hell aus Bartholdis Mund, während er Volpi zuzwinkerte.

»Ihr Bestien!«, fluchte Keller leise, aber dann lächelte er. »Na ja, im Grunde ist es ja wurscht ... Wer Haus und Hof und Schatulle erbt, seht ihr ja ohnehin bald: Sibylle Herbst. Der Garten indes kommt an seinen Bruder!«

»Ach, sag bloß!«, kam es aus der Runde. »Wer hätte das gedacht!«

»Aber ...«, hob Volpi an: »Nach Eurer Einleitung vermute ich, dass der Inhalt der alten Verfügung anders gelautet hat.«

»In der Tat, sie wurde auch erst vor rund eineinhalb Jahren getroffen, und die Haupterben waren nach dieser alten Verfügung ...«

Man hätte eine Haarnadel fallen oder auch einen gefallenen Engel durchs Kaminzimmer hinken hören, während sie auf den Namen warteten ...

»Vera Stobeken und Erben!«

»Uff!«

»Ach nee ... ?«

»Da schlägt's dreizehn!«

Keller, sich im Brennpunkt des Interesses nicht unwohl fühlend, schob Bedenken beiseite, Dinge auszuplaudern, die er eigentlich hätte bei sich behalten müssen, wenn man's genau nahm. Aber wer, außer dem Kämmerer, nahm es schon genau ...

»Dem Bruder hatte Herbst wohl auch ein Legat zugedacht. Der ihm so wichtige Garten war als gepflegter öffentlicher Ort den Bergleuten überschrieben, damit sie sich darin ergehen könnten. Diese Gebeutelten sollten die Lungen an der frischen Luft wiedererstarken lassen und die Seelen am Anblick der Blumen und der Schönheit der Beete weiden können. Ein regelmäßiges Almosen schließlich wäre den beiden heiligen Kreuzen für die Armen und Kranken zugeflossen.«

»Das wäre nobel gewesen, das mit den Bergleuten und den Spitälern!«, sagte Bartholdi. »Das andere ... Oh Gott! Die arme Sibylle ... Dieses Monstrum ... Die eigene Frau übergehen.«

Der Großarchivar knirschte mit den Zähnen vor Abscheu. Die Übrigen grinsten, denn jeder wusste von seiner heimlichen Neigung. Bartholdi betete Sibylle Herbst an wie eine private Gottheit ... Dabei wusste doch jeder, wie es um die Ehe der Herbsts bestellt gewesen war. Einige munkelten sogar, dass Sibylle Herbst etwas mit dem Bergrichter Brandt gehabt hatte oder noch immer hätte.

»Nun, Otto Herbst scheint zur Vernunft gekommen zu sein«, sagte Jobst, scheinbar bestrebt, das Thema zu beenden. »Gerade noch rechtzeitig. Sozusagen kurz bevor der Winter kam ...«

»Auf die Witwe Herbst!«, sagte Bartholdi und hob sein Glas, um das Gelächter über Jobsts Jahreszeiten-Sottise abzuschneiden.

Sie tranken.

Dann wurde von vielem gesprochen, von den drei Sonnen und fünf Regenbögen, die der Türmer Groenewold am Vortag, einen Schlag nach Mittag am Himmel im Westen gesehen haben wollte, von dem heftigen Wind, der am Berghang von Clausthal eine Schneise geschlagen hatte ... Sehr lange auch ging es um die vermeintlichen gewaltigen Truppenverstärkungen des Herzogs.

»Heinrich hat keine 1200 Reiter! Und keine 3000 Landsknechte!«, empörte sich Baader. »Bloße Gerüchte, vom herzoglichen Adlatus Stechow in die Welt gesetzt, um uns Angst einzujagen!«

Bartholdi verzog den Mund, als er den Namen Stechow hörte. Er erklärte Keller, der zu jener Zeit noch in Marburg studierte, was sich 1530 und in den beiden Folgejahren abgespielt hatte: »Der Syndikus Dellinghausen war als Unterhändler in Augsburg, beim Reichstag, wo es um die Türkenfrage und das Bekenntnisproblem ging – Melanchthon hat damals ... aber das wisst Ihr ja alles ... Dellinghausen wurde auf dem Heimweg bei Homburg vor der Höhe, einem Ort, der den Goslarern seitdem verhasst ist bis in alle Ewigkeit, von Balthasar Stechow und Konsorten gefangengenommen und entführt. Er starb nach zwei Jahren Kerkerfolter im Verlies des Schlosses Schöningen.«

Über die jüngsten Brände in Langelsheim und Astfeld kam man zuletzt wieder auf den Schwalbenbrand zurück.

»Im Rat ist man gar nicht begeistert von der Pfeilgeschichte«, sagte Jobst. »Die Bürgermeister vom Alten, Heldt und Wiesbaum, sind ebenso wie die des Neuen, Immhoff und Richter, der Ansicht, dass der Pfeil von draußen gekommen sein muss. Jetzt macht es in der Stadt die Runde, und alle sind überzeugt, dass es der Herzog war, der den Schützen angestiftet und bezahlt hat.«

»Das hat ja auch einiges für sich«, sagte Bartholdi. »Gestern ist ein Pulk von vermutlich herzoglichen Landsknechten vor der Mauer entlanggezogen. Die Wachen vom Zwinger haben es Immhoff gemeldet, als ich ihm einen Band mit Regesten brachte. Sie ritten den Reiseckenweg entlang, also auch am unteren Wasserloch vorbei, wo der Weg der Stadt am nächsten kommt. Kurz zuvor waren übrigens auch Fahrende unterwegs … eine Gruppe Feuerkünstler …«

Ein Raunen ging durch die Runde, als wenn damit alles klar wäre. Vaganten, Landstörzer, Künstler – alle gleich! Gesindel!

»Wasserloch?«, fragte Volpi, und er dachte an eine Viehschwemme oder Pferdetränke.

»Das ist der mit Gittern und einer kleinen Zwingburg geschützte Austritt der Abzucht aus der Stadt, gleich hier drüben, durch die Mauer …«, erläuterte Bartholdi dem Gast.

Er deutete in Richtung der schmalen hohen Fenster, die wie alle im Haus mit echtem Glas verschlossen waren – aus farbigen Gläsern zusammengesetzte Tafeln, die das Familienwappen zeigten, einige auch biblische Szenen.

Auf die Frage, wann die Heerscharen diese Stelle passiert hätten, entgegnete der Großarchivar: »Schätzungsweise kurz vor beziehungsweise kurz nach elf!«

»Pfeilschuss, Treffer, Feuer auf dem Dach …«, dachte Volpi laut nach: »Man müsste es ausprobieren … Wie lange so etwas dauert, bis ein Dach aus Holzschindeln brennt, wenn ein Feuerpfeil es trifft. Nur zur Sicherheit, bevor man eine ins Lager des hochfürstlichen Feindes zielende Vermutung äußert. Auch wäre die Entfernung genauer zu bestimmen und zu verifizieren, ob mit einem Feuerpfeil diese Distanz überhaupt so einfach zu überbrücken ist ...«

»Da hätte ich keinen Zweifel bei einem Kriegsbogen von vielleicht fünfzig Pfund Zuggewicht«, sagte Jobst, was Baader und Bartholdi mit einem wissenden Lächeln quittierten. »Und bei den Feuerkünstlern sowieso nicht ... Wenn es die Truppe ist, die auch im Vorjahr beim Jahrmarkt hier war, dann ist ein Ass mit dem Bogen dabei. Ich lud ihn und die Seinen bereits damals zum Wettstreit im Weitschießen, und er schlug mich um fast zwanzig Lachter ...«

Jobst stand dieser Wettstreit sichtlich plastisch vor Augen, und er schien über den Krug hinweg in der Ferne die weiß befiederten Pfeile zischend in die Braune Haide fahren zu sehen ...

»In diesem Punkt dürft Ihr ganz beruhigt sein!«, sagte der Medikus mit jovialer Biertrinkergeste zu Volpi. »Wenn unser Meisterschütze sich so eindeutig äußert, dann kann am Faktum kein Zweifel bestehen. Falls der Brand somit die Folge eines ziellosen herzoglichen Feuerpfeilschusses gewesen sein sollte – der möglicherweise zum Ziel hatte, ganz Goslar in Schutt und Asche zu verwandeln –, müssen wir uns über das Gift im Wein keine großen Sorgen mehr machen. Es sei denn, es interessiert uns, nur so ganz allgemein, wie man es gebraucht, das Extrakt vom Igelkolben, Rauapfel, Dornapfel, vom Tollkraut, Pferdegift, Zigeunerkraut, oder der Stachelnuss und Donnerkugel.«

»Donnerkugel?«, fragte Volpi.

»So nannte man den Stechapfel, weil er vor Gewitterwirkung schützen soll ... Über die Verwendung als Aphrodisiakum und Narkotikum in Salben und im Wein hat sich der ehrenwerte Theophrastus Bombastus von Hohenheim ja schon ausführlich geäußert, ich habe zwischenzeitlich nachgeforscht. In der Großen Wundarznei steht nichts, aber es gibt eine kleine Paracelsische Schrift *Erquickliche Würckung der Toll-Nuss im Beylager*.«

Sie kicherten.

»Da rät er, die Pflanze nur in der Räucherkugel neben das Bett zu stellen, keinesfalls aber Extrakte aus Blüten oder Samen oder Blättern zu probieren. Für den Fall der Einnahme werden alle Symptome, die ihr beiden hattet, dort beschrieben. Über die tödliche Menge ist der Hohenheimer sich nicht sicher, aber er vermutet, dass sie nicht sehr groß ist. Eine Handvoll Samen zum Beispiel schätzt er oder weniger als eine viertel Unze.«

»Auch die Trockenheit in der Kehle? Die Unmöglichkeit des Erbrechens? Die innere Hitze und Unruhe?«

»Alles. Die üblen unter den Hurenwirtinnen benutzen Tollkrauts-Wein oder -Bier, um die Kunden ihrer Damen wehrlos und scheintot zu machen. So können sie besser ausgenommen werden. Ich schätze, dass die beiden Unglücklichen ihren Saft von da haben. Kohler, den ich befragte, hat freilich niemandem seit je Extrakt oder Pflanzen verkauft ... Das Zeug wächst leider nicht wie Unkraut ...«

»Das stimmt!«, bestätigte Bartholdi, der sich als Bergmann mit Kräutersammeln das anfangs kleine Einkommen aufgebessert hatte. »Ich könnte dir nur ein oder zwei Stellen hinterm Ramseck und an der Ratsschiefergrube nennen, wo es welchen gibt! Und die kennt außer mir keiner. Wir können gleich hinaufklettern und einen Sack voll holen.«

Eine Weile herrschte halbtrunkenes Schweigen.

Dann sagte Volpi, wobei eine kleine Schaumwolke durch den Anprall seiner Stimme in die wohlig warme Kemenatenatmosphäre entsandt wurde und erst unschlüssig im Raum stand, dann pfeilschnell auf Bartholdi herabflog: »Und ... wenn der Pfeil nicht von draußen kam ...?«

Montag, 23. Mai 1552

War er nicht eigentlich in Goslar, um ein Poem zu verfassen, fragte sich Volpi. Ein Lobgedicht über diese Stadt mit ihrem Kindskopfpflaster und ihren einander überlappenden Dächern, ihren Gassen, die teils so eng wie Nadelöhre waren? Was aber tat er stattdessen? Er beschäftigte sich mit einer obskuren Brandgeschichte …

»Du könntest mir etwas über die Schwalbe erzählen!«, sagte er zu Bartholdi, aber der bedauerte:

»Kannte sie ja gar nicht …«

Sie standen wieder dort, wo sie sich zuerst gesehen – in der Sakristei der Marktkirche, im Archivraum des Rates.

»Aber vielleicht sagst du mir etwas über ihren Sohn?«

Volpi überlegte. Vier Möglichkeiten gab es: Entweder war es ein Zufallstreffer – der Pfeil galt keinem der beiden. Oder er galt beiden. Er galt ihm. Oder er galt ihr …

»Über Günter Stobeken, den Brauer? Der wohnt neben Hans Geismar an der Tränke. Sein Bier ist das beste der Stadt, denn er bezieht seinen Hopfen beim angesehensten Hopfenhändler der Altmark: Niklas Soltmann junior. Die Gerste kommt, soweit ich weiß, vom Hannes Feldtmann in Langelsheim. Aber trotz alledem geht es Stobeken nicht gut. Er macht sein Bier ständig teurer. Bald kann es sich keiner mehr leisten. Du hast Stobekens Gose übrigens schon getrunken: Jobst hat sie dir eingeflößt!«

»Gose? Ich denke, so heißt euer Trinkwasserbach?«

»Das Bier auch, nach dem Bach, klar. Trotzdem ist die Gose schon ein Begriff in der Bierwelt … Aber das kann dir ein Brauer besser erklären. Ein Großarchivar, selbst mit dem größten Kopf auf dem kleinsten Körper – kann nicht alles wissen und behalten … Es ist ein ganz eigen Ding mit diesem Gose-Bier-Brauen! Die Brauer machen daher auch ein Geheimnis daraus. Anscheinend funktioniert es nicht immer, manchmal ist's am Schluss Essig statt Bier.«

Bartholdi zuckte die Schultern und nahm grinsend Abschied. Es war ihm anzusehen, dass er seine Arbeit vermisste: »Heut hab ich eine Menge zu tun – der gestrige Tag hat mich einen halben Lachter in den Akten zurückgeworfen. Sieh hier! Es sind schon wieder neue gekommen!«

Du Glücklicher, dachte Volpi, rollte sein kleines Notizbuch zusammen und machte sich auf den Weg zur reichsten Goslarer Pfarrkirche.

In der Unterstadt wohnten die späten Ausgeburten reicher Ministerial- und Rittergeschlechter nebst wohlhabenden Ackerbürgern, allen voran Daniel Jobst. Im kurzen Rundgang durch Sankt Stephani sah Volpi die Apostel – von Dürer so wunderbar gemalt – mannshoch als Skulpturen in Silber und Gold ausgeführt ... Wenn man auch gewollt hätte ... sie waren so schwer, dass man eine ganze Bande gebraucht hätte und vier Ochsengespanne, um diese Trümmer vom Fleck zu ziehen ...

»Wie viele Stufen?«, fragte er Wolter Eck, den Stephani-Küster, einen kleinen, freundlichen Mann, der etwas von der Gedrungenheit und resoluten Emsigkeit eines leicht zu groß geratenen Marienkäfers ausstrahlte. »Ich will mir das schöne Goslar mal von oben besehen ...«

»186 insgesamt! Bei 161 kommt Ihr an der Tür des Türmerzimmers vorbei. Hämmert laut daran! Groenewold hört etwas schwer – die Glocken schätze ich ... Früher war er Archivar und Türmer an der Marktkirche, da hatte er es besser – seine hiesige Stube liegt direkt neben der Glockenstube ...«

Als Volpi endlich oben war, hatte er einen Drehwurm. Es war tatsächlich nicht jedermanns Sache, zu Andreas Groenewold aufzusteigen. Erst recht nicht, zu ihm durchzudringen – stimmlich. Als Feuerreiter hatte er – im Falsett – sehr zurückhaltend geklungen gegen sein jetziges Stentor-Gedröhn:

»Was wollt Ihr? Ein Poem schreien?«

»Schreiben! Nicht schreien!«, schrie Volpi.

»Ihr müsst es nicht schreiben! Es genügt, wenn Ihr es schreit! Ich kann schon hören! Nur etwas schwer! Die Glocken! Zweimal neun gleich achtzehn!«

»Ich weiß!«

»Was? Nicht zwei! Achtzehn!«

Die grandiose Rundum-Aussicht entschädigte für die stimmliche Sisyphus-Arbeit. Ganz Goslar lag dem Gast zu Füßen. Wie ein Bogen krümmte sich die Schlucht der Breiten Straße nach Nordosten und verschwand in der Torburg des Breiten Tors mit dem wuchtigen Danielsturm. Volpi drückte erst einmal genüsslich die Ellenbogen in alle Fensteröffnungen und ließ den Blick schweifen über die Dächer mit ihren verschiedenen Farben. Je nachdem, ob Holz oder Reet oder gar Schiefer die Deckung bildete, zeigten sie sich in verschiedenen Grautönen. Die aufsteigenden Nebelsäulen der Feuerungen räucherten hin und wieder vorm Blinken der Turmknäufe und Kreuze an den Kirchtürmen. Die Schieferkegel oder Schrägen der Tor- und Wartturmdächer im weiten Umkreis markierten den Verlauf der Stadtmauer. Wie viele mochten das sein? Dreißig? Vierzig? Er fing an, sie mit den Fingern abzuzählen …

»Zwoundfünfzig!«, trompetete Groenewold, der seine Absicht erahnte.

Kaum zu fassen. Die Goslarer Stadtväter hatten wirklich mächtig Bammel vor dem Herzog!

»Wer besetzt die denn alle?«

»Die Mitglieder der Gilden und die städtischen Kriegsknechte!«

Ein Dreimastkriegsschiff mit Kurs auf Westen, dachte Volpi, war diese elliptische Stadt. Und er stand achtern im Krähennest, sah die vielen winzigkleinen Menschen, wie sie durch die Straßen schlurften. Von hier oben betrachtet, sahen alle Goslarer aus wie Bartholdi.

»Seht Ihr den Herzog am Horizont?«, fragbrüllte Groenewold.

»Nein, nur Kühe und Pferde und … Zielscheiben!«, gab Volpi laut zurück, in Richtung eines weiten gemähten Platzes mit einem pittoresken weißen Tempel weit vor dem Rosentor in den Wiesen deutend.

»Das ist der Schützenplatz mit unserem Schützenhaus! Wir müssen alle ständig schießen üben!«

Groenewold war ein kerniger und zäh wirkender schlanker Mann, dem man sein hohes Alter in den Bewegungen kaum anmerkte. Nur der weiße, helmartige Haarschopf und das Faltennetz im Gesicht deuteten darauf hin. Er wies auf seine Bögen, die in der Ecke lehnten.

»Ihr wart schnell an der Brandstelle bei der Schwalbe, Respekt!«, sagte Volpi.

»Die Schwalben fliegen schnell! Weiß Gott! Respekt, Respekt!«

Es war ein Kreuz mit Schwerhörigen – so groß wie diese Kreuzbasilika ...

»Ihr wart schnell an der Brandstelle bei der Schwalbe!«, schrie Volpi.

»Die Stufen halten einen Alten wie mich auf Trab!«, gab Groenewold mit gleicher Stimmgewalt zurück. »Aber ich beschränke meine Ausflüge auf das Wesentliche.«

»Die Brände ziehen Euch an?«

Groenewold lachte lauthals.

»So dürft Ihr es formulieren. Aber nicht andersherum. Wenn es nach mir ginge ...« Er schluckte und schlug gleichzeitig das Kreuz. »Wenn ich die Aufsicht unter mir hätte, ich würde jedem der Wette-Herren Feuer unterm Hintern machen! Ihr Gemauschel mit den Hauseignern ist gemeingefährlich. Aber die Bande klüngelt so fest zusammen, dass es nicht möglich ist, ihnen etwas nachzuweisen.«

»Wette? Was machen die?«

»Kontrollieren vor allem die Märkte und die Gewerbebetriebe. Sind aber auch für die Inspektion und die Bauabnahme der Feuerstätten zuständig!«, schmetterte Groenewold.

Verdammt, da brauchte einer einen mächtigen Atem, um sich länger mit diesem Mann zu unterhalten.

Volpi holte tief Luft und orgelte: »Wollt Ihr damit sagen, dass die Wette-Herren in ihrem Amt nicht so ordentlich verfahren, wie sie sollten?«

Groenewold wurde jetzt wirklich laut, sodass man hinter jedem seiner Sätze ein Ausrufezeichen sehen konnte: »Das liegt förmlich auf der Hand! Bei der Schwalbe hätte schon seit Jahren ein Feuerblech um den Schornstein gehört! Ich sehe von hier oben mindestens dreißig ungesicherte Schornsteine am First! Schaut Euch selbst nur um! Da sprühen mitunter die Funken raus, oder schießen gar die Flammen hoch, wenn eine Hausfrau ranziges Öl ins Feuer gießt, dann ganze Berge von Tann- oder Kien-Äpfeln nachwirft. Und rundherum am Dach lechzt das trockne Reet oder Holz nur so nach dem Feuer! Aber so ein Blech aufs Dach machen zu lassen, ist eine teure Angelegenheit ... Und warum sollte man es tun, wenn der Herr von der Wette für ein Fass Bier oder einen Gulden ein Auge zudrückt?«

»Verdammt gefährliches Spiel!«, musste Volpi zugeben und fragte: »Warum kontrolliert keiner die Kontrolleure?«

Aber zum Glück war er zu leise gewesen, sodass Groenewold es überhörte ... Es war eine törichte Frage, die sich selbst beantwortete. Wenn sich einer querstellte, hatte er gleich mehrere Feinde: die geschmierten Aufseher und die erzürnten Hausbesitzer. So nahm man eher die Gefahr eines ausufernden Brandes in Kauf, als dass man reinen Tisch machte. Volpi seufzte über den Unverstand im Menschen und sah hinunter: Heerströme von Volk durchzogen die Straßen. Mauersegler flogen schrill schreiend über die Häuserfluchten und schwangen sich mit ihren Sichelflügeln hoch hinauf bis zur Turmhaube. Elegant umkreisten sie die beiden schlanken Steinzeiger. Die Rauchschwalben blieben dagegen meist weiter unten. Nur eine saß auf der eisernen Wetterfahne des Südturms und schwätzte munter drauflos, unbekümmert um die Feuergefahren der Korruption und um andere Sorgen der Menschen.

»Wann habt Ihr eigentlich das Feuer zuerst bemerkt?«, rief Volpi fragend. »Ihr wart etwa um zehn vor zwölf vor Ort, wenn ich mich nicht irre.«

»Ich bemerkte es beim zweiten Glockenschlag, also um halb zwölf. Es war eher Zufall, denn auch Türmer nicken mitunter ein! Erzählt es keinem. Ich stand dort, wo Ihr jetzt steht und als die Glocke schlug, machte ich die Augen auf und hatte die Straße in den Gröpern im Blick! Da loderte schon das Dach der Schwalbe!«

Es gab schon Zufälle, dachte Volpi.

»Und Ihr habt nicht kurz vorher mit einem halben Auge eine Himmelserscheinung bemerkt?«, fragte er.

Andreas Groenewold wurde aschfahl. Er sprach sogar leise, sodass er wohl kaum sein eigenes Wort verstanden haben dürfte: »Was wollt Ihr damit sagen? Dass das Feuer vom Himmel kam? Sozusagen wie ... ein Blitz? Wie Gottes Zorn? ... Nein, ich sah keinen Blitz zuvor. Aber als ich mich umwenden wollte, da war mir für einen Augenblick, als sähe ich ein Licht ...«

»Was?«, schrie Volpi.

»Seid Ihr schwerhörig?«, konterte Groenewold. »Ich sah ein Licht auf dem Dach des ehemaligen Kurienhauses!«

»Was für ein Licht? Was für ein Kurienhaus?«

»Eine Laterne. Auf dem Dach des seit langem leer stehenden Hauses, das ehemals einem der Würdenträger von Sankt Peter gehörte. Es steht direkt hinter Sankt Stephan an der Kirchstraße, seht – da!«

Groenewold wies Volpi auf einen Fachwerkbau, der es in Größe mit dem Unruh-Haus aufnehmen konnte. Nur sah es bei näherer Betrachtung verlassen aus.

»Merkwürdig, in der Tat. Nun ja, mitunter sind die Goslarer Nachtbeschäftigungen eigenartig: Mit Laternen auf Dächern herumklettern ...«

Volpi wünschte dem Türmer noch einen schönen Tag, überzeugt davon, dass dieser ihn haben würde, so enthoben all den niederen Lebensunbilden und – akustisch – so schwer erreichbar.

Volpi ging mit dem Stephani-Küster Eck die wenigen Schritte hinüber. Das kaum fünfzig Jahre alte Gebäude wäre mit wenig Aufwand wieder instand zu setzen. Ein schönes Haus, das im Augenblick keinen Chorherrn mehr zu interessieren schien.

»Der Probst von Horst sucht die Kurie zu überzeugen, es einem reichen Bürger zu verkaufen, solange es noch so gut in Schuss ist«, sagte Eck und bemerkte nicht die Blässe, die das Wort *Schuss* bei dem dunklen Italiener auslöste, da dieser an den nächtlichen Feuerpfeil denken musste.

Der kleine, rundliche Mann in seinem schwarzen Rock hob eine eiserne Schlinge, mit der die Holztür zum Garten gesichert war. Sie gingen zum Hintereingang.

»Die hintere Tür ist immer offen?«, fragte Volpi

»Ja, die vordere ist immer dicht, die hier lass ich unverschlossen, ständig den Schlüssel mitschleppen müssen, wenn ich Gemüse hole, wär mir zu lästig. Der Garten wird von uns genutzt! Und ein Blick hinein ins Haus genügt, um zu sehen, ob sich einer häuslich niederlässt ... Zu stehlen gibt es außer Bohnen und Rüben höchstens noch die Fensterläden ...«

Volpi schaute auf die schönen Beete. Akkurat aufgeschichtete Sandwälle mit Spargelstangen, Mohr- und Kohlrüben, Kohlrabi, Rauke, Bohnen, Erbsen, Linsen. Im Hintergrund gaben sich Apfel-, Birn- und Mirabellenbäume ein Stelldichein. Ach, und da ... nein, konnte es sein? Ein kleiner sehr verholzter Dornbusch mit rötlicher Rinde, vielen lanzettförmigen ledrigen Blätter und roten Trichterblüten ... kein Zweifel: *Punica*! Man hatte ihn ummauert wegen der Witterung. Dennoch stand er in einem Kübel.

»So weit im Norden, das ist außergewöhnlich!«, bemerkte Volpi.

Und Eck warf sich in die Brust. »Jetzt weiß ich, dass Ihr wirklich Botanicus seid! Auf diesen Granatapfel bin ich besonders stolz ... Ein junger Mann, sehr ums eigene Seelenheil besorgt, schenkte ihn uns vor 12 Jahren, da war das Pflänzchen noch nicht viel mehr als ein Sprössling. Er stammt aus dem heiligen

Land! Ich habe ihn mit einem Mantel aus Ziegeln versehen, und die Wärme der Steine hält ihn warm im Frühjahr und im Herbst. Sobald die ersten Fröste anklopfen, bringe ich ihn in die Kirche. Der weiße Dornbusch, der aus dem Pilgerstab Josefs von Arimathäa austrieb, könnte mir kaum heiliger sein!«

»Trägt Euer flammender Granatapfelbusch auch?«, fragte Volpi.

»Und ob ... Es sieht aus, als hingen kugelige rote Lampions im lichten Grün. Ich mische den Saft dem Messwein bei, das hat uns schon manchen neuen Mäzen eingetragen ... Auch der Wein hier an der Grenzmauer gibt Ertrag! Letztes Jahr hatten wir etliche Quart ...«, sagte Eck, spitzte lächelnd die Lippen und schüttelte sich etwas: »Gestorben ist noch keiner dran ... Was sag ich – umgekehrt wird ein Schuh draus: Die Säure erweckt selbst Tote ...«

Volpi bat, sich im Haus umsehen zu dürfen.

»Ihr müsst wissen, dass mein Aufenthalt vielleicht länger währt. Wenn ich gar zum Goslarer werde, dann brauche ich ein Domizil ...«

Er musste innerlich lachen über diese Hochstapelei. Allenfalls eine Hütte im Bohnenacker hätte er sich leisten können ... Wie aber einfacher seine eigentliche Absicht kaschieren?

Ecks Befürchtung, des geliebten Gartens verlustig zu gehen, zerstreute er leicht: »Gartenarbeit ist nicht unbedingt meine Sache!«

Und da ein bisschen Jovialität hier nichts schadete, fügte er ebenso schlicht wie durchaus wahr hinzu: »Ich würde mich freuen, Euch weiter werkeln zu sehen. Ich weiß wirklich nicht, weshalb jeder glaubt, gute Botaniker wären auch gute Gärtner ...«

Vom Garten aus betraten sie die Küche. Sie gelangten in die zwei Stockwerke hohe Diele, die fast die ganze Hausbreite einnahm und völlig leer geräumt war, was für das ganze Haus galt. Eine breite Treppe führte ins obere Geschoss, wo einige Räume mit eigenartigem alten Wandschmuck lagen. Ihre

Schritte auf den harten Eichenbohlen hallten von den kahlen Wänden wider. Im nordöstlichsten Zimmer war das Holzwerk tiefschwarz gestrichen und mit weißen Rankenmustern verziert. Die Deckenbalken zeigten gleichfalls weiße Formen auf schwarzem Grund. Ein gegenüberliegender Raum, die sogenannte Apostelstube, war deutlich schmuckvoller ausgemalt – mit den vier Evangelisten, Kopien nach Dürer, nebst dem Apostel Paulus. Sie gingen hinauf bis ganz oben. Auf dem gähnend leeren Speicher führte eine Stiege zu einer hölzernen Dachluke.

»Das Dach muss ich mir noch etwas genauer besehen. Es auszubessern würde eine beträchtliche Investition ...«

Eck wies auf die Luke und sagte:

»Seid unbesorgt! Das Dach ist das Frischeste am ganzen Haus, es wurde erst vor drei Jahren erneuert.«

Volpi begann, äußerst umständlich und langsam die Tragwerksbalken zu untersuchen, bis es dem geschäftigen Küster zu viel wurde und er sich betont freundlich empfahl.

»Ich werde mich mal unten nützlich machen. Fallt bloß nicht vom Dach!«

Volpi besah sich nun in Ruhe die Tritte unterm Ausstieg. Auf dem dunkelgrauen Holz waren Talgflecken zu erkennen, wie sie etwa entstehen, wenn man eine Laterne hastig bewegt und nicht waagerecht hält. Die hölzerne Luke wurde mit einem armlangen, mittels einer Ringverbindung beweglich angebrachten Stab nach oben gedrückt und legte sich samt Hebel auf die Schindeln: Schiefer. Unmittelbar vor dem Ausstieg war ein kleines Brett angebracht, auf dem Volpi sicher stehen konnte. Eck war gerade wieder unten im Garten angekommen und winkte herauf. Dann zeigte er dem Boden, was eine Harke ist. Volpis Blick ging über die ausgedehnte Bohnenpflanzung mit den mannshohen, saftig überwucherten Stangen, sowie übers kahle Nachbargrundstück zu den Gröpern hin, wo eine Ziegenherde das Gras kurzhielt. Er besah sich das weitaus niedrigere Nachbarhaus – dann die Fehlstelle, auf der die Schwalbe gestanden hatte ... Weit hinten erhob sich der Sudmerberg, rechts der

Rammelsberg. Breit, abweisend, drohend, aber sehr nahe liegend ... Volpi hatte genug gesehen und stieg wieder ins Haus. Auf dem Speicher hätte sich eine ganze Räuberbande versteckt halten können. In der leeren Küche fand er eine Lampe, die sehr merkwürdig, sehr brenzlig roch. Als er wieder unten war und in den Garten hinaustrat, verlangte es Eck gleich danach, das Ergebnis der Dachprüfung zu hören. Volpi äußerte seine vollste Zufriedenheit. Er trat nach kurzer Überlegung an die Bohnenstangen und steckte den Kopf zwischen die grünen Ranken. Dann verschwand er ganz darin ... Seine Augen leuchteten, als er wieder hervorkam.

»Schon als ich droben stand – auf diesem tadellosen Dach, das nur den moralischen Nachteil hat, dass man damit allen anderen Häusern und Hausbesitzern haushoch überlegen ist –, wusste ich, dass ich hier etwas Besonderes finden würde ... das hier!«

»Herr im Himmel! Ein Schießstock, ein Bogen! Ja, der sieht gar nicht schlecht aus, sicher aber hat er einen Knacks. Sonst hätte man ihn wohl kaum unter die Bohnenlatten gesteckt.«

»Ihr überseht, dass er keineswegs von Bohnen umrankt ist ... Er steckte lose dazwischen.« Volpi bog den Stock ein wenig. »Scheint nicht kaputt zu sein. Kerzengerade! Ich treffe mich gleich mit meinem Gastgeber Jobst, der mir die Grundlagen des Schießens beibringen will. Was glaubt Ihr, wie der staunen wird, wenn ich ihm den zeige ... Ich bringe ihn zurück, versprochen!«

Eck hatte keine Einwände.

»Behaltet ihn nur, ich lege keinen Wert auf Waffen. Außerdem gehört er nicht hierher. Und Ihr habt ihn rechtmäßig gefunden ...«

Eck kratzte sich am Kopf, während er dem froh davonstakenden Volpi nachblickte: Komischer Vogel, dieser Itaker – ein sehr komischer Vogel! Wie hatte er nur vom Dach diesen Bogenstock erkennen können? Aber von Botanik versteht er was, dachte der Küster und begann die Bohnen zu wässern.

»Ein sehr ungewöhnliches Bogenholz, ich kenne es nicht! Ulme, Eibe, Esche, Ahorn, Buche, Birke, Eiche, Elsbeere, ja, sogar der Hollerbusch wird verwendet. Aber ich wüsste nicht, dass ich das Holz hier schon einmal gesehen habe: gelbweißer Splint und schwarzbrauner Kern...«

Jobst versah den Bogen aus dem Kuriengarten mit einer passenden Sehne, nachdem er die Zugkraft gemessen und ihn für mittelstark befunden hatte: Vierzig Pfund – viel zu viel für Volpi, den Ungeübten. Dieser fragte sich erstaunt, warum er noch nicht früher auf das Bogenschießen verfallen war, denn es schien ein gutes Mittel, den Kopf freizubekommen. Als Gelehrter hatte er in Padua freilich keinen Schützendienst leisten müssen. Irgendwie hatte man in Italien ohnehin andere Vorstellungen vom Schutz des Gemeinwesens als in Germanien ... Wie mochte es in der Schweiz sein? Ob der große Paracelsus mit Bogen und Pfeilköcher in Basel bei den Übungen der Stadtverteidigung stand? Bei diesen wehrhaften Schweizern konnte man nie wissen ...

»Und Ihr glaubt wirklich, dass er von diesem Kurienhaus aus geschossen hat?«, fragte Jobst, während er die Brandpfeile vorbereitete. Volpi nickte und entgegnete:

»Es gibt den Türmer als tauben aber sehkräftigen Zeugen, es gibt den Bogen als stummen und zugkräftigen Zeugen – und es gibt die sehr beredten Talgflecken. Habt Ihr nicht selbst gesagt, dass ein Talglicht das Beste wäre, um einen Pfeil anzustecken?«

»Keine Frage, schließlich muss es schon brennen, wenn man mit dem aufgespannten Bogen und dem vorbereiteten Brandpfeil in der Hand dasteht. Dann kann man, vor allem auf einem Dachbrett, nicht noch anfangen, Feuer zu schlagen ...«

Sie standen im gerade noch erkennbaren Geviert der längst zerbrochenen Mauern des Kirchgartens im Bergdorf, die Ruine von Sankt Johannis im Rücken. Volpi hatte genau aufgepasst: Aus einer schlanken Umhängetasche, die sich leicht unterm Wams verbergen ließ, hatte Jobst zwei kleine Beutel geholt. Im ersten befand sich eine Mischung aus Eisenspänen, Salpeter und

Schwefel, im zweiten pulverisierter Schwefel. Außerdem waren zum Vorschein gekommen: Bindfaden, ein winziger Eisentiegel sowie einige in Streifen gerissene Lappen, die mit Bienenwachs getränkt und dementsprechend steif waren. Jobst setzte zur Demonstration an.

»Man bringt die Schwefelblüte vorsichtig zum Fließen, sorgsam, denn wie leicht brennt das Sulfur ab! Man legt je einen Wachstuch-Streifen hin, schüttet etwas von der Brandmischung auf ein jedes der Tuch-Enden, drückt jetzt den ersten seiner Pfeile mit dem Ende in den kleinen Berg – so, dass die eiserne Pfeilspitze etwas darüber zu liegen kommt! Dann schlingt und wickelt man den in Wachs getränkten Tuchstreifen mit dem Gemisch um das Pfeilende. Vorsichtig, damit die Brennmischung nicht rausfällt. Sodann schnürt man die kleine Packung mit einem Bindfaden fest und taucht die Spitze mit dem Gemisch in den flüssigen Schwefel. Den fertigen Feuerpfeil legt man kurz zum Festwerden beiseite. In wenigen Minuten könnt Ihr beginnen, und dann ist keine Stadt mehr vor Euch sicher, solange Ihr das Schießen nur ebenso ordentlich betreibt! Wenn Ihr den Schwefelmantel entzündet, beginnt das Wachs zu schmelzen. Es verbindet sich mit der Brandmischung zu einer zähflüssigen, teigigen Materie, deren Glut selbst der stärkste Luftzug nicht ausbläst. Er facht sie noch weiter an. Der Salpeter beflügelt den Brand in der Mischung. Der Brandbrei kriecht über den ganzen Pfeilschaft. Daher prallt der Pfeil auch nicht ab, wenn er etwa flach auftreffen sollte, sondern bleibt am Ziel kleben. 1510 wurde die hölzerne Burg Lazzè mit solchen Brandpfeilen beschossen und eingeäschert. 150 Belagerte starben ...«

Volpi setzte mit Flint und Feuerschwamm den Docht einer kleinen Öllampe in Brand, um die Pfeile leichter anzünden zu können. Er zielte vage auf den kleinen Dachrest mit Holzschindeln, den sie zwischen den Büschen aufgebaut hatten. Der Holderbusch, den er traf, wurde mit einem Geräusch, das wie *plop* klang, zur lodernden Feuersäule ... und stand jetzt in Flammen, dass es prasselte ...

»Ich aber würde eher zum Schrecken der Wälder und Waldleute, verflixt ...«, ärgerte sich der Schütze.

»Haltet Eure Schüsse etwas niedriger und weiter links – das Zielen muss aus dem Bauch kommen! Dann habt Ihr den Bogen bald heraus.«

Nach zwei weiteren Wacholdern und einer Birke sowie einem brennenden Schlehendickicht war es endlich soweit: Volpis sechster und letzter Brandpfeil klebte auf den Holzschindeln! Jetzt hieß es aufmerken und sich die Sache aus der Nähe besehen. Sie brauchten kaum fünf Minuten zu warten, schon war von der Dachfläche nichts mehr übrig. Mangels Nahrung erstarb der Brand.

»Das ging schneller als gedacht«, sagte Volpi. »Ich glaube, damit kann man die Hypothese fallen lassen, es seien die Herzoglichen oder die Artisten gewesen, so verlockend diese Möglichkeiten auch klingen. Und Ihr seid sicher, dass ich von hier draußen bis in die Gröpern schießen könnte – wenn ich es erst richtig beherrschte?«

»Ohne Frage!«, sagte Jobst. »Passt auf!«

Er winkelte seinen Eibenbogen an, ankerte kurz, und ließ dann zischend einen Pfeil zur Braunen Haide hin aufsteigen, um zu demonstrieren, wie weit ein ordentlicher Schuss reichen konnte. Volpi beschattete die Augen, um dem Flug zu folgen. 100 Lachter waren das mindestens!

»Zur Stadt hin geht es abwärts, und der Wind steht uns im Rücken. Da müsstet Ihr schon aufpassen, dass Ihr nicht über Goslar hinwegschießt. Vom Wasserloch aus ist es dagegen vollends ein Kinderspiel. Und wenn er gar drinnen stand, auf jenem Dach, wie Ihr vermutet, müsste er schon ein rechter Flaps sein, nicht eine hausdachgroße Fläche in der nächsten Straße zu treffen.«

Volpi tat auch noch einige Weitschüsse, dann ließ er es gut sein. »Trotzdem muss man die Annahme, der Pfeil sei von außen gekommen, auch sicher ausschließen können. Der Brand brach kurz vor halb zwölf aus. Wenn es so schnell ging, wie in unserem Experiment, war es entweder ein Nachzügler aus diesen Gruppen oder ein Einzelreiter. Warum haben die Wachen am Wassertor dann nicht einen Feuerpfeil hereinfliegen sehen?«

Jobst nickte.

»Ich bin sowieso der Ansicht«, sagte er, »dass es nicht ganz einfach ist, Feuerschwamm und Flint auf einem Pferderücken zu betätigen, um eine Flamme zu kriegen, mit der man die Feuerpfeile anzündet. Dazu muss man vom Pferd absteigen. Das kostet zwar auch etwas Zeit, aber nicht genügend, um die Spanne von zehn nach elf bis etwa fünf vor halb zwölf zu überbrücken.«

»Gibt es eigentlich spezielle Bögen für Berittene?«, wollte Volpi wissen.

»Reiterbögen? Ja, die sind besonders kurz. Sie werden vor allem in Polen, in Rumänien und in Ungarn hergestellt.«

Die Büsche brannten, das Dach war experimentell eingeäschert ... Sie blickten auf die Spuren der Verwüstung, die sie hinterließen, und fanden, dass sich ihr Werk gelohnt hatte.

»Es spricht eigentlich alles für Eure Theorie. Dieser schöne Bogen muss einen guten Bogenbauer ans eigene Werk erinnern. Ich will mal nachfragen lassen. Vielleicht finden wir den Vorbesitzer auf diese Weise.«

Volpi war damit einverstanden.

»Lasst uns etwas trinken nach so viel Feuer und Anstrengung!«, schloss Jobst, und in seinen Augen funkelten förmlich Brände.

»Ich würde gerne einmal Stobekens Brauhaus besehen!«, sagte Volpi vorsichtig.

»Eine blendende Idee – aber zuvor laden wir uns bei Geismars zum Essen ein! Ihr werdet Goslar in Eurem Gedicht beschreiben, doch ohne Henny Geismars Kochkünste zu erwähnen, wäre das alles nur ein Abglanz, so fade wie das hiesige Erz!«

Jobst hatte nicht übertrieben. Das musste Volpi zugeben. Die Frau des Tuchmachers Hans Geismar kochte besser als ... nein, sie kochte unvergleichlich! – Ihre dicke Linsensuppe war ein Gedicht! Geismars teilten mit den unverhofften Gästen ohne Umstände, was eigentlich für zwei Tage hätte reichen sollen ... Und freuten sich noch über den Besuch! Wenn das nicht gastfreundlich war ... Volpi erhob sich, einen Krug Stobekenbier in der Rechten, und sagte:

»So müssen die Linsen Jakobs geschmeckt haben, für die ihm Esau sein Erstgeburtsrecht abtrat!«

Henny Geismars Wangen glänzten wie glasiert.

»Ihr beschämt mich! Das ist ja fast schon gotteslästerlich, wie Ihr lobt!«

Auch der Räucherbraten mit Sauerkraut und Steinbrot war schon bald restlos vertilgt. Volpi tat es den Hausleuten gleich und reinigte den Bratentopf, der auf dem Tisch zwischen ihnen erkaltete, mit den letzten Fetzen vom Fladenbrot – wozu sich im Übrigen auch der Herr Jobst nicht zu fein war. Das Steinbrot, erläuterte die Hausfrau, wurde auf einem heißen rundlichen Stein gebacken, deswegen war es so schalig geformt. Volpi wollte freilich alles genau wissen, denn die Kochkunst galt ihm als logische Fortsetzung von Zoologie und Botanik.

»Ihr habt das Schweinefleisch beim Braten über schwelendem Tannenreisig geräuchert, so viel verstehe ich. Aber davon hat es nicht diese Würze ... Wie ging das zu?«

Die Hausfrau strahlte. Wann durfte sie schon mal über ihr Tun so viele Worte verlieren? Übers Räuchern wollte sie nichts weiter sagen, denn der Italiener war selbst geräuchert worden vor Tagen ... aber wie der strenge Geschmack oder Hautgout zustande kam, das verriet sie: »Ihr spickt ein tüchtiges Stück Schweinekamm mit wildem Knoblauch. Nehmt nur die weißen Blütenknospen, das sind richtige Sprengkugeln! Dann reibt Ihr es mit gemörsertem Gewürz ein: Kümmel, Rosmarin, Wacholderbeeren, Pfefferkörnern, wenn Ihr habt, oder mit dem Pfeffer, den ich nehme ... Wir haben es nicht so wie Herr Jobst, der seinen Reichtum hütet und bei armen Leuten zum Essen geht ...«

Während alle lachten, stand sie auf, um die Sache selbst sprechen zu lassen, und holte ein Glas mit trockenen Blättern und Körnern. Volpi genügte ein Blick, doch er tat so, als sei es schwierig...

»Wechselständig gestielt, die Laubblätter schmal, lanzettförmig, ledrig – sogar schon, wenn sie noch ganz jung sind ... äh ... Es liegt mir auf der Zunge ... Ah! Salix olea – Cosimo Lupo hätte ihn nicht besser wiedergeben können. Ich habe die Abbildung jetzt ganz treulich wieder im Kopf. Lupo war Supernumerar und Hofbotaniker des früheren Erzbischofs in Florenz. Der Vater des gewaltigen Lorenzo il Magnifico förderte ihn einst, indem er ihm ein 24-bändiges illustriertes Werk mit dem Titel *Plantarum mundi* finanzierte.«

»Glaubt Ihr, man kann es antiquarisch erwerben?«, fragte Jobst, dessen bibliophile Ader ob des Stichworts anschwoll, doch Volpi zuckte mit den Achseln.

»Es dürfte schwierig werden: Das einzig mir bekannte Exemplar steht beim Bischof von Verden. Die Ölweide jedenfalls ...«, fuhr er fort, indem er das Glas in die Höhe hielt wie ein Reliquiengefäß, »... wird auch Paradiesbaum genannt. Sie kommt aus Asien, wurde jedoch vom großen Polo zu uns gebracht und war in Italien bald heimisch. Die Blüten sind gelb, duften stark und aromatisch, das Holz ist bei Feintischlern für Einlagen begehrt, und die Früchte hier nehmt Ihr sicher auch für süße Küchlein. Schmeckt ein bisschen wie Galgant, aber süßlicher!«

»Der Stobeken tut es ins Bier!«, entgegnete Henny Geismar, das unscheinbare Gewürzglas betrachtend, staunend darüber, dass sich über ihren falschen Pfeffer soviel sagen ließ.

»Besser als Stechapfel!«, konnte Volpi sich mit einem Seitenblick auf Jobst nicht enthalten zu sagen. Der lächelte und drängte zum Aufbruch:

»Verzeiht unsere Hast – aber das Gosebrauen interessiert den Doktor ebenfalls!«

Hans Geismar verabschiedete sie grinsend mit den Worten:

»Stobekens neuester Bierpreisaufschlag hat Eingang in meine Chronik gefunden. Bei meinem feinen Nachbarn kostet die Tonne jetzt einen Mariengroschen. Ist das nicht eine Unverschämtheit, die den Nachgeborenen überliefert werden muss?«

Günter Stobekens Anwesen grenzte unmittelbar an die Tränke, eine Verbreiterung der Gose, an der das Vieh soff und die Jüngsten sich beim öffentlichen Bad vergnügten. Jobst und Volpi standen neben dem Brauer am Wasser. Der blonde Stobeken war so groß wie Jobst, etwas kleiner als Volpi, und er wirkte ausgezehrt – trotz der deutlichen Bierschwämme um die Hüfte und des Kännchens am Bauch. Sein hopfengrünes Wams war notdürftig durch eine blaue Schürze geschützt. Es zeigte die Spuren langen Getragenseins.

»Mein Beileid, Herr Stobeken!«, sagte Jobst, und Volpi fügte seines hinzu.

Stobeken schlug das Kreuz vor der schmalen Brust und schaute kurz gen Himmel. Das Treiben in der Tränke schien ihn mehr zu beschäftigen als die Trauer um die Mutter.

»Zum Glück liefert der Bach nicht das Wasser für mein Bier!«, erklärte er ihnen.

»So sauber ist der Gießbach nicht, wenn hundert Rangen sich drin gewälzt und fünfzig Pferde, Schafe, Ziegen oder Mulis damit gegurgelt haben, nicht zu vergessen die Hunde und Katzen aus der Nachbarschaft. Und die Ratten ... Nein, mein Wasser kommt schön klar aus der Pipe!«

Sie betraten das Brauhaus. Vom Kühlraum aus – wo Gärbottiche und Kühlschiffe standen – konnten sie in den Abfüll- und Vorratsraum hinübersehen. Im Sudraum reichte Stobeken ihnen zwei volle Krüge, und füllte auch den seinen wieder. Vier Feuer brannten unter einer Sudpfanne, die gut fünf Pferde wert war. Es roch herb und säuerlich. Eine Tür führte zur kleinen Schankstube.

»Wie gebraut wird, will der Herr Doktor wissen?«, fragte Stobeken, dem jetzt ein dauerhaftes Grinsen auf den Lippen stand nebst einer Schaumkrone.

Volpi nickte, schränkte aber ein:

»Ich verstehe wohl die Grundzüge, aber frisch doch bitte meine Kenntnis auf!«

Stobeken erläuterte munter vorwärts trinkend seine kleine Bierfabrik, erzählte etwa, dass unterm Reetdach die Langelsheimer Gerste keimte und im Oberstock das Grünmalz gequetscht, dann in Kastenöfen zu braunrotem Malz gedarrt wurde. Die Maische aus Gerste, Malz und Wasser wurde kübelweise am Strick abgelassen, unten gepresst, mit Hopfen und den speziellen Gewürzen versetzt, vorsichtig eingekocht und gekühlt. Anschließend reifte das Bier über Tage und Wochen, bis es in die Fässer kam.

Volpi fragte: »Was ist nun aber das Besondere an der Gose?... Großarchivar Bartholdi deutete an, dass der Brauraum dabei eine besondere Rolle spielt!«

Stobeken lachte und trank.

»Ja, das stimmt, was der Archivzwerg sagt! Manchmal verweigert das alte Gemäuer uns seinen Segen, will sagen: das Brau-Erbe! Dazu muss es erst in die Gärbottiche regnen.«

Stobeken griente und führte sie in den Nachbarraum. Dort nahm er eine an der Wand lehnende Bohnenstange, deren Spitze gänzlich abgestumpft und spelzig war. Sofort wurde deutlich, weshalb: Er stieß kräftig mit dem Stab gegen einen der Deckenbalken. Feiner Staub regnete auf die Gärbottiche, wo der gekühlte Absud auf eben diesen Segen von oben wartete.

»Ohne die heilige Biermutter, den Dreck von oben, kommt nichts in Gang! Gott, der Herr, allein weiß, wie es geht. Aber so und nicht anders wird es gemacht seit vielen Jahrzehnten!«

Volpi begriff dunkel, was der Brauer meinte. Die Gose-Gärung bedurfte des Schmutzes ... Er hielt das Bier gegen das trübe Licht, das vom Eingang herquoll. Sah schmutzig aus ... Schmeckte aber trotzdem ... Er vertraute auf die Wirkung des Hopfens und nahm einen tüchtigen Zug.

Stobeken fügte noch hinzu: »Tja, und die süddeutschen Reinheitsfanatiker haben bei der Gose auch nichts zu melden. Salz und Koriander, so viel kann ich verraten, kommen hinein. Das macht den Geschmack im Wesentlichen aus.«

»Sowie Paradiesbeeren, schätze ich ...«, sagte Volpi lächelnd, wonach er sich den Schaum vom Lächeln wischte. Stobekens Verwunderung zeigte, das Henny Geismar die Wahrheit gesprochen hatte. Dann lachte er.

»Geismars Henny ... diese Plaudertasche! Verratet es ja nicht meinen Konkurrenten, sonst kann ich bald zumachen. Ein paar Sack goldene oder besser: silberne Paradiesbeeren könnte ich gut gebrauchen! Es geht schon schlecht genug, das Geschäft. Das meiste trink ich selbst ... Und meine neueste Erfindung: Donnergose ... will auch nicht so richtig laufen.«

Er schenkte seinen Gästen die beiden riesigen Krüge wieder voll.

Jobst sah Stobeken mit diabolisch hochgezogener Braue an: »Was ist das? Bier mit Stechapfel?«

»Wie kommt Ihr denn auf die Idee?«, entfuhr es dem Brauer. »Seid Ihr neuerdings bei der Wette?« Stobeken lachte. »Bilsenkraut – der Geschmack ist nicht jedermanns Sache. Wollt Ihr es probieren?«

Jobst verneinte dankend, desgleichen tat Volpi. Er behielt Stobekens Gesicht im Blick, während er vorsichtig die Annahme äußerte: »Jetzt erbt Ihr ja vielleicht etwas, das Euch das Leben erleichtert? Pekuniär, meine ich!«

Stobeken wirkte entgeistert, er wurde fahl und vergaß gar zu trinken – bei einem Bierbrauer ein eindeutiges Signal für Beunruhigung.

Jobst grübelte: Hatte sein Begleiter die Worte des Syndikus Keller vergessen? Des Feuerhüters Testament war doch zu Ungunsten der Stobekens geändert worden. Dann begriff er, dass Volpi sich dumm stellte, um etwas herauszukriegen. Eilig sprach der Brauer jetzt seinem Bier zu, bevor er die Rede wiederfand: »Kein Gedanke ans Erben, von Mutters Haus ist ja wenig übrig, wie Ihr wisst!«

Hastig wischte er sich jetzt auch den Schaum weg, als wollte er ganz rein vor ihnen stehen.

»Wollt nicht Ihr das vom Brand gerodete Grundstück haben, Herr Jobst? Oder Ihr, Doktor Volpi?«

»Häuser im Viertel drunten brauch ich keine mehr«, sagte Jobst. »Aber Euer Braurecht hier könnte mir schon gefallen ... Wenn der Herzog wirklich kommt, dann gnade Gott uns Gewerbetreibern. Bier könnte für uns ein Ausweg sein. Wir sollten über eine Einlage reden, wenn Euch das helfen würde. Oder einen Kauf des Hauses bei bestehendem Nießbrauch.«

Stobeken wiegte den Kopf. »Das sollten wir einmal in Ruhe besprechen. Da ich allein bin und ohne Erben, wäre es wohl am einfachsten, den Bettel einem anderen zu überlassen und nur zu brauen und zu trinken, bis mir der Krug aus der Hand fällt. Kommt doch in ein paar Tagen noch mal ...«

Jobst schien es ernst zu meinen, denn er nickte.

»Wenn die Herren keine wichtigen Dinge mehr zu erfahren wünschen, dann darf ich mich empfehlen – eine Ladung Bier für den Rammelsberg will gepackt sein. Für Martin Brandt und die Seinen ... Für Brandt, diesen Saufaus ...«

Jobst wunderte sich.

»Na, der lebt bald auf Pump! Der Rat zahlt die Löhne für die städtischen Bergbeamten vorerst nicht weiter, ob er das schon weiß?«

Stobeken fluchte.

»Also so sieht es aus! Na, ich hoffe, er weiß, wie er seine Rechnung bezahlen will ... Und was hat es mit der Ratsentscheidung auf sich?«

Jobst wand sich. Das waren Interna, die er da ausposaunte ...

»Wir brauchen mehr Geld für die Vorbereitungen des befürchteten Kampfes mit dem Herzog. Es müssen Schanzgräben angelegt werden. Der Rammelsberg wird mit Kriegsknechten besetzt.«

»Jetzt hab ich Brandt schon so oft nennen hören ...«, sagte Volpi, »... aber stets nicht sehr respektvoll ... Was hat er vorher gemacht, bevor er Bergrichter wurde? In seinem Amt musste er sich doch mit Herbst arrangieren, oder?«

Er sah Jobst und Stobeken gleichermaßen fragend an.

Der Brauer sagte: »Er ist an sich ein guter Kerl, denke ich, und hätte er nicht einmal schwere Händel mit meinem Vater gehabt, wären wir unzweifelhaft die besten Freunde ... Aber er ist nun einmal ein schrecklicher Hitzkopf und kann urplötzlich seine Meinung über einen Menschen oder eine Frage ändern ...«

»Er ist ein treuer Goslarer ...«, sagte Jobst. »Das muss man sagen ... Er war früher Steiger und Bergmeister in Philippseck bei Butzbach, der Silber-, Blei- und Kupfergrube des großmütigen Philipps im Taunus. Auf der Grube des Stiftes Neuwerk hat er als Bergmeister gearbeitet, bevor ihn der Rat zum Nachfolger des flüchtigen herzoglichen Bergrichters Schmidt berief.«

Jobst dachte an Rike Raschen, die einst mit Arno Schmidt nach Rauris in Österreich geflohen war. Die Schergen des nachtragenden Herzogs hatten mehrere erfolglose Anschläge auf ihr beider Leben verübt, doch Rikes vierschrötiger Bräutigam hatte allen Angreifern getrotzt.

Stobeken ergänzte:

»Bei der Arbeit am Berg, wenn sie sich überhaupt begegneten ... ja, da ging's ... musste es ja gehen mit Otto Herbst und Martin Brandt ... Aber geknirscht hat's trotzdem zwischen ihnen. Einmal hab ich droben mitbekommen, wie Brandt über einen Hauer zu Gericht saß, der beschuldigt ward, Erz zu stehlen. Herbst schlug sich auf des Mannes Seite und betonte, dass bei der Arbeit jedem Bergmann zwangsläufig etwas in die Taschen fiele. Wenn er sie vergesse umzustülpen, nehme er es mit sich fort. Aber es sei nicht seine Schuld, und meistens bringe er es am nächsten Tag wieder mit ... Brandt war rot vor Wut. Ich glaube, er dachte an seine eigene drohende Insolvenz. Es war schließlich eine völlige Bagatelle ... Ihr kennt die Gerüchte, dass Brandt etwas mit Sibylle Herbst hatte? Vielleicht noch hat?«, wendete Stobeken die Sache ins Allgemeine.

»Gerede hört nie auf! Dann müssten sie jetzt ja besonders heimlich tun ...«, kam es vergoren aus Jobsts Mund.

»Geschwätz! Beim Worthgildefest haben sie miteinander

getanzt, ja ... zwei- oder dreimal zu oft vielleicht. Das ist alles. Daraus haben die anderen Sibyllen dann eine Affäre gemacht. Herbst selbst hat es gar nicht weiter ernst genommen.«

Jobst stockte. Dann fügte er, mit vorsichtigem Blick zu Stobeken hinzu: »Eure Mutter dagegen, Gott hab sie selig, soll dem Brandt einst auch einmal sehr zugetan gewesen sein ...«

Stobeken antwortete so stocknüchtern, wie man in seinem Zustand nur sein konnte: »Das war ja der Grund für den Zwist zwischen meinem Vater und ihm: Der Abzug meines Vaters hat Schlimmeres verhindert ... Der Bergrichter kann froh sein, dass die Schmalkalder Eitel Stobeken im Krieg gegen den Kaiser brauchten. Er fiel bei Mühlberg. In Goslar ... ja, also – ich weiß nicht, ob *er* oder *Brandt* gefallen wäre, wenn sie sich noch einmal in die Haare gekriegt hätten.«

»Hatte Brandt noch Grund zur Eifersucht?«, fragte Volpi unverblümt. »Auf Herbst? Hat er sich noch mit Eurer Mutter getroffen? Hatte er seine jähzornigen Anwandlungen auch ihr gegenüber?«

Meine Mutter gab vielen Grund zur Eifersucht – doch ... über Tote – selbst wenn es meine Mutter ist – soll man nichts Schlechtes sagen ... Einen schönen Tag noch, die Herren!«

»Na, dem Brauherrn habt Ihr ja ganz schön Angst gemacht!«, meinte Jobst lachend, als sie den Fahrweg hinunterschlenderten, der in die Bergstraße überging.

Volpi sagte: »Stobeken hat seine Mutter scheint's nicht sonderlich geliebt ... Trotzdem wäre es denkbar, dass er vom ursprünglichen Testament des Feuerhüters gewusst hatte und sich Chancen auf ein Erbe ausrechnete, wenn der Schwalbe etwas Unerwartetes zustieße ... Wie leicht man hier solche vertraulichen Dinge in Erfahrung bringen kann, wenn man die Schwachstellen des Syndikus Keller ausnützt.« Er schaute Jobst amüsiert und vorwurfsvoll an. »Auch über die Absichten des Rates informiert man sich leicht, wenn man nur einen Krug Bier einsetzt ...«

»Ich bitte Euch …«. ächzte Jobst: »Kein Sterbenswörtchen zu niemandem!«

Volpi kicherte, und kam wieder zur Sache: »Nicht abwegig erscheint mir aber auch die Annahme, dass die Schwalbe ihrem Sohn davon erzählte, vielleicht sogar damit prahlte! Ob sie dagegen von Herbsts letzten Verfügungen wusste? Da ich sie eng umschlungen sah, wenn auch verkohlt, dünkt es mich unwahrscheinlich. Herbst könnte die Änderung seines Testaments im Stillen vorgenommen haben. Perfid, aber menschlich. Was meint Ihr?«

Jobst nickte bloß. Sie waren am Gildehaus der Bäcker vorübergegangen, hatten rechts die Spitze des Tilling'schen „Brusttuchs" liegenlassen – des nach der Halskrause zweitschönsten Hauses in der Stadt – und umschifften eben die Marktkirche.

»Schon möglich. Aber Ihr glaubt doch nicht etwa, dass Stobeken …?«, fragte Jobst. »Natürlich … hat er vor Jahren einmal den Preis beim Freistellen geschossen … Jetzt hilft's ihm allerdings finanziell nichts mehr.«

»Freistellen? Ihr meint einen Schieß-Wettbewerb zur Steuerbefreiung?«

Jobst nickte. »Davor hab ich gewonnen!«, warf er sich in die Brust. »Davor … wartet: Otto Herbst! Und sein Bruder vor … ach, ich weiß nicht mehr … Bartholdi sogar, mit seinem Reiterbogen … Kein übler Schütze das! … Oh! … Wenn man vom kleinen Teufel spricht … Hört ihr sein Stimmchen?«

Sie standen vorm prächtigen Vorderhaus der Worthgilde. Die farbigen Stoffe beeindruckten Volpi, wie sie sich unter den Lauben zeigten: Lyonnaiser Seide in Farben, von denen jede Frau träumte: azurblau, karmesinrot, schwefelgelb … Selbst draußen hörten sie des Großarchivars feinen Tenor. Was er sagte, verstanden sie beim Hineingehen:

»… ja ja, wenn ich es doch sage! Ein wahrer Herdbrand! Christoph Kolumbus hat sie mitgebracht. Es sieht so aus, als hätte Gott sie in die Waagschale gelegt, um die Gier der Menschen nach dem Gold zu dämpfen. Vor allem aber die gottlose

Gier nach einander. Oder auch göttliche ... Gott weiß manchmal scheint's nicht, was er will!«

Im großen Hauptraum des Vordergebäudes stapelten sich die Tuchballen in Regalen bis unter die Decke. Für Besichtigung und Zuschnitt standen lange, breite Tische in der Mitte. In der Worthstube saßen einige Mitglieder von Jobsts Gilde beisammen, Bartholdi war mit einem untergeschobenen Ballen Barchent auf Gesprächsniveau gebracht worden.

»Kolumbus? Woher nehmt Ihr die Gewissheit?«, fragte Tilling, der feinbetuchte Herr, dem man ansonsten seinen Reichtum nicht ansah, so verhungert wirkte er.

»Nun, das ist doch schon längst Gemeinplatz! Nicht wahr, Doktor?«, krähte Bartholdi, als er die Eintretenden sah.

Volpi hatte nicht viel gehört, aber das Wenige genügte, um ihn ins Bild zu setzen: Sie sprachen über die venerische Krankheit ...

»Ja, Herr Tilling, Kolumbus brachte sie mit! Allerdings trägt Karl VIII. von Frankreich nicht geringer an der Schuld – seine Truppen haben die Syphilis in Europa verbreitet, als sie nach der Niederlage bei Neapel heimkehrten.«

Tilling wirkte wie vor den edlen Kopf geschlagen.

»Ach so? Ich dachte, die Sachsen hätten sie mitgebracht? Hätte mich nicht verwundert, wo es jetzt ja eine sächsische Invasion hier gibt ...«

Jobst führte Volpi in den Festsaal im hinteren Gebäude, wo Tafelbilder zahlreicher Heiliger an den Wänden prangten. Das Deckengemälde war gespickt mit Engeln ...

»Die Medici hätten es nicht besser machen können ...«, staunte Volpi. Gott selbst thronte al fresco inmitten seiner Boten und Vertrauensmänner. Ringsherum standen Säulen an der Wand. Der Boden war teils mit gelben Wappenziegeln gefliest, teils als Mosaik aus kleinen farbigen Steinchen zusammengesetzt. Ein ganzer Schwarm roter bekrönter Adler wurde hier mit Füßen getreten. Bei diesem Anblick wurde verständlich, dass die Worthgilde die reichste am Ort war. Selbst die

Münzer kamen da nicht mehr mit, seit das Münzregal beim Rat lag.

»Wenn die Gilde feiert, geht's hier hoch her!«, sagte Jobst. »Bei der letzten rechten Morgensprache, am Tag vor Martini, waren 200 Gäste mit von der Partie – und 173 Voll-Mitglieder. Voll waren am Ende alle ... Mitglieder und Nichtmitglieder ...«

Sie kehrten um und gesellten sich zu den Palavernden im Vorderhaus.

»Wie kommt ihr denn auf dieses unappetitliche Thema, liebe Gildebrüder?«, fragte Jobst.

»Baader hat mich heute darauf gebracht«, sagte Bartholdi. »Er hat einen Fall in Behandlung. Und er bat mich, euch alle zu warnen. Daher sei es nochmals gesagt, jetzt, wo auch ihr da seid: Meidet die Hur-Häuser!«

Volpi dachte an die ihm so hoch angepriesene Lupa und fand diese Empfehlung äußerst ernüchternd. Als die Herren den gefundenen Bogen erblickten, musste er von seinen Entdeckungen berichten. Jobst fügte hinzu, was sie in der praktischen Erforschung der Brandgeschwindigkeit von Holzschindeldächern infolge Feuerpfeilbeschusses geleistet hatten. Volpi wiederum zog die sich ergebenden Schlüsse:

»Nach allem, was wir jetzt wissen, wurde der Brandpfeil vom Dach des leer stehenden Kurienhauses an der Kirchstraße hinter der Stephani-Kirche abgefeuert.«

»Abgefeuert ist gut gesagt ...«, konstatierte Bartholdi.

»Kurienhaus ... Also doch ein Pfaffe? Ein Sittenwächter der Kirche?«, stöhnte Papen auf.

Dieser laute Mann war wie Tilling einer der Stadtältesten, doch sehr im Gegensatz zu diesem einer der Dicksten am Ort.

»Das könnte gut sein ...«, sagte Jobst, obwohl man ihm anhörte, dass er es für Unfug hielt. »Vielleicht war es der Küster Eck? Oder ein inquisitorischer Nachbar? Am ehesten so einer, denke ich ...«

»Till, der Drachen- und Hexentöter!«, vermutete pfeilschnell Bartholdi. »Oder der Stephani-Türmer, der den Wette-Herren Dampf unterm Hintern machen will?«

Sie lachten, obwohl es eigentlich nichts zu lachen gab. Der Alte war gut in Schuss und schießen konnte er anscheinend auch noch.

»Zunächst wird man nur vermuten dürfen«, sagte Volpi, »dass es – wenn es kein zufälliger Schuss war – einer gewissen Übung bedurfte. Ein Anfänger wie ich wäre nicht dazu in der Lage gewesen ...«

Jobst nickte: »Ihr hättet am Ende noch meine Häuser getroffen!«

Volpi fuhr lächelnd fort: »... aber es liegt jetzt auf der Hand: Die Tat war gut geplant. Der Schütze wusste, wo er zu stehen hatte, wie einfach er in das öde Haus gelangen und auch, wie er sich am sichersten seines Bogens entledigen konnte. Er dürfte sich vor Ort verborgen haben, bis der nächtliche Spuk, den er ausgelöst, vorüber war. ... Oder er hat sich anschließend unters Volk gemischt! Kaltblütig. So als sei nichts geschehen ...«

Mittwoch, 25. Mai 1552

Wusste er noch, was in ihr vorging? Hatte er sich die letzten Jahre etwas vorgemacht oder gar die ganze Zeit, von Anfang bis Ende? Ihren schneeweißen Leib nie mehr in den Armen halten, sie nie mehr berühren, nie mehr umfangen zu dürfen – diese Vorstellung raubte ihm den Verstand. Von Vernunft war zudem gar keine Rede mehr ... Er räumte die Bücher wieder weg, die auf seinem Tisch lagen, denn er konnte sich weder aufs Lesen noch aufs Schreiben konzentrieren. Willenlos sprach er dem Bier zu. Warum hatte gerade *sie* es sein müssen? Warum musste *sie* es noch immer sein, wo sie ihn jetzt so schmählich zurückwies? War die Welt nicht voller Frauen? Weshalb wollte es ihm partout nicht gelingen, vor sich anzuerkennen und anzunehmen, was doch unumstößlich schien? Stets hatte es für ihn nur sie gegeben, und noch immer gab es für ihn nur sie ... Wenn er sie jetzt, nach dem Ende all ihrer Gemeinsamkeit, nicht verstand, so hatte er sie wohl nie verstanden. Und was hieß in diesen Dingen schon verstehen? Zwischen Menschen ... Welch ein Tiefgang, dachte er sarkastisch. Wohin versteigst du dich wieder, du philosophisches Gemüt? Er begriff sie nicht, er begriff sich nicht, er begriff gar nichts mehr. Lohnte es noch den Versuch, die Welt zu verstehen, wo doch das Wichtigste – die Liebe zu ihr – zur Klippe geworden war, an der seine Seele Schiffbruch erlitt? Was galt noch das Leben, wo sein Verstand und seine Vernunft an der äußersten Grenze standen? Vor einer Wand, die er nicht mehr niederreißen konnte, vor einem Abgrund, den er nicht mehr hoffen durfte, jemals zu überspringen? Manchmal gelang der Brau, manchmal nicht, das wusste jeder Bürger und Brauer ... In der Liebe war es nicht anders. Keiner konnte dem lieben Gott, diesem großen Kuppler und Markscheider in die Karten schauen ...

Mit dem Gedanken an Johanna war Volpi eingeschlafen, und nun hatte ihm die Sehnsucht einen handfesten Beweis zwischen die Schenkel gezaubert. Zum Glück sah ihn keiner, als er sich zum Brunnen stahl – es war eine halbe Stunde nach Sonnenaufgang – und mit einem Strahl kalten Wassers die Nacht und ihre Folgen auslöschte. Der Hausherr und die Seinen hatten sich längst zum Frühstück gesetzt. Volpi, gewohnt, wie das Gesinde mit einer Schale Milch, einer Suppe, einem Mus vorlieb zu nehmen, war nach den zurückliegenden Tagen kaum noch erstaunt, hier ganz andere Sitten vorzufinden. Um halb vier Uhr in der Früh saß man schon trefflich bei gebuttertem Weißbrot mit Braten und Eierspeisen, tunkte den Brotlöffel in Fleisch-, Kohl- und Rüben-Mus, und nahm auf dieses Gemus noch dicke Blut-Suppe – für Volpi, den körperkundigen Arzt, nicht gerade das Richtige ... Und für ein gottesfürchtiges Auge schon gar nicht. Am Tag vor Himmelfahrt gehörte Fleisch auch im gemusten Zustand nicht auf den Tisch ... Aber hier sah man die Dinge offenbar großkaufmännisch locker ... Nach einem solchen Auftakt war es nur natürlich, dass sich Jobst, der Hausherr, für gewöhnlich wieder ein, zwei Stunden zum Schlaf niederlegen musste. Nicht jeder hätte sich das leisten können. Was Volpi betraf, so liebte er nach dem Aufstehen bloß Obst und Milch zu sich zu nehmen, trank dazu einen Aufguss von Wegwarte, und sparte sich alles andere für das Frühmahl um sechs auf.

»Was habt Ihr heute vor?«, lachte ihn Jobst an und gähnte herzhaft. »Die Witwe besuchen? Wozu glaubt Ihr, soll das gut sein? Es wird Euren Ruf nicht eben verbessern. Damit würde ich an Eurer Stelle noch ein Jahr warten.«

»Ich fürchte, so lange werde ich nicht Zeit haben«, antwortete Volpi. »Es gibt zwei Gründe: Zum einen möchte ich mir als Mann vom Fach den viel gepriesenen Herbst'schen Garten besehen, bevor er der schützenden und formenden Hand dessen, der ihn anlegte, ganz entwachsen sein wird ... «

»Das wird keiner verwerflich finden«, nickte Jobst, die Hand vor den Mund führend. »Und zum anderen?«

Sein kaum zu bemäntelndes Gähnen mündete in ein quelläugiges Lächeln. Dieses wollte er noch beantwortet wissen, um so schnell es ging, in die Federn zu fallen ...

»Zum anderen erweckt die Dame meine Neugier ... Der Großarchivar hat mir schon so viel von ihr vorgeschwärmt ... da muss ich mir einfach einmal ein eigenes Bild machen!«

Jobst gähnte, lächelte, als von Bartholdi und der Witwe des Feuerhüters die Rede war.

»Ich fürchtete also nicht zu Unrecht um Euren Ruf ... Seht nur zu, dass Ihr Bartholdi mitnehmt, falls Euch noch an ihm gelegen ist! An Eurem Ruf, meine ich ... Aber es ist etwas anderes, bei einer Witwe vorzusprechen, als bei der schönen Lupa ... Seht Euch in allem vor, morgen fährt der Heiland in den Himmel. Euer guter Ruf soll es ihm nicht gleichtun!«

Grete Geismar, langjährige Witwe, warf Jobst einen bösen Blick zu. Sie vertrat, wenn sie auch die Fastenregeln großzügig auslegte, doch den Heiligen Stuhl im Unruh-Haus.

Christi Himmelfahrt ... Der Gedanke an den Feiertag legte sich wie ein Nebel über die schöne Stadt. Überall blühte das Leben, nur nicht in seinem Kopf, dachte Volpi. Hätte er nicht schon längst die ersten Verse seines Lobgedichtes deklamieren müssen, während er neben Bartholdi durch die unebenen Gassen schlenderte? Wenigstens konnte er den Spaziergang als nötige Vorarbeit verbuchen: Das war ein hübsches Viertel, das musste er sich merken. Es durfte im Gedicht nicht fehlen ...

»Wie heißt dieser Platz?«

»Frankenberger Plan!«, antwortete Batholdi. »Und das Drumherum ist der Frankenberg. Hier wohnen die Bergleute. Vermögende Bergbeamte, Gruben- und Hüttenbesitzer freilich zogen schon seit langem lieber in die Südstadt ... Aber Otto und Hans Herbst haben ihre Verbundenheit zu den einfachen Leuten immer gezeigt, sie sind geblieben.«

Volpi sah zu Sankt Peter und Paul, dem höchsten Punkt der Stadt. Den Wehrturm links davon hatten die Papens gebaut. Rechts der zweitürmigen Kirche lag das Frankenberger Kloster. Das mächtige Eckgebäude am Fuße des Hügels, links vom Küsterhaus, wo sich jetzt Bettler zu einer frühen Speisung drängelten, nannte sich das *Kleine heilige Kreuz*, wie Bartholdi erläuterte.

»Erst wollte ich dich hierher schicken – du hättest etwas mehr Luft zum Atmen gehabt als im *Großen* ... Hättest dir die Diele ja bloß mit fünf Dutzend Leprösen teilen müssen statt mit zehn ... aber dann kamst du mir doch zu fein für das Asyl vor.«

»Na, herzlichen Dank!«

Volpi fühlte sich schlagartig wieder heimatlos, unbehaust und krank und musste an große Papierbögen denken, weiß wie Grabtücher ... Sie erreichten ein schönes und reich bemaltes Gebäude, und Bartholdi verkündete mit bewegter Stimme, als spreche er ein kleines heiliges Geheimnis aus, während er sich mit dem Rücken zur Fachwerkwand postierte und die kleinen Hände beschwörend in Richtung Dachbalken erhob: »Das ist das Herbst'sche Haus! Das von Sibylle Herbst ...«

In golden ausgemalten, tief ins Eichenholz geschnittenen Lettern stand auf himmelblauem Grund unter bunten Rosetten auf den Schwellen zu lesen: *Lass mich Herr ohn Feuer bis in des Lebens Herbst! Behüt mir all die meinen wenn du auch mich verderbst!*

Das Hausmädchen bedeutete ihnen, in der Diele zu warten. Nicht lange, und die Herrin kam ... schwarz verhüllt und monströs verschleiert: Zur zierlichen Figur machte schon allein die Wulsthaube mit lyraförmigem Unterpolster einen kopflastigen Eindruck. Das Drahtgestell mit dem Schleier darüber aber hatte etwas vollends Erschreckendes. Volpi sah von ihrem Kopf zunächst so gut wie nichts. Dem Zwerg war das eine Genugtuung, und er schien sich köstlich zu amüsieren. Es widerstrebte ihm nämlich, Volpi bei der schönen Frau einzuführen. Er war eifersüchtig .... Doch jetzt schlug Sibylle Herbst das hauchdünne Tuch zurück ... Bartholdis Glucksen erstarb in einem Seufzer des Entzückens. Bartholdi schlug sogar die Bethändchen zusammen vor seinem kleinen Mund, so ergriff ihn dieser Anblick.

Jetzt war es Volpis Gesicht, das loderte. Sibyllen waren der Sage nach wohl hübsch, aber nicht schön – ihre Wirkung auf das andere Geschlecht beruhte ausschließlich auf Zauberei. Sibylle Herbst war keine Zauberin, sondern die Schönheit selbst ... Volpi war sprachlos und geblendet, und es dauerte einige Augenblicke, bevor er auch nur halbwegs etwas hervorbrachte, das nach Begrüßung klang. Und dabei ahnte er das Meiste nur! Er sah ja bloß das Gesicht ... !

»Ich hoffe, Ihr habt in Euren Vorlesungen weniger Schwierigkeiten mit der Sprache ... Doch, was rede ich – Ihr seid ja Italiener. Sicher machen unsere unkultivierten germanischen Laute Euch Probleme ...«

»Äh ... nein, nein ... es war nur – ...«

Da stockte er also schon wieder. Er musste sich zusammennehmen und durfte um Himmels Willen nichts von ihrer verdammten Schönheit faseln ... Doch wie, zur Hölle, sollte das gehen? Was für ein Verhältnis war das wohl gewesen zwischen ihr und ihrem toten Gatten? Was hatte bewirkt, dass er sich zu einer billigen Buhlerin schlich, wo er zu Hause doch eine Göttin hatte?

»Es war nur Eure Schönheit, die mich blendete und mundtot machte!«

Aha, dachte er und ohrfeigte sich innerlich für seine Worte. Also bloß nichts von ihrer Schönheit sagen ... Oh nein, Gott bewahre, wo werd ich denn? Zu allem Überfluss blickte er ihr auch noch in die Augen ... Sein Begleiter wurde fast blau vor Entrüstung. Aus dem Augenwinkel sah Volpi Bartholdi dann aber doch lächeln.

Sie sind doch alle gleich, dachte Bartholdi. Ich hab es geahnt! Diese Italiener ... Er hätte es voraussagen können, dass sich da etwas abspielen würde und verfluchte sich, dass er nun wie ein kleiner Cupido daneben stand. Aber ... das währte nur eine Sekunde. Er war zwar schließlich ein Zwerg, aber kein Narr. Er wusste, dass er nicht gegen Volpi ankam. Nicht mit offenem Visier, nicht auf dem öffentlichen Turnierfeld der Liebe ...

Dabei war es beileibe nicht so, dass er für die Damenwelt uninteressant war, ganz im Gegenteil. Doch derlei spielte sich im Verborgenen ab. Er seufzte. So war es nun einmal, da half's nicht, sich zu grämen. Insofern keine Frau nach Goslar hereinkäme, die sich mit ihm messen könnte, wortwörtlich, wäre sein Schicksal wohl bis an sein Lebensende das des stillen Teilhabers. Er hatte sich wieder in der Gewalt. Gerne überließ er die großen Liebenden ihren für gewöhnlich auch großen Sorgen ... Wie würde Sibylle Herbst auf Volpis Worte reagieren?

»Sie beschämen eine Trauernde. Mein Gatte ist noch keine zwei Wochen tot! Wenn es etwas gibt, was mir jetzt herzlich egal ist, dann ist es mein Aussehen!«

Sie wollte erbost klingen, das hörte man, dachte Volpi. Doch sie klang überhaupt nicht erbost ... Dazu der interessierte Blick aus diesen wunderschönen braunen Augen ... Sie schlug ihre Wimpern nicht nieder ... Was war davon zu halten? Was zu erwarten? Wäre es nicht angebracht, sich selbst und alle Anwesenden auf andere Gedanken zu bringen? Warum eigentlich? Dann riss er sich aber doch am Riemen ...

»Vergebt mir mein Gestammel ... Möge es Euch nicht gänzlich unverzeihlich vorkommen! Meine aufrichtige Teilnahme ... Es war nur ... dass ich ... Kurzum: Ich hatte mir schon lange vorgenommen – schon auf dem Weg nach Goslar –, den weithin gerühmten Garten Ihres ... Mannes zu besuchen.«

Bartholdi musste kichern, als er diese Lüge hörte. Volpi strahlte ihn böse an und zog eine Braue hoch, was so diabolisch aussah, dass der Zwerg wirklich die Hand auf den Mund schlug und sehr brav aussah ... allerdings nur für einen flüchtigen Augenblick, dann griente er schon wieder. Volpi fuhr fort:

»Ich reise im Auftrag eines großen Liebhabers und Förderers der botanischen Wissenschaft durch die Lande und sammele Eindrücke und Zutaten für seine Herbarien. Darf ich Euren Garten aufzusuchen und vielleicht das eine oder andere Blatt für das Herbarium des Herrn von Bacchiglione daraus entführen?«

Jetzt schlug sie doch die Augen nieder und lächelte.

»Ich würde es Euch gestatten, ohne zu zaudern ... Doch der Garten gehört jetzt Hans Herbst. Herr Bartholdi wird Euch zu ihm führen, und ich wünsche Euch keinen abschlägigen Bescheid. Hans ist ein sehr versierter, umsichtiger und verständiger Mann, wenn auch kein Freund der Botanik und der Gärten, wie mein Gatte es war. Er hat es eher mit den Steinen und der harten Mutter Erde.« Jetzt lächelte sie wieder. »Wenn man den einen sicher in Haus oder Garten wusste, durfte man ebenso gewiss sein, dass der andere in Feld und Wald herumstrich, oder durch die Stollen kroch ... Er ist allerdings mitunter etwas launisch, seid gewarnt. Gehabt Euch wohl ...«

Sie schaute auf, und Volpi wurde wieder ganz anders. Sie hatte noch etwas auf dem Herzen. Langsam, ohne ihn aus der sanften Umarmung ihres Blickes zu nehmen (so interpretierte er das ...) fügte sie hinzu: »Ich habe wohl auch einen Kräutergarten hinterm Haus, den könntet Ihr Euch besehen ... und auch Beute mitführen, wenn etwas dabei sein sollte, was Eure Begehrlichkeit weckt ... nur nicht heute. Mir ist heute nicht sehr wohl ... Aber Ihr bleibt vielleicht noch einige Tage in der Stadt?«

Es klang kaum wie eine Frage in seinen Ohren. Er wollte eher eine Bitte darin hören ...

»Wie könnte ich jetzt abreisen, wo mir dies Angebot von Euch gemacht ist ... Gewiss werde ich in einem Kräutergarten etwas Kostbares finden, wenn Ihr ihn angelegt habt!«

Herrgott, dachte Bartholdi, welch italienische Dreistigkeit! Hier konnte er lernen, wie man, *also ein großer Mann*, es machte!

Herrgott, dachte Volpi, welche Hirnverbranntheit! Er schämte sich, dass Bartholdi Zeuge seiner Süßholzraspelei geworden war. Höflich ablehnen hätte er müssen und sich bedanken. Doch konnte er dagegen ankommen? Gegen diesen sehnlichen Wunsch, Gelegenheit zu bekommen, mit ihr allein zu sprechen ... und etwas mehr von ihr zu sehen als ihre zarte edle Stirn ... mehr als ihre braunen Augen, wohlproportioniert, mandelförmig ... mehr als ihre fein geschwungene Nase und ihren süßen roten Mund und ... mehr als einen Ansatz des vollen dunkelbraunen Haares! Wie es wohl aussähe, wenn sie ... es offen trüge? Sein Herz klopfte, und eine Art von Schwebezustand stellte sich kurz ein, wie er ihn zuletzt beim Schwimmen erlebt hatte ... in der von Bibern aufgestauten kalten Oker ...

»Sobald mir fröhlicher zumute ist ... Wie wäre es mit dem Freitag?«

Er nickte. Betäubt. Entrückt. Mundtot.

»Freitag! Freitag!! Freitag!!!«

Hatte sie nochmals gelächelt? Hatte sie überhaupt einmal gelächelt? Er war sich da nicht mehr sicher, als sie wieder vor der Tür standen, auf dem öden Frankenberger Plan. Sibylle Herbst war entschwebt wie nur je eine Sibylle entschwebte ... Bartholdi öffnete baff den Mund. Volpi wurde rot.

»Dich hat's ja ganz schön gepackt! Am Tag vor Christi Himmelfahrt – ...«, brach der Zwerg im Gehen ihr Schweigen. Volpi schnaubte enerviert. »Wie wär's, wenn du mir etwas über den Bruder erzähltest, statt mit diesen völlig haltlosen Unterstellungen anzufangen ... Ich wüsste schon ganz gerne, mit wem ich es zu tun bekomme, bevor wir bei ihm sind. Ist es noch weit, nebenbei gefragt?«

»Wir stehen schon vor seinem Haus«, sagte Bartholdi.

Sie waren einfach quer über den Platz auf die andere Seite gegangen, den einsam sprudelnden Brunnen in lockerem Halbkreis umschiffend.

»Dann also später ...«, sagte Volpi seufzend und klopfte.

»Ich kann es kurz machen: Hans Herbst besitzt eine ziemlich ertragreiche Grube – die Venus –, einen saftigen Wald, einen Garten am Steinberg, wie du gehört hast und eine Hütte gleich nebendran.«

»Eine Hütte? Du meinst ein Gartenhaus?«

»Nein, eine Erzschmelze! Indes direkt neben Otto Herbsts Garten ... jetzt ist Gartenhütte gar nicht falsch ...«

Die Tür ging auf und Hans Herbst stand vor ihnen, ein überaus gut erhaltener Mittdreißiger, blond, blauäugig, kräftig und von antiken Proportionen. Ein wahrer Antinoos, dachte Volpi.

»Mein Beileid, Herr Herbst!«

»Ihr müsst der Doktor aus Padua sein!«

Herbst blickte Volpi interessiert und freundlich an.

»Ich hörte schon von Euch und von Euren vielen Professionen! Tretet ein! Auch Ihr, Herr Archivar«, sagte er, Volpis kleinen Partner von oben herab mit einem Nicken bedenkend.

»Großarchivar!«, berichtigte Bartholdi und schüttelte sich indigniert, während er hinter Volpi am Hausherrn vorbei in die geräumige Halle trat.

»Wessen Idee war das, sich so brüderlich an diesem Platz aufzubauen? Vis-à-vis? Der eine diesseits, der andere jenseits des Brunnens?«, fragte Volpi.

»Zufall war dabei, oder Glück – je nachdem ... Bergmeister Walter starb vor drei Jahren im Neuwerk-Schacht, und seine Witwe gab das Haus hier auf, wie geschaffen für mich, denn es verlangte mich schon länger nach einem eigenen Domizil. So verließ ich den brüderlichen Haushalt.«

Hans Herbst wandte sich an Bartholdi, und seine Frage klang ehrlich und keineswegs bloß höflich: »Macht Euch die Blessur noch Schmerzen, Herr ... Großarchivar?«

Bartholdi genoss die Wiedergutmachung und sagte laut zu Volpi: »Der Herr Bergmeister meint nicht die Brandblasen von neulich, sondern mein linkes Bein, das damals im Neuwerk bittere Augenblicke unter einem Balken Grubenholz verbracht hat und etwas ... nun ja ... gepresst worden ist. Wie ein saftiger Stängel zwischen den Blättern eines dicken Folianten, bevor er als Schatten seiner selbst im Album landet! Das Bein wurde lila, wurde blau, wurde viol ... Alle dachten, es stürbe mir ab. Baader hatte schon seine Säge nachgeschliffen und wollte sich erfreut daranmachen, es abzusäbeln, es mir ganz fortnehmen ... Doch ich wehrte mich mit Händen und Füßen, solange ich sie noch alle hatte! Stell dir einen einbeinigen Zwerg vor ... Dann doch lieber gleich Hackfleisch. Das malträtierte Bein zeigt mir Unheil an ... Es zwickt stets ein wenig, wenn was bevorsteht ... In der Nacht des Brandes war es wieder so ...«

In Herbsts Augen flackerte es nicht bei diesem Thema, seine Miene blieb ganz entspannt, fand Volpi. Der Ton seiner Stimme jedoch war sehr verändert. Was er nun sagte, klang gedrückt:

»Das Gefühl hatte ich auch, obwohl mir keine alte Quetschung weissagt ... Ich hatte meinen Bruder am Vortag zum letzten Mal gesehen. Und schon als wir uns verabschiedeten, wusste ich, dass etwas geschehen würde ... Irgendwie kam mir diese Empfindung: Es müsste etwas vorfallen, das nicht aufzuhalten wäre ... Nennt mich einen Spökenkieker, aber so war es!«

»Ich entwickele solche providenziellen Fähigkeiten für gewöhnlich nur, wenn ich an den Pegelstand in meiner Börse denke«, sagte Volpi. »Ich weiß dann genau, es wird etwas geschehen, und ich weiß auch ganz sicher, dass es fürchterlich wird. Ihr müsst Euch gut mit Eurem Bruder gestanden haben, wenn er Euch seinen Garten vermacht hat. Eure Schwägerin erzählte es mir eben, und das war der Grund, bei Euch zu klopfen: Ich würde ihn mir sehr gerne ansehen.«

»Ach ja, der Garten ... Ottos ganzer Stolz! Wir standen gut miteinander ... verstanden uns sehr gut, sicher ... doch ich habe keine Ahnung, warum er mir dieses blühende und duftende Geschenk machte und nicht Sibylle ...« Herbst stöhnte. »Ich mache mir wenig aus Gärten. Als Gott die Talente zwischen uns beiden verteilte, erhielt ich von der hohen Kunst der Gärtnerei kein Quäntchen, er hingegen alles ...«

Herbsts weitere Worte klangen mehr amüsiert, als traurig. »Nun, gleichwie – ich werde versuchen, mich seines Vertrauens würdig zu erweisen! Ich stelle einen Gärtner an, der seine Sache versteht, und ich weiß jetzt auch, wen ich fragen werde!«

Er sah Volpi durchdringend an, der sofort abwehrend die Handflächen vorschob: »Oh nein – das ist zwar ein ehrenvolles Angebot, aber ... Ich kann wohl ein Herbarium und vielleicht auch einen Garten anlegen – aber pflegen ...« Er schüttelte demonstrativ den Kopf. »Dauernd Unkraut zupfen, dauernd graben, wässern ... Ich würde Sie enttäuschen, das hielte ich nicht lange durch.«

Herbst lächelte. »Schade! Ihr könnt Euch jederzeit den Garten besehen und nach unbekannten Kräutern forschen. Euch Gesellschaft zu leisten wird allerdings schwierig für mich: Morgen ist Anstich in der Hütte, und am Sonnabend will ich in der Grube beim Feuersetzen zugegen sein. Seit dem Tod meines Bruders hütet ein neuer Mann im Rammelsberg die Feuer. Ich traue dem Kerl nicht.«

»Danke. Ich würde Euch natürlich berichten, von jedem Blatt und jeder Blüte, die ich in Eurem Garten etwa abzuzupfen fände. Ach, wenn ich noch eine zweite Bitte äußern dürfte ...«, sagte Volpi.

»Nur zu!«

»Ich möchte so gern auch einmal Zeuge dieses ... Feuersetzens ... sein, um es in meinem Poem über Goslar gebührend beschreiben zu können. Ich sollte es wohl zuvor erlebt haben, sonst wird die Beschreibung allzu phantastisch.«

Herbst führte die Hand zum Kinn und sagte, ihn skeptisch betrachtend: »Keine Frage, das lässt sich einrichten. Aber zur Einfahrt in den Berg solltet Ihr Euch ein enges Gewand anziehen, auch eines, das Schmutz und scharfe Gesteinskanten besser verkraftet.«

»Und ein Arschleder braucht der Herr ...«, fügte Bartholdi grinsend hinzu.

»Dann erwarte ich Euch am Sonnabend!«, sagte Herbst. »Zwei Stunden vorm Complet am Wachturm auf dem Göpelplateau. Wollt Ihr nicht auch mitkommen, Herr ... Großarchivar?«

Bartholdi zögerte, wischte sich mit der Rechten geziert über den linken Ärmel, als wolle er etwas abstreifen. Dann sagte er leise, mit Überwindung: »Warum nicht ... Ich kann nicht immer vor dieser Wiederbegegnung davonlaufen ... Also sei es – so werde ich bald den Stollen wiedersehen ... Und Brandt ... nun ja ... Und wohl auch notgedrungen Brandt.«

»Was kannst du mir über Otto Herbst noch erzählen?«, fragte Volpi, während sie Richtung Markt schlenderten.

»Nun ...«, sagte Bartholdi, »Du hast ihn ja selbst schon als anschmiegsames Kohlestück bei seiner Buhlerin gesehen... Er hielt es zu Hause nicht aus, musste sein Mütchen auswärts kühlen. Sibylle Herbst ist so fein, so weltentheoben, überirdisch ... Und Otto Herbst war ein solcher Wildling ... Sie hat sich nie mit ihm gestritten – was ihnen beiden vielleicht gut bekommen und sie einander wieder näher gebracht hätte –, sie drehte ihm nur wortlos den Rücken zu ... Er hat übrigens viel Geld für seinen Garten ausgegeben. Mehr, als alle anderen wissen!«

Volpi blieb stehen und schaute ihn erstaunt an.

»Und woher weißt *du* denn das alles so genau?«

»Ich weiß es eben ...«, druckste Bartholdi herum. Dann sagte er, weil er spürte, dass Volpi nicht eher lockerlassen würde, bevor er nicht alles erfahren hätte: »Sibylle Herbst hat mir hin und wieder ihr Leid geklagt. Ich war so etwas wie ein guter Freund für sie. Nicht was du denkst. Völlig platonisch. Eine Sternen-Freundschaft ...«

Der Kleine machte große Miene.

Volpi sagte nur: »Aha. Sie wusste also alles und tat nichts, außer dir ihr Leid zu klagen. Wollte sie sich nicht scheiden lassen?«

»Was hätte es gebracht? Sie hätte mittellos dagestanden. Und entehrt.«

»Sie hätte dich heiraten können!«

»Mach dich nicht lustig über mich. Du weißt, das hätte schiefgehen müssen – und würde schiefgehen. Freund ja, aber nicht Ehemann. Nicht, wenn man zum Stamm der Gnome gehört ...«

Volpi grinste. »Und Geliebter?«

Bartholdi fauchte und lachte. »Das ist doch das Einzige, was dich interessiert, oder? Du bist vom gleichen Schlag wie Otto

Herbst! Diese schmutzigen Gedanken können sie nicht beflecken ... Sie ist eine Göttin!«

Volpi war ernst geworden.

»Das scheint ihr Problem gewesen zu sein. Das mag sein Problem mit ihr gewesen sein. Er hatte keine Göttin geheiratet, sondern eine Frau. Als sie ihm dann entglitt, tröstete er sich mit der Schwalbe. Seine Gattin konnte nicht davonlaufen. Er hatte sie in seiner Gewalt. Bis ...«

Er blickte Bartholdi an.

»Bis er starb.«

Bartholdi blieb stehen, sodass auch Volpi anhalten musste.

»Du meinst also auch, dass ... Sie? Nie im Leben!«

»Ich meine gar nichts. Ich stellte es nur fest. Den größten Nutzen aus Otto Herbsts Tod zog *sie* ...«

Schweigend gingen sie weiter.

»Vom Tod profitieren ...«, sagte Bartholdi. »Dass ihr immer nach dem Nutzen fragen müsst ... Vielleicht ist es gar keine Frage des Nutzens ... und außerdem: Da gibt es Warbeck, den Nachfolger von Herbst.. Sein Nutzen darf auch nicht gering veranschlagt werden, denn jetzt verdient er im Jahr so viel, dass er ein Haus kaufen kann, wenn auch kein so schönes und großes wie das von Herbst!«

»Wie war Herbst bei der Arbeit?«

Bartholdi atmete heftig aus, als fiele es ihm schwer, etwas Gutes über den Toten zu sagen.

»Otto Herbst war der beste und erfahrenste Feuerhüter, den es je in den Gebauen im Rammelsberg gegeben hat. Unter seiner Obhut ist nie der Ausbau in Brand geraten, nie einer durch eine Tretung zu Tode gekommen, keiner durch falsche Führung der üblen Wetter erstickt. Sobald ihn einer vertrat, begann das Zähneklappern. Deshalb habe ich Angst, wenn ich jetzt einen anderen seine Stelle einnehmen sehe. Der Unfall, von dem vorhin die Rede war, ging auf das Konto von Martin Brandt, der einmal, als Herbst krank war, seine Dienste übernommen hatte. Heute jedoch ...« Bartholdis Miene nahm einen grimmigen Zug an, und er knirschte kurz und impulsiv mit den Zähnen ... »... der Bergrichter ist. Du kannst dir vorstellen, wie ich ihn liebe ... und mich auf das Wiedersehen freue!«

»Wo wohnt Herbsts Nachfolger? Ist er verheiratet?«, fragte Volpi.

»Warbeck wohnt mit seiner Frau im Wartturm droben am Rammelsberg. Wie übrigens auch Brandt ... Der aber ist ledig.«

Sie waren bis vor die Worth gekommen. Volpi bestaunte aufs Neue die Front des Gildehauses mit dem Erker und den großen Heiligen auf ihren Wandpodesten. An der Ecke aber mühte sich eine kleine Figur mit einem höchst merkwürdigen Geschäft: Dukaten zu machen!

»Grrr! Auch einer, den ich hasse!«, giftete Bartholdi und hob drohend die Faust gegen die krötenhafte Kunstgestalt. »Er soll uns alle an den stets nahen Ruin erinnern.«

»Das ist doch nicht übel von ihm«, meinte Volpi, bevor sie das Haus an der direkt gegenüberliegenden Straßenecke betraten und eine gewundene enge Stiege hinaufkletterten. Bartholdi bewohnte einen winzigen Verschlag mit einem Fenster zur Worthstraße hin.

»Warte nur, gleich siehst du, was so schlimm an ihm ist ...«, sagte der Großarchivar und stieß den hölzernen Laden vorm Fenster auf. Da hockte das Dukatenmännchen in seiner ganzen Pracht.

»Das Mistviech sitzt mir täglich vor der Nase! Als ob ich mich nicht im Spiegel betrachten könnte und ständig an meine enorme Körpergröße erinnert werden wollte ...«

Eine gewisse Familienähnlichkeit zwischen dem Geldscheißer und dem Großarchivar war nicht zu leugnen, dachte Volpi.

»Du kannst dir doch eine andere Bleibe suchen ... Zieh doch zu Jobst!«

Bartholdi seufzte.

»Nicht schon wieder! Ich bin das ewige Bücherschleppen satt! Außerdem hasse ich die weiten Wege zur Arbeit. Ich lasse einfach den Laden zu, bin sowieso meistens nur zum Schlafen hier ...«

Volpi sah sich erstaunt um. Was ihm im Halbdunkel entgangen war: Bücher kleideten den kleinen Raum rundum aus bis unter die Decke!

»Hier sieht es aus wie in deiner Arbeitsstätte oder noch besser: wie in der Worth, nur der Stoff, der sich hier türmt, ist feiner! Das sind ja bestimmt ...«

»Fünfhundertundfünfundfünfzig Bände! Mehr passen nicht rein in die Regale.«

Bartholdi bat Volpi an den kleinen Tisch in der Mitte des Verschlages.

»Zeig mir die ersten Seiten Deiner Übersetzung von der Nachtfeier!«, bat er flehentlich und verschlang begierig, was auf dem Bogen stand, den sein Gegenüber jetzt aus dem Wams zog.

Jene singt, doch wir schweigen. Wann wird's Frühling für mich? Wann bin ich wie die Schwalbe, dass mein Schweigen endet? Schweigend ist mir die Muse entflohen, Phoebus straft mich mit Verachtung. Ebenso Amyklas. Doch endlich, als alle schwiegen, starb auch die Stille.

Bartholdi zeigte sich begeistert. Besonders über die Stelle mit dem entwaffneten Amor, der ohne seinen Bogen und seine Pfeile und ohne das Feuer der Liebe in den heiligen Hain kommen muss und dennoch in seiner baren Nacktheit alle Liebe entzündet ...

SED TAMEN, NYMPHAE, CAVETE, QUOD CUPIDO PULCHER EST;
TOTUS EST IN ARMIS IDEM QUANDO NUDUS EST AMOR.

»Ach, wie flugs du das übersetzt hast. Dein Latein ist eben viel besser als meins: *Trotzdem: Vorsicht, Nymphen! Schönheit ist ihm – Cupido – die größte Waffe* ... Wer wird das ganze Werk aber nun herausbringen?«

»Ich habe einen Brief-Freund in Paris, François Pitou – der wird es drucken!«

»Aber ...«, Bartholdi war entrüstet, »Warum kein Deutscher? Ich könnte dir leicht zehn Verleger landauf landab nennen, die sterben würden dafür!«

Volpi schüttelte den Kopf.

»Ich bitte dich ... Eine *Nachtfeier der Venus* kann nur in Paris erscheinen oder in Rom! Aber sei unbesorgt: Du wirst als Entdecker in die Geschichte eingehen! Dein Name wird im Buch stehen!«

Draußen saß das Dukatenmännchen bei seiner Verrichtung. »Das sollte mich daran erinnern, dass mein Herr ein Lobgedicht über diese Stadt verlangt. Wenn nicht bald etwas passiert, ist es aus ...«

Aber ... es durchlief Volpi wie ein heißer Schauer. Es war schon etwas passiert ...

Freitag, 27. Mai 1552

Die Bienen nähten an den Blütenpolstern der Witwenblume. Der wilde Knoblauch verströmte seinen herben Duft, um böse Geister fernzuhalten, wiewohl unter der grellen Maiensonne kaum mit solchen zu rechnen war. In heller Umnachtung hatte Volpi den Feiertag zugebracht, und in der zurückliegenden Nacht kein Auge zugetan ... Nun, im frühlingsgrünen Kräutergarten mit den vielen überschwänglich dreingesetzen Farbklecksen, hatte er ausgiebig Gelegenheit, sich die Schicksalsfrage zu stellen: Was wollte er hier? Weshalb quälte er sich mit Sibylle Herbsts Gegenwart? Unerreichbar war sie für ihn! Das musste sein verwirrter Kopf einsehen – doch nein, der weigerte sich wie üblich, etwas zu müssen ...

Er verwünschte die Trauertracht, die es ihm verunmöglichte, mehr von ihr zu erblicken. Angesichts ihrer verstörenden, so sorgsam verschleierten Gegenwart blieb ihm nur die Ausflucht in die Botanik. An jeden Kräuterstängel, der sich links und rechts der schmalen, geharkten Pfade zeigte, klammerte sich sein Blick. Frisch und vollsaftig standen da Orach, Dragon, Zuckerkraut, Mondraute, Eisenhut und Melisse. Doch damit längst nicht genug: Es gab auch Baldrian, Kümmel, Frauenmantel, Gänsefingerkraut, Römische Hundskamille, Beifuß, Eibisch und Malve. In eingesenkten Bottichen gediehen die Sumpfliebenden: Fieberklee und Sumpfdotterblume, Igelkolben, Pfeilkraut, Wolfstrapp, Froschlöffel, Bachbunge, Brunnenkresse und Lippenmaul ...

»Wie sagt Ihr dazu?«, fragte er, auf die Malve deutend, um nicht an Sibylle Herbsts Mund denken zu müssen, der sich als einzige lockende Andeutung und Verkörperung ihrer Schönheit unterm Schleier zeigte.

»Hasenpappel, Hanfpappel, Johannispappel, Katzenkäse – oder einfach Papp!«, antwortete sie mit einer hinreißend sanften Stimme, und er verfluchte sich, dass er sie angeschaut hatte, während sie sprach, denn so hatte er ihren Zaubermund sich bewegen sehen.

»Oh! Ihr habt mehrere Arten von *filipendula*!«, staunte er sofort mutwillig, um sich einen erneuten winzigen Moment erfolgreich über ihre verstörende Gegenwart hinwegzuretten.

»Madesüß!«, sagte sie.

Ihr madesüßes Lächeln blieb ihm gänzlich unsichtbar, so gewollt aufrichtig fasziniert war er von seiner Entdeckung. Was er als nächstes sah, brachte ihn ganz in eine profane Wirklichkeit zurück: *Datura*! Es waren keine grünen Exemplare, freilich nicht, sondern nur vertrocknete Reste aus dem Vorjahr – unverkennbar aber waren sie, die Spelzen und Blattreste am Boden ...

»Stechapfel!«, sagte Sibylle Herbst, die seinem Blick gefolgt war, und es klang ganz unverfänglich.

»Einige hiesige Namen dafür kenne ich schon«, sagte er, einen gondelförmigen, stachelbewehrten Rest der aufgesprungenen Samenkapsel zwischen den Fingern drehend. »Wofür verwendet Ihr ihn?« Sie schwieg. Hatte sie die Frage nicht gehört? Daher fragte er, leicht abgewandelt, noch einmal: »Gebraucht Ihr das Kraut in der Küche? Oder nutzt Ihr es zur Behandlung etwelcher Gebrechen?«

Sie schlug den Schleier zurück.

»Meinem Mann diente es, nicht mir ...«

Sibylle Herbst trat so nah an ihn heran, dass ihm der Atem stockte.

Sie sah ihn mit ihren braunen Augen an und sagte traurig: »Er und seine Gespielin ... bedurften der Stechnuss, damit sie ihnen die Sinne vernebelte und die eigene Hässlichkeit erträglich machte ... Bei Euch wär es eine Sünde, die Sinne zu schwächen. Ihr Italiener seid ... so ganz anders ...«

Volpi spürte, ohne dass er sich's versah, ihre unfasslich schönen roten Lippen auf den seinen. Und da war er im Himmel, so kam es ihm vor – allerlei wunderliches Blendwerk erschien ihm vor den geschlossenen Augen: bald war's, als ob ihn Hunde bissen, bald, als wollten ihn Rösser überrennen, Feuerräder und Sprühfackeln räucherten ihm vor den geschlossenen Augen umher ... Das währte einen unwahrscheinlich langen Augenblick. Dann ratterte mit Höllengetöse ein urplötzlich vom Klaustor her kommendes Fuhrwerk vorüber.

»Ver…!«, entfuhr es ihr.

»Was?«, fragte er … gänzlich aus der Tiefe …

»Gerade eben sind die Bürgermeister und ein paar der Berg- und Waldleute auf Stobekens Fuhrwerk vorbeigefahren! Und ich glaube … sie alle haben zu uns herübergesehen!«

Er erstarrte. Das Blut schoss ihm zu Kopf. Das hatte ihm gerade noch gefehlt! Ein öffentlicher Skandal. Sie schritten vorsichtig um die Hausecke, um zum Frankenberger Plan sehen zu können. Tatsächlich – man sah den Bergrichter Brandt und Hans Herbst absteigen, Stobeken lud ein Fass Bier ab, es sprangen der Bergmeister Adener und die beiden Bürgermeister vom Wagen, dann folgten noch drei, vier Gruben- und Hütten- und Waldbesitzer, Ältere und Jüngere mit Bögen …

»Vergesst, was geschehen ist!«, sagte sie verzweifelt. »Ich bin nicht ganz bei Trost! Ich meine … ach … geht! Bitte geht!«

Sie eilte ins Haus. Er stand davor, verwirrt, von Sinnen. Dann ging er langsam die Straße hinunter zum Martiniturm und zur Bergschmiede, hinaus durchs Klaustor … Einfach nur hinaus … sich zu sammeln und wiederzufinden. In seinem Herz herrschte heller Aufruhr, und sein Geist schlug mit den Flügeln …

Alles, was sie verbunden hatte – die Zärtlichkeiten, ihr gemeinsames Kind, die Sehnsucht – ihre ganze Liebe war zur Hölle gewünscht! Es war ihm, als hätte sie ihm den Kopf abgerissen und einen Berghang hinabgeschleudert! Man sah entweder, was man sehen wollte, oder was man nicht sehen durfte. Die Lücke zwischen den Gebäuden war nicht groß, und es war der unwahrscheinlichste der Fälle, doch er, genau der Richtige oder Falsche – wie man wollte –, hatte es gesehen, hatte nun einmal gesehen, was zu sehen war, was er offenbar hatte sehen müssen. In seinem Haupt kreiste ein Feuerrad. Das Hirn glich einer Kohlenschale. Eingebrannt auf ihrem Grunde war das schrecklichste der Bilder, das schlimmste der Paare: Sibylle und dieser dahergelaufene Italiener! Ihre Sinne mussten getrübt sein, die Säfte ihres Leibes in heilloser Wallung. Wie konnte sie ihm zu allem noch dies antun? Als er ihren verhassten Gatten und dessen Hure beseitigte – für sie! –, war alles so klar und einfach gewesen. Ganz sicher hatte er sich ihres Besitzes gewähnt. Ihn daraufhin fallen zu lassen ... Reichte ihr das noch nicht, ihn zu demütigen? Ihm unmissverständlich zu bedeuten, dass er einem Irrtum aufsäße, wenn er glaubte, sie könnten gemeinsam leben ... Sicher, das war ihr Wankelmut, war ihre ihm so bekannte Furcht. Warum konnten sie keinen stillen Pakt schließen? Warum sollte er sie ganz verlieren? Der Anblick seines Sohnes wäre ihm Trost gewesen, hätte ihm geholfen ... Jetzt fühlte er das Anbranden des Hasses und musste sich zügeln, um nicht laut zu schreien. Hoffnung auf Glück – darauf, dass es noch etwas Besseres geben könnte in der Welt? Jetzt war sie restlos dahin! Sie so zu sehen, nach allem, was zwischen ihnen geschehen war, versetzte ihm einen Hieb von solcher Wucht, dass er beinahe strauchelte ... Für einen Moment erwog er die Möglichkeit, sie mit ihrem schönen Leib und ihrem Leben büßen zu lassen, doch sogleich ohrfeigte er sich für diesen Gedanken, peitschte ihn sich mühsam aus dem Hirn: Alles und jeden wollte er verderben, aber niemals sie ... Wiedergewinnen musste er sie ... den anderen ausschalten und die Stadt schröpfen! Alle sollten ihm dafür bezahlen! Sein Kopf schmerzte. Er würde ... er würde ... So höllisch der Schmerz. So kalt danach, inwendig im Kopf, als wäre es Winter in ihm ... Mit Gold überschütten würde er sie und sie sich so wieder zu eigen machen. Und wenn es im Geheimen geschehen müsste wie früher. Sie würden wieder vereint am Hang liegen! Der Schmerz übers Gesehene verkehrte sich in teuflische Vorfreude. Ein anderer trat aus ihm, er spürte seine Kühle. Wie Gebirgswasser oder kühles Bier trat sie im schmerzenden Kopf aus und rann durch den Leib. Sein Herzschlag dröhnte hohl wie das Ausklopfen eines schweren Teppichs. Er taumelte und hörte, was ihm der Andere ins Ohr flüsterte: *Sie ist es nicht wert, dass du dich noch um sie bemühst, niemand ist es mehr wert! Dein Sohn ist nur noch ihr Sohn, sie hat ihn geboren und dich dafür getötet! Mit dem Herzog magst du ziehen – wir sind verbündet, er und ich und du! Die alte Stadt ist verloren. Alles hier ist verloren. Außer dir ... Denn ich bin an deiner Seite, Freund! Ich bin nicht der Widersacher, du bist der Widersacher! Du und er und ich, wir sind vereint. Was immer du tust, das hab ich getan! Der Teufel tut's und Gott verhängt's ... Gott verhängt's, mein Freund, und du tust's, so wie ich es tu! Wir tun nur, was Gott verhängt! Komm, lass uns Gott helfen, einmal so richtig bös zu sein!* Und der Rote trat in ihn, wurde eins mit ihm ... und er fühlte eine Kraft in sich, die er nie zuvor gespürt, und vor Gewissheit liefen ihm die Tränen über die Wangen. Schmerzverzerrt war sein Lächeln. Und keiner konnte in ihn sehen, keiner sah das Feuer, das jetzt in seinem Kopf loderte.

Sonnabend, 28. Mai 1552

Volpi erwachte schändlich spät, und sogleich stand *sie* ihm vor Augen. Ein wohliger Schauer begleitete das Bild. Er fühlte ihre Lippen auf den seinen! Er stahl sich in die Halle des Unruh-Hauses, nahm schnell eine Schale Milch und etwas Obst an sich und zog sich in seine Klause zurück. Fünf Schläge kamen von Sankt Stephani. Er sah aus dem Fenster und hörte das Klappern der Kehlmannmühle … So verändert klang es, gar nicht mehr störend monoton oder disharmonisch, sondern fröhlich und ermunternd … Es war, als wäre die Totenstadt Goslar über Nacht für ihn lebendig geworden. Draußen vorm Fenster, auf einem der jetzt schon völlig ergrünten Zweige, saß ein Bluthänfling und schmatzte seine Strophe. Volpi nahm am Schreibtisch Platz, griff die frisch geschnittene Feder, tauchte sie in das kleine Glas mit Gallapfel-Tinte und schrieb:

> So viele Pfeile schon trafen mein Herz,
> von Amors Bogen geschnellt, und unablässig
> treibt er weiter das tückische Spiel!

> Mir träumte, ich hätte die himmlischen Kleider,
> gewebt aus Silber und goldenem Licht,
> zu Füßen legt' ich sie Dir, Liebreizende!

> Weißer als Luna, schöner als Venus gar,
> erscheinst Du vor mir, vom dunklen Haar umflort,
> und Deine roten Lippen laden ein zum Kuss!

> Mit jedem Lidschlag Deiner braunen Augen,
> mit jedem Blick, den Du mir zuwirfst,
> schießt Du mich wund! Oh Todesschmerz!

> Schick mir Linderung, grausamer Liebesgott,
> auf dass mich der Brand nicht verzehre,
> und öffne ihr Herz mir – Liebste! Dein Herz!

Volpi setzte seufzend die Feder ab und starrte auf die Zeilen, die er gerade geschrieben. Seine Stirn furchte sich in Verwunderung ... Jawohl – geschrieben! ER! Hatte soeben ... dies geschrieben! Ein Gedicht, wie er sie früher einst dutzendweise geschrieben ... Unbeweglich saß er da. Auch als heftig an die Tür seiner Klause geklopft wurde, änderte sich daran nichts. Die Schrift auf dem Papier verschwand nicht, sie verflüchtigte sich nicht, er wachte nicht auf, träumte also nicht. Die Tür wurde vorsichtig geöffnet, doch Volpi blieb unbeweglich.

Grete Geismar blickte herein und sprach ihn vorsichtig an: »Doktor Volpi? Herr Jobst und die Herren Bürgermeister schicken nach Euch – der Bürgermeister Immhoff und der Bürgermeister Richter! Ihr möchtet Euch sogleich ins Rathaus aufmachen, sie erwarten Euch dort bereits! Doktor Volpi?«

Sie stupste ihn sanft an, bis er erschrocken zusammenfuhr.

»Doktor Volpi!?«

»Was?«

Bürgermeister... Räte warten ... im Rathaus! ... Müsst gleich losgehen ... eilen! Er hörte ihre Worte kaum. Begriff nur halb, was sie ihm sagen wollte. Eine Woge des Glücks überschwemmte sein Gemüt.

»Grete! So heißt Ihr doch?«

»Ja ..., aber was tut Ihr da ...?«

»Lasst Euch umarmen! Oh, ihr Himmlischen, habt Dank!«

Die Gute wusste gar nicht, wie ihr geschah. Der Kuss, den er ihr auf die Wange drückte, war nicht zu verachten ... Dass der Vogel sich so freute? Wenn man *sie* ins Rathaus bestellt hätte, hätte sie höchstens Muffensausen gehabt.

Das allerdings hatte Volpi auch. Aber wenn sie ihn aus ihrer ehrbaren Stadt werfen wollten, weil er den Witwentröster gespielt, ja, eigentlich von der Witwe selbst gezwungen worden war ... dann wollte er dies aufrechten Hauptes hinnehmen. Die Tatsache, dass Sibylle Herbsts Kuss seinen poetischen Winter beendet und ihm den Frühling wiedergeschenkt hatte, machte alles andere zu einem Possenspiel. Würde er eben weiterziehen … Er könnte Goslar auch beschreiben, ohne lange da gewesen zu sein. Und beim Überschreiten der Alpen hätte er – flugs – sein Poem schon fertig! Einen Kuss würde er Sybille und der Stadt Goslar zurückwerfen …

Volpi pfiff vor sich hin, als er auf Jobst zusteuerte, der am Brunnen mit dem bekrönten Adler inmitten eifrigen Markttreibens stand. Waaghaus und Münze, Rathaus und Worth und andere Gildehäuser hatten rund um den Mittelpunkt dieser kleinen reichsstädtischen Welt ihren Ort: die Amtshäuser der Kramer und Schneider, Knochenhauer, Schuster und Bäcker.

»Meine Güte, da seid Ihr ja endlich!«, begrüßte ihn sein Gastgeber, dunkel bewamst, herzhaft gähnend … Kein zweiter Schlaf an diesem Morgen, und es ging auf sieben … Der Brunnen spie ungerührt Wasser. »Es hat wieder gebrannt! Diesmal vor den Mauern. Gegen zwei in der Nacht. Ihr habt so fest geschlafen, und wir wollten Euch nicht wecken. Nicht aufs Neue mit Feuer den Gast behelligen … Zum Glück ist diesmal nicht viel verdorben und keiner draufgegangen. Noch vor Sonnenaufgang war es auch schon wieder gelöscht. Aber …« Jobst gähnte energisch, obwohl er sich jetzt so flink vorwärts bewegte wie ein Tanzbär: »Hchchch …! Folgt mir! Das Weitere nicht hier ….. Die Umstände sind interessant. Es gab eine, es gibt eine, sozusagen … Hchchch …! Forderung!«

»Wo hat's denn gewütet?«, fragte Volpi so harmlos, als könnte er selbst die Abzucht nicht trüben – trotz allem erleichtert, dass es nur ein Brand war, weshalb man ihn herbestellt.

»In der Rats-Sägemühle vorm Breiten Tor! Vielleicht wollte der Schütze nur eine Warnung geben, um seiner Forderung Nachdruck zu verleihen!«

»Schütze? Forderung?«

Er stieg hinter Jobst die kleine Treppe zur großen Ratsdiele hinauf, wo die Ratsherren standen. Eine Versammlung von vornehmen, edelbewamsten Barett-Trägern. Etwas schlichter gekleidet, wohl wegen der Not, an die ihn sein Amt immer denken ließ, war Sigmar Kranz, der Kämmerer. Auch Bartholdi war da, in seiner amtlichen Funktion als Großarchivar und Bibliothekar. Er trug zwar kein Barett, aber diesmal eine schicke dunkelblaue Samtkappe, die gut zu seinem malerischen feuerroten Wams passte. Seine Augen leuchteten, als er Volpi sah, und er sagte:

»Du siehst aus, als hättest du gut geträumt ... Halb Goslar weiß, warum ... schließlich hattet ihr die ganze Schanzgraben-Kommission zum Publikum ...«, sagte er schälkisch, doch seine Miene stürzte sogleich ins Horrible ab, als er hinzufügte: »Aber du hast Glück. Man hat ganz andere als moralische Sorgen. Es hat nämlich wieder gebrannt!«

Rainer Immhoff, der Erste Bürgermeister, ein gedrungener und kräftiger Mann, der weiße Haut mit Sommersprossen und rötliches Haar hatte, trug zum kastanienfarbenen Barett einen dünnen grünen Leibrock, darunter eine gelbe, wattierte Schecke, die bis zum Hals mit schönen Elfenbeinknöpfen geschlossen war. Als weißer Strich war oben zum Abschluss etwas Hemd sichtbar. Man hörte ihm sein Amt an. Er hatte eine kräftige Stimme und sprach überlegt, jedoch mit der Forschheit dessen, der immer weiß, was er zu sagen hat.

»Meine Herren, lasst uns anfangen. Ich stelle den Antrag, dass der Paduaner Hausgast unseres Ratskollegen Jobst an der Sitzung teilnehmen darf!«

Er hatte Volpi wohlwollend und ohne Argwohn zugelächelt. Die übrigen Herren nickten einmütig. Der Eingeladene begriff schon wenige Augenblicke später, nachdem sie einen schmalen weiß gekalkten Gang durchmessen hatten, dass es eine besondere Auszeichnung war, in die Ratsstube mitgenommen zu werden, die sich selbst sein großer Vorgänger Euricius Cordus vergeblich bemüht hatte, zu Gesicht zu bekommen.

»Mamma mia!«

Die Räte lachten und weideten sich am Anblick des Verdutzten und Staunenden. Volpi besah sich die farbenfrohen, fein ziselierten Wand- und Deckenbilder, auf denen ihm – neben den

Kaisern und des Kreuzknaben Passion – besonders die schönen Frauen auffielen ...

»Lauter Sibyllen! Das muss einen Italiener ja um den Verstand bringen!«, tönte Papen, lachte rollend und verschluckte sich. Die anderen schmunzelten und sahen Volpi wissend an.

»Ihr versteht, Doktor Volpi, nicht wahr?«, sagte Immhoff und sah ihn durchdringend an. »Die Trauer ist hier eine heilige Zeit! Und ist es sicher auch im Heimatland des Papstes ...«

Volpi erstarrte. Also doch ... die Rüge! Immhoffs Blick aber hatte sich schon aufgehellt. Offensichtlich sah man in ihm bloß einen typischen Vertreter seines Landes, der mit den moralischen Sitten des kühleren Nordens nicht vertraut ist. So ein falsches Bild konnte auch sein Gutes haben ...

Die Herren verteilten sich umstandslos auf den Sitztruhen im Raum, wobei Papen eine für sich allein in Anspruch nahm. Das schmale Trio Tilling-Richter-Immhoff fand ebenfalls auf einer Platz, ebenso Bartholdi zwischen Volpi und Jobst.

Imhoff sagte: »Ich habe es Einigen schon gezeigt, aber damit es uns allen deutlich vorm geistigen Auge steht, lese ich laut vor, was an der Linde vor der Rats-Sägemühle angeheftet war.«

Er räusperte sich und begann, sorgfältig Silbe um Silbe betonend:

Wisset, ehrbare Gosler'sche Sägemüller,

dass Eure Stadt wohl auch bald verbrennt wie die
Mühle – und alles darinnen, bis zum letzten Ratten-
schwanz! Wie die „Schwalbe" Euch vorausflog – als
trüber Rauch – verraucht ihr auch! In Bälde, Freunde!
...
Es sei denn, ihr besännet Euch darauf, uns wohlerfah-
renen Feuerwerkern eine bescheidene Abgabe zu ent-
richten ... Sagen wir je drei Bürger 'nen Silbergulden,
macht übern Daumen zweieinhalbtausend ... Dann
und nur dann soll euch der Pelz nicht verbrennen ...
Haben wir nun etwa die Armen, die Kleinen und Siechen gar nicht mitgerechnet? Oder Euer „Bürgertum"
zu gering geschätzt? Geschenkt, geschenkt, ihr großen
Herren – ihr schweren Herren! Wir wollen doch nicht
kleinlich sein!

Ein treuer „Bote" dünkt uns unbestechlich genug, uns
den *obulus* zu überbringen, kennt er doch seinen Weg
im Schlaf und ist verschlagen und sehr verschwiegen ...
wenngleich nicht stumm ...
Ihr dürft es ihm somit ruhig anvertrauen: das

S i l b e r !

PS: Lasst den „Boten" nur ungehindert ziehen und
ohne Eskorte!
In Gottes Namen! Seid nicht dumm! Seid klug, Ihr
Herren!

Hans Wurst und die Seinen

Immhoff ließ das Blatt sinken. Aus seinen Augen sprach das blanke Entsetzen. Papens Schnaufen war schwere Momente lang das einzige Geräusch und die von ihm umgewälzte Luft alles, was sich im Raum bewegte.

»Hans Wurst?«, fragte Volpi flüsternd.

Bartholdi erläuterte:

»Hat Luther eingeführt, den Namen, steht inoffiziell für den wilden Heinz, also für den Herzog. Soll heißen, der Kerl ist ein Narr ... Hans Wurst eben ... Die Schrift von Luther heißt *Gegen Hans Wurst*, 1541. Darin schreibt er über den realen Narren, also Hans Herzog Wurst, wenn du so willst: ›Wüster Heinz, was eine Schand, dass du mordest uns durch Brand!‹ Der Herzog Heinrich Wurst, also Heinz, bzw. der wilde Hans Heinz Wurst, hat damals ein Dutzend Städte mit gekauften Mordbrennern drangsaliert! In Einbeck war es am schlimmsten. Vor drei Jahren hat er dort erneut zündeln lassen: 588 Häuser gingen flöten! Vor zwei Jahren hat er die armen Einbecker sogar zum dritten Mal auf diese Weise abkassiert. Und sogar hier in Goslar gab es 1540 eine versuchte Brandstiftung, aber dem herzoglichen Brenner fehlte der Mut ...«

Bartholdi verstummte, aber Jobst ergänzte: »Nicht ganz ... ein literarischer Mordbrand wurde aktenkundig. Als Luthers Schrift *Wider Hans Worst* gegen Heinrich erschien, hat ein vormals hier ansässiger Buchdrucker namens Borngräber ein kleines Buch herausgebracht, das *Zünd-Teufel* oder so ähnlich hieß. Das Ding machte Skandal, und man hat ihn vertrieben deshalb. Ich hab damals eins besessen, aber dann galt mir plötzlich der Besitz schon für eine Brandgefahr ... Ich hab es, ich muss es gestehen, ins Feuer geschmissen vor Wut. Es war lästerliches Zeug, gotteslästerliches. Teufelszeug. Schlimmer als jedes Venuslied ...«

»Wie sagtet Ihr, hieß der Drucker? Borngräber?«

»Von dem hab ich dir schon erzählt!«, warf Bartholdi ein. »Nach dem Skandal damals ging er nach Köln.«

»Weiß man, wer der Verfasser dieses Buches war?«

»Nein«, schaltete sich Bartholdi wieder ein. »Und vom tatsächlichen Brenner oder dem Möchtegernbrandstifter, wenn du willst, hat man nur einen Brandbrief gefunden ...«

Immhoffs Stimme ertönte:

»Herr Bartholdi – jetzt wisst Ihr, warum Ihr hier seid! Bitte bringt mir doch einmal die Abschriften der alten Brandbriefe, der Einbecker und des Goslarers!«

Bartholdi zog ein Regestenbuch zu Rate, das er bei sich trug. Er lächelte und seufzte erleichtert auf.

»Wer ist dieser neue Hans Wurst?«, fragte Papen aufgebracht. »*Hans Wurst und die Seinen*? Wer kann das sein? Wer nennt sich denn so?«

»Der Herzog vielleicht«, mutmaßte Jobst. »Wir sollten trotzdem nicht den Fehler machen, und das, was da auf diesem Wisch steht, für bare Münze nehmen ...«

»Bare Münze wollen sie jedenfalls haben!«, gluckste Bartholdi und fing sich einen bösen Blick von Immhoff ein.

Er trat vor Papen und sagte grienend: »Dürfte ich Euch um Erhebung bitten ... Erhebung Eurer selbst?«

Papen, der im Alter Martin Luther immer ähnlicher wurde, fluchte und tat alles, um dieser Bitte nachzukommen. Jobst und Volpi mussten ihm helfen, damit es endlich gelang.

»Die Herzoglichen haben etwas vor!«, japste der gewichtige Mann. »Und die Pfaffen ... Gebe Gott, dass sie allesamt der Teufel bescheiße!«

Das war von Herzen gekommen und jedem in der Ratsstube aus der Seele gesprochen. Die Ratskollegen trampelten beifällig, gleichwohl insgeheim über die Schwierigkeiten des Übergewichtigen schmunzelnd. Bartholdi stöberte lange in der Sitztruhe, was Papen grollend hinnahm. Nebenbei sagte er zu Volpi: »Ich habe, glaube ich, zuhause das Borngräber'sche Brandbüchlein noch irgendwo ... *Feuertopf* oder so ähnlich hieß es ...«

Volpi war sehr begierig, es zu bekommen.

»Ich werde danach suchen ...«, versprach Papen, doch es klang nicht sehr energisch.

Endlich schien der Großarchivar bei seiner aktuellen Suche Erfolg zu haben.

»Da sind sie!«

Der Erste Bürgermeister verglich die Schriftstücke und schüttelte den Kopf.

»Das Einbecker Schreiben von vor drei Jahren ist überhaupt nicht ähnlich – weder vom einst nachgemalten Schriftbild her noch inhaltlich. Auch der von 1540 … Ja, die Einbecker Brandbriefe sehen ganz anders aus. Beim Goslarer von 1540 bin ich mir ehrlich gesagt, nicht ganz sicher … Die Schrift …«

Schweigen trat ein, während die Blätter herumgingen.

»Womit war das heutige Blatt angeheftet?«, fragte unvermittelt Volpi. »Dass man mich armen Poeten hier hereingelassen hat, heißt, dass meine Meinung gefragt ist … Wenn dem so ist: Was hat man in der Hand außer diesem poetischen Text? Was etwa sah der Erste, der beim Mühlenbrand eintraf?«

Immhoff neigte knapp das Haupt und sagte: »Danke verehrter Doktor Volpi. Ich heiße Euch im Namen von uns allen willkommen! Man meint es mit Euch und uns nicht gut: Wie sollt Ihr ein schönes Gedicht schreiben über Goslar, wenn Euch solche Flammen des Nächstenhasses entgegenschlagen? Ich bin aber sehr froh, denn ein Blick von außen ist stets aufschlussreicher als die Innenschau – wir sind hier schon zu lange mit uns selbst beschäftigt, um noch klar zu sehen, was vorgeht.«

Auch der dicke Papen dankte Volpi prustend für seine Unterstützung. Dann blickte er auf die Papiere, die bei ihm angelangt waren.

»Ich verstehe, was Ihr meint, Herr Doktor. Alles ist verräterisch, das Papier, die Tinte … Ich habe den scheußlichen Verdacht, dass diese schändliche neue Drohung mit Blut geschrieben wurde. Fleisch ist Fleisch und Blut ist Blut, wie schon Luther sagte.«

Die Blätter gingen weiter von Hand zu Hand, bis Volpi sie erhielt. Die rote Tinte untermalte gut den Ernst der Forderung.

Die Ähnlichkeit des alten Brandbriefes von 1540 und des jetzigen lag einzig und allein in gewissen Zügen der – bewusst ungelenk – hingemalten Worte, dachte Volpi. Der Aufschwung beim S von Silber etwa ...

Immhoff sagte, nachdem er sich erst auf seine Truhe gesetzt hatte, dann wieder aufgestanden war und nun im Raum umherging: »Der Brandbrief war mit vier Hufnägeln befestigt, alle etwa ein Zoll tief eingeschlagen. Euer Gastgeber, Herr Volpi, hat sich in bewährter Manier alles notiert, was ihm sonst noch auffiel.«

Einige Herren kicherten. Seit den Tagen der „Bestie" gab sich Daniel Jobst den Anschein, als habe er stets etwas ungeheuer Wichtiges in seiner Taschenkladde festzuhalten. Sie war förmlich zu seinem Markenzeichen geworden. Jobst nickte und zog sein kleines, braunes, in weiches Kalbsleder gebundenes Notizbuch hervor.

»Der Anschläger war beritten, so viel steht fest. Sein Pferd – denn es ist von der Hufgröße her eindeutig ein Gaul und kein Muli oder Maulesel gewesen – war frisch besohlt.«

»Wenigstens etwas«, sagte Volpi. »Wie wurde das Feuer gelegt?«

»Der Brand begann auf dem Dach. Es kann gut wieder ein Brandpfeil gewesen sein!«, schloss Jobst.

»Klingt plausibel«, sagte Volpi. »Der Autor des Brandbriefes behauptet ohnehin seine Autorschaft beim Schwalbenbrand. Ob allerdings zu Recht, muss noch dahingestellt bleiben.«

Bartholdi sagte: »Er will vielleicht bloß den Eindruck erwecken, bereits eine Probe seines zerstörerischen Furors abgeliefert zu haben!«

Man nickte zustimmend, und Volpi fragte: »Wurde der Brandstifter von 1540 gefasst? Der Goslarer?«

»Nein«, sagte Immhoff. »Er trat nie in Erscheinung. Und gebrannt hat es daraufhin auch nicht. Hat keine Geldforderung gestellt, sondern nur den Brand angedroht. Ein Jungenstreich ...«

»Komisch, in der Tat. Ein Jungenstreich ... das könnte sein. Aber der Junge ist jetzt zwölf Jahre älter ...«

Volpi dachte weiter laut nach: »Hans Wurst ... man stellt sich eine mord- und brandlustige Bande vor, dieser Eindruck soll offenbar erweckt werden ... *Hans Wurst* – diese Anspielung liegt ja scheint's wirklich sehr nahe. Sie zeigt nach meinem Dafürhalten, dass der Verfasser kein Herzoglicher ist. Wie überhaupt der ganze Anschlag: Heinz, ich meine, Heinrich ... würde doch seinen Beauftragten niemals den Hinweis auf Doktor Luthers Schmähung durchgehen lassen! Haben die Herzogsknechte so viel Humor?«

Jobst antwortete: »Früher hatten sie den allerdings nicht ... Seit dem Sieg bei Mühlberg werden sie immer dreister und lustiger. Sogar eine Anspielung auf Luthers Schriften scheint mir nicht länger gegen einen vom Herzog geworbenen Brandstifter zu sprechen. Eher schon die Geldforderung. Geld pflegt der hohe Herr sonst doch viel direkter zu erpressen. Und die Summe, nun ja, ist vergleichsweise bescheiden ... wenngleich es den Rat wohl Mühe kosten würde, sie aufzutreiben, bei 100 Ratsmitgliedern.«

»Ganz recht!«, sagte Papen. »Deshalb sollten wir auch gar nicht länger über diese Dreistigkeit nachdenken, sondern viel eher darüber lachen und zur Tagesordnung übergehen. Was steht noch Wichtiges an? Dass man gesehen haben will, dass der Herzog in seinem Tross Belagerungstürme nach altrömischem Vorbild hat! Dass er überall Bergleute kidnappt, um unsere Mauern mit Tunnelgrabungen zu unterlaufen! Dass er Agenten hat, die schon am Rammelsberg im Ausbau sägen! Wie Ihr sagt, Immhoff! Da rückt vielleicht bald der eigentliche Hans Wurst an! Das ist doch viel wichtiger! Wir müssen uns vor allem damit befassen, wie wir uns gegen den herzoglichen Lindwurm wappnen und einschanzen können. Wichtiger als diese Kindereien eines verlausten Zündelknaben, der dem Herzog wohl zupasskommt mit seinem Unsinn! Hans Wurst und die Seinen – ja sollen sie gefälligst um ihren Wurstkessel hocken bleiben!«

Papens Truhe rutschte holpernd und klackernd über den Dielenboden bei der erregten Bewegung ihrer Last.

»Ich finde nicht, dass wir es so einfach abtun können«, sagte Adelbert Richter, der Zweite Bürgermeister, ein zurückhaltender, vornehmer Mann, der sich in der Statur nicht sehr von Immhoff unterschied. Er hatte hellbraunes, dünnes Haar und trug ein schwarzes Samtbarett zur gleichfarbigen Montur. Moskowitischer Zobel verbrämte seine Schultern. Beim Sprechen visierte er stets ein imaginäres Gegenüber an, das in steilem Winkel vor ihm unter der Decke zu schweben schien.

»Dass er oder sie keine Scherze macht oder machen, das haben er oder sie uns mit der Mühle gezeigt. Ob er oder sie die Schwalbe angesteckt hat oder haben, ist zweitrangig. Ich bin dafür, seine oder ihre Forderung ernst zu nehmen, sprich: ihr zu willfahren und zu bezahlen! Das Geld könnten wir ja morgen oder in den nächsten Tagen in einer eigens anberaumten Sitzung des weiten Rates einfordern. Wir können ja trotzdem den „Boten", wer immer es auch sei, im Auge behalten, verfolgen, den oder die Mordbrenner fangen und uns das Geld von ihm oder ihnen wiederholen!«

»Sehr richtig!«, krähte Tilling, der schwer an dem Marderpelz trug, der ihm um die schmalen Schultern schlotterte. »Ernst nehmen, das ist auch meine Rede! Aber ich würde keinen Versuch wagen, die Silberablieferung zu hintertreiben! Es steckt meines Erachtens zuviel Schläue dahinter. Es würde das Unheil nur vermehren, falls wir damit scheitern, und unser Plan auffliegt. Wenn wir die Gauner fangen, dann unabhängig vom Geld und vom Boten ...« Er hatte zu lange laut gesprochen für sein Alter und hustete, dass ihm das schwarze Barett vom kahlen Kopf schief in die Stirn glitschte. »Überhaupt – „Bote" ...«, fügte er keuchend noch hinzu, »... Ich begreife gar nichts ... Wie soll denn das gehen? Wer auch immer hier aufkreuzt und sich „Bote" der Brandstifter schimpft, riskiert doch, dass wir ihn einbehalten und aufknüpfen! Und er wird die Stadt kein zweites Mal betreten können ... Höchstwahrscheinlich ist er es gar selber, der Unhold! Wenn wir den Boten also gleich gefangen setzten ... schützten wir die Stadt vielleicht am besten!?«

»Ich glaube nicht!«, sagte Volpi. »Dieser Bote scheint etwas ganz Besonderes zu sein ... Irgendwie glaube ich, dass man ihn tatsächlich ziehen lassen würde ...«

Die Tür unterbrach ihn. Erst pochte man heftig daran, dann öffnete sie sich einen Spalt breit. Der Erste Bürgermeister wurde unwirsch, und der Hals schwoll ihm deutlich an ob der Störung. Der weiße Hemdstrich überm Adamsapfel bog sich energisch, und dies einige Male.

»Ver... Was ist denn los?«

Der Stadtschreiber Kehle, ein hagerer blutleerer Geselle, auf dessen Anwesenheit bei dieser geheimen Sitzung gerne Verzicht geleistet wurde, da er furchtbar mit dem Gänsekiel zu kratzen pflegte, schob sein Kinn förmlich in den Türspalt, um ihn zu verbreitern. Seine Kuhmäuler am unteren Ende versuchten ein Gleiches. Doch Immhoff verwehrte beides.

Der Zudringliche piepste: »Verzeiht, es ist ein Abgesandter da ...«

»Keine Rätsel, Kehle – facta! Was für ein Gesandter?«

»Ein Esel ... ein wirklicher! Hier, das Schild hing ihm um den Hals. Er steht unten auf dem Platz, an der Treppe ... festgebunden am Fackelhalter.«

»Ein ... was? Ein Esel? Ich fass es nicht ...«

Kehle reichte Immhoff statt weiterer Verlautbarungen bloß ein Brettchen, das mit zwei Bohrlöchern und einer fein-säuberlichen Lederschnur versehen war. Drauf stand:

---

o   o

An die Herren Räte

Werft mir den Bettel über, bindet mich los und sorgt dafür, dass ich am Klaustor rauskomme. Das hätte Zeit bis morgen? So seht Ihr aus! Jetzt oder nie! Respektive ... Feurio!

Hans Wurst und die Seinen

»Das ist ... das ist ... das ist infam!«, stotterte Papen, nachdem Immhoff das vorgelesen hatte. »Ein Esel! Ich fass es nicht ... einer von den abgerichteten Mauleseln, die zwischen der Stadt und den Werken pendeln.«

Tilling zitterte wortlos. Richter nickte und schaute vor sich in die Luft.

»Was sollen wir tun?«, fragte Immhoff, nachdem er den Stadtschreiber mit der dringlichen Bitte hinausgeschoben hatte, den Esel im Auge und den Schnabel zu halten, wenn ihn einer irgendwas Eselsbezügliches fragen sollte. Er sah flehentlich zu Kranz, dem Kämmerer, der mit den Schultern zuckte und aus beiden vorgestreckten Händen eine Bettelschale formte ...

»Das ist wie eine Ulenspiegelei ...«, sagte Volpi. »Wer weiß, vielleicht ist es Ulenspiegel höchstselbst, der Euch hier narrt – aber das Feuer war doch zu echt ... Ich glaube, der Schreiber oder die Schreiber meint oder meinen es todernst ... Nehmen wir einmal an, es sind mehrere, denn diese blendende Organisation deutet darauf hin: Hättet ihr denn so rasch zur Hand, was sie fordern? Mir kommen 2500 Gulden freilich vor wie das Leben selbst, aber das mag mein beschränkter pekuniärer Horizont sein.«

Immhoff hatte inzwischen im Kopf nachgerechnet: 2500 Silbergulden durch alle Mitglieder des engen und weiten Rats geteilt – wären knapp 25 pro Nase.

»2500 sind natürlich eine Menge, aber ein wirklich großer Brand wäre unser aller Verderben ...«, sagte Immhoff. »Er würde Hunderttausende verschlingen ... und etliche Leben ... Denkt an Einbecks Brände 1417, 1433, 1435, 1446, 1540, 1542, 1545, 1549 ...«

»Alles Unfug! Da will uns bloß einer ins Bockshorn jagen!«, ereiferte sich Papen. »Der Doktor sagt's: Ulenspiegelei! Nichts geben! Zur Tagesordnung übergehen!«

Jobst erhob sich. »Es sei jedem unbenommen, später seinen Teil beizusteuern. Für den Augenblick denke ich allein an mein eigenes Dach ... Das ist mir durchaus was wert. Ich strecke den

Betrag vor! Ich hab eine Menge Bücher, die will ich nicht in Rauch aufgehen sehen. Verzeiht den eigennützigen Impetus – die Goslarer sind's mir freilich nebenbei auch wert ...«

Totenstille.

Bartholdis tiefblaues Barett lag unten. Sein vormaliger Träger schaute steil nach oben. Der Mund stand ihm offen.

»Wir geben jeder unsern Teil, wenn Ihr vorschießt!«, erklärte Immhoff, nachdem er sich durch rasche Blicke mit den übrigen Ratsherren verständigt hatte. »Es scheint die einzige Lösung, aber ob wir ihn jetzt einfach ziehen lassen sollten, diesen tierischen ›Boten‹ ... Eine Narrenposse wär es schon, wenn es nicht so brenzlig wäre ...«

Volpi fragte Bartholdi zischelnd: »Was für Maulesel sind das, die zwischen Stadt und den Werken pendeln? Die Werke, das sind die Schächte auf dem Rammelsberg und die Schmelz- und Treibhütten im Umland, nehme ich an ... ?«

Immhoff nickte: »Fast jeder Betreiber einer Zeche und einer Hütte hat solche treuen, trottenden Boten. Es ist billiger, man lässt sie, wenn sie sicher sind im Weg, einfach zwischen zwei festen Punkten pendeln, das spart Lohn. Die Viecher sind bissig und bockig und lassen sich schwer einfangen oder gar beklauen, wenn sie erst mal auf Trab sind. Wenn was gestohlen wird, käme es schnell heraus, weil jeder jeden kennt – Gezähe, Nägel, Kienspäne, Lampenöl, Bekleidung ... das meiste ist mit Kennzeichen versehen. Aber Erz, Metall und Geld ... würde wohl keiner einem dummen Esel aufbinden, es sei denn, er wäre selbst einer ...«

Volpi schien zu verstehen und wedelte mit dem Brettchen.

»Es ist bedenklich zu zahlen, denn es könnte ein Fass ohne Boden werden ... Aber genauso unklug wäre es, nicht zu zahlen.«

»Ich werde das Geld jetzt holen«, sagte Jobst.

»Wir helfen beim Tragen und sind später gern als Verfolger tätig!«, sagte Bartholdi, Volpi anstoßend, der da schlecht nein sagen konnte.

So ward es beschlossen. Die Herren wollten, um das Aufsehen draußen gering zu halten, in ihrer Kemenate den Ausgang der Sache abwarten.

Kehle hockte unter der Ratsdiele im Bogengang neben dem heftig transpirierenden, bockigen Maulesel, der ihm dauernd in die Seite beißen wollte. Vorbeigehende Marktbesucher feixten, blieben stehen und fragten den armen Kehle, was für ein wilder Esel das sei. Ob der Stadtschreiber jetzt auch Hirtendienste verrichte? Als Eselshüter? Ob es ihm nicht genüge, wie bisher Eselsohren in die Faszikeln zu machen? Ob er jetzt ganze Esel in die Papiere einwickeln wolle ... und was dergleichen Dummheiten mehr waren.

Kehle, dessen Amt durchaus nicht das niederste in der Stadt war, dem es aber aufgrund seines linkischen Gehabes schwerfiel, sich Autorität zu verschaffen, war froh, als Bartholdi, Jobst und Volpi erschienen und ihn erlösten. Jobst legte dem Tier eine nicht sehr große, aber schwere Last über den Rücken – ein Paar weiße, aus der Ferne sicher gut sichtbare Satteltaschen – und band sie mit einer Strippe unterm Bauch fest.

»Habt Ihr Euch das wirklich gut überlegt?«, fragte Volpi. »Ihr seht Euer Silber vielleicht nicht wieder ...«

»Es geht mir wie Euch, als Ihr partout ins Feuer musstet – ich würde es mir ewig vorwerfen, es nicht getan zu haben! Nun eilt! Sobald es zwei schlägt, werde ich diesen sauberen Burschen hier am Klaustor verabschieden. Ihr solltet anderswo hinaus ...«

Bartholdi und Volpi verließen die Stadt durchs Vititor. Sie saßen zusammen auf einem stolzen Araber, den Jobst ihnen geliehen hatte, damit sie mit dem Maulesel Schritt halten konnten. Die Hufe des Pferdes klackten hart über das Holz der Torbrücke. Hinter der Torschänke zur Linken bogen sie ab und ritten die Osteroder Heerstraße entlang, am Schweineturm vorbei bis zum Frankenberger Teich.

»Und jetzt?«, fragte Volpi, der vorn saß und dem es nach anfänglichen Schwierigkeiten mehr und mehr gelang, dem vollblütigen Tier mitzuteilen, was er von ihm verlangte.

»Links über den Nonnenberg! Dann siehst du übrigens, wie die herzoglichen Sturmtruppen unsere arme Stadt wahrnehmen werden!«

Volpi schaute von der Kreikenkapelle über die steile Bergflanke hinab auf die Frankenberger Kirche und den Papenturm. Die Kirche war in die Stadtmauer eingebaut, und durch einen überdeckten Gang floss die Gose. In den Kasematten am Hang lagerten Pulver und Büchsen der Kriegsknechte, die hier jedem törichten Angreifer, der von oben herunterstürmte und auf den Bug der Stadtmauer losginge, munter in den Rücken schießen konnten.

»Bist du noch da?«, rief Volpi und sah sich um.

Gerade hatte er in einem kühnen Sprung die Abzucht genommen …

»Ja, verflucht! Ja …! Frag doch vorher! Da unten, vor der Mühle, wäre ein Steg gewesen! Und Furten gibt's auch jede Menge!«

Bartholdi klammerte sich an ihm fest wie die Laus am Walfisch. Dann deutete er auf den bewaldeten Hang, der sich vom Rammelsberg herunter zur Stadt erstreckte.

»Wir müssen weiter, weit übers Hainholz hinauf. Von dort kann man das Klaustor sehen und den Weg erkennen, den das störrische Vieh nehmen wird.«

Die Goldammern jammerten kläglich. Auch die Singdrosseln langweilten sich gegenseitig mit ihren endlos wiederholten Strophen. Volpi war auf Bartholdis Anleitung hin bis zu einem Buchengehölz geritten, wo sie, verdeckt von Geäst, Stämmchen und frischem Grün, auf dem Pferderücken ausharrten. Das Klaustor mit der Klauskapelle, wo der morgendliche Anmarsch-Weg der Bergleute begann, war von Volpi gut auszumachen.

»Könntest du den Gaul etwas drehen?«, flehte Bartholdi. »Dann wäre es mir vielleicht möglich, unter einem dieser Äste durchzuschauen, die mir die Sicht versperren!«

Volpi musste das Pferd lange hin- und herbewegen, bis sein Mitreiter endlich zufrieden war und eine Lücke vor der Nase hatte, durch die er hindurchsehen konnte.

»Füg dich endlich in dein kleines Los!«, zischte er. »Wir dürfen hier ab sofort keinen Mucks mehr von uns geben!«

Sie saßen nicht ab, um schneller reagieren zu können, wenn sich etwas Verdächtiges tat ... Der Hengst rupfte junge Blätter von der Buche, und Volpi ließ den Blick über den tief zerfurchten Hang streichen. In den großen Zeiten des Bergbaus waren täglich hunderte von Erzwagen dort hinauf und hinab bewegt worden. Viele Hohlwege hatten sich so gebildet. Die meisten Einschnitte hatte sich inzwischen der Wald wieder zurückerobert. Es waren selbst von den noch vorhandenen neun oder zehn nur drei wirkliche Hauptwege übrig, die anderen wurden bloß noch zum Ausweichen benutzt. Volpi und Bartholdi behielten den mittleren im Auge, den die meisten Fußgänger sowie die abgerichteten Lasttiere benutzten, ganz einfach, weil es der kürzeste war. Über ihnen in der Buche begann ein Eichelhäher zu krächzen. Weitere wachsame Stimmen erhoben sich: Amseln, Finken, Laubsänger, Grasmücken ... Das deutete auf andere Präsenz am Hang. Bartholdi deutete nach vorn: Am Klaustor wurden zwei weiße Punkte sichtbar: die Satteltaschen. Der nun vor der Stadtmauer sich abzeichnende Maulesel trippelte am Wolfsgalgen vorüber und nahm, als er den Fuß des Hügels erreicht hatte, Kurs auf das Göpelplateau des Rammelsberges – somit würde er unmittelbar an ihnen vorbeilaufen. Aber er hatte keine Eile. Auf halbem Weg verschwand der Maulesel in einer kleinen Wegsenke, einem durchhängenden Stück des Erzwegs, wo die Büsche eine Schlucht bildeten, in die Volpi selbst dann keinen Einblick nehmen konnte, wenn er sich ganz lang machte. Als sich Bartholdi gar aus dem Sitz erhob, nahm der Hengst es sehr ungnädig auf und hätte sie beinahe abgeworfen ... Sie mussten auf bessere Sicht warten.

Veit Warbeck, der neue Feuerhüter, saß auf einem Baumstumpf am Wegesrand und krümmte sich. Jeder Schritt tat ihm weh ... im Schritt ... Die Schmerzen waren schwer beschreiblich .... Fühlte sich an, als säße ihm ein Messer zwischen den Beinen! Und die Klinge, scharf wie ein Rasiermesser, rührte in der Wunde, bei jeder Bewegung ... An einer Stelle saß dieses Messer ... einer Stelle, die Warbeck lieber nicht so genau benannte ... Und er verfluchte die Frau, die ihm zu diesen „Freuden" verholfen: Lupa, die schönste Hure der Stadt ... Hier konnte er ein kurzes Stück ebenerdig gehen, dann stieg der Weg wieder steil an. Wenn er schon hier am Abhang schlapp machte, bei guter Luft, angenehm lauer Temperatur und Tageslicht, wie sollte es erst bei der Arbeit unten in Schacht und Stollen werden? Bei Dunkelheit, Hitze und bösen Wettern? Im Sitzen war es halbwegs erträglich. Doch er konnte nicht den ganzen Tag nur sitzen. Was sollte er tun? Medikus Baader hatte ihm ein neues Wundermittel verkauft, nachdem er sich die Sache, dieses Ding – den widerwärtigen Knoten am Geschlecht und all die Pusteln am Körper – kopfschüttelnd ... und auch mit leicht ängstlichem Blick besehen hatte. Der Arzt hatte sich gehütet, ihn zu berühren, als wäre er ein Aussätziger ... Barbarossa-Pillen hatte ihm Baader gegeben, wie auch Paracelsus sie gemacht. Teuer war dieses Zeug, verdammt teuer ... War Quecksilber drin. Und Quajakholz hatte er dem Baader ebenfalls abgekauft, das war noch teurer ... Er sollte es raspeln, wie Süßholz, und einen Absud kochen zum Trinken und zum Bepinseln ... Das Bepinseln mit Quecksilber dagegen sei Unfug, hatte Baader gemeint. Das nun wollte Warbeck sich gar nicht ausmalen ... Quecksilber machte einen krank! Das erzählten die alten Bergleute – alle, die früher das Gold mit Quecksilber gebunden hatten, waren jung gestorben ... Er solle seine Wäsche häufig wechseln, hatte Baader gesagt. Wie denn das? Sollte er sich etwa Wäsche für jeden Tag zulegen? Er hatte Baader nicht gestanden, dass er bei Lupa gewesen war, zu sehr geschämt hatte er sich. Weniger vor dem Arzt, als davor, dass es die Runde machte. Er solle nicht mehr mit seiner Frau schlafen, hatte Baader ihm angeraten, und nicht mit der, bei der er zuletzt gelegen! Ahnte also doch, wo der Hase lief ... Das Holz kochen und trinken? Er würde ihr von einer besonderen Krankheit erzählen, das könnte er. Am einfachsten aber wäre es wohl, das Zeug zu kauen ... Bis es vorüber wäre, müsse er sich des Beilagers ganz enthalten, Baader hatte gut reden! Und seiner Frau nun, was sollte er der erzählen? Dass es mit Lupa mehr Spaß gemacht hatte als mit ihr? Von der Marktkirche kamen zwei Schläge. Die anderen Glocken folgten in kurzen Abständen, bis alle durch waren. Eine geraume Weile schon saß Warbeck am Wegrand und blickte in die tiefen Radspuren. Das gelbe Holz schmeckte abscheulich, es biss, als ob man mit wundem Gaumen Essig tränke. Gott strafte ihn hart für all seine kleinen Sünden, die er begangen, denn er hatte viele begangen ... Und der Allmächtige strafte ihn am rechten Ort, denn Gott wusste alles und sah alles, und war – verflucht! – immer dabei ... Warbeck suchte die Strafe demütig anzunehmen. Er sehnte sich nach Vergebung und fürchtete das Purgatorium ... In den blauen Himmel wollte er! Wie wohl alle ... Was sollte er nur tun, um dem irdischen Elend schneller zu entkommen? Ein wenig Erdenleben wäre schon noch schön ... Nur müsste die hässliche Entstellung erst verschwinden. Er biss hart aufs gelbe Holz und spuckte in weitem Bogen aus.

Unten am Weg machten die Vögel Radau. Da kam einer ... Wer immer es auch war – im Zustand des Jammers sollte er ihn nicht sehen. Warbeck ermannte sich, setzte sich aufrecht hin. Beugte sich vor ... Möglichst früh wollte er sehen, mit wem zu rechnen wäre ... Doch statt des erwarteten Bergmannes oder Steigers zockelte bloß ein unbemanntes Packtier die Schräge herauf. Eines von den abgerichteten, die ihren Weg im Schlaf fanden. Ein Maulesel mit zwei weißen Satteltaschen. Warbeck lachte. Glück im Unglück! Die Last, die das Tier trug, schien schwer zu sein. Das Biest keuchte vernehmlich, und die weißen Beutel hingen so tief, dass sie ab und zu über die höheren Wurzeln schleiften ... Warbeck stand vorsichtig auf und trat an die tiefe Fahrspur. Das Tier äugte kaum eindringlicher in die Umgebung, nachdem es ihn wahrgenommen hatte, auch beschleunigte es nicht den Tritt. Das würde es indes wohl sofort tun, wenn er versuchen wollte aufzusitzen. Wenn man es geschickt anstellte, konnte man auf ihnen reiten. Doch so einen Anschlag auf ihren alltäglichen Trott ahnten sie, und daher flohen sie jeden Wegelagerer, der versuchte, ihnen nahe zu kommen. Es war gar nicht so leicht, einem dieser höchst eigenwilligen Lastenträger etwas zu stehlen. Denn dazu musste man sie erst einmal fangen … und die mögliche Beute lohnte des Aufwandes kaum. Bergbaugerät … Seile …

Seitlich der Rinne, in der sich Warbeck und der Maulesel befanden, waren die Büsche dicht wie Wände. Mit einem Mal kam Bewegung ins Bild. Warbeck sah, dass jemand von der Seite aus dem Dunkel des Gebüsches nach den Satteltaschen griff, nein, mit einem Stock danach angelte! Der Stock erreichte sein Ziel, und die Taschen hoben sich. Dann landeten sie auf dem Weg. Warbeck vergaß über dieser Beobachtung sogar seine Pein. Niemals zuvor hatte er einen Dieb beim heimlichen Tun beobachtet! Sich jetzt nur rasch ins dunkle Gebüsch zurückziehen, dachte er! Es war nie gut, gesehen zu werden, wenn man etwas gesehen hatte, was man tunlichst nicht sehen sollte … Warbeck tat einen raschen Schritt nach hinten. Dabei aber stolperte er und landete mit dem Rücken auf einer Wurzel. Er schrie auf vor Schmerz. Im nächsten Moment schon sah er, wer den Stock in der Hand hielt, und wurde ebenfalls gesehen …

»Ei, das nenne ich eine Überraschung!«, brachte er in seiner Verblüffung hervor. »Wollt Ihr dem Maulesel seine Arbeit abnehmen? Lasst mich Euch helfen! Es sieht nach einer schweren Last aus, so wie der Arme sich gebogen hat … Ich kann es – wie Ihr – gar nicht mitansehen, wenn Tiere geschunden werden …«

»Hilf mir und sieh mal nach, was drin ist!«, kam barsch die Aufforderung.

Etwas in dieser Stimme ließ ihn zittern. Warbeck tat wie ihm geheißen. Er bückte sich zu den Satteltaschen am Boden. Der Maulesel war weitergelaufen und stand noch für einen Augenblick unschlüssig, unverhofft seiner Last bar. Warbeck überlegte, was zu tun wäre. Zeit gewinnen, dann abhauen! In seinem waidwunden Kopf rumorte es. Die Schmerzen zwischen seinen Schenkeln, die er bis eben ganz vergessen hatte, meldeten sich wieder als brennende Schnitte. Der hinter ihm bewegte sich, das spürte er, dann kam eine andere Empfindung hinzu – etwas schnürte ihm die Kehle zu! Luft! Warbeck brauchte ... Luft! Er suchte sich zu wehren, versuchte die fremden Hände zu fassen, während ihm der andere den Kehlkopf eindrückte ... Musste sich doch wehren! Wehren ... Sonst ... Weh...

Volpi und Bartholdi fixierten gebannt den Punkt, an dem das Tragvieh endlich wieder in ihr Gesichtsfeld eintreten musste ... Herrgott, wo blieb der blöde Maulesel bloß! Er hatte sich doch nicht vorzeitig in die Büsche geschlagen?

»Sollten wir nicht nachsehen?«, zischelte, leise wie eine Schlange, Bartholdi und zupfte an Volpis Kragen.

»Schschscht!«

Da kam er! Zum Glück. Doch ...

»Was zur Hölle ...«, entfuhr es Volpi. »Sieh nur ...«

»Was ist denn jetzt los?«

Er war noch sehr weit weg, eben erst von Maultier oder Esel zu unterscheiden. Doch er bewegte sich viel leichter und graziöser als zuvor, denn ... der Maulesel war nicht länger bepackt! Die weißen Taschen mit dem Silber waren verschwunden.

Bartholdi wollte abspringen, doch Volpi rief: »Obacht! Bleib oben! Weit können sie noch nicht sein!«

Der Großarchivar konnte sich gerade noch festhalten ... schon traf ihn der Ruck des abrupten Losreitens. Jobsts Araber bewegte sich, mit unmissverständlichen Gesten angetrieben, in halsbrecherischem Tempo hangabwärts! Volpi ritt auf gut Glück querfeldein – in die Richtung, aus der das Vogelgezeter zuletzt gedrungen war. Über der Braunen Haide kamen Volpi und Bartholdi aus dem Dickicht heraus, und ihre Blicke schweiften hinunter zur Stadt, die friedlich, mit rauchenden Schornsteinen im Grillengezirp und der Hitze des frühen Nachmittags dalag ... Keine flüchtige Bewegung zeigte sich, nichts Verdächtiges war zu sehen.

»Verflucht!«, entfuhr es ihnen gleichzeitig. Die Erpresser hatten abgebrüht in ihrer Deckung gewartet, um jetzt in aller Ruhe zu verschwinden ... Klug, wie man die anderen inzwischen nennen durfte, hatten sie es wohl so gehalten ... Hatten die Verfolger ins Leere laufen lassen! Volpi ritt wütend wieder den Berg hinauf, dann eine ganze Weile im Kreis, doch sie hatten ihre Chance vertan.

Er hat sich gewehrt, der Hund – verdammt, und wie! Und was für Pusteln und Geschwüre am Hals ... Pfui! Verflucht ... Dennoch ... ruhig, nur ruhig! Komm zu dir, Verstand! *Hüte dich, jetzt einen Fehler zu machen!* Er horchte: Da ritten sie – der Italiener und der Zwerg. *Das ist das richtige Gespann! Gott verhängt's! Über die beiden! Du musst sie aus der Welt schaffen! Haben dir noch einen schönen Grund zur Fortsetzung der Posse geliefert mit ihrem Übereifer ...* Er fühlte die Kühle an sich herabgleiten. Genugtuung! Das machtvolle Gefühl entschädigte ihn, wog alles auf, was er entbehrte, seit sie nicht mehr bei ihm sein wollte ... Welche Angst ihm dieses *nie mehr* gemacht, wie es ihm das Leben zugeschnürt hatte, wie einen leeren machtlosen Blasebalg. Verschwinde Angst! *Sieh diesen zweibeinigen Schandfleck!* So sprach der Andere, der stets den Überblick besaß: *Warum ihn sein Herr, der ehrbare Hüter des Sulfurs und Feuers, ihn nur so lange bei sich duldete? Weil sie vom gleichen gelben Holz waren, haha! Gelb ist auch unsere Farbe, die Hauptfarbe des Schwefels – oh, wir haben vieles gemeinsam! ... Und dennoch, dieses unansehnliche Fragment eines Menschen, dieser Abschaum mit seinen Flecken, dieser Aussatz am Hals, ist unter unserer Würde ...* Er erschrak: Der tot Geglaubte kam wieder zu sich! So warte, du Hund – wenn dir das noch nicht gereicht hat, so werde ich dich noch ein bisschen ... Aber dann kam dem Anderen in ihm eine bessere Idee ... Und, vereint, fanden beide, dass der Baum mit dem toten Warbeck viel besser aussah als ohne ihn ...

»Eine Teufelsbande!«, schimpfte Immhoff.

»Von wegen – gewiefte Schurken!«, blaffte Papen und schnaufte verächtlich. »Wir hätten den Maulesel besser mit einem Sack voller Flöhe auf den Weg geschicken ... Jetzt haben wir die Drecksäcke weiter am Hals, denn ihr glaubt doch nicht, dass einer locker lässt, wenn es mit dem Reichwerden so einfach geht! Hans Wurst und seine Bande, pah! Dass ich nicht lache!«

Als er fertig war, sagte Tilling: »Warten wir's ab.«

Der dürre Mann war im Alter so lammfromm geworden, dass es seine Ratskollegen zum Gotterbarmen fanden ...

»Was anderes bleibt uns gar nicht übrig – der himmlische Vater setzt die Brände, und er löscht sie auch wieder. Uns Irdischen bleibt das Heulen und Zähneklappern. Damit können wir die teure Sitzung für heute beenden.« Erhellend, dachte Tilling, nebenbei gesehen zu haben, wie locker dem Jobst das Geld im Kontor lag, säckeweise offenbar, wenn er so einfach mal zwei Beutel davon holen konnte ...

»Dank an Euch, Herr Jobst!«, sagte Richter. »Auch Euch, Herr Volpi, und auch Euch, Herr Bartholdi!«

»Nein«, begehrte Jobst auf, »das ist mir zu fatalistisch! Wir sollten die Sache nicht so schnell verloren geben – das Geld natürlich ebenfalls nicht ... Doktor Volpi hat ja gezeigt, dass der Schuss auf die Schwalbe vom leer stehenden Kurienhaus kam, also innerhalb unserer Mauern abgefeuert wurde ... Dieser Brief nun wurde ebenfalls von keinem Außenstehenden geschrieben – sei es nun ein bezahlter Mordbrenner des Herzogs, der sein Geld abliefern muss, sei es einer, der auf eigene Wirtschaft brennt ... Wie viele Seelen in den Mauern Goslars leben, mit annähernder Genauigkeit, abzüglich der Siechen und Kleinkinder, das weiß nur einer von hier. Einer vom Rat etwa ...«

»Ach, jetzt wollt Ihr behaupten, es wäre gar einer von uns?!«, gärte Papen. »Wie viele Bürger wir haben, weiß doch auch der kleine Mann, in etwa! Vielleicht seid Ihr es ja selbst gewesen? Ha, das wäre gerissen: Ihr streckt 2500 Gulden vor, dann lasst Ihr sie für Euch selbst zurückklauen, für, sagen wir 100, und kassiert dann 2500 von uns dazu! 25 müssen wir alle bezahlen, auch Ihr. Bleiben 2475 plus 2400 gleich 4875, also 2375 Reingewinn!«

Obwohl es scherzhaft gemeint war, konnte keiner darüber lachen.

Jobst sagte: »Ich stelle mich gern einer vom Rat anberaumten Haussuchung, lieber Papen! ... Was haltet Ihr alle davon, wenn wir dem Doktor das gestohlene Geld als Preis aussetzen, dafür, dass er sein Wissen und seine Kombinationsgabe weiter in den Dienst unserer Sache stelle? Er wird den ehrbaren Rat der Stadt Goslar im Gedicht für Monika von Bacchiglione bestimmt lobend erwähnen.«

Die Ratsherren nickten zögerlich, sahen jedoch keinen großen Verlust darin, mit ohnehin schon verlorenem Geld – das überdies einer vorgestreckt hatte, der es mit der Rückforderung sicher nicht übereilen würde – als großmütige Mäzene aufzutreten. Volpi ergab sich in diesen Beschluss. Sehr froh wirkte er nicht. Ihm war, als hätte man ihm einen Schatz gezeigt, um ihn sodann im tiefsten See zu versenken. Als des Nickens schließlich ein Ende war – zuletzt hatte selbst Papen noch genickt, dann aber sah man, dass er eingenickt war –, verirrte sich ein kleines Lächeln auf Bartholdis Lippen, und er flüsterte: »Bedenke, was du mit diesem Geld alles anfangen kannst!«

»Dazu müsste ich es erst einmal wieder herbeischaffen, ohne meinen Kopf zu verlieren ...«

»Oder wir, ohne unseren!«, addierte Bartholdi. »Nota bene: Wir sind mit Hans Herbst auf dem Plateau verabredet ... Willst du dir das Feuersetzen in der Venus trotz allem ansehen?«

»Selbstverständlich!«, sagte Volpi. »Warum nicht? Auf dem Weg können wir noch einmal den Hang untersuchen.«

»Du suchst nach einem, der längst über alle Berge ist ...«, ließ sich der Großarchivar vernehmen.

»Hier muss es gewesen sein!«, sagte Volpi ungerührt und deutete erst auf die niedergetretenen Halme am Wegesrand, dann auf die Hufspuren, die jeder klaren Linie zuwiderliefen: Wie Herbstblätter bedeckten sie den Boden. Volpi war vom Pferd gestiegen und blickte nun den Weg hinauf.

»Wenn wir jetzt da stünden, wo wir vorhin warteten, könnten wir uns an dieser Stelle nicht sehen!«

»Vollkommen klar, Herr Logiker«, grinste Bartholdi und mühte sich, den Araber im Zaum zu halten. Wenn das Pferd mit ihm durchginge, könnte er fliegen lernen ...

»Hier wurde der Maulesel seines Silbers beraubt. Das Biest hat sich tapfer gewehrt und einen Tanz aufgeführt.«

Bartholdis Interesse war nun doch rege geworden.

»Dann ist er nach da drüben weg! Zur Gose hin! Zum Herzberg, oder zum Hessenkopf! Und wir haben die falsche Richtung eingeschlagen.«

Vom Pferd aus hatte Bartholdi den besseren Überblick.

»Da sind Schleifspuren! Sieht aus, als hätte man hier das Silber entlanggezogen! Sie haben es auf zwei Ästen weggeschleift!«

Volpi hob ein gelbes Hölzchen vom Boden auf, besah es interessiert, sah dann auf die Büsche, um den Fund kopfschüttelnd wieder fallen zu lassen:

»Wenn ich mir diese beiden Striche im Boden ansehe ... Die könnten genauso gut, wenn nicht noch besser, von zwei Fersen in festen Schuhen hervorgerufen worden sein ...«

Bartholdi kratzte sich am Kopf:

»Das begreife, wer will, ich nicht! Der Maulesel kann es nicht gewesen sein, der trug erstens keine Schuhe und ist zweitens weitergelaufen. Aber der ... Räuber ... war doch allein?«

Die Spur verlor sich rasch. In der Nähe des Erz-Weges waren keine Huftritte außer denen des Maulesels und ihres eigenen Pferdes. Und weiter seitlich am Hang wurde der Boden hart und steinig. Da wäre sowieso keine Spur zu sehen ... Sie beendeten die Nachsuche und ritten weiter bergauf.

»Ich hab's!«, sagte Bartholdi und strahlte, denn wie einfach war die Lösung. »Es waren mehrere: Der Maulesel schlug aus und verletzte einen von ihnen so schwer, dass er auf einer Astpritsche fortgezogen werden musste!«

Volpi wiegte den Kopf. Das Silber wog so viel wie zwanzig Quart Bier. Das konnte man zwar schultern, es aber einem Pferd aufzuladen, wäre vernünftiger. Und wenn man in einer Bande einen Verletzten hätte, hätte der auch ein Pferd ...

Eine nachmittägliche Amsel füllte die Gesprächspause mit ihrer melancholischen Melodie.

»Es waren zwei, und die Pferde standen abseits, weshalb wir keine Spuren sahen. Daher musste der Verletzte zur Seite gezogen werden!«, schloss Volpi endlich. »Bis zu der Stelle, wo sich die Schleifspur verliert.«

»Sag ich doch!«, meinte Bartholdi.

Es dauerte noch eine Weile, bis sie endlich das Göpelplateau erreichten. Während Volpi sich interessiert auf der eigenartigen Hochfläche umblickte, die nach den pferdegetriebenen Schachtaufzügen der zahlreichen Gruben benannt war, erläuterte der Großarchivar ihm die Verhältnisse.

»Hans Herbst besitzt die Venus, Henning Adener ist sein Bergmeister. Es gibt noch jede Menge anderer Schächte, die anderen gehören – und fast jeder Grube steht ein eigener Bergmeister vor. Martin Brandt der Bergrichter des Rates. Er überwacht alle und jeden, und ... einfach alles. Nur der eigene Verstand und sein Mundwerk, die entziehen sich seiner Kontrolle ...«

»Aber er hat Otto Herbst in seiner Arbeit nicht behindert, auch keine großen Anlässe zu Meinungsverschiedenheiten gehabt, wenn man von den kleinen Prozessen der Berggerichtsbarkeit absieht, wo es um veruntreute Erzbröckchen ging«, ergänzte Volpi aus dem Gedächtnis.

»Gut aufgepasst!«, sagte Bartholdi.

Weniger gut passte der wilde Reiter auf, der urplötzlich vor ihnen auftauchte und in einem Höllengalopp vorbeirauschte. Sie hatten nicht einmal erkennen können, wer es war.

Vor dem himmelan strebenden Rammelsberg, der weit oben seinen flachen Gipfel hatte, erhoben sich die Spitzkegel etlicher Schieferdächer. Darunter waren die Pferdegöpel der Tagesförderschächte versteckt. Ein großer Steinturm war Wach- und Wohnturm zugleich. Bartholdi betete die Namen der Gruben herunter, und Volpi klangen einige von ihnen sehr hübsch: Nachtigall, Kaninchenloch, Hasenstall, Heuschober, Sieh-dich-um, Sumpf, Silberhöhle, Aschenort, Kohlengrube, In-der-Katz, Hirschgarten, Stieglitz, Tonne, Morgenröte, Gimpel, Abendstund, Lüdersüll, Badstube und Venus. Von all den Gruben hatten weniger als die Hälfte einen eigenen tonnlägigen Tagesförderschacht. Er hörte mit halbem Ohr den Erläuterungen Bartholdis zu, während er in die Ferne gen Braunschweig blickte und die laue Brise genoss, die sie aus der Weite anwehte.

»Der alte Rathstiefste Stollen und die Wasserkunst im Vordergezieher Gewölbe überm Peddick reichen zur Entwässerung der Baue nicht aus, weshalb in vielen Schächten Wasser steht, das mit Heinzenkünsten oder umlaufenden Eimerketten zu Tage gezogen wird. Der Vortrieb eines weiteren, viel tieferen Wasserlösungsstollens, des Tiefen Julius-Fortunatus-Stollens, der das Wasser noch unter der Trostesfahrt ableiten soll, wird seit einem halben Jahrhundert tapfer vererbt, aber dieser Erbstollen ist noch mit keinem Schacht und keiner Strecke der Gruben des Rammelsberges durchschlägig!«

»Du schnupperst Heimatluft, stimmt's?«, fragte Volpi, der das Leuchten in Bartholdis Augen angesichts der vielen Bergwerke und des eigenen Bergbauvortrags wahrnahm.

»Ach was ... Mir geht der Arsch auf Grundeis, wenn ich daran denke, dass mir gleich Martin Brandt begegnen wird und ich wieder unter Tage im Schwefelqualm stecken werde ... Da drüben ist der Schacht der Venus, und da stehen auch schon Herbst und sein Bergmeister und warten auf uns!«

Die Kluft der Bergleute, die gerade ausfuhren, zeigte sich verschlämmt: Vormals gelbe und rote Wämser erahnte man, weiße Kapuzen, hellbraune oder graue Arschleder, braune Beinlinge. Man redete vom Wochenende, aber die Stimmung war gedrückt. Volpi schnappte nur Fetzen des Gesprochenen auf:

»... haben es alle gehört: Der wilde Heinz ist in Gitter! ... Wir können am Montag daheim bleiben! Sind schon Kriegsknechte hier, die werden kaum unsere Arbeit machen wollen, hehe! ... Wirst's sehen! Wir kommen alle noch dran! ... Der Stechow soll wieder hier herumspioniert haben! ... kommen sicher nachher noch mehr städtische Söldner, werden alles besetzen! Den ganzen Berg ... Heinz hat 'ne neue Geliebte! Die hat erst mal die Burg fegen müssen ... Hab so ein Holz noch nicht gesehen! Der Herbst hat ihn gekauft ... Herr Bartholdi – welche Überraschung! ... Da ist der Archivzwerg! ... Unser alter Bergschreiber, der Zwergschreiber! ... Neben ihm das ist der Itaker ... Wollt Euch wohl mal umsehen, bevor es abbrennt? Die werden alles plattmachen! ... Plattmachen!«

Volpi konnte nicht umhin, unter eines der Kegeldächer zu sehen, auch wenn ihn Bartholdi antrieb, um Herbst nicht warten zu lassen.

»Wie du siehst, bestehen die Göpel aus einem Drehkreuz mit tonnenförmiger Radtrommel in der Mitte, einem Tau und einem Pferd. Das Pferd läuft immer im Kreis herum und dreht dabei Kreuz und Trommel. Die Drehrichtung des Rads bestimmt, ob sich das Tau auf- oder abwickelt und die Last im Schrägschacht auf- oder abwärts fährt. Aber jetzt beeil dich endlich!«

Volpi besah sich den Gaul, der im Kreis trabte. Zum Glück, dachte er, hat man ihm Scheuklappen angelegt. So merkt er nicht, dass es nie voran, sondern immer bloß im Kreise geht. Wir Menschen sind auch bloß eine Belustigung auf dem Jahrmarkt der Götter ... Auch bei uns geht's nur rund, nie nach vorn ...

Henning Adener, der Bergmeister von Herbsts Grube Venus, sagte aufgebracht:

»Es ist Ersatz zu schaffen! Wer soll Warbecks Geschäft übernehmen? Ich bin für anderes zuständig!«

Die erhitzte Rede ließ Hans Herbst kalt. Er hörte Adener mit an Gleichgültigkeit grenzender Gelassenheit an. Er wusste mit aufgebrachten Mitarbeitern umzugehen, dachte Volpi.

»Ich bitte Euch, Meister Adener! Wer verstünde es denn nun überhaupt noch, wenn nicht ein alter Hase wie Ihr es seid? Mein Bruder ist nicht mehr da. Und wenn jetzt auch sein Gehilfe ausfällt, haben wir hier keinen mehr, der weiß, was zu tun ist. Außer Euch natürlich ...«

Überall sah Volpi solche kleinen Gruppen, in denen palavert wurde. Da die einfachen Bergleute munter weiter ausfuhren und dem Erzabfuhr- und Heimweg zuströmten, ohne das Gerede der Zurückbleibenden groß zu beachten, mussten das alles Grubeneigner und Bergbeamte sein.

»Wenn Ihr mich als neuen Feuerhüter vorschlagen wollt, sage ich freilich nicht nein, allerdings ... mein Bruder ...«

Jetzt bemerkten Herbst und Adener, dass Volpi und Bartholdi sich näherten.

»Mir scheint, wir kommen ungelegen?«, sagte Volpi, nachdem sie einander begrüßt hatten.

»Es ist fatal«, sagte Adener. »Die Brände müssen angezündet werden, aber Warbeck kommt nicht! Teufel aber auch!«

»Könnt Ihr da nicht einspringen, Herr Bartholdi?«, wurde eine laute, gebieterische Stimme hörbar, die zu einem äußerst landsknechtisch gekleideten Koloss von Mann gehörte, der unvermittelt aus dem nahen Wachturm getreten war und sich zu ihrer Gruppe gesellte.

»Mist – Brandt!«, zischte Bartholdi. Es gelang ihm herrlich, sich zu verstellen, und er sagte mit luziferischem Leuchten im Gesicht: »Herr Bergrichter ... ich wollte Sie kontrollieren ... im Auftrag des Rates! Ob Sie auch gerecht verfahren cum grano salis!«

Brandt lachte hohl. Ein fleischgewordener Schrank, kam Volpi in den Sinn.

»Wir bauen nicht auf Salz – sondern auf Silber, Blei und Kupfer! Ihr wart schon immer für einen Scherz gut, Großarchivar! Hat der Rat etwas, das er besonders sicher aufbewahren will, Meister Bartholdi – im Berg? Sollen wir etwa ein rathstiefstes Archiv anlegen? Im Vordergezieher Gewölbe einen steinernen Archivschrank mauern? Das wäre wohl zu feucht für die Akten!«

Bartholdi schwieg. Der Bergrichter neigte das Haupt fast unmerklich vor Volpi, der ihn aufmerksam betrachtete und keineswegs so übel fand, wie er erwartet hatte. Dann schien Brandt bloß noch an den besonderen Schwierigkeiten der Stunde interessiert.

»Warbeck ist verloren gegangen, ich hab es gehört. Seine Frau weiß auch nicht, was los ist. Er war unten in der Stadt, beim Baader. Vielleicht ist er krank? Ist das ein ernstes Hindernis für die Weiterarbeit? Das betrifft nicht nur Euch und die Venus, Herr Herbst, sondern alle Gruben und Grubenherrn!«

Von den lauter gewordenen Stimmen der drei wurden die anderen Bergmeister angelockt. Es waren nur ein halbes Dutzend, denn in den meisten Bergwerken ruhte die Arbeit.

»Kein Feuerhüter?«, fragte der Bergmeister Heinz vom Lüdersüll-Schacht. »Was ist mit Warbeck los? Jetzt, wo er zeigen könnte, was in ihm steckt, scheint er vor der Aufgabe davonzulaufen ... Der kneift, ganz einfach!«

»Wird bei der Lupa versackt sein ...«, höhnte Brandt.

Adener hob an: »Wir brauchen dringend einen Feuerhüter, der ausgelernt hat! Fachleute gibt es auch woanders! Wir holen einen aus Sachsen! Aus dem Erzgebirge! Meinen Bruder etwa ... Der arbeitet in Seiffen und will schon lange da weg ...«

Brandt wehrte mit beiden Händen ab: »Was sie da abbauen, ist Zinn! Was Ihr redet, Adener, auch ... Mit unserem Erz wäre der Peter Adener aus Seiffen gar nicht vertraut, den müsste auch erst einer mühsam einlernen.«

»Nun, warum nicht? Solange Ihr das Einlernen nicht besorgt!«, warf Bartholdi ein. Er rieb sich demonstrativ sein einst durch Brandts Schuld malträtiertes Bein. Man sah, wie dem Bergrichter darob der Kamm schwoll. Brandts Augen weiteten sich gefährlich, die Adern traten hervor. Eine diabolisch hochgezogene Braue ließ nichts Gutes erwarten. Während die Bergmeister wie schwarzgekuttete furchtsame Teufelsdiener aussahen, ähnelte der oberste Aufseher dem grünen Jäger in seinem Wams ... Es gelang ihm, ruhig zu bleiben, möglicherweise, weil zu viel hellhöriges Publikum herumstand.

»Ihr habt Recht, Herr Großarchivar! Zum Feuerhüter eignen sich andere besser. Bin froh, dass es damals so glimpflich abging. Aber wie wär's denn mit Euch? Gebranntes Kind scheut's Feuer, heißt es zwar, aber wie ich höre, seid Ihr noch immer gern vor Ort, wenn's irgendwo brennt! Wollt Ihr nicht unser neuer Feuerhüter werden? Ihr könntet die ganzen Akten mitbringen und im Berg einheizen, dass die Örter überquellen vor abgesprengtem Erz. Ihr habt einen großen Vorteil ...« Brandt hatte *grooßen* gesagt ... »Ihr müsst Euch nicht bücken!«

Bartholdi, der kleine, feuerrot bewamste Großarchivar des Goslarer Rates, lief Gefahr zu platzen.

»Halt an dich! Schluck's runter! Sag was Freundliches!«, zischte ihm Volpi – der sich rasch gebückt hatte – ins linke Ohr, während er Brandts teuflisches Grinsegesicht nicht aus den Augen ließ.

»Wie soll's denn gehen? Wie denn, wie denn ... ? Wie an mich halten, wie?«, raunte Bartholdi und trampelte ebenso kurz wie ratlos auf der Stelle. Aber es ging. Er zwang sich ein Lächeln ab und flötete: »Ein schöner Vorschlag, Herr Bergrichter! Ich werde ihn den Bürgermeistern unterbreiten. Doch jetzt sagt uns lieber, ob Doktor Volpi, den zu begleiten und mit den Geheimnissen unter Tage vertraut zu machen ich die Ehre habe, heute etwas von dem berühmten Feuersetzen zu sehen kriegen wird oder nicht? Wenn nicht, dann können wir nämlich umgehend wieder hinunterreiten!«

»Er wird, er wird!«, sagte Brandt, dessen schwelende Spottlust verrauchte. »Bei der Gelegenheit: Meinen Gruß, Herr Doktor! Das ist auch mir eine große Ehre! Ich werde selbst mit einfahren, um Euch den feurigen Prozess vorzuführen!« Dann sagte er zu den Umstehenden »Ich denke mir, dass sieben weise Bergmeister ja wohl hinreichen sollten, an zehn Örtern Feuer zu setzen und den Qualm ordentlich abzuführen!«

Die Angesprochenen seufzten unfroh über diese Zumutung. Sicher – es war kein unendlich schwieriges Ding … Es war einfach bloß lästig und … unerträglich heiß … Und es stank! Ja, die ganze Sache, wie man sie auch entlüftete, stank zum Himmel! Dafür wurden sie schließlich nicht entlohnt. Und wenn etwas Unvorhergesehenes passierte, bliebe die Schuld an ihnen hängen!

Volpi scheute leicht, als ihm das Arschleder umgebunden werden sollte. Erst als er die Alternative begriff – mit zerfetzter Montur wieder auszufahren –, nahm er Vernunft an und ließ sich den wenig kleidsamen Lappen umlegen. Auch das Halstuch, das ihn gegen die verderblichen Ausdünstungen des heißen Erzes schützen sollte, akzeptierte er ohne weiteres Murren.

Während man sich vorbereitete, traf unversehens, aber sehr gut hörbar dank seines ratternden und rumpelnden Vierspänners, Stobeken, der Brauer, mit einer Bierlieferung ein.

»Spät kommt er, aber er kommt!«, sagte der Bergrichter. »Ihr müsst wissen, Doktor, dass es da unten beim Feuersetzen heiß hergeht – das könnt Ihr Euch natürlich vorstellen, verzeiht! Da ist es gut, ein paar Eimer Bier zum Löschen dazuhaben! So lange ich hier das Sagen habe, wird an diesem Brauch festgehalten. Heute sind außerdem noch Kriegsknechte aus der Stadt gekommen, die wollen auch ein flüssiges Willkommen haben!«

Das Ritual, vorm Feuersetzen Bier zu trinken, begriff Volpi, denn bevor er der großen Hitze ausgesetzt wurde, brauchte der Körper Flüssigkeit, das war klar. Ohnehin erschien es ihm angenehm, vorm Einfahren in die Unterwelt noch einen Abschiedsschluck zu nehmen … Man schied leichter aus dem Leben, wenn man umnebelt war.

»Lasst mich endlich mal mit hinunter, damit ich sehe, wo mein Bier verdunstet!«, sagte Stobeken.

Sie lachten, und der Brauer trumpfte auf: »Es heißt doch immer, wenn es brennt, dass der Herzog dahintersteckt ... Will er nicht den Rammelsberg ausbrennen? Schon seit Jahren? Ich würde gerne einmal sehen, wie es da unten überhaupt brennen kann. Ich habe das noch nie begriffen.«

Es schien dem biederen Mann Ernst zu sein.

»Ich hab ihn selten so aufgekratzt erlebt ...«, raunte Bartholdi. »Ich glaube, er hat Angst, allein wieder den Berg runterzufahren ... Will sicher hier im Schutz der anderen bleiben, falls der Angriff heute schon erfolgt.«

Brandt schaute streng und schob das Kinn leicht vor. Schließlich sagte er:

»Wenn Ihr es unbedingt wollt, Stobeken, warum nicht? Ihr müsst nur aufpassen, dass Euch das Hirn nicht verdunstet! Dass der wilde Heinz heute den Rammelsberg ausbrennen wollte, glaub ich nicht, dann müsste sein Agent ja hier unter uns stehen!«

Alle stierten einander erst finster entschlossen, dann grinsend an, bis Hans Herbst alle zur Einfahrt rief:

»Die Zeit bleibt nicht stehen. Auf geht's! ... Oder besser: Ab geht's!«

Und das ging es dann in der Tat, nachdem Stobeken endlich eingekleidet war. Die Bergmeister der anderen Gruben verteilten sich zur Einfahrt auf ihre Schächte. Keiner kam um die Strapazen des Leiterkletterns herum. Herbst, Adener, Bartholdi, Volpi, Stobeken und Brandt verschwanden in der Schräge des Venusschachts. Endlos ging es über die Sprossen nach unten, direkt zum Styx, dachte Volpi. Im Licht seines trüben Unschlittfrosches zogen die grauen Felsmassen vorbei, und er spürte die Kälte des Schachtes, in die sie eintauchten. Ab und an erschienen seitlich dunkle Öffnungen. Das waren Strecken, die entweder zu Suchörtern führten – wo man noch immer suchte, auf nichts getroffen war – oder zu alten Männern, so genannt, weil da nichts mehr passierte. Im Abstand von einem Lachter nach unten kletternd, war es schwer, sich mit Entfernteren zu unterhalten. Dennoch scheute Brandt am Ende der Kette keine stimmliche Mühe und brüllte abwärts, sie alle mit Schall überschüttend:

»Der alte Heinz zieht wieder gegen uns! Von den Zurüstungen in Wolfenbüttel haben ja schon die Feuerkünstler erzählt, die kürzlich da waren! Jetzt sind sie weiter nach des Herzogs Lustburg, der Staufenburg, bei seiner Eisengrube in Gittelde gezogen, wo sie ihm nach erfolgreicher Schlacht Zerstreuung bieten sollen. Sie kamen in zwei Gruppen, ein Tag lag zwischen ihnen. Wegen der hübschen Flamme, die beim ersten Pulk dabei war, sind ein paar von uns ganz aus dem Häuschen geraten ... So ein dralles Weibsstück! Seid Ihr eigentlich mit ihnen handelseinig geworden, Herr Herbst?«

Brandts wieherndes Lachen brach sich schneidend an den Wänden und drang bis auf die Schachtsohle.

Von Herbst drang erst nur ebenso knapp wie vieldeutig herauf: »Na, was denkt Ihr wohl?«

Dann aber setzte er hinzu – in der auf jenen Handel folgenden Nacht war schließlich sein Bruder gestorben: »Es ist ein eigentümliches Gefühl dabei, wenn ich zurückdenke ... etwa so, wie jetzt mit Euch allen in die Grube zu fahren ...«

Brandt sagte noch, kurz bevor sie unten waren:

»In die Grube fahren ... Ein Schicksal, dass der ganzen Stadt blüht ... Vor zwei Stunden kam ein Reiter von Gitter herüber und gab an, dass Heinzens Heer in Marsch sei. Er ist eilends zum Rat hinunter. Ich hab ihn hingeschickt ...«

»Aha, das war der, der es vorhin so eilig hatte ...«, sagte Bartholdi zu Volpi.

Endlich hatten sie die 70 Lachter des Abstiegs bewältigt und standen auf der Schachtsohle, am Grund des Schachtes, in der Venus ... Beklommen stolperte Volpi bei den ersten Schritten in Richtung Erzort. Bei diesem Höllenritt verlor man leicht das Gefühl für die Erdenschwere. Der Bergrichter fasste den taumelnden Gelehrten beherzt unter und sagte, süßlich lächelnd: »Seht Euch vor! Hier unten gelten andere Gesetze!«

»Welche meint Ihr?«, fragte Volpi.

»Mutterrecht und Blutrache! Die Gesetze des Berges sind unbarmherzig. Oft weiß man nicht, wie einem geschieht. Gefahren tauchen aus dem Nichts auf, und Pardon wird nicht gegeben. Ein Fehltritt, ein falscher Griff – wie leicht ist man bloß noch Erinnerung!«

Die Worte hallten gespenstisch wider. Kalt war es.

»Macht unseren Gästen keine Angst!«, schaltete sich Herbst ein. »In der Stadt ist es weitaus gefährlicher, denn man weiß nie, was passieren kann. Hier sind der Gefahren weit weniger: Es kann einem etwas auf den Kopf fallen! Oder man kann irgendwo runterfallen! Gegen die Wand rennen kann man auch, aber daran ist noch keiner gestorben. Haltet Euch einfach hinter mir – dann wird Euch nichts geschehen! Übrigens gilt das auch für Euch, lieber Stobeken!«

»Puh! Ich danke Euch!«, sagte der Brauer, dem – wie man leicht sehen konnte –, die dräuenden Steinmassen ringsum zur zitternden Ernüchterung gereichten.

Während sie sich im Stollen vorwärts drückten, der stellenweise nur noch ein schräger Schluff zwischen Felsnasen war, sagte der Bergmeister Adener auf Bitten Bartholdis zu Volpi: »Die größeren Erzstücke, wie sie beim Feuersetzen herunterkommen, werden zerschlagen und schon in der Grube nach ihrer Qualität in Kupfererz, Bleierz, meliertes Erz und Kniest und nach ihrem Volumen in Stufferz und kleines Erz getrennt. Über Tage wird das Erz dann gründlich geschieden. Beim Aufstürzen auf die Halde wird das Erz teilweise zerdrückt, die kleineren Stücke werden alsdann unter dem Namen Bergkern geführt. Diese Erzsorten werden in Scherbenhöhlen nach der Hütte am Steinberg gefahren.«

»Scherbenhöhlen?«, fragte Volpi.

»Ausgehöhlte Baumstämme mit Rädern!«, verdeutlichte Bartholdi.

Nach einer kurzen Stockung, die dadurch zustande kam, dass sich der schrankartige Brandt wie ein fetter Aal winden musste, um durch eine Engstelle zu kommen, waren sie vor Ort. Volpi staunte über die plötzliche Weite: Sie standen in einer Halle! Hier war vor etwa einem halben Jahr das reiche Lager der Venus angefahren worden. Nach mehreren Dutzend Malen des Feuersetzens unter Otto Herbsts kundiger Anleitung hatte sich der Hohlraum fast zu kathedralischen Ausmaßen geweitet – gemessen an den Rattenschlichen der Stollen. An einigen Stellen waren Erzstempel stehen geblieben, an anderen Stempel und Mäuerchen eingefügt worden, um das Hangende, also das, was bedrohlich über ihnen hing, daran zu hindern, sich zerquetschend auf sie zu werfen. Herbst deutete auf zwei weitere Stollenlöcher, die in verschiedene Richtungen gingen.

Adener sagte dazu: »Zur Entfernung des beim Feuersetzen entstehenden Rauches sind Wetterörter vorhanden, welche mit ausmündenden Wetterschächten oder Schornsteinen in Verbindung stehen – dem Serenissimorum Tiefsten, dem Nachtigaller, Lüdersüller, Stieglitzer, Hirsch'schen und Voigt'schen Wetterschacht. Wenn alles so funktioniert, wie ich mir die Sache denke, müssten die Schwefeldämpfe und Stickgase und der Rauch nach links abziehen, die Strecke in Richtung ... oder war's nach rechts? Herrgott, Herbst hätte es im Schlaf gemacht ...«

Adener stockte die Sprache im Hohlraum. Er steckte die drei Brände an. Vom Knacken des gierigen Feuers begann die Höhle zu dröhnen. Volpi sah auf die Balken, welche die hangenden Lasten stützten, da wo sie standen. Ob sie in Brand geraten würden, wenn die Flammen der Feuer in die falsche Richtung schlugen? Schwarze Höhle, erleuchteter Katarakt, Flammengeprassel, Rauch, Zug, Glut, Funken, Sprühen, Knall. Dumpfes Getöse der springenden Felsen. Zusammenstürzende Flammen, Getös, Hitze. Das in etwa waren die Gedankensplitter, die sich in Volpis Hirn sammelten, als er zusah, wie der bis auf einen Lendenschurz entkleidete Bergmeister Adener um den Brand in der Venus sprang: Drei mal drei Holzstöße oder Schränke – auf kleinen Steinpodesten bis unter die Decke im Viereck aufgeschichtete Fichtenholzscheite, immer abwechselnd, zwei horizontal, zwei vertikal – standen lodernd in Flammen. Die Erzwand, bestimmt fünf Lachter lang, kam in Bewegung! Schalen von Erz lösten sich, dicke Trümmer! Bartholdi hatte sich, zur bewussten Demonstration, dass ihn das alles nicht sonderlich beeindruckte, zu Adener nach vorne begeben, der aufgeregt die in drei Richtungen abgehenden Stollenöffnungen beäugte. Gelb war der Raum vor Schwefeldampf, und die Flammenschränke verschmolzen vor dem erdgrünen Erz zu einer einzigen, hell gleißenden Schrankwand. Mit immer heftigerem Getöse löste sich Gebröckel, stürzten Erzplatten ab und sprangen Schale für Schale durchs Feuer. Die Holzstöße wurden langsam ineinandergeschoben, niedergerissen, fielen in sich zusammen. Doch noch war genug Materie da, um alle Luft aufzufressen. Und auch genug Luft in den Stollen zu ihrer Ernährung. Aber schon bald würde es knapp werden. Dem Feuer wäre das gleichgültig – es erstürbe. Aber den Atmenden bedeutete das Leben mehr ... Der Rauchabzug funktionierte einfach nicht!

»Es zieht nicht ab!«, brüllte der Bergmeister mit schreckgeweiteten Augen.

»Sind denn auch alle Wettertüren offen?«, schrie ihn der Großarchivar fragend an.

Volpi trat hinzu, um besser zu hören, ebenso Herbst und Brandt.

Der lendenbeschurzte Adener war außer sich: »Auf dem Weg zum Serenissimorum Tiefsten muss eine der Wetterklappen zugefallen sein! Ich glaube, ich weiß auch wo! Ich werde sie öffnen! Euch rate ich, nicht gleich zum Venusschacht zurückzukehren, sondern in Richtung Stieglitzer Wetterschacht zu laufen. Da könnt ihr Luft schöpfen, bis das hier vorbei ist, so in einer Viertelstunde. Ihr geht weiter zum Schacht des Stieglitzes und könnt in Ruhe ausfahren! Ich werde die Tür aufmachen und mich zum Serenissimorum Tiefsten begeben, und von da zum Lüdersüll, wo Bergmeister Heinz vielleicht auch Unterstützung braucht.«

»Ich gehe mit Euch!«, sagte Volpi entschlossen. »Dieses Leben unter Tage, in finster-rauchigem Höllenschlund, muss ich ganz in mich aufsaugen! Das ist die reine Hölle! Unschätzbar für einen Poeten: Dante wäre vor Neid zu Schwefel geworden!«

»Blödsinn!«, entfuhr es Stobeken. »Wir müssen raus hier und zwar schnell!«

Auch Bartholdi protestierte heftig: Aufsaugen? Den Schwefeldampf? Hüte dich! Leg dein Halstuch vor den Mund und geh mit uns, so wie Adener es vorschlägt!«

Es war jedoch schwierig geworden, sich gegenseitig noch zu sehen, geschweige denn zu verstehen. Beißender Schwefelqualm hatte begonnen, die Weitung auszufüllen. Der Krach des Feuers übertönte die menschliche Schreierei fast völlig. Sie redeten mehr und mehr mit sich selbst, sahen einander kaum mehr.

»Wo ist Stobeken?«, fragte Bartholdi. »Eben war er noch da!«

»Wo ist Herbst?«, fragte Brandt.

Von Adener und Volpi fehlte plötzlich auch jede Spur. Aus allen vermeintlichen Abzugsöffnungen qualmte es dick und gelb. Der erhitzte Schwefelkies im Erz begann, sich zu zersetzen. Er glühte, fing an zu brennen. Alle stürzten nach vorn, nach hinten, wohin auch immer – nur raus aus dieser stickigen Atmosphäre.

»Da hinein!«, brüllte Brandt. »Der Serenissimorum Tiefste sollte auch unser Ziel sein! Ich glaube, das ist der bessere Weg! Der Stieglitzer Wetterschacht ist zu weit weg, bis dahin sind wir erstickt! Bindet Euch das Halstuch vor!«

»Volpi!«, schrie Bartholdi vorher noch aus Leibeskräften. Doch auf dieses hohe, feine Signal, vergleichbar einem Kinderhorn, kam keine Antwort.

Alle waren auf der Suche nach Luft. Hinter ihm, dachte Bartholdi, selbst Träger eines verzweifelt hin- und herhuschenden Grubenlichtes, das mochte vielleicht Volpi sein. Warum hatte er ihm nicht geantwortet? Zum erneuten Rufen gebrach es ihm an Atem. Die Lampe zeichnete ein schmales Rechteck ins Dunkel. Graugelber Rauch füllte den Gang zu einem Viertel, saß wie eine niedrige Wolkendecke unter der Firste. Kleine mussten auch mal im Vorteil sein, dachte er, doch schon senkte sich der Sulfurqualm bis auf seine Schuhspitzen ab ... Einer überholte ihn, er wurde übel in den Dreck geschubst. Das war Brandt gewesen, oder? Der ihn auch zuvor schon geschubst, ja fast am Kragen vor sich getragen hatte ... Doch sich dessen zu vergewissern, war unmöglich, da war nur Dunkelheit ...

»Schämt Euch, Herr Bergrichter!«

Das Licht war ausgegangen beim Sturz der Lampe. Bartholdi tappte einige Zeit im Dunkeln, bevor ihm ein heftiger Luftsog die Richtung anzeigte. Die bösen Wetter strömten nach vorne ab ...

»Adener hat es geschafft!«, rief er. »Die Entwetterung beginnt! Wir sind gerettet!«

Im heftigen Luftzug, der plötzlich wehte, schlug Bartholdis Herz eine schnellere Gangart an. Etwas bewegte sich vor ihm ...

»Brandt? Volpi? Adener?«

Oder war's der Minotaurus im Irrgang? Immer mit der rechten Hand an der Wand entlang – dann käme man unweigerlich aus einem Labyrinth heraus ... fragte sich bloß, nach wie vielen Jahren ... Bartholdis Hand stieß ins Leere. Was war das? Ein abzweigender Verbindungstollen? Eine Strecke zu einem Suchort, die bald endete? Verflucht, ohne Licht war es hoffnungslos! Diese neuen Grubenteile kannte er nicht. In den letzten Jahren waren sie fleißig gewesen hier unten. War das der Weg zum Wetterschacht? Seitlich fühlte er das Holz einer groben Stollentür – der Wettertür, die zu öffnen Adener vorgehabt? Bartholdi lauschte angestrengt. Da war das Geräusch wieder ... Da war doch einer!

»Brandt? Adener? Gebt Euch zu erkennen! Pietro? Bis du's etwa?«

Mit Gewalt traf ihn das Türholz. Es haute ihn von den Beinen. Die wetterwendische Stollentür war scheinbar wieder nach der anderen Seite herumgeflogen ... Und auch er flog, schlidderte und stürzte abwärts! ... Ein Schacht, tonnlägig wie alle hier. Doch statt den Schrägschacht wie üblich mit Licht und ganz gemächlich hinunterzuschlurfen oder die Fahrten zu benutzen, wenn vorhanden, sauste Bartholdi in völliger Dunkelheit mit einer höllischen Geschwindigkeit abwärts, die über kurz oder lang nur eines bewirken konnte: mit dem Kopf gegen den nächstbesten Felsenzacken zu schlag...

Im Erzort waren sie vor den stechenden Dämpfen in die Wetterstollen geflüchtet. Hals über Kopf! Volpi wollte sich – im letzten Moment, in dem er noch etwas hatte sehen können – an Adener halten, doch er sah nur noch, dass der Bergmeister hektisch und erfolglos nach seinem Feuerbesteck suchte: Flint und Feuerschwamm in einem kleinen Lederwickel. Das Ende dieser Suche verbarg bereits der gelbe Dampf, der wie eine Wolke aus dem Nichts hervorgequollen war und den ganzen Raum binnen Sekunden ausgefüllt hatte. Einer hatte ihn am Arm gepackt und in einen der Stollen gezogen – Adener, so viel glaubte er noch gesehen zu haben. Wahrscheinlich Adener also war er gefolgt. Herbst schien ihm ebenfalls vorausgegangen zu sein. Doch mit der klaren Sicht war ihm auch Bartholdi abhanden gekommen. Brandt und Stobeken hatten ihn möglicherweise überholt, als er zögerte, um auf den Großarchivar zu warten.

Das also war sie, die Unbarmherzigkeit des Berges! Brandt hatte beschrieben, was er sicher nicht so nahe wähnte ...Über den Köpfen hing das Gebirge wie eine tödliche Bedrohung. Wiewiel Kubikklafter Felsgestein mochte das sein, bis droben zum Waldboden? Das Gestein wartete nur darauf, sie alle zu zerquetschen wie Insekten. Es tropfte, es sickerte, es war stickig und heiß. Kein Fluchtweg zeigte sich, außer der Spalte vor ihm, die man kaum Stollen nennen konnte. Die Strecken zu den Wetterschächten waren viel sparsamer gehauen, als die Stollen, durch die sie erst gelaufen waren. Er beneidete Bartholdi, denn dies war eindeutig ein Zwergenbergwerk ... Er dagegen konnte nicht mehr aufrecht stehen, welch eine Folter! Wie sollte man in diesem Schraubstock aus Stein größere Wegstrecken zurücklegen? Was, wenn er jetzt den Anschluss an die anderen verlöre? Indes ... Welche anderen? Er ging weiter in die ursprüngliche Richtung. Ob Bartholdi, weil kleiner und wendiger, ganz vorne war? Statt ganz hinten zu sein, wo Volpi ihn bislang vermutet hatte?

»Adener? Brandt? Herbst? Stobeken? Bartholdi?«

Ein zuckender Lichtschein zeigte sich sehr weit vorn. Das sah aus wie die Helle am Ende eines ausgehöhlten Baumstammes ... Sein eigenes Licht reichte kaum ein, zwei Lachter weit. Auch wurde es rundum zunehmend kälter, kälter und schließlich frostig kalt ... Plötzlich blies ihn etwas an. Ein heftiger Luftzug. Die Wettertür war aufgegangen. Der bewegte Qualm nahm ihm den Atem. Er schlug mit dem schräg eingezogenen Kopf gegen die Decke. Seine Lampe! Sie war dunkel und weg ... Er hatte sie verloren! Sie war heruntergefallen ... Hast und Enge des Ganges machten den Versuch, sie aufzuheben, vergeblich. Volpis Herz raste. Er rannte im Dunkeln gegen die Wand und fiel in Schlamm und Wasser. Sofort begann die Kälte an Gesäß und Beinen zu nagen. Er spürte, als er sich vorwärts tasten wollte, dass da eine Gabelung war ... Wie konnte das sein? Was, wenn er sich im Stockdunkeln an dieser Abzweigung irrte? Auch das Licht weiter vorne war weg, wahrscheinlich von einer Stollenbiegung verschluckt. Hatte Adener nicht von ganz simplen Wegverhältnissen gesprochen? Sollte es nicht einfach geradeaus zu einem Wetterschacht gehen? Und jetzt wimmelte es hier vor lauter Irrgängen! Die Panik kraulte ihn am Kopf. Vollkommene Finsternis umfing ihn. Er spürte in der nassen Kleidung doppelt deutlich die Kälte. Der verruchte Ort des Feuersetzens kam ihm inzwischen wie das Paradies vor ... Volpi stolperte gebückt vorwärts. Wenn man das so sagen konnte ... Wo war vorwärts im Finstern?

»Wie weit ist es noch?«, fragte er ins Ungewisse ... Irgendeiner piepste etwas. Dann kamen ein Schlag und ein Schrei, als ob einer stürzte ... Wenn einer im Berg laut redete, war es schwer, aus dem Widerhall die ursprüngliche Botschaft herauszuhören. Aber das nun war erst ganz leise und daher völlig unverständlich, dann nur ein Anprall von Schall. Er lauschte bemüht, aber außer dem Tropfen von Wasser in der Nähe und schwer zuzuordnenden diffusen Geräuschen in indefiniten Entfernungen vernahm er nichts.

»Wer immer mich hört, wird mir zugeben, dass dies eine sehr kuriose Art ist, sein Leben zu beenden!«

Die Frage hatte er ins Schwarze hinein gestellt, um sich der eigenen Existenz zu versichern. Keiner war mehr da. Außer vielleicht einer erstickenden Grubenratte ...

Er tappte noch etwa eine halbe Minute weiter, hatte die Vorstellung von jeder Richtung verloren. Seine Kräfte schwanden.

»Herr Brandt? Herr Adener? Herr Stobeken? Gerhard, bist du's?«

Wer immer es auch sein mochte: Er nutzte das Holz der Wettertür sehr geschickt, um den Orientierungs- und völlig Wehrlosen in einen schräg abwärts führenden Schacht zu befördern. Volpis Kopf mühte sich, einen der herumwirbelnden Gedanken zu fassen. Sibylle!!! Doch der nächste vorbeirauschende Vorsprung drehte ihm kurzerhand eine Fels-Nase.

Im Kräutergarten saß sie, zwischen Levkojen und Reseden und weinte. Jetzt hatten die Tränen plötzlich so viele Anlässe. Sie entsann sich ihrer Lust, seiner ... Er hatte ihrem Leben wieder einen Sinn gegeben damals. Jetzt loderten Wut und Verzweiflung, wenn sie an ihn dachte. Ihre letzte Begegnung, am Tag nach seiner Untat, diesem Werk höllischer Bosheit, das sie nicht begriff und wohl nie begreifen könnte, hatte alles beendet. Sie sah sich vollends ins Dunkel gestoßen und hatte mit ihm ein Gleiches getan ... Sie hatte auf ihn vertraut, auf seine Gelassenheit, Verschwiegenheit, auf sein stilles Bei-ihr-Sein ... Verrückt, sie so zu hintergehen! Die Dinge auf die Spitze zu treiben, mit Gewalt den Ausweg zu erzwingen – sie vor schrecklich vollendete Tatsachen zu stellen ... Damit zu drohen, davon zu reden, mit dem Gedanken zu spielen, war eine Sache. Aber es wirklich zu tun, eine so grundsätzlich andere. Zwei Menschen im Handumdrehen ins Jenseits zu befördern ... Wie hatte er, der Sanfte, der Liebevolle, dies fertiggebracht? Wie konnte er das tun? Die Tränen flossen wieder. Sie hatte nie begriffen, was da in seinem Kopf spukte. Bevor sie sich kennen lernten, musste es schon einmal schlimm gewesen sein, das wusste sie aus seinen Erzählungen ... Er hatte sich abgekapselt, hatte von seltsamen Phantasien erzählt, von Stimmen im Ohr ... Er musste toll geworden sein – das war die einzige Erklärung für sein Verhalten, die ihr einfiel! Und er schien in seiner Verblendung nicht begreifen zu können, dass er sie mit diesem teuflischen Tun ebenfalls getötet hatte. Da waren so sonderbare Bilder in seinem Kopf, in seinen Reden ... Sie kam damit nicht mehr zurecht ... und wollte es nicht länger! Er war ihr unheimlich, und das hatte sie ihm gesagt. Es war doch nur die Wahrheit! Aber damit hatte sie ihn vor den Kopf gestoßen. Er war in Tränen ausgebrochen, hatte sie auf Knien angefleht ... sah nicht ein, dass er alles zerstört hatte ... Ihr Zusammensein war unmöglich geworden. Was ging in diesem verwirrten Kopf vor? Wie konnte er sich anmaßen, zum Richter zu werden – gar Urteile zu vollstrecken, was nur Gott zustand? Sicher, sie hatte die beiden oft in seiner Gegenwart ins Grab gewünscht, Otto und die Schwalbe. Aber ... aber ... man spricht so viel, ohne es wirklich ernst zu meinen ... Jetzt hatte er mit der Schandtat auch ihr die glühende Strafmaske aufgesetzt – und sie schämte sich heiß und innig! Über all diese Sachen, über Otto und seine Geliebte, über sich und Otto, reden zu müssen – vor den Räten! Das war ... die Hölle gewesen ... Und die furchtbare Gefahr, ihn mit jeder Silbe verraten zu können ... es manchmal sogar zu wollen, um dem allem ein Ende zu bereiten – und sich in letzter Sekunde daran zu erinnern, dass sie damit nicht nur sich selbst aufs Schafott oder Blutgerüst stellte, sondern auch ihr beider Kind …! Ihr all das zuzumuten … das kam einer öffentlichen Hinrichtung gleich, das hieß, Feuer in den Holzstoß unter ihren Füßen zu setzen. Ihre Tränen löschten dieses Feuer nicht, sie machten es nur heller lodern. Ein Trauermantel setzte sich auf eine Pfingstrose vor ihr. Sie sah den dunklen Schmetterling und die reine, weiße Blüte … und weinte nur noch stärker. Ihr Sohn, ihr gemeinsamer Sohn … Was sollte nun aus ihm werden, ohne Vater? Wie hatte er sich das gedacht? Zu glauben, dass er … dass sie ihn … zu glauben, dass die Bewohner dieser gottverdammten Stadt es hinnähmen, wenn sie zusammen lebten? Sie würden Geächtete sein fortan, würden verbannt werden! Die Verdächtigungen waren jetzt schon vorhanden, und der Italiener schien – das hatte Bartholdi ihr gesagt – ein Interesse an der Geschichte zu haben. Dieser Italiener … und was er in ihr erweckte … brachte das Fass nun vollends zum Überlaufen. Sie hatte Angst um Volpi … dabei kannte sie ihn doch gar nicht! Wollte sie es denn … Wollte sie ihn kennen lernen? Ihn erkennen? Von ihm erkannt werden … Wünschte sie ihn sich herbei? Und was, wenn ja? Sie wusste nicht mehr ein noch aus. Sie weinte schluchzend, und der Schmetterling flog gaukelnd davon.

Volpi hatte nie Zweifel daran gehegt, dass er im Elysium landen würde … So also sah es aus! Durchs Labyrinth des Minotaurus, mit seinen Feuern und Irrgängen waren sie geschlichen, dann war der Übergang gekommen, schlagartig, ja sogar etwas brutal. Doch jetzt: Welche Entschädigung! Weich gebettet im grünen Gras war er erwacht. Da, wo der ewige Frühling herrschte, am Gartenhang – den Blick der Paradieswelt zugekehrt. Neben ihm floss die Lethe, deren Quelle nicht weit sein konnte. Und was sah Volpi, der Abgeschiedene, von der Insel der Seligen? Sanfte Hügel, weit in die Ferne rückende Ebenen. Von da, wo er lag, reichte sein Blick nicht bis zum Meer. Aber einen tiefblauen Abendhimmel sah er und hörte die schon schläfrigen Stimmen der Vögel. Der Pfiff der Pirole und Kuckucke, die Crescendi der Nachtigallen, das Geschwätz der Spötter und Mönchsgrasmücken, die sanften Laute der Dompfaffen. All diese lieblichen Töne überschwebten die elysischen Gefilde. Balsamische Düfte verwiesen auf die reiche Pflanzenwelt. Große Teppiche aus Maikraut trafen auf leuchtende Blumen. *Adonis, Hesperis, Lunaria* ... – Pflanzen, die Volpi im Norden gefunden hatte. Er begriff die Voraussicht der Götter: So wurde dem Eintretenden in die ewigen Pflanzgründe der Übergang erleichtert. Wie erschrocken wäre er gewesen, hätte er sogleich die Palmen und Weihrauchbäume erblickt? Viel zu abrupt wäre das gewesen, dachte er, und bewunderte die mildernde Umsicht der Gottheiten ... Auch Häuser, ja ganze Städte schien es da zu geben, sah der Liegende, als er den Blick absenkte. Städte, die aussahen ... wie Goslar! Das war merkwürdig ... War schon die ganze Stadt unsterblich geworden? Das hätte doch erst nach seinem Gedicht passieren sollen? Ein Trugbild? Merkwürdiger noch für das Elysium oder Gelehrtenparadies schien Volpi der pochende Schmerz im Haupt – ein flüchtiges Übel wohl, so tröstete er sich, welches das Vergessen aller irdischer Leiden einleitete ... Da hörte er Stimmen. Oh, das waren bestimmt Menelaos und Helena sowie Kadmos, der Gründer von Theben, die sich – nebst anderen Helden – die Zeit mit Reiten und Turnen, Würfel- und Lautenspiel vertrieben! Der Bruder des Minos, Rhadamanthys, herrschte ja über diese Ebene der Ankunft oder die elysischen Gefilde. Auch Kronos musste hier sein, denn Zeus hatte den vom Honig Berauschten schlafend gefesselt und entführt, damit die Zeit stillstand, und man ewig dösen könnte! Den Orphikern zufolge – die vieles etwas anders erzählen – war er inzwischen aber wach und mit der hier herrschenden Urmutter Kybele oder Rhea verheiratet ... Volpi hoffte, dass das an seiner Unsterblichkeit und am dauerhaften Fortbestand des Goldenen Zeitalters nichts ändern würde. Und da kam auch schon ... Minotaurus??? Volpi sah die kleine Gestalt mit dem leicht kantigen Kopf, den eine riesige Schramme so ortsuntypisch zierte, durch die fetten grünen Grashalme nur schemenhaft sich nähern. Er war zu faul, sich zu erheben, regte nur ein wenig die Glieder und bemerkte verwundert, wie unelysisch sie schmerzten ... auch erschien ihm die eigene Gewandung feucht, klamm und von Schlamm überzogen ...

»Er kommt zu sich! Doktor Baader – Doktor Volpi kommt zu sich!«, rief Minotaurus und sprang eilig wieder davon.

Sprang? Eher wackelte ... Doktor Baader? Volpi stutzte. Baader war auch schon hier? Hatte sich der Doktor bei einem Stechapfel-Selbstversuch ins Elysium befördert? Und Minotaurus? Der passte, rein mythologisch betrachtet, doch gar nicht her ... Der musste schön im Labyrinth bleiben, in dem er zuletzt herumgetaumelt war ... Volpi erinnerte sich dunkel an die – ach, so stockdunklen – letzten Eindrücke aus seinem Leben ... Kamen sie da nicht alle, die Götter, ihn zu begrüßen? Nein, er hatte sich getäuscht – es waren nur weitere abgeschiedene Seelen: Kronos? Nein, Baader! Menelaos? Nein, Herbst! Kadmos? Nein, Brandt! Rhadamanthys? Nein, Stobeken! Und der vermeintliche Minotaurus? Stellte sich als Bartholdi heraus – welch ein Glück für die Göttergeschichte. Doch wo war Helena alias Sibylle? Vergeblich wünschte Volpi sie sich hinzu. Sie lebte wohl leider noch. Diese hier waren alle glücklich tot. Aber, Elysium hin, Elysium her: Diese Bande sah reichlich mitgenommen aus!

»Ach, ihr Unglücklichen ... Oder soll ich sagen ... Seligen? Sagt, Freund Gerhard, wie ging es zu? Wie eigentlich sind wir entschlafen?«

Der unsterbliche Bartholdi drehte sich zu den anderen um, sagte: »Er phantasiert. Glaubt, dass er tot wäre ...«

Dann wendete er sich Volpi wieder zu.

»Versuch, dich zu erinnern! Wir stürzten in diesen Schrägschacht, versehentlich ... oder besser: Durch die Laune einer schlecht gesicherten Wettertür.«

Schrägschacht? Wettertür? Was wollte dieser Verewigte noch mit dem Plunder dieser irdischen Erinnerungen? Indes ... diese bohrenden Kopfschmerzen ... Eine dunkle Ahnung flog heran.

Setzte sich wie ein Rabe zwischen die Singvögel von Volpis Vorstellung ...

»Wie? So sind wir nicht tot? So seid Ihr ... sind wir ... bin ich ...«

Bartholdi griente sehr irdisch.

»Fast schon wieder quietschfidel, Gott sei's gedankt! Doch wirst du ebensolche Schmerzen haben, wie ich sie hatte, bevor mir der Herr Medikus sein Wundermittel verabreichte.«

»Bitte langsam ... Willst du damit sagen, dass wir die Hölle lebendig verlassen haben? Dass das hier gar nicht die Insel der Seligen ist?«

Jetzt trat Hans Herbst über ihn und lächelte diabolisch. Volpi setzte sich mühsam auf und bekam von Damian Baader ein Stück gelbes Holz in die Hand gedrückt.

»Ihr müsst es langsam weich kauen und den Saft aufnehmen. Quajak heißt es! Gegen die Lues hilft es leidlich. Aber gekaut ist's das Beste gegen Kopfschmerzen.«

Volpi nahm das gelbe Holz in den Mund und biss darauf. Es schmeckte bitter, aber auch ein wenig süß.

»Was machen wir alle hier draußen? Was genau ist passiert? Herr Herbst? Ist das etwa der Garten Eures Bruders, den Ihr geerbt habt?«

Der Gefragte nickte und suchte zusammenzufassen:

»Ihr seid in einen Schrägschacht gefallen. In der Radstube überm Peddick, dem Wasserschacht, nimmt er als kleiner Schluff seinen Ausgang. Herr Bartholdi besaß die Zähigkeit, sich selbst und Euch zu befreien. Adener starb, und ich fand, dass es geboten sei, zu untersuchen, ob hierbei Gewalt im Spiel war. Nachdem beim Tod meines Bruders und der Schwalbe vielleicht sogar ein Brandpfeil den Auslöser gab, und nachdem heute sein Gehilfe Warbeck verschwand, ist dieser Tod mehr als merkwürdig. Ich hatte selbst die Wettertüren geöffnet.«

»Der Herzog könnte längst seine Saboteure bei uns eingeschleust haben!«, sagte Brandt.

»Wie hast du uns befreit?«, fragte Volpi. Bartholdi warf sich in die Brust: »Ich kam zu mir und robbte abwärts bis zu einer Öffnung. Ich konnte zwar nichts sehen, aber ich hörte ein Wasserrad in einem großen Innenraum – da wusste ich, dass ich im Vordergezieher Gewölbe war und wie es hinausging. Am Wachturm, gut eine halbe Stunde später, fand ich die meisten wieder, keuchend, aber am Leben. Die Entwetterung hatte am Ende doch noch funktioniert und auch den anderen den richtigen Weg in der Dunkelheit gewiesen. Allen war das Licht ausgegangen. Nur Bergmeister Adener und du, ihr fehltet ganz. Ich erzählte, was vorgefallen war. Herr Stobeken holte den Medikus aus der Stadt, und wir schafften euch beide heraus – aus der inzwischen wieder entlüfteten Grube. Du lebtest, aber Adener, der Bergmeister, war tot, als wir ihn fanden. Er ist ... aber das könnt Ihr besser erklären, Doktor Baader!«

»Er ist erstickt!«, ließ sich jetzt Baader hören. »Am Sulfur aus dem Erz, der beim Erhitzen entwich. Um Gewissheit zu erlangen, musste ich ihn öffnen ... Doch dies ging auf dem Göpelplateau nicht mehr ...«

»Warum?«, fragte Volpi.

»Als wir wieder draußen waren, fanden wir uns inmitten von Kriegszurüstungen.«

»Krieg?«

»Droben war die Hölle los!«, sagte Brandt. »Alles stand noch herum, keuchte und spuckte ... als die zweite Abteilung städtischer Kriegsknechte eintraf. Die Bürgermeister haben die Meldung des heutigen Alarmreiters sehr ernst genommen. Daher sollen auch hier am Steinberg Schanzgräben ausgehoben werden. Die Gilden gehen morgen zum Großangriff über. Mit Spaten und Schaufeln. Ein Graben wird weiter oben gar ein Stück dieses Paradies-Gartens abschneiden ... aber der Blauregen und der Golregen und auch die Granate sind nicht in Gefahr!«

»Oh!«, stöhnte Volpi, während er das gelbe Quajakholz noch eindringlicher mit den Zähnen traktierte. Voller Wehmut blickte er auf die Reihe herrlicher *punicae* und fragte nach deren Herkunft.

»Mein Bruder hat den ersten vor vielen Jahren von einem Pilgrim bekommen«, entgegnete Herbst. »Otto grub ihnen eine frostsichere Kaverne, die er mit Tonziegeln auskleidete. Da stehen sie winters in Bastkörben. Eigens geheizt werden muss für sie ... Ich weiß noch nicht, ob ich das weiterführe ... Vielleicht stelle ich sie nahe zum Hochofen ... Wenn er endlich fertig ist!«

Baader unterbrach die botanische Einlassung. Er zeigte – wohl begünstigt durch sein feuriges Naturell – nicht das kleinste Anzeichen der Erschöpfung. »Adener liegt in der Schmelzhütte. Wollt Ihr ihn sehen?«

Volpi nickte, erhob sich stöhnend, sortierte seine Glieder und hinkte hinter dem munter Weitersprechenden drein.

»Der Anatomie haftet, wie Ihr ja sicher aus eigener Erfahrung wisst, noch immer der Ruch des Teuflischen und Gottlosen an. Wo immer man sich schneidend bemüht, die Vorgänge zu erhellen, die dem Verlöschen eines Lebenslichtes vorausgegangen sind, läuft man Gefahr, vom gemeinen Volk des eigenen beraubt zu werden. Die Kriegsknechte machten mir für derlei Experimente keinen sehr aufgeschlossenen Eindruck ...«

Volpi besah sich das Gelände nach militärischen Gesichtspunkten ...

»Wo genau wird der Schanzgraben durchlaufen?«, fragte er.

Baader malte mit der Hand eine Linie oberhalb der Hans Herbst'schen Hütte in die Luft.

»Der wilde Heinz wird wahrscheinlich vom Kattenberg her vorrücken und die Haupterhebung des Steinberges rechts liegen lassen. Herbst hat Angst um seine Schmelzöfen – die Botanik gilt ihm ohnehin für nichts ...«

Sie waren ein Stück den Gartenhang hinaufgegangen. Volpi sah zurück auf Goslar und ließ den Blick über die Ostflanke des Steinberges schweifen. Äpfel-, Birnen-, Pflaumen- und Mirabellenbäume zeigten letzte Blüten. Sie rochen, dachte er, im Verblühen am intensivsten. Links kamen sie aus dem Herbst'schen

Garten heraus, indem sie eine Dickung von Brombeeren und Schlehen durchmaßen und eine breite unbewaldete Fläche überquerten, auf der sich Gras und Schlacken mischten. Sie erreichten Hans Herbsts Schmelz- und Treibhütte, in der aus dem Erz der Venus die verschiedenen reinen Metalle gezogen wurden. Das Bild kontrastierte mit dem Garten, wie es schroffer kaum möglich war. Volpi erblickte hölzerne Schuppen und Dächer auf Stelzen, offen in der Landschaft stehende Schacht- oder Rennöfen älteren Typs, Probieröfen und etwas, das völlig neuartig aussah.

»Das ist ein Hochofen, hat uns Herbst vorhin erklärt«, sagte Baader mit spöttischem Unterton. »Ungeheuerlich, was das Ding bringen soll: Nur noch 25 Scherben Schlacke bei 100 Scherben Besatz. In England laufen sie schon, aber hier … Der Plan stammt noch von Thurzos Kompagnon Peddick – der vor fast 75 Jahren auch das Seigerverfahren entwickelt hat. Hans Herbst hat die Zeichnungen einem Nordhäuser Syndikus abgekauft. Aber die Sache ist sehr kostspielig. Es braucht vorgebrannte Ziegel aus feuerfestem Bindeton …«

Sie traten an den gemauerten Tisch neben dem Probierofen. Wo für gewöhnlich Erze und Schmelzergebnisse untersucht wurden, lag jetzt ein Bergmeister zur Begutachtung.

»Ich weiß bloß noch, dass er im Rauch verschwand«, sagte Volpi. »Alle sind darin verschwunden. Ich wähnte mich hinter ihm, doch beschwören kann ich es nicht. Jeder tappte im Dunkeln. Ich habe mein Licht aus eigener Dummheit gelöscht. Erstickt ist er, sagt Ihr? Offen gestanden sehe ich erst zum dritten Mal einen geöffneten Menschen. Dryander in Marburg bescherte mir zwei solcher Einblicke. Ich kann durchaus verstehen, warum die Christenheit ihre Schwierigkeiten mit dem Aufschneiden hat. Es ist, als blicke man in Gottes Nähkästchen … «

Die Haut des Leichnams war gelb vom Schwefel, wohingegen das dunkel angelaufene Gesicht fast blau wirkte. Baader hatte am Leib mehrere große Schnitte angelegt, was nur natürlich war, fand Volpi. So etwas kam hier wohl kaum sehr häufig vor, da musste man als Medikus die Gelegenheit zu Studien nutzen.

»Erstickt an dem beim Brand befreiten Sulfur!«

Volpi hatte bei diesen Worten wieder den teuflischen Odem der Unterwelt in der Nase – jenen Geruch, der sich schwer beschreiben ließ: metallisch, giftig, gelb, scharf wie Meerrettich, aber auch irgendwie süßlich ... Konnte etwas gelb riechen?

»Woran seht Ihr das? Ich habe eher den Eindruck, dass er erdrosselt wurde. Diese Blutstauung im Kopf ...«

»... ist entweder durch die Apnoe oder die Kopftieflage im abwärts führenden Gang zustande gekommen«, konstatierte Baader.

»Haben sie ihn dort gefunden?«, fragte Volpi.

Baader zuckte die Schultern.

»Im Grunde kann ich nur sagen, dass es keine Erdrosselung war.«

»Kein Genickbruch?«, fragte Volpi, und es klang fast enttäuscht. »Nicht einmal eine Schlagmarke am Kopf?«

»Nichts.«

Sie beugten sich über den Corpus. Baader deutete auf die Halspartie.

»Wenn er mit einem Strick erdrosselt worden wäre, müsste hier eine dicke rote Linie knapp unterm Kinn zu den Ohren laufen.«

Dann schlug er Adeners Hals auf wie ein Buch. Volpi erblickte die Wirbel unter dem Schädel. Ein großer Halsknorpel, der wie eine Bischofsmütze aussah, saß in der Mitte.

»Der Schildknorpel ist nicht gebrochen, was leicht geschähe, wenn ein Strick hart angezogen oder ein Ellenbogen eingedrückt würde. Auch die Finger werden gern genommen, um den Kehlkopf zu quetschen. Keine vertikalen Blutungen am Halsmuskel, keine Blutstauung im rechten Teil des Herzens und auch ...«, Baader schlug den Hautlappen wieder zurück, »... keine kleineren Male am Hals. Das bedeutet: Adener hat sich nicht gewehrt. Es wären sonst die Spuren seiner eigenen

Hände zu sehen, mit denen er verzweifelt versucht hätte, die Schlinge zu lockern oder den Arm eines Angreifers fortzubewegen.

»Woher habt Ihr das alles zu erwägen gelernt?«, fragte Volpi, als sie in die Dämmerung hinaustraten.

»Nicht aus Büchern – denn darüber gibt es noch keines. Auch Vesalius zeigt die Anatomie nur in ihrer Schönheit ... Aber was ich in Paris an der Universität zu sehen bekam, reicht mir für mein Leben. Wir durften Sektionen der geschworenen Meister an Menschen beiwohnen, die Verbrechen zum Opfer gefallen waren. Winter von Andernach war kein Neuerer und klammerte sich an Galens Tieranatomie, aber wir hatten doch Augen. Uns entging nicht die kleinste absonderliche Erscheinung. Wir brauchten keinen, der uns darauf hinwies.«

Sie betrachteten wortlos das malerische Bild, welches Rammelsberg und Stadt im letzten Abendlicht boten.

»Das Gelbholz hilft!«, sagte Volpi, dem es gerade heruntergefallen war. »Der Kopfschmerz ist weg!«

Verwunderung stand in seinem Gesicht, als er das Stäbchen wieder in Händen hielt.

»Verdammt ...«

»Was habt Ihr?«

»Mir fiel gerade ein, wo ich dieses gelbe Holz heute schon einmal sah ... Nicht nur das, ich hatte sogar ein Stückchen in der Hand! Es war auf dem Erzweg, den auch Veit Warbeck nahm ... Hatte Warbeck, der Verschwundene, etwa Kopfschmerzen? Oder Schlimmeres... als ihr ihn behandeltet?«, forschte Volpi. Lag es nicht auf der Hand? Warbeck, aus der Praxis kommend, das Gelbholz kauend, kam nicht auf dem Plateau an. Daher das gelbe Holzstückchen am Boden ... und die Schleifspuren ... rührten von Warbecks Schuhen her! Jetzt fiel ihm der Begriff für diese logisch-unlogische Schlussform ein: Abduktion! Baader begriff im ersten Moment gar nichts.

»Warbeck? Woher wollt Ihr wissen, dass ich ihn ...?«

In Baaders Stimme lag Vorsicht.

Volpi fielen die Worte Brandts ein, als von Warbecks Fortbleiben die Rede war ... Er wird bei der Lupa sein ...

»Warbeck hat die Syphilis, stimmt's? Ihr habt uns alle davor gewarnt, zu Lupa zu gehen ...«

Baader nickte schwach.

Volpi präzisierte: »Ich weiß, was Warbeck zugestoßen ist ... auf seinem Weg nach Hause oder zur Arbeit auf dem Plateau. Er war zur falschen Zeit am falschen Ort. Während es im Fall des Bergmeisters Adener erwiesenermaßen die Elemente selbst waren, die ihn in ihren Kreislauf zurückbeorderten, scheint es im Falle Warbecks ... der überraschte Feuerteufel gewesen zu sein, der die Stadtväter zum Narren hält ...«

Die Eichen standen im weiten Ring um das Forstgericht im Hainholz. Über Nacht waren dünne Wolken aufgezogen. Es war inzwischen Sonntag. Erst hatte der Halbmond durch eine Lücke geleuchtet, jetzt brannte er ruhig als ferne Laterne hinter Marienglas. In westliche Richtung waren von Baader und Jobst geführte Suchtrupps ausgeschwärmt, ausgehend von der Stelle am Erzweg, wo Volpi und Bartholdi nachmittags die Schleifspuren bemerkt hatten. Auch die Bürgermeister und einige Räte, ohnehin noch bis spätabends auf dem Plateau nach dem Herzog Ausschau haltend, waren als fackeltragende Sucher mit von der Partie.

Volpi stand an eine Eiche gelehnt. Er hatte als einziger am Tag längere Zeit geruht, wenn auch unfreiwillig. Bartholdi, Herbst, Brandt und Stobeken dösten dagegen sitzend auf Baumstämmen. Keiner hatte in Ungewissheit nach Hause gehen wollen. Jeder wollte dabei sein, wenn der, nach dem sie suchten, gefunden werden sollte.

Während Volpi den Waldkäuzen in den Baumkronen lauschte, musste er wieder an die Situation unter Tage denken. Sein Gehör hätte so scharf sein müssen wie das einer Eule ... Es wollte ihm nicht gelingen, die Akteure in eine vernünftige Reihenfolge zu bringen. Die plötzliche Finsternis im Stollen ...

Was hatte er überhaupt noch bemerkt, bevor ihn die hölzerne Tür auf den schrägen Abwärtsweg beförderte? Nichts.

Er trat zu Bartholdi, rüttelte ihn sanft und fragte leise: »Wo habt ihr Adener gefunden? An der vielbesagten Wettertür?«

»Nein, in einem blinden Suchort ... Er hatte sich ohne Licht hoffnungslos verirrt, trotz seiner Ortskenntnis ... Bevor er seinen tödlichen Irrtum bemerkte, wer weiß woran ... einem Zeichen, einem Stein ... muss er weit ins Nichts gelaufen sein. Er drehte um, doch die stickigen Elemente ließen ihn nur noch bis auf Sichtweite der Strecke zurückkehren, von der er ausgegangen war. Da haben wir ihn entdeckt.«

»Was war mit der Wettertür? Wie funktioniert so eine Tür überhaupt ... unsere Tür?«

Bartholdi stöhnte. Menschen, die im Bergbau unkundig waren, sollten keine Fragen stellen ... Vor allem nicht bei Mondlicht unter Eichen, wenn ehrbare Großarchivare schlafen wollen.

»Ja, sie kann in drei Stellungen stehen. Seitlich an der Wand anliegen, dann sind Stollen und Schrägschacht offen; seitlich vor dem Schrägschacht eingehakt, dann ist der Stollen offen. Und schließlich mittig im Stollen, dann ist der Stollen zu und der Schrägschacht offen. Aber das versteht sich ja von selbst. Gute Nacht!«

Volpi kratzte sich am Kopf.

»Ach, du musst mir den Verlauf der Gänge doch noch einmal genau aufzeichnen, damit ich endlich klar sehe!«

»Herrgott – wie soll ich das denn jetzt anstellen?«

»Hier hast du Bleistift und Papier. Und droben hab ich dir einen glimmenden Kienspan an den Himmel gesteckt!«

Volpi verfolgte gebannt, was der Großarchivar im trüben Halbdunkel mühsam und unter leichtem Fluchen skizzierte. Er kommentierte jeden Strich, der ihn in der Rekonstruktion weiterbrachte:

»Ach, dann hab ich diese Gabelung nicht geträumt? So bin ich in ein ganz anderes Gangsystem gekommen?«

»Nein, du nicht – aber Adener ging an dieser Stelle falsch und täuschte sich dann noch einmal in etwa dreißig Lachtern Entfernung, wo die gewundene Strecke zum besagten blinden Suchort abzweigt. Er verließ somit den Stollen, der ihn irgendwann zur Morgenröte geführt hätte, ich meine, so heißt einer der zurzeit stillliegenden Schächte. Adener hätte lange laufen müssen und wäre vielleicht auch dabei an Luftmangel gestorben. Das erwähnte Suchort zweigt nach etwa dreißig Lachtern, von der Gabelung gerechnet, ab. Die Wettertür, die uns zum Verhängnis wurde, ist die ursprünglich anvisierte, kaum fünfzehn Lachter von der Abzweigung entfernt.«

Volpis Stirn glättete sich etwas.

»Also war derjenige, den ich vorne wähnte, anfangs Adener, später nicht mehr Adener … Und der einsetzende Luftzug änderte sich im Weiteren nicht, er kam von hinten … Somit stand die Tür zunächst immer in angelegter Stellung an der Wand.«

»Genau«, sagte Bartholdi. »Sie lag an der Wand und ließ den Stollen und den Schrägschacht offen. So fand ich ihn, als ich an die Stelle kam. Meine Hand tastete ins Leere. Dann schlug die Tür um. Und wieder, als du dort angelangt bist. So schlecht und einfach ging das zu!«

»Wie schlug sie denn um, von ganz alleine?

»Ja, jetzt, wo du es sagst … Wie denn das? …«, stutzte jetzt selbst Bartholdi. »Bist du sicher, dass der Wind immer von hinten kam? So was kann man gar nicht beschwören.«

Unzweifelhaft richtig auch dies … Beschwören konnte Volpi das nicht. Aber er konnte die anderen fragen. Die aber, dem Himmel sei's geklagt, waren der einhelligen Meinung, dass der Luftzug gleich mehrfach abrupt die Richtung gewechselt hätte.

»Na also …! Da hörst du's!«, sagte Bartholdi.

Volpi kam zu keinem Schluss. Auch wurden jetzt Fackeln sichtbar und Stimmen hörbar, die sich rasch näherten. Baader, Jobst und die ganze Meute der Suchenden.

»Ist er das?«, fragte Brandt, der als Bergrichter ein quasi amtliches Interesse am Ergebnis der Nachsuche hatte.

»Ja, das ist Warbeck!«, sagte Baader.

Zwei Mann schleiften ihn auf einer Pritsche aus Ästen heran, im weitem Abstand zu den anderen.

»Wir fanden ihn an einen Baum geknüpft. Er hat sich erhängt!«, erläuterte Jobst. »Konnte scheint's die Franzosenkrankheit nicht ertragen, die an ihm frisst. Die Franzosenpest! Keiner darf ihm zu nahe kommen, nur der Doktor.«

»Warum?«, fragten Stobeken, Herbst und Brandt nicht ohne Furcht, denn sie hatten naturgemäß mit Warbeck zu tun gehabt.

»Die Syphilis verbreitet sich durch Hautkontakt.«

Alle rieben sich instinktiv die Hände.

Der Strick um den Hals des Toten war abgeschnitten und hing baumelnd aus dem Kokon aus Sackleinen heraus, den man Warbecks Überresten umgelegt hatte.

Volpi nahm Baader zur Seite: »Verhält es sich wie besprochen?«

Der Stadtchirurgus bejahte: »Nach außen bleibt es bei der Selbsttötung. Aber ansonsten – wie gemutmaßt: Was bei Adener fehlte, ist bei Warbeck sichtbar. Würgemale. Inwendig finde ich sicher das Übrige.«

»Ihr wollt … ?«

»Keine Sorge, ich werde mir Schweinsblasen um die Hände legen, wenn ich ihn aufschneide. Aber so eine Gelegenheit darf ich nicht verstreichen lassen. Vielleicht kriege ich heraus, wo die Franzosenkrankheit ihren Sitz hat!«

»Wie viel Kraft braucht man eigentlich beim Erdrosseln?«, wollte Volpi wissen.

»Nicht sehr viel, wenn man eine Schnur hat und es nicht mit den Händen und Unterarmen versucht. Im Schwitzkasten hat der Angegriffene eine gute Chance, und es dauert länger als man denkt. Es gab hier schon Selbstbezichtigungen nach Auseinandersetzungen – dass einer den und den ums Leben gebracht hätte … dann kam der vermeintlich Erdrosselte selbst zur Tür rein und hielt sich den Hals. Wenn der Täter eine Schnur verwendet, tritt die Ohnmacht in etwas über einer Minute ein.

Aber zur Tötung muss die Luftzufuhr mindestens dreie unterbunden sein, besser fünf. Um sicherzugehen.«

Könnte hinkommen, dachte Volpi. Während er und Bartholdi eine Schimäre verfolgt hatten, hatte der Mordbrenner in aller Seelenruhe den missliebigen Zeugen beseitigt.

»Und wie lange braucht die Lustseuche, um ihre Zeichen zu setzen?«

»So genau weiß ich es nicht. Wochen dürften es aber kaum sein, eher Tage ... Warbeck war vor sechs Tagen bei Lupa.«

»Was glaubt Ihr, wie viele haben das venerische Übel in dieser schönen Stadt?«

»Das fragt besser den lieben Gott. Und auch gleich, warum er uns die Pestilenz geschickt hat.«

Volpi hätte dem gerne entsprochen, doch da der liebe Gott in schmählicher Absenz glänzte, fragte er seinen Gastgeber Jobst: »Hat eigentlich die Umfrage bei den Bogenbauern etwas ergeben? Den Bogen betreffend, den ich als Wolf unter den Bohnenstangen fand?«

»Wie kommt Ihr denn jetzt darauf?«

»Wäre es angesichts dieser grausamen Spiele der Natur nicht beruhigend, einen wirklichen ... Mörder oder Totschläger ... zu haben? Ich denke da auch an meine Börse ...«

»Der Bogen kommt nicht aus Goslar, so viel ist sicher. Keiner der Bogenmacher kannte ihn, und nur einer wusste, der Sebastian in der Schalksgasse, aus welchem Holz er ist: Goldregen oder Bohnenbaum – sehr passend für den Ort, an dem er versteckt war!«

Mittwoch, 1. Juni 1552

Obwohl schon Tage vergangen waren seit der Höllenfahrt im Berg, fühlte sich Volpi noch immer, als habe ihn der Leibhaftige durch die Knochenmühle gedreht. Bartholdi ging es nicht anders. Sie leisteten Jobst, Tilling und Papen in der Worthstube Gesellschaft und suchten sich mit einem Humpen des Stobeken'schen Donner-Bieres Linderung zu verschaffen. Volpi, Jobst, Bartholdi und Papen waren in einen Buch-Handel verstrickt.

»Ein kurioser Titel!«, seufzte Bartholdi, der Volpi unter der Armbeuge durchsah: »Du hast dich nicht ganz richtig erinnert, Daniel: *Zünd-Tölpel, welches ist: der scharfsichtigen Fledermaus Weheklag und Höllenritt …*«

»Woher habt Ihr das, Herr Papen, und wieviel wollt Ihr dafür?«, fragte Volpi. »Überall, wo ich es bislang probierte, war es nicht zu bekommen …«

Er hatte es gar nicht probiert, wenn er ehrlich war und schalt sich nun selbst innerlich, Papens erste Erwähnung des Werkleins vergessen zu haben.

»Das Pamphlet war damals nicht selten«, sagte Papen. »Aber die meisten meiner Mitbürger haben es mit der Angst bekommen und das gotteslästerliche Blattwerk verfeuert. Ich habe es neben die Brandversicherung in den Türbalken gelegt, fragt mich nicht wieso. Gestern fiel es mir wieder ein. Ich denke, ihr könnt es mit Gewinn lesen.«

»Apropos Gewinn: Wieviel soll es kosten?«, fragte Jobst. »Ich stehe dafür gerade!«

Papen hatte sich von dem schmalen Druckwerk keinen großen Gewinn versprochen, wie sein Gesichtsausdruck verriet. Jetzt änderte sich das. Verschmitzt sagte er:

»Ach, dem Doktor hätte ich es als Geschenk überlassen – ich hab ohnehin mehr Gefallen an Luther selbst, der gegen die Papisten und Heinze viel lauter dröhnt: *Ihr und eur Gott, der Teufel, habt nicht den Schnuppen! Sondern, ihr Fledermäuse,*

Maulwörfe, Uhuen, Nachtraben und Nachteulen, die ihr das Licht nicht leiden künnt: Wehret mit aller Macht und mit aller Schalkheit, daß die Wahrheit im Licht verhöret werde! Aber das Werk ist interessant, denn es handelt von einem Feuerteufel, und es erscheint weniger ein Werkchen wider Heinz zu sein, sondern eher ein Aufruf, dem Papst-Teufel und seinem Brand-Wirken Paroli zu bieten. Doktor Volpi, Ihr werdet es also gut gebrauchen können ... Tja, Herr Jobst, wenn Ihr dafür gerade steht, dann kostet es Euch einen Gulden!«

»Unverschämtheit! Einen Mariengroschen kriegt Ihr! Schaut Euch doch an, was für ein ärmlicher Fetzen es ist!«, tönte Jobst, ehrlich erzürnt. Papen lachte glucksend und wartete.

»Einen halben Gulden ist es mir wert!«, sprudelte der Großarchivar hervor.

Jobst funkelte seinen Freund Bartholdi an.

»Gerhard, verdammt! Du verdirbst die Preise!«

»Ich schenke es dem Doktor!«, sagte Papen schließlich und drückte die wirklich unansehnliche Broschur Volpi in die Hände. »Mag er es weiterverkaufen, um seine Reisekasse aufzubessern ... Habt Ihr denn schon einen Schimmer, Doktor, was die Wahrheit hinter dem ganzen feurigen Geschwürm hier in unserer einst so schönen Stadt nun eben sein könnte?«

Papen stieg in Volpis Achtung ungemein: »Das ist äußerst großmütig von Euch! Ich danke Euch sehr und brenne schon darauf, es zu studieren! Was nun die Umtriebe angeht ...« Er zuckte bedauernd die Schultern. Weiter im Satz kam er nicht, denn die rabenschwarzen Kuhmaulschuhe des Stadtschreibers wurden im Türrahmen sichtbar ...

»Ihr Herren, verzeiht – es tut mir wahrlich leid, Euch zu unterbrechen ...«, sagte Kehle und schnappte nach Luft, denn er schien die paar Lachter vom Rathaus herübergerannt zu sein. »Trinkt rasch aus! Die Bürgermeister haben eine außerordentliche Sitzung anberaumt. Ich soll ... Euch ... bitten ... sofort ... stante pede ... hinüber ins Rathaus zu kommen! Was hiermit getan ist ...«

Kehle seufzte so tief, dass es auch leider nicht den kleinsten Zweifel an der Dringlichkeit dieser Aufforderung geben konnte. Er ließ sich geräuschvoll auf einen Hocker fallen.

»Diesmal komme ich hoffentlich nicht wieder in die Verlegenheit, mich in längere Gespräche mit einem Esel einlassen zu müssen, ...«, sagte er, bevor er eilig dem Bier zusprach, das ihm Jobst in die Hand drückte.

»Leicht zu sagen, wer sich bei diesen Gesprächen mehr gelangweilt haben wird«, raunte Bartholdi im Hinausgehen.

Sie fanden Immhoff und Richter in heller Auflösung. Noch bevor alle Einberufenen versammelt waren, begab man sich in die Sibyllenstube, wie Jobst das Sanctuarium des Rates nannte. Auf dem sonst so bleichem Gesicht des Ersten Bürgermeisters loderten rötliche Flecken, und auch der formell-kühle Zweite wirkte hitzig.

»Der oder die Mordbrenner haben sich wieder gemeldet!«, sagte Richter zu Jobst, hartnäckig einen Punkt an der Decke der bunt ausgemalten Stube fixierend. »Das Geld hat ihn oder sie verrückt gemacht!«

»Wie das? Was oder wieso meint Ihr?«, fragte Volpi.

Weitere Mitglieder des engen Rats kamen herein, und Immhoff beschloss, anzufangen.

»Das hing heute morgen an der Tür zur Diele!«

Er las vor:

Ehrbare, schlecht beratene Räte ...

Eure List war nicht listig, eher dumm!
Zwei ungleiche Reiter auf einem Gaul,
hätten uns fast zum Verderben gereicht!

Nach einer solchen Dreistigkeit
erlischt unser Versprechen,
und es gebietet uns der Stolz,
Aufpreis zu verlangen ...

**So also zahlt noch einmal
2500 Florin, Silber, bitte fein!**

Niederzulegen in der Heiligen
Leeren Grabeshalle Eures Erlösers,
heute, eine Stunde nach Torschluss!

Sonst, ihr Neunmalklugen,
fahrt ihr alle ins höchst ohnchristliche
Fege-Feuer, das versprechen Euch
hoch und heilig –

Hans Wurst und die Seinen.

Nota bene: Der wilde Heinz sieht,
wenn er eintrifft, Goslar bestimmt
mit Freuden brennen und wird
wie ein zweiter Nero
Euren Untergang beweinen ...
Wollt ihr's ihm so leicht machen?
Dann zahlt nicht! Oder hetzt mir
wieder Eure Spione nach!

Immhoff sanken Hand und Mut. Er gab Volpi das Blatt. Die anderen umringten ihn. Nur Papen blieb stöhnend auf seiner Truhe sitzen.

»Die Handschrift ist die vom letzten Mal, der Stil ist uns auch vertraut ... Ob es ihm allerdings wirklich ernst ist?«, sinnierte Richter. »Er, verzeiht: Er oder sie hat oder haben ja schon einen ganzen Batzen Silber, und ist oder sind ...«

Volpi schilderte kurz, was er sich beim Anblick der Spuren am Erzabfuhrweg überlegt hatte: »Ich glaube, es könnte einer allein sein ...Ich danke Euch, dass Ihr die andere Möglichkeit stets einmahnt. Aber zweie müssen handeln wie einer, wenn es um so brenzlige Sachen wie eine Geldübergabe geht! Lasst sie uns pro forma wie *einen* Widersacher behandeln. Fortuna war bislang auf seiner Seite, aber wenn wir die Sache zum wiederholten Male durchspielen, könnte es anders aussehen.«

Die Herren erbleichten.

»Diesmal ohne mich«, sagte Jobst. »Wer weiß ... Der Tonfall dieser Briefe gefällt mir gar nicht ... Es könnte doch ein herzoglicher Handlanger sein. Und der Rachen dieses Untiers ist mir zu groß ...«

Der Tonfall, dachte Volpi. Der Tonfall ... und er fühlte das Buch über den Feuerteufel in der Hand.

»Ein Feuersetzer des Fürsten, der auf eigene Rechnung arbeitet? Das glaube ich nicht ...«, drang es von Papen herüber.

»Oder auf doppelte Rechnung – unsere und des Herzogs ...«, sagte Richter.

Volpi nickte.

»Es hätte wohl eine gewisse Logik: Der Angreifer ist im Anmarsch und, um die Stadt innerlich zu schwächen, lässt er Feuer legen. So würde man an zwei Feuerlinien kämpfen müssen.«

Ein Goslarer Brandbrief im Jahr der herzoglichen Brandstiftungen in Einbeck, aber in Goslar kein Brand ... Stattdessen ein Buch.

»Und der Agent geht nochmals das Risiko ein, dass wir ihn schnappen?«, fragte Papen, und dem Klang seiner Stimme war zu entnehmen, wie viel er von dieser Theorie hielt.

Volpi entgegnete: »Zum Ablenkungsmanöver braucht es den nächsten Brand gar nicht ... indem *er* Euch in Atem hält, schnürt *er* Euch zugleich die Kehle zu, ganz ohne weiteres Feuer. Das Kassieren liefert ihm den Anreiz und etwas zusätzliche Barschaft: accidentia, die er offenbar sehr nötig hat ...«

Innerlich war er immer mehr mit dem Buch in seiner Hand beschäftigt.

»Borngräber, der Drucker, lebt also nicht mehr ...«, murmelte er. »Zu dumm, der hätte wohl angeben können, wer es geschrieben hat. Das wissen Drucker und Verleger für gewöhnlich ...«

Sie schwiegen für einen Moment.

»Etwas zusätzliche Barschaft, accidentia ...«, seufzte Jobst. »Ich muss sagen, Ihr habt eine höchst freigebige Ausdrucksweise, wenn es um anderer Leute Geld geht ... Inzwischen glaube ich, wir hätten die Sache doch gleich ganz ignorieren und unser Silber sparen sollen ...«

Volpi machte ein schuldbewusstes Gesicht, woraufhin Jobst ihm begütigend auf die Schulter klopfte und sagte: »Aber wie auch immer: Das Geld ist weg – hin ist hin!«

Volpi dachte kurz daran, den Räten seine Mutmaßungen über den Mord an Warbeck preiszugeben, entschied sich jedoch anders. Auch die Zweifel daran, die Wettertür hätte Schuld an Bartholdis und seinem Fall in den Schrägschacht gehabt, unterdrückte er und sagte: »Wir können nicht umhin, davon auszugehen, dass *er* sich tatsächlich ... in diesem Heiligen Grab ... den Aufpreis abholen will. Ablenkungsmanöver hin oder her – es geht um viel Geld ...«

Sicher war er sich in dieser Frage allerdings ganz und gar nicht.

Und was Bartholdi nun schleppend mutmaßte, als ob ihm die eigenen Gedanken während des Sprechens unheimlich würden, lag ganz in seinem Sinn: »*Er* könnte aber auch ... nur einen neuerlichen Anlass für das Feuerlegen konstruieren wollen, das ihm vielleicht genauso wichtig ist wie das Geld, oder sogar ... wichtiger ...?«

Die Herren bekreuzigten sich.

»Ein zweiter Nero, meint Ihr ...«, sagte Tilling. »Dann hoffe ich, dass *er* betrunken und berauscht genug sein wird, sich vom Feuer, laut singend ob dessen Anblick, gefangennehmen zu lassen ...«

»Der Kaiser Nero war wohl vieler Vergehen schuldig, die man ihm vorwarf – nur der Brandstiftung nicht«, berichtigte ihn Volpi. »Da hat Herr Luther vielleicht noch nicht die neuesten humanistischen Erkenntnisse berücksichtigt.«

»Trotzdem hat er die Christen in den Circus gehetzt, nachdem er die Anschuldigung auf sie abgewälzt ...«, sagte Bartholdi.

»Unser Wolfenbütteler Nero – Erzmeuchelmörder und Bluthund, desgleichen nie erhöret ist unter der Sonnen –, ob er nun bloß hurt und säuft oder auch brandstiftet und Protestanten in den Circus schickt: Er steht jedenfalls morgen hier vor Goslar!«, sagte Immhoff. »Wir haben einen Reiter ausgeschickt, um die Angaben zu überprüfen, die der von Brandt zu uns gesandte Reisende gemacht hat. Und in Einbeck habe ich nachforschen lassen wegen der einstigen großen gelegten Feuer – es gab dort nie Brandbriefe vor herzoglichen Brandstiftungen ...«

»Das schrieb schon Luther in Hans Worst«, sagte Papen und zog sein Exemplar hervor, ohne das er anscheinend nie außer Haus ging: »*Und die andern Mordbrenner stecken Briefe, zeigen ihren Namen, warnen ihre Feinde, wogen auch, daß sie dem Henker in die Hände kommen. Aber dieser verzagte Schelm, diese Memme tut alles meuchlings.*«

Immhoff schüttelte sich vor Abscheu.

»Die hiesigen Briefe möchte ich gerne noch einmal alle unter die Lupe nehmen«, bat Volpi. »Und inbetreffs der neuerlichen Drohung ... Ich möchte nicht wieder Euer Geld verschleudern. Aber ...«

»Papperlapapp«, sagte Tilling, von dem man bislang nichts gehört hatte. »Diesmal werde ich es auslegen ...«

Das damit hervorgerufene Schweigen aller Umstehenden war voller Anerkennung. Somit zogen die beiden Größten wieder gleich, in ihrer Aufopferung für die Gemeine.

Jobst dankte Tilling mit einem Blick und sagte: »Verdammt, wie hasse ich das Feuer! Die Rolle des Beobachters möge aber unserem Doktor unbenommen bleiben!«

Er blickte in die Runde und erntete nur Zustimmung.

»Übung macht den Meister. Vom Vititor aus kann man eine Menge beobachten«, sagte Richter.

»Bloß nicht mehr, wenn es dunkel geworden ist ...«, warf Immhoff ein. »Darauf hat *er* es wohl angelegt: Nach Torschluss soll das Geld deponiert werden. Und dann wird er den Schutz der Finsternis abwarten.«

»Wir müssen vor allem davon ausgehen, dass unser guter Hans Wurst das Gelände stets im Blick behält. Er will sehen, ob wir Beobachter einschleusen. Sollte er das sehen, mag er morgen das gleiche Spiel wieder spielen.«

»Ein Fass ohne Boden ...«, orakelte Papen.

»Nicht, wenn wir es geschickt anstellen!«, sagte Bartholdi und skizzierte Volpi mit ein paar Worten das Gelände vor dem Vititor entlang der Seesener Heerstraße: »Früher befand sich dort die Kommende der Johanniter zum Heiligen Grabe, zur Ballei Brandenburg gehörig. Der Wirtschaftshof stand neben den Seilereien. Auf der anderen Straßenseite stand die Rundkirche über der Kaverne. In dem großen Gewölbekeller war die Kopie des Heiligen Grabes von Jerusalem aufgebaut. Als vor einem Vierteljahrhundert die Reepervorstadt fiel, blieb von alledem nur das unterirdische Gewölbe übrig. Der Einstieg liegt inmitten eines Streifens, der mit Gattern eingezäunt ist, um die Schafe und Kühe zurückzuhalten, denn man hat berechtigte Sorge, dass eine Herde samt der Riesengruft einbräche. Rundherum gruppieren sich nur alte Obstbäume und Dickungen aus Schlehen.«

»Wie willst du dort unbemerkt hineinkommen, wenn das Gelände so offen daliegt?«, fragte Volpi.

»Wenn es nur diesen einen Zugang gäbe, erschiene das selbst mir völlig unmöglich«, antwortete Bartholdi. »Aber ...«, er lächelte breit, »... glücklicherweise kenne ich einen zweiten

Einschlupf! Die Ordensmeister wollten keinen kalten Braten essen, deshalb ließen sie einen Küchentunnel anlegen, durch den die Speisen schneller aus der Küche hinübergetragen werden konnten ... Vom ehemaligen Wirtschaftshof führt ein Versorgungsgang zum großen Gewölbe im Untergrund. Ich habe den Einstieg vor Jahren entdeckt, als ich Wiesenschwämme suchte.«

Die Herren lachten. Der Zwerg beim Pilzesammeln ... Unbeirrt von ihrer Heiterkeit spann Bartholdi den Faden seines Planes weiter: »Wenn man das Geld auf einem Höhlenwagen hinausbringen würde, könnten Pietro und ich uns unter einer Plane auf der Ladefläche verbergen. Der Wagen würde an der kleinen Rinne entlangfahren, die seitlich von der Straße verläuft, und wir ließen uns in eben jene Rinne hineinfallen, sobald der Kutscher links einschlägt, um zum Heiligen Grabrest zu kommen. Sodann gelangten wir im Schutz der Rinne zu jenem Loch, durch das wir in den Wirtschaftstunnel einsteigen würden. Der Widersacher sähe nur den Antransport der Gulden ... Der Überbringer des Geldes würde wieder abfahren. Wir dagegen wären schon auf dem Weg nach drinnen und könnten wen-auch-immer erwarten ...«

»Ein Feldherr ist nichts gegen Euch, Herr Großarchivar!«, sagte Immhoff. »So soll es passieren!«

Volpi hatte nichtsdestotrotz ein mulmiges Gefühl bei der Sache. Unterirdische Gänge waren ihm neuerdings äußerst verhasst ...

»Bis die Zurüstungen für die Geldübergabe beendet sind«, ließ er sich gegen Bartholdi vernehmen, »möchte ich mir das Borngräber-Haus anschauen! Ich werde außerdem einen Blick in diesen Borngräber-Druck werfen ...«

Bartholdi versicherte, unterdessen die Vorbereitung des Höhlenwagens genau zu überwachen. Er erklärte Volpi kurz den Weg in die Schalksgasse: »Du gehst die Münzstraße am Ausspann und dem Münzergildehaus vorbei: Nicht nach links zum Marstall! Sondern mehr oder minder weiter geradeaus bis zur Bäckerstraße. Die überquerst du, wendest dich ein Stück nach rechts, um in die Untergasse zu kommen, die gehst du weiter vor bis zur Jakobistraße. Jetzt musst du bloß noch ein paar Lachter nach links in Richtung Mönchehaus laufen, dann bist du an der Ecke zur Schalkgasse. Nicht zu verfehlen!«

Irgendwann, nach dreimaligem Fragen, hatte Volpi es dann doch gefunden. Es war inzwischen ein Pfarrhaus und gehörte zur Jakobi-Kirche, ein schönes, verwinkeltes Haus, in dem sich die junge Monika bestimmt wohlgefühlt hatte. Im ersten Obergeschoss verlief über der Spruchschwelle ein Fries mit großen Pfauenrädern, Blumen, Ranken und Hopfendolden. Im Hof stand ein kleines hölzernes Spiel-Haus, das er für seinen Ziehsohn einst gebaut habe, sagte der Hausherr, der Jakobi-Prediger Wachsmuth. Volpi sah im Garten eine Zielscheibe aus Stroh, die mit Pfeilen gespickt war. Ein Seitengebäude mit eigenem Tor schob sich geduckt in den Blick.

»Darin wohnt und arbeitet Sebastian, Borngräbers jüngster Sohn«, sagte Wachsmuth. »In dem kleinen Haus war vormals die Druckerei und der Verlag seines Vaters. Sebastian hat sich selbst zum Bogenbauer und Pfeilmacher ausgebildet. Es ist kein ehrbares Handwerk, aber es ernährt ihn.«

Was für ein Zufall, dachte er. ... Jobst hatte den Bogenmacher bereits erwähnt, aber nur mit dem Vornamen bezeichnet ... Er verabschiedete sich dankend von Wachsmuth und versprach, der Frau seines Mäzens die besten Wünsche zu bestellen. Ja, und er werde das Gedicht schicken, sobald es vollendet und gedruckt sei! Während Volpi die winzige Gasse entlangging, registrierte er die Schläge der Turmuhr von Sankt Jakobi. Bartholdi war vielleicht schon ungeduldig, nur eine halbe Stunde vor der Vesper ...

Das Heim des Bogenmachers war kein großes, aber schmuckes Haus mit weiten Auskragungen. Im Erdgeschoss befand sich eine breite Durchfahrtsdiele, links und rechts lagen die Wohn- und Schlafräume. Der obere Stock war sicher Speicher, das zeigten die Ladeluken. Das Volpi bekannte Familienwappen, ein von einem Pfeil durchbohrtes Herz, zierte einen der Ständerbalken im ersten Stock. Wie passend für den Pfeilmacher. Überm Tor war ein sehr auffälliger Schalkskopf ins Holz geschnitzt, zur Abwehr böser Geister. Nach dem war die Gasse wohl benannt. Und der Spruch sagte: *Jeder kennt des Tölpels Wuth – schütz mich Gott vor Blitz und Gluth!* Die überlange Zunge des Neidkopfes lief in ein Schlangenmaul aus.

»Wen fürchtet Ihr mehr? Den Teufel, das Feuer oder die Nachbarn?«, fragte er kurz darauf Sebastian Borngräber, der gerade mit dem Tillern eines Langbogens beschäftigt war.

»Wenn Ihr so fragt – die Nachbarn! Aber gegen die bin ich gewappnet, wie Ihr ja seht ...«

Er wies auf die Wände, an denen bestimmt fünfzig fertige Bögen lehnten. Der hochgewachsene, dünne Mann, der zwischen 25 und 30 sein musste, wirkt nicht streitsüchtig. Aber wer sich mit ihm anlegte, hatte es bestimmt nicht leicht. Das Arbeiten und das Schießen hatten ihm deutlich sichtbare Muskeln beschert. Volpi ließ sich geduldig das Tillern erklären. Es komme darauf an, erklärte Borngräber, dass sich der Bogen beim Zug gleichmäßig biege.

»Andernfalls bricht er leicht.«

Die Düfte vielerlei Hölzer erfüllten die Luft, ebenso die Gerüche des Leimes, Bogenwachses und Leinöles. Die Bogenrohlinge standen nach Holzarten sortiert, ebenso die bereits fertigen Bögen – getillert, geglättet, geölt, gewachst ...

»Seid Ihr es gewesen, der das Holz eines gewissen Bogens erkannte, den ich zufällig fand? Was war es noch, äh ... Bohn...« Volpi tat, als erinnere er sich nicht.

Sebastian Borngräber tat es wohl: »Ja! Der Bohnenbaum- oder Goldregenbogen! Ein Prachtstück. Als Daniel Jobst mich danach fragte, fiel es mir nicht gleich ein, doch jetzt erinnere ich mich, dass ich einen solchen Bogen schon einmal sah – vor Jahren nämlich war's, bei einem der fahrenden Feuerkünstler. Der Bogen könnte aus Padua stammen, so wie Ihr!«

»War's ein ähnlicher oder derselbe?«

»Derselbe.«

»Würdet Ihr so einen Bogen verkaufen?«

»Als Bogenbauer würde ich jeden Bogen verkaufen ... Es käme bei diesem ein wenig auf den Preis an. Wenn ich ihn als Schütze besäße und in Gebrauch hätte, dann müsste es mir schon sehr schlecht gehen, bevor ich mich von ihm trennte ...«

»Die Gattin meines Mäzens in Padua ist auch eine geborene Borngräber. Verwandtschaft? Das Wappen ist das Eure ...«, sagte Volpi, und Borngräbers Augen leuchteten auf, als Volpi die Schönheit Monika von Bacchigliones pries und von dem Auftrag erzählte, der ihn nach Goslar geführt.

»Kleine Welt! Das ist die Schwester meines verstorbenen Vaters Jonas, meine nie gesehene Tante! Ihr seid nicht der Erste, der ihre Schönheit rühmt. Meine Großmutter Gundel heiratete einen Glockengießer, doch sie starb bei der Geburt meines Vaters. Mein Großvater nahm Monika und Georg, meinen Onkel mit nach Italien. Jonas Borngräber indes blieb hier, bis das Unglück geschah ...«

»Warum wolltet Ihr das väterliche Handwerk nicht weiterführen?«

»Da Ihr vorhin die Nachbarn erwähntet ... Sie haben meinen Vater verjagt. Und irgendwer würde auch mich verjagen, wenn ich sein Geschäft wieder betriebe. Sie haben ihm den Erfolg geneidet. Und so etwas ist fürchterlich in einer kleinen Stadt ... Schaut Euch nur diese Fenster an! Sie können einem von nebenan auf den Tisch kriechen. Man hat ihm nachgesagt, dass er mit dem Teufel, dem alten Narren, dem bösen Tölpel, unter einer Decke stecke. Der führe ihm die Kelle mit dem Blei, der helfe ihm, gefällige Schrift zu schneiden, der sitze höchstselbst hier, schon viele Abende hintereinander, ihm dieses Buch zu schreiben, in seiner – des Teufels – geschwätzigen Art ... Ja, der Rote sitze hier in der Kemenate und trinke Glühwein mit Jonas Borngräber, bevor er ihm helfe, mit der Kniehebelpresse Bogen um Bogen zu drucken ...«

»Gab es einen konkreten Anlass für eine solche Vermutung?«, fragte Volpi.

»Na, das kleine Buch über den *Brandstifter des Teufels*, das er gedruckt, als die Stadt vor dem Brandstifter Heinrich zitterte – das war der Anlass, und da war's am Überlaufen, das Neid-Fass!«

»Wer hat den *Brand-Tölpel* geschrieben? Nein, ich glaube es hieß ... *Feuer-Tölpel* ...«, stocherte Volpi absichtsvoll im Trüben.

»*Zünd-Tölpel, welches ist: der scharfsichtigen Fledermaus Weheklag und Höllenritt*«, murmelte Borngräber, ganz so, als erinnere er sich an einen ihm äußerst wohlvertrauten Text.

»Sie hätten ihm deswegen beinahe das Dach überm Kopf angesteckt. Daher kann ich das Ding noch immer auswendig. Ich allerdings war noch ein kleiner Junge, und der Verfasser, den ich seinerzeit nur ein einziges Mal gesehen habe, stand damals, in jener kurzen Minute, leider im Gegenlicht. Ich hielt ihn später tatsächlich immer für den Teufel selbst, wohl weil er mir eine teuflisch-süße Frucht schenkte, an deren Saft ich mich besser erinnere als an ihn ... Er sagte: Knete die ledrige Schale vorsichtig, bis alles weich ist wie ein Weinschlauch, dann bohre ein Loch hinein. Das tat ich, und ein roter, herrlicher Saft kam heraus ... Ich kenne den Namen der Frucht nicht ... Meine Mutter kam und schob mich weg. Daher hab ich ihn nicht richtig sehen können.«

Volpi dagegen kannte ihn schon: »Punica ... Ein Granatapfel ... Der Mann muss weit gereist sein ... wie es sich für einen Teufel auch gehört ... Dabei ist der Granatapfel das beste Mittel gegen das Böse: ein Symbol für die Macht Gottes, die Erneuerung der Jugend, die Vollkommenheit, die Reinheit, ja für die Liebe! Wenn Ihr ihn geöffnet hättet, wären Euch viele kleine rot glänzende, saftige Samenkerne erschienen. Der Saft wird mit dem Blut der Märtyrer gleichgesetzt. Im Süden mischt man ihn beim Abendmahl dem Blute Christi bei. Die Kerne stehen für Mariä Tugenden und für die heilige katholische Kirche selbst! Ein probates Mittel gegen Gram und Schrecken ...«

Borngräber lächelte und sprach versonnen, ganz der Erinnerung an den köstlichen Geschmack hingegeben: »Für meinen Vater Jonas kam das Äpfelchen mit der Krone zu spät: Er starb vergrämt und verschreckt, vor ein paar Jahren in Köln. Ich besuchte ihn dort und war dabei als er starb … Er hat noch viele Werke gedruckt, doch reich geworden ist er nicht. Ich hätte es wohl geliebt, das Drucken … und auch das Schriftengießen – nun, aber so ist es eben nicht gekommen. Ich bin's ganz zufrieden, die Bögen zu bauen, erfüllt mich ganz. Ich will nichts anderes tun. Und das Schießen ist das Schönste, was es gibt, nicht wahr?«

Volpi dachte an brennende Wacholderbüsche und sah die leichte Bitternis, die über Borngräbers Gesicht kroch und nicht zu seinen Worten passte.

»So wie das Antlitz meines Vaters auf dem Sterbebett stelle ich mir das Antlitz unseres Erlösers in seinem Felsengrab im heiligen Jerusalem vor: friedlich, fast fröhlich …«

»Erst der Tod heilt alle unsere Wunden …«, konstatierte Volpi, um ganz nebenbei zu fragen: »Ihr habt nicht zufällig das Manuskript jenes Brandbuches noch?«

Borngräber schüttelte den Kopf.

»Der Verfasser holte es sich wieder ab, als der Druck vollendet war. So erzählte es mein Vater oft. Er schwieg stets bleiern darüber, wer das Schriftchen verfasst hat. Der hat ihm eine Menge Geld für sein Schweigen gezahlt. Das ging dann mit der Reise drauf. Und mit dem Kostgeld für mich … Ich bin beim Pfarrer nebenan aufgewachsen.«

Wär ich doch nur auch schon tot …, wünschte sich Volpi, als er neben Bartholdi in dem kleinen Graben aufschlug. Dann bräuchte ich all das hier nicht mitzumachen … Der Wagen mit dem Geld, das in zwei hellen Leinenbeuteln verstaut war, driftete zur Seite weg, während sie einige Augenblicke reglos am Boden in der Kuhle verharrten. Sein Leib tat ihm weh, der betörende Geruch von Erde und Gras jedoch stimmte ihn zuversichtlich. Was immer auch geschehen mochte – Mutter Erde würde ihn mit Freuden aufnehmen.

»Vorwärts!«, wisperte Bartholdi, der jetzt zum Führer geworden war, da er allein wusste, wo es langging ... Am feuchten Boden, floh erschrocken und flinker, als man denken sollte, ein Feuersalamander vor ihren Tritten.

»Diesmal, hoffentlich, gelingt es uns, ihn zu kriegen«, sagte der Kleine, während er durch stichelnde Brennnesseln und klebrige Spinnengewebe hindurch in die kühle, tintige Schwärze des ehemaligen Küchentunnels abtauchte. Volpi folgte im Abstand von drei Kopflängen ... Nachtfalter und Motten umschwirrten sie. Leise und langsam, ohne Licht, tasteten sie sich über verlehmte Backsteine vor. Das Schlurfen an den Seitenwänden erinnerte fatal an die Höllengruben im Rammelsberg ... Da ertönte ein dumpfes Rumpeln direkt über ihnen! Es klang, als ob der gemauerte Tunnel einstürzte!

»Keine Sorge: Wir sind unterm einstigen Kirchen-Vorplatz!«, flüsterte Bartholdi zur Erklärung. Es war das Fuhrwerk, das sie hörten. Sie schlichen zügig weiter vor. Nun drangen leise Geräusche und ein geisterhafter, schwacher Lichtschein von vorn zu ihnen. Sie näherten sich der Einmündung des Ganges in den ehemaligen Treppenschacht. Von dort waren die Speisenträger aufgestiegen, um links durch die Kirchenvorhalle hinüber ins Refektorium zu gelangen. Die Stufen nach oben verschwanden nach der ersten Biegung in einer Halde aus Balken, Lehm und Geröll. Das fahle Licht von links kam aus jener Kaverne, in der die Kopie des Heiligen Grabes gestanden hatte. Jetzt konnten sie deutlich die tappenden Schritte des Kutschers auf der Hauptzugangstreppe hören. Volpi spürte den großen Hohlraum, der bis auf ein paar Mauerreste leer war, am kathedralischen Klang des eigenen Schleichens ... Von links oben senkte sich ein Abglanz späten Tageslichtes herab und signalisierte ihnen, wo sie sich ab sofort verbergen würden – hinter einem fast mannshohen Mauerdreieck, das die Bauleute stehen gelassen hatten, weil es ihnen unheimlich gewesen war: Ein Fries mit einer Teufelsfratze war darin eingelassen, offenbar ein Bildnis zur Abwehr böser Geister ... Der unförmige Halbschatten des Kutschers und seiner kostbaren Last glitt die Stufenkaskade hinunter, huschte am Boden quer durch die quaderförmige Höhle, prallte an die rechts aufragende Wand ... und zerstob auf der düsteren Fläche ... Der Mann überlegte vielleicht, ob es nicht besser und einfacher wäre, einfach mit diesem Reichtum zu verschwinden, dachte Volpi und stellte sich vor, was *er* an des Trägers Stelle denken würde: *Bis sie es gemerkt hätten, diese beiden Verrückten, die er hergekarrt und die dann so plötzlich von der Ladefläche gerollt waren, verging genügend Zeit, um in aller Seelenruhe zu verschwinden ... Weib? Kinder? Was lag daran? Diese süße Beschwernis, dieses gleißende Häufchen Silbergulden ... Was er da trug, das würde es ihm erlauben, ein ganz anderes Leben zu führen! Ein Leben fast so wie ein Fürst, wie ein Edelmann ...* Volpi lächelte. Das Geld war noch immer eine Kupplerin der Hölle, ein Fallstrick der Seele, eine Kette des Satans, ein Gift den Tugenden, eine Mörderin der Liebe, es war der Untergang der Ehrbarkeit und die Verblendung der Justiz ...Wenn *er* den Schurken fing, würde er diese Summe ebenfalls zur Verfügung haben ... Das Lächeln erstarb – wie schnell war man ein wohlhabender Mann ... in Gedanken ...

Der Kutscher keuchte und setzte die beiden Beutel auf dem Steinboden ab. Sein schweres Atmen hallte wie jede kleinste seiner Bewegungen ... Kindisch probierte er den Hall: Hahhhh! Hohhhhh! Hehhhhhhhh! Hihhhhhhhhhh! Der Kerl dachte eher gar nichts, mutmaßte Volpi. Ob er überhaupt begriff, was er da geschleppt hatte? Jetzt sahen und hörten sie ihn schon wieder die Treppe hinaufschlurfen. Die Gäule wieherten, die Räder rollten, der Karren rumpelte, die Wagenplanken knallten und ratterten. Das Gefährt rappelte fort, und es wurde alles totenstill.

Sie standen und atmeten so leise wie möglich. Ihre Augen gewöhnten sich an das schummerige Licht und sahen schließlich bis in den letzten Winkel der tiefen Halle. Die Wände mit den großen Steinquadern erweckten bei dieser Beleuchtung den Eindruck, als gehörten sie zu einem uralten Tempel im gelobten Land. Von draußen kam erst schwach, dann lauter werdend, der Wispelgesang der Grillen, wohingegen die Vögel verstummten. Das Licht schwand, und bald drohte alles im wachsenden Schwarz zu versinken. Wie lange harrten sie jetzt schon der Dinge, die nicht kommen wollten? Volpi suchte einen klaren Gedanken zu fassen, doch wie immer, wenn nichts ablenkte, fielen ihm alle Überlegungen doppelt schwer ... Wie schade, dass sie kein Licht hatten! Das Grillengezirp war der geistigen Präsenz sehr abträglich. Totale Dunkelheit umfing sie fast, und im resultierenden Halbschlaf ließ sich schwer entscheiden, ob die Augen eben noch offen oder schon geschlossen waren. Volpi wachträumte ein so böses Bild, dass ihm der Nacken gefror ... eine schwarze Gestalt stand auf der Treppe ... der Schrecken kribbelte ihm über Arme und Beine ... doch Schmerz, echter Schmerz holte ihn im gleichen Augenblick in die dunkle Höhle zurück! Bartholdi krallte sich so fest in seine Flanke, dass Volpi am liebsten geschrieen hätte. Er riss die Augen auf, so weit es ging ...

»!!!«

Es war kein Traum gewesen: Da stand eine schwarze Gestalt! Unvermittelt und lautlos wie ein Geist oder der Voland war sie erschienen. Mitten auf der Treppe verharrte das Phantom. Es war nur ein dunkler Strich im letzten grauen Licht des Tages. Schräg von oben schimmerte es schwach und unheilvoll ins Grabesdunkel herein. Volpis Haare sträubten sich, ein Schauer überlief seinen Kopf und ging ihm durch den ganzen Leib: heißkalt, eisig-glühend ...

Der Schwarze glitt abwärts, scheinbar ohne die Beine zu bewegen. Er musste einen schwarzen Überwurf oder Mantel tragen ... Langsam näherte er sich dem Grund, den Kopf vorsichtig bewegend. War es gar ein Mönch? Trug er eine Kutte? Es sah danach aus ... Was, wenn er eine Waffe hätte? Allerdings war es ja nur ihre Absicht, ihn im Auge zu behalten ...

Dazu mussten sie jetzt näher heran, denn man sah fast nichts mehr ... Die Erscheinung hatte beinahe die helleren Flecken erreicht – mehr stellten die Beutel mit dem Silber von ihrem Standpunkt aus nicht dar ... Vorsichtig setzte Volpi Fuß vor Fuß. Das Schnuppern einer Maus hätte dort geklungen, als schnobere ein Wildschwein ... Leise also, leise! ... Es ging auch sehr gut. Völlig lautlos. Der Schwarze bückte sich ... Da aber stolperte Bartholdi sehr geräuschvoll über einen Stein:

»!!!«

Ein heftiges Einatmen war von dem Schemen zu hören, dann ein spitzer, halb unterdrückter Schrei. Volpi sah ihn sich rasch nach oben entfernen.

»Verflucht!«, zischte Bartholdi.

»Hinterher!«, befahl Volpi, schon im Laufen.

Als er endlich am Fuße der Treppe anlangte, sah er den Schatten gerade noch oben an der Lichtöffnung verschwinden. Volpi hastete hinauf. Bartholdi hinter ihm bemühte sich nach Kräften, aber er stolperte permanent. Die kurzen Beine passten nicht zu diesen vorzeitlich hohen Steinstufen. Dann lag er wirklich quer und schrie: »Verd... Lauf weiter! Ich komme nach ...«

Volpi erreichte den oberen Ausstieg und sah sich fieberhaft um. Draußen war es noch immer heller, als er drunten vermutet hatte. Er konnte eben noch sehen, wie der Schwarze zwischen den Schlehenbüschen verschwand – und stürzte ihm nach.

Was für eine Dickung, wie geschaffen für eine Flucht! Doch ... was war das? Volpi erschrak zu Tode: Der andere stand direkt vor ihm ... und nahm die Kapuze seines Capes ab ... !

Er war wie vor den Kopf geschlagen ... Er begriff gar nichts mehr ... Sie dagegen schien weit weniger erstaunt zu sein:

»Warum erschreckst du mich derart?«

»Sibylle?«

»Weshalb dieser Ansturm aus dem Dunkeln? Ich wäre fast gestorben ... Außerdem glaubte ich, dass da noch ein wilder Hund sei ...«

»Das war Bartholdi. Was soll das? Was tust du hier?«

»Was tut Bartholdi hier? Brauchst du einen Anstandswächter?«

»Wie? Hast du etwa mit mir gerechnet? Wie kommst du dazu? Wie kommst du hierher?«

»Dieser Zettel hier! Natürlich habe ich mit dir gerechnet! Mit wem denn sonst? Mit Bartholdi allerdings nicht ...«

»Lass mal sehen!«

Sibylle Herbst reichte Volpi ein winziges Blatt.

»*Triff mich im Heiligen Grab, nach dem Finsterwerden. V*«, las er. »Was für eine ...«

Weiter kam er zunächst nicht, denn er spürte ihre Lippen auf den seinen.

»Welche ...«

Aber ihr Kuss schnitt ihm wieder das Wort ab.

»Wie ...?«

Sie raubte ihm den Atem.

»Das ist nicht meine Handschrift!«, brachte er endlich beim nächsten Luftholen heraus. »Ich hab das nicht geschrieben!«

»Was?«, fragte sie entgeistert. »Wer denn dann?«

»Ich war's auch nicht!«, keuchte Bartholdi, nachdem er die Büsche mit den Armen geteilt hatte, und fügte hinzu: »Ich habe alles gehört. Aber den Streich hat euch ein anderer gespielt ...«

»Aber wer? Warum?«, fragte Volpi, von heftigen, widerstreitenden Gefühlen heimgesucht. »Wer weiß von ... uns?«

»Die ganze Gemeinde ...«, sagte Bartholdi schelmisch. »Der Bürgermeister selbst hat darauf angespielt ...«

Das stimmte. Sibylle Herbst hielt die Augen niedergeschlagen. Volpi war hingerissen von der Vorstellung, dass sie zu ihm gekommen war, und sei's auch auf eine Botschaft hin, die nicht von ihm stammte ... Sie hatte also die eigenen Zweifel niedergekämpft, und er musste dem Unbekannten gar noch dankbar sein! Allerdings ... und dieses *allerdings* wog schwerer als sein Entzücken über ihre Gegenwart: Wer immer ihr diese Botschaft zugespielt hatte, schien auch an ihrer Bloßstellung Freude zu haben. Weshalb hegte er die Absicht, ihrer beider Ruf zu schädigen?

»Hast du eine Ahnung, wer das getan haben könnte?«, fragte er sie. »Du bist so nachdenklich ... Weißt du vielleicht etwas?«

Sie zögerte kurz, dann verneinte sie entschieden und sagte: »Seltsamer Scherz ...«

»Wie bist du aus der Stadt hinausgekommen? Wo alle Pforten bewacht werden?«, fragte Volpi.

»Ich geh schon mal hinunter, das Geld bewachen«, sagte Bartholdi. »Ihr werdet sicher froh sein über ein paar Augenblicke ganz allein ...«

Sie küssten sich, sobald er weg war. Dann antwortete sie: »Es gibt durchaus Pforten, wo es möglich ist, den Wachen zu entwischen. An der Pforte neben dem Kötherturm etwa schlafen sie oft ... Und am Schweineturm, wo ich heute hinausgeschlüpft bin, ist es meistens ganz leicht, da sitzen sie drinnen beim Kartisieren: Man klettert derweil ins Gatter für die Borstenviecher und kommt ganz unbemerkt von den Kartenspielern durch die Schweine-Klappe auf den Wall. Von da läuft man zur Schweinepforte an den Zingel, also die Feldmauer, da waren heute gar keine Wachen. Dort also sind ...« Sie zögerte kurz, bevor sie fortfuhr. »... Otto und ich öfters hinaus, wenn wir spät noch in den Garten wollten ... Es ist übrigens schön, in der Nacht draußen zu sein ... irgendwo am Berg ...«

Wenn er sich das vorstellte ... Auch bei der Umarmung, die sie ihm anschließend schenkte, vergaß er, was ihnen passiert war ...

Da rauschte es, und Bartholdi stand schon wieder da – viel zu früh, dachte Volpi ärgerlich.

Aufgeregt stieß der Großarchivar aus: »Der Schurke hat uns ausgetrickst: Die Beutel mit dem Silber sind verschwunden! An ihrer Stelle lag das hier ...«

> <u>Einem hochwohllöblichen Rat zu G.</u>
>
> Da die Herren partout nicht auf uns hören wollen
> und uns wieder gewitzte Aufpasser schicken,
> die nur mit vielem Glück zu überlisten sind,
> müssen sie jetzt etwas anderes löschen
> als den scheint's zu großen Durst ...
> Und allen wird's warm ums Herz.
>
> *H. W. und die Seinen*

»Kreuzverflucht ...«, murmelte Volpi.

»Ich schleiche mich zurück«, sagte Sibylle. Das wurde ihr zu bunt.

Volpi war nahe dran, die Beherrschung zu verlieren. Die Sache machte ihn wild ... Nur Sibylle Herbsts Gegenwart hielt ihn davon ab, laut aufzuschreien. »Nichts da!«, sagte er, äußerst beherrscht. »Wir begleiten dich! Am Ende lauert der Gauner dir noch auf ... außerdem lenken wir die Wachen ab. Uns müssen sie reinlassen, und du sollst nicht noch entdeckt und angezeigt werden ...«

Sibylles Gesicht entspannte sich.

»Und ...«, forschte sie: »... der Zettel, mit dem er mich herbestellte ...? Mich peinigt die Vorstellung, dass du deswegen in übles Licht kommst!«

»Dass wir des Geldes verlustig wurden, erklären wir anders«, sagte Volpi. »Nicht wahr, Herr Großarchivar?«

Bartholdi lächelte schwach und fasste zusammen, wie es *wirklich* gewesen war: »Man sah die Hand nicht mehr vor Augen! Als wir vordrangen, um mehr zu sehen, waren die Beutel fortgeräumt!«

Er konnte nicht umhin, hinzuzufügen: »Ihr habt, teure Freundin, schon genug üble Nachrede zu erleiden, meinem Freunde sei Dank«, was Volpi mit Schnauben, Nicken und Seufzen bekräftigte.

»Oh nein, nicht ihm allein!«, wandte Sibylle ein, Volpi zärtlich am Arm fassend. »Es ist auch meine Schuld ... doch vor allem *seine* ...«, sagte sie, zögerte abermals, um anzufügen, »... Ottos ... dessen Untreue alles Übel verursachte ... für ihn, die Schwalbe ... und ... und für mich ...«

Und so war dem Bruder der Beelzebub erschienen, und er hatte mit ihm einen Handel geschlossen, damit er auch in die Hölle käme und mit dem höllischen Feuer Umgang pflegen könne, und er sah von da an im Dunkel ebenso gut wie die scharfsichtigen Fledermäus und musste zudem nie mehr ohne den Rat des Dämons sein. Er fragte darum seinen bösen Geist, der fortan nie mehr von seiner Seite wich, vielmehr anhero wie ein Vampyr an seinem Ohre saß und ihm einredete, nach der Substanz, Ort und Erschaffung der Hölle, und wie es damit beschaffen sei. Der Geist gab ihm allso Bericht: Sobald sein Ober-Herre, der Engel Luciferus selbsten, welcher lange Zeit den Morgenstern am Nachthimmel heraufgezogen und einst König zu Babel und Tyrus gewest – zu Fall gekommen sei – gleich zur nämlichen Stund wäre ihm die Höll auch schon bereitet worden – die da wär eine Finsternis, allda der Lucifer mit Ketten gebunden läge bis zum Jüngsten Gericht. Der Geist sagte: „Darinnen ist nichts anderes zu finden als Nebel, Feuer, Schwefel, Pech und anderer Gestank; so können wir Teufel auch nicht wissen, in was Gestalt und Weise die Helle erschaffen ist, noch wie sie von Gott gegründet und erbauet sei, denn sie hat weder Ende noch Grund; einst hat die alte Heidengöttin Hel darin gehaust, woher ihr Nam sich schreibet, und dies ist mein kurzer Bericht!" Der Geist musste dem Bruder, welcher sich leichtfertig dem Bösen verschrieben, auch berichten von der Teufel Wohnung, Regiment und Macht über die verschiedenen Weltkreise. Der Geist respondierte und sprach: „Die Hellen und derselben Quartier ist unser aller Wohnung und Behausung, und ist so groß wie

*das Weltreich selbst. Über der Hell sind zehn Königreiche: Lacus mortis, Stagnum ignis, Terra tenebrosa, Tartarus, Terra oblivionis, Gehenna, Herebus, Barathrum, Styx und Acheron. Darin regieren die Teufel, Phlegeton genannt. Und sind unter ihnen vier Regiment königlicher Regierung: als Lucifer in Oriente, Beelzebub in Septentrione, Belial in Meridie, Astaroth in Occidente; und diese Regierung wird bleiben bis in das Gericht Gottes. Also hast du die Erzählung von unserem Regiment."
Und der Bruder schwieg und war mundtot nach so vieler und genauer Beschreibung und wünschte nur, bald hinzukommen in die Helle und tat alles dazu, indem er seine Pfeile vorbereitete, um die Stadt in Brand zu schießen, wie ihm der Einsprecher befahl! Und er stellte sich das Feuer nur so recht vor, und auf einmal war er selbst darinnen, mitten in der Hell, und der Flammen Gerassel, ihr Gepränge und Glut und Funkenstieben waren um ihn, und es wärmte ihm die Seel, sodass ihm gar der wilde Heinz, der ihm stets verhasst gewest, wie der Schoßhund des Lucifers vorkam, der sich an den brennenden Städten wie an den glimmenden Scheiten eines Kaminfeuers erfreute, und so spannte er seinen Bogen, um es dem Herzog und dem Lucifer leichter zu machen und auch damit ihm selber warm würde, wo doch der Frost, der ihm an dem Herzen fraß, ihn gar zu verzehren drohte, wenn er es nicht täte ... Und die Flammen schossen hoch und die Menschen schrieen, und er war darob froh und glücklich und hörte ihr Schreien gleichwie das Jauchzen und Singen der vielfach geflügelten Cherubin mit den Wolfsköpfen und Flügeln der gefiederten Mäus ... Und allen wird's warm ums Herz ...*

Volpi legte das Buch aus der Hand und sagte: »Das ist viel übler, als ich befürchtet habe!«

Bartholdi sah kurz auf, machte sich dann ziellos weiter an einigen Aktentürmen in seinem Archiv in der Marktkirchensakristei zu schaffen, um die Nerven zu beruhigen. Sie hatten eine schlimme Abendstunde in der geisterhaft erleuchteten Ratsstube verbracht, wo ihnen Immhoff und Richter, Tilling, Jobst und Papen sehr unangenehme Fragen zum genauen Hergang ihrer neuerlichen Übervorteilung gestellt hatten. Jetzt trat der Großarchivar an den kleinen Tisch, blickte erst auf die Brandbriefe, die vor Volpi lagen – nebst der falschen Nachricht für Sibylle –, dann auf das Buch, den *Zünd-Tölpel*, schließlich auf den Freund.

»Schlimmer als befürchtet? Was meinst du damit?«, fragte Bartholdi.

»Er war es und er ist es!«

»Deine Rätsel lösen nicht mal die Sphinx ... Wer war was?«

»Schau hier: Was steht im heutigen Brandbrief?«

Bartholdi las die Stelle, auf die Volpis Finger wies: »*Und allen wird's warm ums Herz.*«

»Und nun lies mal diese Zeile im Buch ...«

»*Und allen wird's warm ums Herz* ... – das hat er eben abgeschrieben ... Alles, was du damit belegen kannst, ist, dass der Brandstifter das Ding gelesen und sich den Feuer-Tölpel zum Vorbild genommen hat.«

Volpi schüttelte den Kopf.

»Das ist nicht alles. Eine innere Stimme sagt mir ... Der Kerl war damals jung. Jungspundig und ungehobelt ist sein damaliges Buch. Zu dumm, dass der Sohn des Druckers ihn bloß gegen das Licht sah. Bedauerlich auch, dass unser Autor das Manuskript wieder einforderte... Er ist unterdessen älter geworden, und sein Stil hat sich entwickelt. Das ist quasi natürlich, wenn beim Schreiben überhaupt etwas Natürliches ist ... Heute schreibt er viel besser, aber das alte Buch mit all den Feuer-Ideen und all dem Teufelszinnober – ist nicht bloß eine Geschichte, die er sich ausgedacht oder die er abgeschrieben hat ... Das ist noch in ihm drin! Arbeitet noch in ihm!«

Bartholdi war nicht überzeugt.

»Bloße Vermutungen, wie ich sie bei einem Logiker der angesehenen Paduaner Universität nicht für möglich gehalten hätte!«, spottete er. »Nenn mir nur einen triftigen Grund für die

Annahme, der Autor dieses Volksbuches sei der jetzige Erpresser, Schalks-Narr und Kassierer?«

Volpi wand sich, als fiele es ihm schwer, sich an akademische Termini zu erinnern. Aber den Vorwurf des Unlogischen wollte er nicht auf sich sitzen lassen.

»Der Herr Großarchivar weiß eben auch nicht alles! Schon Aristoteles kennt den apagogischen Beweis, die *demonstratio apagogica*, nachzulesen im zweiten Buch der Ersten Analytik, pagina 25, Absatz 69a. Die Apagoge ist eine Hypothese, die vom Einzelnen auf eine Regel – also in unserem Fall: von beobachteten Handlungen und Ereignissen auf ein Muster in den Gedanken des Unbekannten – schließen lässt.«

»Ich verstehe, was du sagen willst. Unsicherer Grund.«

»Richtig, die Logik ist für das normale Leben ungeeignet. Die Apagoge – oder abductio, wie ich sie nennen will: die Abspreizung – gibt die Richtung vor. Menschen sind keine Mechanismen. Eine intuitive Logik ist alles, was uns zur Beschreibung menschlicher Handlungen weiterhilft. Und ich würde meine Hand dafür ins Feuer legen, dass ich hier richtig liege!«

Bartholdi bewegte all dies sichtbar im Kopf hin und her, bevor er rekapitulierte: »Nun denn, sagen wir erstens: Der jugendliche Verfasser des *Zünd-Tölpels* schilderte eigene Erlebnisse und Erfahrungen. Sagen wir weiter: Er lebt noch. So ist er nunmehr kein närrischer Junge mehr, kein Tölpel, kein Teufels-Narr. Wenn ihm also der Teufel noch immer oder wieder einflüstert, dann wird ein waschechter Feuer-Teufel aus ihm geworden sein …«

»Du hast es erfasst! Heute hat er uns wieder kalt erwischt, und jetzt will er Ernst machen, weil das seinem eigentlichen Bestreben am besten entspricht. Es geht ihm nicht um das Geld, es geht ihm um das Feuer! Wie du übrigens selbst schon im Rathaus vermutet hast – beim ersten Fehler, den wir machten, wartete er noch, weil das den Reiz erhöhte. Das Geld gab's hinzu, wunderbar … Doch er will Goslar brennen sehen, ganz gleich, was mit ihm geschieht. Kein Spießgeselle des Herzogs … sondern ein Spießgeselle des kleinen Teufels, der ihm im Nacken sitzt, ist er!«

»Doch du redest irgendwie wie Sprenger oder Institoris, und der Schluss läuft auf summis desiderantes affectibus hinaus ... Glaubst *du* etwa an Hexerei, an Teufelsbund und böse Einflüsterung?«, fragte Bartholdi, noch immer zweiflerisch.

Volpi sagte mit ernster Miene: »Ich glaube wie du und wie jeder gute Christ an die Existenz des Bösen. Gott hat das Böse in die Welt gesetzt, die Menschen haben sich die Schlange nicht selbst erschaffen ... Gott hat uns die Aufgabe gestellt, das Böse im Zaum zu halten. Wer weiß, vielleicht nur, damit uns die Langeweile nicht umbringt.« Er pausierte kurz. Den Gedanken sollte er in einem Traktatus weiter verfolgen. »Ich habe bei Beer, dem Narrenspitalsarzt, gelesen, dass es kranke Geister gibt, die sich am Feuer Lust verschaffen. Es kann wohl aus Neid, Wut oder Trauer gelegt werden – ganz davon abgesehen, dass einer, der vorm Ruin steht, diesen gern noch selbst mit einem Zündspan augenfällig macht, sozusagen als letzten reichen Augenschmaus ...«

»Und so glaubst du, ist es bei ihm?«, fragte Bartholdi. »Im Feuer löst sich alles, was ihn bedrückt – und er empfindet auch noch Lust dabei?«

Volpi wedelte mit der Broschur in seiner Hand.

»Ja, etwas schlummerte in ihm – ein Keim des Bösen war angelegt, war schon einmal durchgebrochen. Mit dem Schreiben bezwang er den bösen Trieb. Doch es schwelte im Untergrund, das Böse, und wartete auf eine neue Gelegenheit, wieder hervorzutreten ... Jetzt funkt und stiebt es wieder. Wo andere direkt töten, was ihnen tötenswert erscheint, muss er sich größere, flammende Lust verschaffen! Allein das große Feuer mag das namenlose Leid aufwiegen, das ihm angetan wurde. Irgendeine handfeste Erschütterung der anima, oder Psyche oder Seele, nehme ich an, hat die einsprechende Stimme wieder in sein Ohr kommen lassen. Er meint wohl, dass es Beelzebub persönlich ist, der Unterteufel in septentrione. Das Böse ist so schwer zu greifen, es verflüchtigt sich bei Annäherung, es ist vage, unberechenbar ... Doch hierüber wird uns der Feuer-Teufel selbst mehr Aufklärung geben müssen, wenn wir ihn erst dingfest haben!«

Bartholdi hatte schweigend zugehört. Über seine Stirn waren Rippeln und Furchen gelaufen, aber endlich glättete sie sich.

»Mir kommt eine Idee, wie wir den Schreiber der Brandbriefe vielleicht ausmitteln könnten ...«

Der Großarchivar des Rates holte dicke Kladden heran und ließ sie staubend und geräuschvoll vor Volpi auf den Tisch fallen.

»Indem wir das hier durchsuchen! Das Steuerregister und die Geburtsbriefe! Dazu all die Supplikationen und die Memorials, die der Rat von Bürgern erhalten hat ... Irgendetwas Schriftliches gibt es von jedem.«

Volpi stöhnte sogleich, als er die gewaltigen Stöße sah. »Zwecklos: Er wird seine Schrift verstellt haben ...«

Aber Bartholdi konnte ebenfalls hartnäckig sein, wenn er von eigenen Ideen überzeugt war. »Auch in der Verstellung bleibt manches unverkennbar – seine Handschrift kann man nie ganz verleugnen!«

Volpi hätte sich Schlimmeres vorstellen können, den Abend zu verbringen. Allerdings auch bedeutend Schöneres ... Der Duft von Sibylles Haar betäubte ihn noch als bloße Erinnerung ... und er hätte liebend gerne in seiner Kammer gesessen und gedichtet ...

»Den Versuch mag es wert sein ... Was bleibt uns schon zu tun? Ich will kein weiteres Mal wie ein Tölpel dastehen – vor Tilling ... und den anderen, wie vorhin ... als wir unsere Niederlage eingestehen mussten ... oh bitte, nicht noch einmal ...«

Bitte, Herr, nicht erneut! Nicht noch einmal, Gott! Oh ... es war wie Sibylle Herbst dachte: *Er* verlor den Verstand! Und sie hatte Angst, ihr könnte ein Gleiches widerfahren ... Der Gedanke, Volpi zu hintergehen, indem sie ihm vorenthielt, was sie über *ihn* wusste, war so peinigend ... Was hingegen geschehen würde, wenn sie dem Mann, den sie zärtlich zu lieben begann, alles offenbarte ... auch was sie selbst getan ... das war nicht minder grauenhaft! Verschwieg sie ihr Wissen, starben vielleicht noch viele – verriet sie *ihn,* so hatte sie seinen Tod auf dem Gewissen und ging Volpis Liebe verlustig ... Sie weinte. Was würde er von einer Verräterin denken – einer ... und wie über eine Ehebrecherin? Was hielte er wohl von einer Frau, die den Tod ihres Gatten billigend in Kauf genommen hatte, obwohl sie gewusst haben musste, dass ihr Geliebter zu allem fähig war? ... Gleichviel ... was machte das alles noch aus? Wenn der Scheiterhaufen erst aufgeschichtet wurde – spätestens dann –, käme ja alles heraus. So wie sie Volpi einschätzte, würde es nicht mehr lange dauern. *Er* würde einen Fehler machen und besäße wohl kaum die Güte bis in den Tod über sie zu schweigen. Sie setzte sich an den Tisch im Erkerzimmer und schrieb ... und nutzte, dem Nachtwächter gehorchend, der sie aufforderte, das Licht zu löschen, schließlich den wachsenden Mond als Lampe. Unablässig liefen die Tränen. Was sollte aus dem kleinen Otto werden, wenn sie nicht mehr war? Sie würde Volpi den Sohn aufbürden müssen – eine andere Lösung fiel ihr nicht ein. Er würde ihn versorgen müssen, oder in ein Kloster schicken ...

Donnerstag, 2. Juni 1552

Drückend war es, die Eichen im Hainholz standen wie stumme Mahner. Kurz vor der Frühmette regte sich kaum ein Lüftchen, die Baumkronen schwiegen. Aber graublau zog es am Himmel auf. Das Zucken im Kopf war wieder da, und er roch den Brand bereits. Er bezwang das Zittern der Hände und auch das heftige Atmen ... War doch der Schwefel sein Element! Was sollte da das Keuchen? Er ließ das Pferd unter den Eichen zurück, schlich den Hang hinab, nutzte geschickt die Büsche und Feldraine aus, um stets verborgen zu bleiben. Er querte die Kupferrauchgasse, immer zum Truwerdich und zum Klaustorturm lugend, ob die Wachen ihn sähen. Auch am Torhaus auf dem inneren Wall standen sie. Er kam an den alten Schlag, der früher die Zufahrt zum Bergdorf abgesperrt hatte. Die einzigen Wächter, die es dort draußen gab, waren die großen Wacholderbüsche auf der Brache. Er erreichte einen Punkt nahe der Feldmauer, wo ihn von drinnen keiner mehr sah und die Stadt auch für ihn verschwunden war. Vor ihm erhob sich nur die Wand aus Stein.

Er spannte die Sehne mehrfach und entspannte sie wieder. So bereitete man die Muskeln und das Gerät vor. Er ließ den Bogen sinken, den besten von all den vielen, über die er gebot, und lauschte. Auf dem Kückenwall vorm Feuergraben wieherten die Pferde. Gestern hatten die Gildeschützen noch dort gestanden und geübt. Er hatte sie gesehen ... auf dem Weg hinauf. Hatte kurz verschnauft, und dann das schwere Geld wieder geschultert. Zwischen Mauer und Zingel zu üben, war ihnen wohl sicherer vorgekommen als draußen vor der Stadt. Der Herzog war von Gitter her im Anmarsch ... Inzwischen war er da. Er schloss die Augen, ein Wirbel hatte ihn erfasst ... das brandete heran, Unwetter und wildes Heer – seine Verbündeten! Die dämonischen Gewalten! Auf seiner Seite waren sie ... ja, gänzlich ohne Furcht konnte er sein. *Nur ohne Fehl, nur unverkrampft, mein Herz!* Skrupel und Bedenken, all die kleinen Engelchen, die guten Würmer des Gewissens mühten sich umsonst. Wie ein leichtes Kribbeln an den Waden waren ihre Bisse, und es machte ihm Spaß, diese kraftlosen Quälgeister im Geiste abzustreifen und an den Steinen vor sich zu zerquetschen ... Erlebnisfetzen des vergangenen Tages schwebten ihm vor Augen. Ihre Verwirrung über die falsche Nachricht, er hatte sie verfolgt ... Wie bereitwillig war sie auf die vermeintliche Einladung des Italieners hin nach draußen geeilt, wie billig hatte sie alle Gefahren des Entdecktwerdens in Kauf genommen ... Er hatte sie gesehen, bevor sie ins alte Heilige Grab hinabgestiegen war – die verborgene Bedeutung war ihr gar nicht aufgeleuchtet ... Zu Grabe hatte sie ihre Liebe getragen ... Und er hatte die lodernde Leidenschaft der beiden beobachtet, trotz der seltsamen Zusammenführung ... Diese letzten schlagenden Beweise ihrer Abkehr von ihm hatte er sehen müssen. Es war keine Geißelung, sondern Erfordernis, ersehnte Klarheit, dem Gebot der Reinheit geschuldet. Nun würde ihm nichts mehr die Glut verkühlen ... *Worauf wartest du*, fragte ihn der Andere, der *ganz* Andere, der nahe an ihn herangetreten war, sodass er den Eiseshauch spürte, die Kälte der Einrede: *Du wartest doch nicht etwa auf den ersten Blitz? Wie töricht wäre das ... Müssen ja schneller sein als das Ungewitter, und auch schneller als der irdische Höllenfürst, der am Steinberg drüben schon steht – das sind wir unserer Ehre schuldig! Gott selbst ist's doch, bedenke es stets, der dies verhängt – auch wir sind seine Diener* ... Im Guten wie im Bösen geht nichts ohne IHN. Und, ganz unvermutet, sah er sich den Brief schreiben, während er die kleine Lampe mit dem Zündbesteck entflammte ... Vor zwölf Jahren den ersten! *Erinnerst du dich, mein Freund?*, fragte die einschmeichelnde Stimme in seinem Ohr. *Damals haben wir uns kennen gelernt, weißt du noch?* Natürlich, das wusste er freilich, er erinnerte sich gut ... Fünf Jahre, bevor Sibylle geheiratet hatte ... eine erhabene Begegnung ... doch zur Unzeit erfolgt ... Bloß voller Angst war er gewesen, nach diesem Brief, den er geschrieben und angeheftet hatte an die Ratsdielentür. Höllenängste hatte er damals ausgestanden, bis Gras über die

Sache gewachsen war. *Es war zu früh!*, flüsterte die Stimme im Ohr, *Gott hat's verhängt, doch du ... Du warst noch zu schwach, ja, zu klein ... Aber – es hat dir ja keiner verübelt! Es ist noch kein Meister vom Himmel gefallen ... kein weißer und auch kein schwarzer ... Immerhin, so übel du damals auch geschrieben hast ... hat der Schwarzkünstler von Drucker doch gut verdient an deiner Kunst! Aber das Schreiben und das Machen ... sind zwei paar Stiefel. Alles, mein Lieber: ALLES will gelernt sein ...* Er nickte für sich. *Du hast schließlich noch schöne Jahre verleben dürfen, nicht wahr? Denk an sie, an dich, euch beide! Oh, das müssen schöne Jahre gewesen sein ... Ich kann es nicht anders annehmen, nach dem Bild, das ihr einst am Hang abgegeben habt ... Waren ein Darlehen, ein Vorschuss, die Jahre, will ich doch meinen, ein reicher, angemessener Lohn für den heutigen Tag, für den heutigen ... Schuss ...* Das alles hörte er und sah sich und sie wieder liegen, bei einander, einander bei ... *Du tust's und Gott verhängt's*, dachte er und dehnte wohlig die Rückenmuskeln. Der Andere klopfte ihm schalkhaft an den Kopf und verschmolz wieder mit ihm. *Du tust's und Gott verhängt's!* Er fühlte die Kühle in sich aufsteigen und hob den Bogen an. Langsam fuhr er mit der Pfeilspitze durch die Flamme der Öllampe: Hell loderte es auf, wärmte ihm Herz und Sinne. Und er zog die Sehne, bis die Feder des Pfeils an seinem Ohr kratzte und der Knöchel des Daumens das Schläfenbein berührte ... Das Feuer stand ihm vor Augen. *Du tust's und Gott verhängt's,* dachte er. Er hörte es den Anderen flüstern. Die Sehne schnappte, surrte, stand wieder still. Mit einem Zischen verschwand der Pfeil durch die Luft – fast als ein zündender Gedanke nur ... und das Lachen tönte in den Sphären. Der Andere hatte ihm die Hand geführt und lachte nun über den Gesang, der von drinnen tönte. Auch die Schwäne sangen, bevor sie starben.

»Angriff!«, kam es hysterisch vom Truwerdich.

Jetzt mussten sie ihn den Berg hinauflaufen sehen. Aber das kümmerte ihn nicht.

Tannenwedel und Buchenzweige striegelten die Pferde, die sich mit ungelenken Tritten über Steine, strohiges Vorjahresgras und quer liegende Äste hinwegsetzten. Auch die Reiter hatten mit dem Gelände schwer zu kämpfen, wollten sie nicht unversehens abgeworfen werden. Heinrich II., der Jüngere – Herzog zu Braunschweig-Lüneburg, Fürst von Braunschweig-Wolfenbüttel –, quietschte leicht in den Scharnieren seiner Rüstung. Die Goslarer schanzten am Steinberg. Das wollte er sehen und sie gehörig erschrecken, gepanzert wie in Zeiten der Kreuzzüge, denn wenn auch er eine Sache nicht vertragen konnte, dann waren es heimtückische Angriffe ...

Im Land wimmelte es von Missliebigen – Volk, das ihm an den Kragen wollte! Geschmeiß! Eine Stechfliege hatte ihn gestochen, irgendwo unter dem Kürass. Zwei Mann ritten voran, zweie ihm nach und zwei zu seinen Seiten. Das Gelände war wie geschaffen für einen Hinterhalt oder einen heimlichen Attentäter. Keinen Zoll weit konnte man sehen, die immergrünen Nadeln waren dicht wie ein Wandbehang. Wie leicht aber stach ein Schwert hindurch, wie lautlos indes durchflog sie ein Armbrustbolzen ... Die dunklen Tannenmauern waren unregelmäßig mit Buchen durchwachsen, deren frisches Laub kleine Lichter setzte. Heinrich hatte schon einiges mitgemacht, hatte in Schlachten gekämpft, war gefangen und eingesperrt worden ... In der Hildesheimer Stiftsfehde hatte ihn nur der Kaiser retten können, im Bauernkrieg war er schon routinierter vorgegangen. Die Schmalkalder hatten ihm am übelsten zugesetzt ... Die Wasserfestung Ziegenhain war nun freilich so schlimm nicht gewesen, schließlich war er nicht irgendwer! Ein elastischer Tannenast, den sein Vorreiter zur Seite gedrückt und achtlos fahren gelassen hatte, kam ihm forsch entgegen und schlug ihm hart vors Visier.

»Verd...«

»Gleich haben wir es geschafft, mein Herzog«, sagte Balthasar von Stechow, und über diese Ankündigung vergaß Heinrich sogar, den Hauptmann von Wische wegen seiner Tannenwedel-Unachtsamkeit zu maßregeln.

Im letzten Vierteljahrhundert hatte er die Goslarer nicht mehr oft zu Gesicht bekommen. Bei der letzten Belagerung hatten sie ihn ausgetrickst. Aber diesmal ... war er sich seiner Sache sicher. Jetzt würde er kein Erbarmen kennen, würde die Stadt aushungern, ihr das Wasser abgraben, sie beschießen, die Mauern einnehmen, niederreißen, alles niederbren...

Heinrich der Jüngere traute seinen Augen nicht, als er ins Freie kam und übers Tal hinweg den Rauch am Himmel stehen sah. Eine dicke schwarze Säule wuchs aus der verhassten Stadt: Das widerspenstige Goslar, das ihn so viele Jahre zum Narren gehalten hatte – da lag es wehrlos und stand an einem Ende in Flammen! Für einen Augenblick war der Fürst fasziniert. Die Stadt knisterte schwach in der Ferne. Als hätte er sie mit seinem Blick in Brand gesteckt ...

Dann zog er die Stirn kraus und fragte seinen Adlatus Stechow: »Hab ich das befohlen?«

In der Frühmette sangen sie. Gerammelt voll waren Dom, Marktkirche, Sankt Peter und Paul, Sankt Stephani, Sankt Jakobi ... Der wilde Heinz stand vor der Stadt! Jetzt war die Zeit des Wartens vorbei! Und ihr Sprechgesang schallte bis weit über die Mauern hinaus. Ihr Widersacher sollte es hören, doch vor allem der HERR. Zeile für Zeile wurde vorgelesen, bevor alle kraftvoll intonierten:

> Höre, Gott, meine Klage,
> Behüte mich vorm grausamen Feind.
> Verbirg mich vorm versammelten Bösen,
> Vorm Haufen der Übeltäter!

Bartholdi legte alle Inbrunst in seine hohe feine Stimme, desgleichen tat – in tieferer Tonlage – Volpi, der neben dem Großarchivar und Jobst, neben den Bürgermeistern und den Räten in der Marktkirche stand:

> Ohne Scheu beschießen sie uns,
> sind kühn mit bösen Attacken!
> Erdichten Schalkheit und haltens heimlich,
> verschlagen und haben geschwinde Ränke.

Volpi dachte an das magere Resultat ihrer schlafraubenden Schriftenvergleiche. Eine nicht zu verkennende Ähnlichkeit mit der Schrift der Brandbriefe hatte die Schrift des toten Otto Herbst gehabt ... und auch des toten Adeners Schrift war sehr ähnlich ... Günter Stobeken lebte, und seine Schrift zeigte ebenfalls eine große Nähe, besonders im Abstrich und beim großen A. Nicht anders verhielt es sich mit dem Aufstrich und dem kleinen g in den platzgreifenden Schwüngen von Martin Brandt ... Aber deutlich war das alles nicht. Und jede Menge weiterer nichtssagender undeutlicher Entsprechungen hatten ihnen die Sinne verwirrt, bis sie überall Ähnlichkeiten gesehen und die Idee verabschiedet hatten ...

> Doch auch der HERRE Gott wird schießen!
> Und jeder Pfeil wird bringen Tod!
> Ihr eigens böses Tun wird sie verdammen!
> Und alle, die sie *sterben* sehen, werden sagen:
> Das hat Gott getan!

Bartholdi stutzte kopfschüttelnd: Volpi hatte *brennen* gesungen, statt *sterben* ... Es konnte doch Gottes Wille nicht sein, dass alle den Verstand verloren? Auch wenn der Teufel in Gottes Auftrag handelte, um sie auf Trab zu bringen. Volpi achtete kaum auf das, was er sang, weil er fieberhaft nach himmlischen Fingerzeigen in seinem Kopf suchte. Plötzlich hörten sie einen überirdischen Ton. Sprach der HERR nun wirklich zu ihnen? Sangen die Engelschöre? Die himmlischen Heerscharen?
Bartholdi rief:
»Das Marktbrunnenbecken! Da schlägt einer an die Brunnenschale!«

Alle schienen dieses Signal zu kennen, nur Volpi bedurfte noch der Verdeutlichung. Dazu kam vom knarrenden Portal her der Ruf:

»Feuer! Feuer an der Tränke!«

Der Mann, der hereingestürmt war, musste die Arme heben, um das Aufbrausen zu ersticken und weiter vermelden zu können: »Stobekens Haus und Geismars Haus brennen lichterloh! Vom Truwerdich aus hat man Pfeilschützen gesehen – sie schießen mit Feuerpfeilen von draußen!«

Jetzt tönte Immhoffs Stimme wie die eines Feldherrn: »Alle mit Eimern, Patschen und Kruken zur Tränke ...«

»Herrgott!«, sagte Jobst. »Das ist das Ende! Sie werden die ganze Stadt einäschern!«

»Aber das ist doch Irrsinn!«, wandte Volpi schwach ein, schon im Aufspringen und mehr zu sich selbst: »Kein Fürst würde niederbrennen, was er haben will ...«

»Dieser Fürst schon ...«, grollte Bartholdi, »... er ist der größte Dummkopf unter der Sonne! In Einbeck war es doch genauso!«

»Ich glaube nicht, dass das jetzt der Herzog ist ... das war der Feuer-Teufel!«, sagte Volpi zu Immhoff, der abwinkend antwortete: »Ich weiß nicht ... Ist es jetzt nicht einerlei? Was soll es noch, wenn wir erst Asche sind?«

»Und das, wo die kräftigsten und besten Männer draußen im Schanzgraben am Steinberg sind!«, kam es verzweifelt von seinem Kollegen Richter her.

»Nun, dann werden ja die besten übrig bleiben ...«, murmelte Volpi sarkastisch, während sie nach draußen stürzten, »... und unser närrischer roter Hahn wird unter ihnen sein. Er macht seine Sache gut, besser geht's nicht ...«

Die Rauchsäule ragte rabenschwarz in einen Himmel, der an sich schon duster war. Überm Berg sah man Wetterleuchten.

Dann zuckten erste nahe Blitze. Und es donnerte, dass man glaubte, Petrus und Paulus spielten Kegel mit Kugeln, so groß wie der Rammelsberg.

»Jesses, Marie und Johannes!«, sagte Papen, und Richter konnte nicht umhin, ihn zu verbessern: »Josef! Josef!«

»Nie habe ich ein Unwetter so herbeigesehnt!«, sagte Papen unbeeindruckt, während er den gefüllten Eimer stöhnend weiterreichte.

Sie schöpften und schöpfen. Die Tränke leerte sich zusehends, und die Abzucht kam nicht nach, sie wieder zu füllen. Fünf Ketten beförderten das Wasser in die Straße, aber es war aussichtslos: Die Hitze der brennenden Häuser war so gewaltig, dass sie noch nahe der Abzucht Angst hatten zu verschmoren. Die Unerschrockenen ganz vorne, die Wasser in die Gluthölle kippten, mussten jeden dritten Eimer über sich selbst schütten, um nicht in Flammen aufzugehen. Richter dirigierte das Löschen, wobei ihm Baader mit der Einholmleiter assistierte. Das geniale Konstrukt diente hier nur noch dazu, den Überblick zu behalten. Retten, was zu retten war, lautete die Devise.

»Lass uns zu Immhoff und Jobst gehen«, sagte Volpi zu Bartholdi in der Löschkette, als zwei weitere Männer von draußen in die Stadt gekommen waren und ihre Plätze einnehmen konnten.

Beim Umgehen der brennenden Häuserzeile begegneten sie Groenewold, der das Feuer umritt, und eben an der Gose hinunterzockelte, bis er in die Untere Mühlenstraße einbog, wie sie es auch vorhatten:

> »Ich gebiet dir, Feuer, bei Gottes Kraft,
> Die alles tut und alles schafft,
> Du wollest stille stehn und nicht weiter gehn,
> So wahr Christus stand am Jordan,
> Da ihn taufte Johannes, der heilige Mann.
> Das zähl ich dir, Feuer, zur Buß!
> Im Namen Gottes, des Vaters,

Des Sohnes und des Heiligen Geistes!
Im Namen der heiligen Dreifaltigkeit!
Im Namen der allerheiligen Dreieinigkeit!«

Immhoff schien nicht so sehr auf die Kraft der Beschwörung und auf Gottes Gnade zu vertrauen, sondern dachte am anderen Ende des Feuers lautstark über die Frage nach, was man zuerst niederreißen sollte: Die Eckhäuser an der Oberen Mühlenstraße oder das gegenüberstehende Gebäude in der Neuen Straße? Das Wutgeprassel der Flammen untermalte seine Worte.

»Wenn wir's auf Höhe der Bergbrücke nicht aufhalten können …«, rief er den Umstehenden zu, »… teilt sich das Feuer!«

»Gnade uns Gott!«, rief Hans Herbst, der eben rußverschmiert neben dem Ersten Bürgermeister aufgetaucht war.

»Geismar hat die Hälfte der Schützen zum Helfen hereingeschickt!«, sagte er, um den Gedanken Immhoffs fortzuspinnen. »Wenn's sich spaltet, läuft's einmal die Neue Straße runter, zum andern die Obere Mühlenstraße. Dann ist's wirklich aus! Dann zieht's auf vielerlei Pfaden quer durch die Stadt! Und wird nichts übrig lassen!«

Immhoff rief, es mit dem Haupt bekräftigend: »Genauso könnte es kommen … Ich kann nur hoffen, dass sich alle so ins Zeug legen, wie Ihr! Jetzt ist jeder ganze Mann gefragt!«

Was ihnen erst wie ein Glück erschienen war – dass auf der anderen Seite der ersten Brände die Abzucht floss –, erwies sich jetzt als tückisch: Ungehindert kam die Luft heran und ließ die Häuser an der Tränke und an der oberen Neuen Straße verpuffen wie Feuerschwämme. Es gab zwar keine Opfer bisher, aber die Gefahr für die Stadt wuchs von Minute zu Minute.

»Wie lange seid Ihr schon hier, Herr Herbst?«, fragte Bartholdi. »Was ist überhaupt draußen am Steinberg los?«

Herbst hatte den Ausbruch des Feuers von seinem Garten aus gesehen, wie er sagte, wo er mit Hans Geismar und den Büchsenschützen im Schanzgraben gesessen hatte.

»Heinrich ist seit gestern Abend da. Er hat sein Lager aufgeschlagen und schickt Stoßtrupps vor. Einzelne Landsknechte haben sich – diesem Feuer-Schuss nach zu urteilen – in weitem Bogen bis zum Bergdorf vorgepirscht!«

»Weiß Hans Geismar, dass sein Haus brennt? Weiß Günter Stobeken um seinen Verlust?«, fragte Volpi.

»Geismar hat große Angst um seine Frau! Er ist als Rottenführer unabkömmlich. Stobeken kam mit mir zugleich durchs Klaustor herein! Und Brandt auch, übrigens. Den könnt Ihr fragen, wie's am Berg steht – nicht gut …«

Kaum hatte Herbst dies gesagt, war er auch schon wieder im schwarzen Rauch untergetaucht, der die Neue Straße herabkam und sie nun zwang, ihre Halstücher vor die Nase zu pressen.

»Brandt?«, entrang sich Bartholdi. »Wenn der Bergrichter herunterkommt, muss es wirklich schlimm stehen.«

Sie trafen Brandt neben Stobeken, der sich – eben erst seines ganzen Besitzes Ahn geworden – in einem Zustand seltsamer Euphorie befand. Mit einem Flackern in den Augen verkündete er den Ankömmlingen, während er Eimer um Eimer nahm und weiterreichte: »Wir sind alle nur Hopfen in Gottes Sudpfanne! Der Brand ist die Würze im allzu faden Alltag …«

Volpi und Bartholdi lösten zwei Erschöpfte in der Eimerkette nebendran ab, um weiter mit dem Brauer und dem Bergrichter reden zu können.

»Es hat eine reinigende Kraft …«, fuhr Stobeken fort. »Manchmal ist es ein Segen, alles zu verlieren und neu beginnen zu müssen! Ich werde woanders hinziehen und wieder ganz von vorn anfangen! Die Braupfanne hat es überlebt, so wie es aussieht. Das war sowieso das Wertvollste. Alles andere ist hier drin!«

Er hatte auf den eigenen Kopf gezeigt, bevor er den nächsten Eimer nahm.

Brandt, in dessen Augen sich die entflammte Häuserzeile spiegelte, entgegnete mit vor Anstrengung glutroten Wangen: »Nichts da – ich will Euer verdammt gutes Bier nicht missen!

Keiner hier kann das wollen! Wir sollten darüber reden: Ich will ein Haus mit Braurecht erwerben, um wieder in die Stadt zu ziehen. Wenn Heinz obsiegt, wird Stechow Bergrichter. Und nicht nur ich, sondern viele am Berg werden sich nach neuen Losamenten und zusätzlichen Einnahmequellen umsehen müssen. Eine Brauerei, mit Euch als Meister und mit *Eurer* Wissenschaft, das wär meine Rettung, das würde unser aller Erlösung bedeuten! Ich werde auch nicht jünger. Und ... wenn ich *du* sagen darf?

Stobeken nickte, süßsauer lächelnd ...

»... deiner Mutter wäre es sicher recht ... ich hab sie einmal sehr gemocht, wofür mich dein Vater übel abgestraft hat! Aber das ist schon einige Zeit her. Ich bin dir was schuldig, sozusagen.«

»Unverhoffter Reichtum?«, fragte Bartholdi, Volpi mit einem Seitenblick alarmierend. »Ich denke, ihr Bergbeamten würdet nicht bezahlt seit Jahrbeginn? Und jetzt gibt's wohl auch keine Nachzahlung mehr ... Wie wollt Ihr da zum Losament ein ganzes Haus kaufen? Dunkle Einnahmequellen?«

In Brandts Augen loderte es. Dann sagte er verschmitzt: »Neugierig ist er gar nicht, der Großinquisitor ... pardon: Großarchivar! Nun ... Man hat freilich seine geheimen Quellen und Rückversicherungen. Hans Herbst hat mir seine Grube, die Venus, abgetreten ... Da wird sich die Lage rasch bessern, trotz des neunten Korbes für die Stadt und des zehnten für Herrn Heinz. Lass auch einen dreizehnten noch abgehen ... Mehr als den Tod werde ich mit dem bleibenden Rest schon finden!«

»Er hat Euch die Venus abgetreten? Für nichts?«, fragte Volpi, vor Aufregung fast den halben Eimer Wasser verschüttend.

»Als Gegenleistung für alte Schulden ...«

»Was für alte Schulden?«, fragte Bartholdi.

»Ihr solltet wirklich nicht so wissbegierig sein ... Das geht nur ihn und mich was an! Er will sich jedenfalls ganz auf seine Hütte verlegen. Keine Ahnung, ob er sich das gut überlegt hat, denn Heinz Wild oder Hans Worst wird ja die Hütten noch stärker melken als die Gruben ... aber Herbst hat an den eigenen Feueröfen einen Narren gefressen, besonders am teuersten, großen. Kann den ersten Anstich seines Hochofens gar nicht erwarten, will den Bau jetzt rasch vorantreiben, notfalls auf Pump ... Außerdem wird es ein schönes Leben für ihn da draußen, wenn erst die Wunden des Schanzens verheilt sein werden. Er braucht die Stadt gar nicht mehr. Das kleine Gartenhaus, all die hübschen Pflanzen ... und nebenan das Hüttenwerk: Das wird für den Herbst der ewige Frühling sein!«

Volpi sah die eingerissenen Eckhäuser mit Höllenkrach zusammenstürzten. Die paradiesischen Gefilde am Steinberg standen ihm wieder vor Augen ... Kerbel, Süßholz, Judenkirsche, Meisterwurz, Granatapfel, Blauregen, Engelwurz, Goldregen und Katzenminze – und nur ein Katzensprung in die Glut und die Schlackenhaufen der Herbst'schen Hütte! Was wollte der Grubeneigner sich noch zurückziehen, wenn das alles bald ohnehin dem Herzog gehören würde ... Alle Welt war verrückt geworden. Das war die Apokalypse!«

Der Himmel zeigte sich nunmehr pechschwarz. Das aufgezogene Gewitter stand genau über der Stadt. Doch noch immer grollte es nur. Es wollte und wollte nicht regnen – als hätte der Himmel seine Freude daran, die Goslarer ihre stattlichen Fachwerkhäuser niederreißen zu sehen ... Flammen leckten über die Obere Mühlenstraße ... Funken flogen ... vereinzelt fing das Reet auf Dächern weiter östlich zu brennen an.

Aber die Hausbewohner standen flugs droben und gossen Wasser auf die auflodernden Flämmchen oder patschten sie in Windeseile nieder. Dank dieser verzweifelten Wehr glückte dem Brand auch nun kein Übergriff, als eine unvermittelte Bö einen Funkenregen auf- und niederscheuchte ... Unbeeindruckt von der Menschen Leid flogen die Rauchschwalben schwätzend ihren Nestern in den unbetroffenen Ställen zu ...

Weitere Schanzgräber waren in die Stadt zurückgeeilt und hatten das Gebälk der geschleiften Häuser fortgeräumt. Gebannt sahen Immhoff und Richter auf beiden Seiten: Das

Feuer stand! Es ging nicht weiter, ganz wie der Feuerreiter es beschwor. Groenewold warf aus seinem Beutel Erde über die Schulter, während er den vollends abbrennenden Schutthaufen an der Tränke und der Neuen Straße die traurige Parade abnahm ... Wie lange mochte es noch so bleiben?

Da blitzte es grell. Goslar war in weißes Licht getaucht! Der Donner rollte vom Berg her einmal breit hin über die Stadt. Und wieder wurde es blendend hell! Aber keiner rannte, um Schutz zu suchen – alle starrten hinauf in den schwarzblauen Himmel, die Hände gefaltet und beteten. Sie baten um Erlösung. Wünschten das kleinere Übel herab, um das größere zu bekämpfen ... Als dann der erste Regentropfen fiel – nach etlichen grellen Blitzen und fürchterlichen Donnerschlägen – stieg ein Jubeln über die Dächer auf: Der Regen rauschte mit einem Mal in Sturzbächen herab, und alle, die das Feuer nicht getroffen hatte, jubilierten aus Leibeskräften. Sie tanzten und sprangen vor Überlebensfreude, quatschnass ... vor qualmenden Kegeln. Viel mehr war von den Häusern an der Neuen Straße nicht übrig geblieben. Auch Volpi umhalste den Nächstbesten ... den Ersten Bürgermeister ...

»Keine weiteren Brandpfeile, wie befürchtet«, sagte Immhoff. »Damit bekommt Eure Deutung wieder Gewicht: War's also die Antwort des Malefacius? Die Quittung dafür, dass wir wissen wollten, wohin unser Geld verschwindet? ... Das wäre der närrischste Übeltäter, den ich mir ausdenken möchte. Einer, der vor nichts haltmacht. Ein Teufelskerl ...«

»Damit habt Ihr etwas ausgesprochen ... Ich will es noch auf andere Weise unterstreichen«, sagte Volpi und erklärte kurz, was er sich über den Täter dachte.

»Die Erneuerung einer poetischen Jugend-Einbildung, denkt Ihr?«

»Einbildung ist zu schwach gesagt: Die Wiederkehr einer in der Jugend erlebten Geistestrübung – angeregt oder ausgelöst von einer Erschütterung der Seele, das träfe es schon eher, glaube ich! Ich ...«

»Bürgermeister!«, unterbrach ihn eine aufgeregte Frauenstimme.

Henny Geismar war es, sie hielt unterm Arm ein Wachstuchbündel, in dem die Chronik ihres Mannes – das wertvollste gerettete Besitzstück – nebst einigen Büchern eingewickelt war: »Könnt Ihr das sicher aufbewahren, im Ratsarchiv? Mein Mann weiß noch nichts von seinem Unglück ...«

Immhoff umarmte sie, der jetzt die Tränen flossen, und sagte aufmunternd: »Oder Glück, Frau Geismar! Ihr seid unversehrt, und Hans' Chronik auch ... Alles Weitere mag sich finden!«

Dann wandte er sich an Bartholdi: »Herr Großarchivar? Bitte nehmt Euch der Archivalien an, bevor der Regen vernichtet, was eben gerettet wurde!«

Bartholdi tröstete Henny Geismar nun ebenfalls, so gut er konnte, und versprach, den Schatz ihres Gatten zu hüten ... Indes entschwand er nicht sofort, denn er wollte erst noch hören, was Richter, Jobst, Baader, Tilling und den schnaufend immer weiter zurückbleibenden Papen so aufgelöst über die glitzernden Kopfsteine zu ihnen heranführte. Die Herren dampften in ihren ruinierten Wämsern – genässte Tuch-Ballen mit Beinen! An der schwarzen Rauchwand über den Brandruinen hatte die Sonne zu nagen begonnen, und wo die dunkle Mauer abbrach, zeigte sich eine zerfranste Spitzendecke von zarten weißen Wolken. Der Himmel strahlte vor hellstem Unschuldsblau ...

»Lassen anfragen ...«

»Sofort!«

»Müssen!«

»Herbsts ...«

»Herzog im Garten!«

»Steinberg!«

»Zur Unterhandlung!«

Zerfetzt war ihnen die Rede vorausgeeilt. Richter und Tilling kamen als Erste zum Stehen und mussten sich sammeln.

Jobst dagegen erreichte die Gruppe und verdeutlichte: »Die Übermacht war zu groß. Hans Geismar berichtet, dass durch die abgegebenen Schüsse bloß ein dummer Vogel runterkam. Man hat sich ergeben müssen! Unsere Leute sind entwaffnet. Der Herzog steht jetzt mit seinen engsten Getreuen am Steinberg, im Herbst'schen Garten. Dort erwartet er die städtische Delegation – und den Bergrichter.«

»Moriamur et in media arma ruamus!«, sagte Richter.

Papen kam dampfend an und schnaufte: »Sehr richtig: Lasst uns also sterben und uns auf die Feinde stürzen! Aber, Freunde, da hinauf – auf den Steinberg – werde ich nicht *laufen*! Wie gut, Stobeken, dass Ihr Euer Fuhrwerk behalten habt!«

Bartholdi hatte sich mit dem Geismar'schen Bündel zur eigenen Wirkungsstätte in die Sakristei aufgemacht, während Immhoff und Richter eilends den engen Rat zu einer Sitzung in die Ratsstube einberiefen, damit man sich über die Vorgehensweise am Berg, über zu Sagendes und tunlichst nicht zu Sagendes in der Unterredung mit dem Herzog abzustimmen vermochte.

Volpi dagegen, bar aller öffentlichen Aufgaben und ruhigen Gedanken, zog es magisch zu Sibylle Herbst. Wie sehnte er sich nach ihr! Was wollte er geben für eine Bekräftigung ihrer Zuneigung bei vollem Tageslicht! Hätte es einen besseren Moment geben können, der Trauernden einen Besuch abzustatten? Aller Aufmerksamkeit war durch den Brand und das bevorstehende Treffen des Rates mit dem Herzog abgelenkt, und keiner – wirklich niemand! – würde Notiz nehmen von etwaigen Brüchen der Trauerzeit seitens einer Witwe ... Volpi, den Auswärtigen, würde an diesem Tag gar keiner weiter wahr- und für voll nehmen ... Er flog mehr, als dass er lief. Das Frankenberger Viertel war wie ausgestorben. Auch das Herbst'sche Haus schien verwaist.

Volpi betätigte den Klopfer schon zum dritten Mal. Hörte er da nicht doch Holzschuhtritte? Endlich: Die Magd öffnete scheu. Sie sah sehr blass aus und machte einen äußerst verstörten Eindruck.

»Was ist mit dir? ...«, fragte er. »Bist du nicht wohl?«

»Mich geht es gut, Herr. Aber meine Herrin kann Ihm wohl nit empfangen – sie fühlt ihr sehr ohnpässlich und hat ihr eben zur Ruh gelegt!«

Das klang befremdlich. Wollte sie ihn nicht sehen? Es hörte sich nach Abwimmeln an ...

»Wie du vielleicht nicht weißt, bin ich Medikus – bitte lass mich nach deiner Herrin sehen! Vielleicht kann ich ihr helfen?«

Das Mädchen wollte ihn nicht einlassen. Also verlegte er sich aufs Nachfragen.

»Sie ist unpässlich? Was fehlt ihr denn?«, fragte er. »Hat sie Schmerzen?«

»Sie schrob noch einen Brief, dann hat sie ihr zu Bett begeben und mich geschärft, jedem abzuweisen, der nach sie frägt!«

»Sie hat noch einen Brief geschrieben? An Hauptwehe scheint sie nicht zu leiden ... Trotzdem ... Sich tagsüber hinzulegen, das weißt du sicher auch, deutet auf eine schwere Krankheit! Ein Mädchen vom Gesinde würde dafür entlassen ...«

Die List fruchtete nicht. Zwar erblasste die Magd noch etwas mehr, aber sie blieb unbeweglich in der Sache.

»Was wird sie essen, heute Mittag, heute Abend?«, probierte er.

»Sie hat mich nichts aufgetragen zum Kochen«, sagte das Mädchen.

Volpi war alarmiert. Das klang aufrichtig und wahrhaftig.

»Gar nichts?«

Die Magd schüttelte den Kopf. Unterm schwarzen Kopftuch ließ sich ein Rotschopf erahnen. Was sollte er bloß tun, sie zu erweichen ... Ihr schöne Augen machen? Die hatte sie ohnehin, wenngleich grünblaue und nicht kastanienbraune wie Sibylle ... Und wenn eine nicht richtig sprechen konnte, machte er so was auch nicht ...

»Ich würde mir gern ihre Unpässlichkeit besehen – ich hoffe, ihr helfen zu können! Nichts essen zu wollen, ist ein übles Zeichen. Sich auf das eigene Gespür verlassen, kann bei Magenverstimmungen oft den Tod bedeuten. Bitte geh und sag ihr, dass ich da bin. Sie wird mich sehen wollen! Ich werde ihr Linderung verschaffen!«

Das hatte er mit Bestimmtheit vorgebracht. Mit zu viel Verve, dachte er und fluchte leise, denn die Magd schloss abrupt die Tür und legte den Riegel vor. Er hörte, wie sie mit den Holzpantinen entschwand. Sie erklomm hörbar die Stiege. Was sollte er jetzt tun? Er hatte es verdorben. Dabei klang das alles gar nicht gut ... Er wartete. Er wartete. Erwartete Sibylle, dass er wartete, bis sie ihm eine Botschaft zukommen ließ? Was war los mit ihr? Er wartete immer noch. Als er endlich schweren Herzens beschloss, zu gehen, hörte er die Holzschuhe wieder, viel rascher als zuvor! Der Riegel wurde hochgerissen, die Tür ging diesmal weiter auf ... ganz auf!

»Kommt rasch – die Herrin ist ganz mürb! Ich hab erst gemeint, ihr schlüfe ... doch ihr schlüf nicht ... hat ihr auch nit ausgekleidt ... sie werd nicht wach, auch nicht, wenn ich ihr rüttel!«

Volpi stürmte die Stiege hinauf und verwünschte die Umstände, unter denen er Sibylles Schlafgemach zum ersten Mal betrat – einen Raum mit einer wundervollen Bemalung ringsum, wie er sah: Es wirkte so, als stünde man auf einem Hügel und blickte in eine südländische Umgebung. Der Paduaner fühlte sich an seine Heimat erinnert.

Mitten im unbeheizten Raum stand einsam das Himmelbett, und es war gewaltig: ein Luginsland mit vier Säulen, von einem rosenroten Betthimmel aus Damast überspannt, in den zwischen vielfarbigen Blumen weiße Sterne und Schweifsterne eingestickt waren. Dieser wahre Schlaftempel war noch zusätzlich erhöht durch einen Unterbau, sodass Volpi über eine Truhenbank hinaufsteigen musste, um zu ihr zu gelangen ... und die völlig Bekleidete – in einem vollends farbenfrohen, prachtvollen Gewand aus Pariser Seide – in einer Blässe und Starre vorzufinden, die ihn schlagartig Schlimmstes befürchten ließ. Er fühlte ihren Puls und besah ihre Augenlider. Sie reagierte auf nichts, indessen: Sie atmete, und er hörte ihr Herz schlagen! Volpi kämpfte die heftigen Gefühle nieder, die sich in ihm regten, als sein Ohr auf ihrer Brust ruhte – sie war in höchster Gefahr, der Puls war schwach, das Herz raste.

»Hat sie etwas getrunken, etwas eingenommen, irgendeine Medizin?«, fragte er die Magd, die zitternd danebenstand.

»Nichts, nur etwas Wein ... Sie hat ihm noch extra aufgewürzt ...«

»Womit?«

»Es steht noch drüben, wo sie schreibt, in der Kemenate, im Erker. Ich sah den Wein und das Döschen, aber dass sie noch hätt wollen weiterschreiben, wenn sie ausgeruht wäre, häbt mir gedacht ...«

Er hätte das törichte Ding am liebsten erschlagen. Er hob die leblos scheinende Sibylle auf und kletterte vorsichtig mit ihr hinab. Hinüber zu ihrem Schreibtisch im Erkerzimmer mit dem Kamin trug er sie. Von der heftigeren Bewegung schien sie wieder leicht zu sich zu kommen. Sie stöhnte, schluckte trocken, doch ihre Augen drehten sich schauerlich, dass man fast nur noch das Weiße sah, sie zuckte, wie in Krämpfen.

»Bring eine Decke her und ein Kissen!«, befahl er dem Mädchen und bettete ihre Herrin auf einer Truhe. »Bleib bei ihr, halt sie fest!«

An den kleinen zierlichen Tisch getreten, erschrak er – der Brief war an ihn gerichtet. Doch bevor er einen weiteren Blick darauf verschwendete, sah er in die kleine Dose ... nur ein paar getrocknete Stechapfelsamen noch fand er darin – sie musste den Rest geschluckt haben.

»Habt ihr ein Vomitiv im Haus, ein Purgativ?«, fragte er fieberhaft, doch die Magd wusste nicht, was er meinte, freilich nicht ... »Brechmittel, Weinstein? Alaun? Vitriol? Brechwurz – Haselwurz – Brechhaselkraut? Brechnuss – Purgiernuss?«

»Oh! Witrol ja, in der Küche ... mit den Witrol muss ich Sie die Tinte machen!«

»Wo ist es, Herrgott ...?«

»Im Schrank, ganz unten bei den Galläpfeln, in einem Glas!«

Er raste hinunter, fand die Küche und auch das besagte Glas. Er rührte in einem großen Krug eine starke, türkisblaue Vitriollösung an, nahm eine irdene Schüssel und ein Tuch mit und kehrte zur Bewusstlosen zurück. Sie entkleideten sie halb, wodurch sie wach genug wurde, sich beim Trinken nicht zu verschlucken. Sie musste höllischen Durst verspüren! Das war gut, dachte er. Während sie sich in Krämpfen wand und in immer größere Unruhe geriet, nahm er den Brief und las ... Es stand zunächst viel Seltsames aber wenig Erhellendes auf dem Papier. Dass sie ihn liebte, sterben wollte und ihren Sohn seiner Obhut übergeben ... Aber warum – das stand wohl erst am Ende ...

Soweit kam er erst nicht, denn nun gab Sibylle Herbst unter heftigen Konvulsionen einiges von sich – Volpi dankte Gott, dass seine Diagnose richtig gewesen war und das Mittel angeschlagen hatte ...

Sie war zu schwach zum Sprechen, aber sie schien ihm friedlich – und geschwächt genug, um der Obhut der Magd überlassen zu bleiben. Genaue Instruktionen bekam diese von ihm! Notfalls die Hände binden – aber sanft! Keinen Wein trinken lassen, schon gar keine Milch! Nur Wasser, aber gekochtes! Brot, Obst. Nichts Schweres. Er hatte den Brief zu Ende gelesen, und keine hundert Maulesel hätten ihn da mehr am Ort gehalten. Er küsste die Stirn der erschöpft schlummernden Sibylle, sehr zum Erzürnen der tumben, gottsfürchtigen Magd ... Und war hinaus.

Unvermittelt standen sie sich gegenüber am Steinberghang, in jenem Garten, den Otto Herbst einst angelegt hatte: der Sieger und die Besiegten, reglos im ersten Augenblick, erschrocken. Zu Eis gefroren war Heinrichs Miene. Hohn saß im Antlitz seiner Getreuen und Leibwächter. Verstockt waren die Gesichter der Goslarer. Wie viele Jahre Streit kamen in wenigen Augenblicken an ihr Ende? 25 Jahre, ein Vierteljahrhundert ... Die städtischen Kriegsknechte und die Schanzgräber, entwaffnet, bildeten einen weiten Halbkreis. Wie Publikum beim Fasnachtsspiel. Man hatte eben die Stelle in der Mitte des Gartens gewählt, an der es etwas ebener war, sodass das Machtgefälle nicht künstlich überhöht wurde, wiewohl es deutlich sichtbar war ...

»Man hätte statt des Gartens hier die Hütte nebenan fürs Treffen wählen sollen ...«, murmelte Heinrich auf dem Rücken seines schwarzen Pferdes. »Soll schließlich was unter Dach und Fach kommen, soll was verhüttet werden, sollen Ansprüche eingeschmolzen werden! Hätte ich auch weiter oben stehen können ...«

»Noch besser, mein Fürst!«, flüsterte Stechow, auf einem Schecken neben ihm. »Ihr hättet den Rammelsberg wählen sollen – soll schließlich Zeche bezahlt werden! Und Ihr hättet ganz oben stehen können!«

»Der Rammelsberg kommt schon noch zu seinem Recht! Ihr werdet dort eine große Zuhörerschaft finden!«

»Dann mag der Garten doch angehen – erst die Blumen, dann die Daumenschrauben ...«

Heinrich lächelte. Er sah die finsteren Gesichter der Bürgermeister und der anderen Herren. Keinen, den er je gesehen hätte ... Ein zusammengewürfelter Haufen, noch dazu in einer schrecklichen Verfassung. Sie sahen aus wie aus dem Wasser gezogen. Das gab ihm ein gutes Gefühl.

»Ein Schwarm nasser Krähen sieht nobel aus dagegen ...«, sagte er leise zum grinsenden Stechow.

Immhoff und Richter hatten sich etwas vorgeschoben aus der gegnerischen Linie – in der auch Tilling, Papen, Jobst, Bartholdi, Herbst, Stobeken, Brandt, Eck, Borngräber und der Syndikus Keller standen –, daher waren die beiden, die ihre Amtsketten nicht trugen, leicht als Sprecher der Gegenpartei und Adressaten der Gegenrede zu erkennen.

Ohne weitere Umstände sagte Heinrich zu ihnen: »Muss Euch hart ankommen – dass der HERR Eure Pläne vereitelt, Bürgermeister ...« Er hatte *Bürgermeister* gesagt, doch so, dass alle *Untertanen* hören mussten. »... das Feuer, das Ihr gelegt, um mich dessen zu berauben, was ich mir erstritten, hat er gnädig ausgelöscht und damit zugleich das Unrechtmäßige Eures Tuns offenbar werden lassen.«

Immhoff und Richter schüttelten die Köpfe, und die anderen taten es ihnen nach, doch sie fielen dem regierenden Herzog und Fürsten nicht ins Wort.

»Derjenige, der mir für diesen Versuch geradestehen wird – am Pfahl über trockenem Reisig –, der möge nun sprechen!«

Immhoff hüstelte und sprach mit vernehmlicher, aber nicht übermäßig lauter Stimme, und es klang eher ein wenig gelangweilt: »Königliche Hoheit, Hochfürstliche Durchlaucht, Euer Hochwohlgeboren! Die Kaiserliche Freie Reichsstadt schickt uns als Unterhändler zu Euch, nicht als Sünder und Missetäter! Auch wäre, wenn es wirklich einen Brandstifter gäbe, der nicht in eins fiele mit einem Untertan Eurer Hochfürstlichen Gnaden, wohl der Kaiserlichen Freien Reichsstadt die Führung der Klage, die Findung des Urteils und die Wahl der Mittel zu überlassen, mit der seine Tat geahndet werden müsste.«

»Ihr also habt gesprochen, Bürgermeister, und Euch somit offen zu Eurer Schuld bekannt! Dass Ihr der Schuldige wärt, das hab ich mir gleich gedacht!«, sagte Heinrich, und die Seinen lachten unverhohlen.

Immhoff aber lächelte, noch bleicher im Angesicht als zuvor. Seine Sommersprossen wurden zu kupfern glühenden Funken auf der weißen Haut. Mit einem unverkennbaren Glimmen in der Stimme entgegnete er gefasst: »So stehen sich denn hier in Gestalt Eurer Königlichen Hoheit, dem durchlauchtigsten Fürsten und Herrn, und meiner ganz unerleuchteten Wenigkeit ... die beiden Hauptaspiranten auf den Ehrentitel des Brandstifters gegenüber!«

Sogar die Natur schwieg, die Grillen hörten kurz zu zirpen auf ... Und man konnte hören, wie es zu knistern begann, nachdem dieser zündende Span unter den Schrank gesteckt war. Der Herzog schepperte vor Erregung in seinem Harnisch, und die weiße gefaltete Halskrause stellte sich kurz trichterförmig auf ... zog sich zusammen ... dehnte sich wieder.

»Was erlaubt sich der Unflat!«, zischte Stechow und machte Anstalten, auf den Ersten Bürgermeister loszureiten.

»Halte ein, mein Bester!«, sagte Heinrich und wies ihn mit einer abwinkenden Geste zur Ruhe. »In Goslar gehen die Uhren anders als in der übrigen Welt! Da regieren noch immer die Narren! Und was Narren reden, muss man nicht so ernst nehmen.«

Er machte eine Pause, um das Gemurre der Goslarer und Immhoffs Wut auszukosten.

»Die Farbe steht Euch gut zu Gesicht, Bürgermeister! So ein hübsches Rot – Ihr mögt das Feuer von Natur aus, offensichtlich!«

Immhoff entgegnete, mühsam beherrscht: »Halten zu Gnaden, Durchlaucht – ich liebe den Brand durchaus: im Herd, im Rammelsberg oder unterm üblen Gesellen ... aber Euer Gnaden haben auch Erfahrung mit dem Feuersetzen, nicht nur in Einbeck, wie ich gehört habe ...«

Der Herzog hielt sich ebenfalls nur knapp im Zaum, während sein rabenschwarzer Rappe, dessen einziges weißes Zeichen auf der Stirn wie ein „T" aussah, Hals und Haupt ganz unkriegerisch absenkte und sich an Gras und Sauerampfer gütlich tat.

»Lassen wir doch einmal diese alten Nachreden des Luders aus Eisleben ... Statt dergleichen wirres Gewäsch eines grobianistischen fetten Verleumders aufzuwärmen, erklärt mir lieber mal, warum Ihr Eure saubere Stadt in Brand steckt, bevor ich Einzug halten kann? Die Bergwerke würden mir zwar allemal genügen, doch ich sehe es trotzdem nicht ein, warum Ihr jetzt auch noch die letzten Kirchen niederbrennen wollt, nachdem Ihr 1527 schon so gut begonnen und fast alles eingeäschert habt?«

...

Und so hätte es weitergehen können, *ad infinitum*, wäre in diesem Moment nicht die Stimme des weit gereisten Doktors aus Padua vernehmlich geworden, der sich der Gruppe nach rasantem, zuletzt herzbedrohlichem Aufstieg endlich durch die balsamischen Düfte des Frühlings genähert und das Spiel der Mächte schon einige Momente lang aufmerksam verfolgt hatte.

»Königliche Hoheit! Vergebt einem Paduaner, der die Landessitten nur ungenügend kennt, wenn er sich ungefragt einmischt! Gestatten Hochfürstliche Durchlaucht einem reisenden Doktor der Logik, Botanik und Medizin einen klärenden Einwurf in der fraglichen Angelegenheit?«

Für einen bangen Moment herrschte Schweigen. Nur eine Mönchsgrasmücke spöttelte und amüsierte sich köstlich, königlich desgleichen ein Zaunkönig, sei's über den neuerlichen Sturzbach der Titel, sei's über das dunkle vis-à-vis bei diesem strahlenden Sonnenschein ... Volpi besah sich die seltsame Konfrontation: Hier die Goslarer – gestandene Herren, zum Letzten gezwungen und entschlossen, die Füße hart in den Boden gestemmt –, da der Herzog und seine Adjutanten – hoch zu Ross, spöttisch, spielerisch, indessen geharnischt wohl aus nackter Furcht.

»Diese Reihenfolge?«, fragte Heinrich amüsiert, und seine Bewacher glucksten. »Nicht etwa Medizin, Logik und Botanik? Oder Botanik, Medizin, Logik?«

»Oder gar Logik, Medizin, Botanik? Botanik, Logik, Medizin?«, konnte Stechow nicht umhin, sich aufzuspielen, wofür ihm sein Herr einen ziemlich abfälligen Blick schenkte.

»An der Sequenz liegt mir nichts ...«, respondierte Volpi unerschrocken.

»Wie heißt Ihr?«, fragte der Herzog.

»Volpi, hochfürstliche Durchlaucht!«

»So sagt nur ruhig, was Ihr sagen wollt. Wenn es der Wahrheitsfindung dient, soll's mir willkommen sein, und wenn's mich langweilt, so kann ich derweil noch immer im Brevier lesen.«

Volpi dankte, von dieser Unverschämtheit unbetroffen.

»An Zuversicht, der Wahrheit zum Sieg zu verhelfen, mangelt es mir nicht! Ich darf Euer Gnaden vor allem eins versichern: Der Bürgermeister hat die Stadt nicht angezündet oder anzünden lassen! Die Goslarer sind bar aller Schuld! Alle, bis auf einen – und der tat es aus ganz eigenen Beweggründen.«

Der Herzog hatte bislang darauf verzichtet, sein Stundenbuch hervorzuziehen, das er in der Tat mit sich führte. Der Hauptgrund war freilich, dass er sich zum bequemen Lesen seines Brustpanzers hätte entledigen müssen ...

»Sprecht ruhig weiter, Ihr macht mich neugierig! Ihr scheint mehr zu sagen zu haben, als der Ratsprimus ... Woher nehmt Ihr Eure Kenntnis? Habt Ihr es gesehen, wer schoss? Ipsissimis oculis? Seid Ihr vielleicht selbst der Mordbrenner?«

»Oh nein, hochfürstliche Durchlaucht, durchaus und glücklicherweise nicht!«, sagte Volpi und sah nun doch fragend zu Immhoff, denn ein wenig mulmig zumute war ihm schon, da er sich diese Rolle angemaßt hatte ... »Erlaubt Ihr, dass ich spreche, Herr Bürgermeister? Es sind Dinge vorgegangen, die mich hoffen lassen, die hier zur Debatte stehende Streitfrage, wer der Feuerleger war, hinlänglich zu entscheiden ...«

»Nur zu«, sagte Immhoff. »Wenn es den hochwohllöblichen Rat vom Vorwurf der Brandstiftung befreien hilft, kommt es uns allen doppelt zupass! Oder nicht?«

Er sah sich um und erntete nichts als Zustimmung von den anderen.

»Nun, so sei es also«, begann Volpi. »Lasst mich zunächst einen knappen Vorbericht geben ...«

Er schilderte dem Herzog die wichtigsten Ereignisse und Beobachtungen: den Feuertod des Feuerhüters und der Schwalbe, berauscht von Bier mit Stechapfelauszügen, die eigenen Erlebnisse im Haus – den Stechapfeltrunk und seine Folgen – nur zur Klärung des Faktums erwähnend.

»Die Witwe bestätigte die Praxis ihres fremdgehenden Gatten, auch fand ich selbst Pflanzenreste im Kräutergarten ... später auch im Haus ... Der Brandschütze musste davon gewusst und dies ausgenutzt haben.«

Als er Sibylles Haus erwähnte, sahen sich etliche Gesichter erheitert oder erstaunt an. In einem aber standen, wetteifernd, Hass und Entsetzen ...

»Schütze? Was soll das heißen?«, fragte der Herzog.

Die Brandpfeilhypothese und ihre Bestätigung durch die Zeugenaussage des Türmers Groenewold sowie die Nachforschungen im Kurienhaus nebst Auffindung des Goldregenbogens fanden kurze Darstellung, ebenso die Erpressungen – unter besonderer Hervorhebung des Todes von Veit Warbeck, der dunklen Ereignisse im Berg und des Ablenkungsmanövers im ehemaligen subterranen Aufstellungsort des Heiligen Grabes.

»Wie wollt Ihr aus alledem noch zu einem klaren Bild gelangen?«, fragte Heinrich. »Wer sollte all das zu verantworten haben – und zu welchem Behuf?«

»In der Tat nicht so leicht zu durchschauen ... vor allem ohne Kenntnis weiterer Facta ...«

Und Volpi stand nicht an, nun ausgiebig die literarischen und graphologischen Recherchen zu schildern, die ihn schließlich darauf gebracht hatten ...

»... dass im Jahr des unglücklichen Einbecker Stadtbrandes ...«, (hier zuckten nicht nur Stechow und seine Kumpanen, sondern auch der Herzog und die Goslarer ohne Ausnahme zusammen), »... in Goslar ein Beinahe-Brandstifter in höllischer Pein gelebt haben muss, den einzig das Fabulieren von der wahrhaftigen Tat abhielt!«

»Das Fabulieren?«, fragte der Herzog.

Volpi zückte den *Zünd-Tölpel* und las:

»*Und es schmorte und schwielte und siedete ihm im Haupt, und er las den Flammarion des Camillus und den Hexen-Brenner von Fischer und sämtliche Bücher über die feurige Verdammnis und das alles waschende Feg-Fewr, die er irgend kriegen konnt – doch nichts wollte fruchten ... Sodass er endlich den Zündpfeil musst einspann und anlegen!*«

»Ich weiß, worauf Ihr hinauswollt ...«, sagte Heinrich und grinste. »... der Meisterschütze vom Schützenfest war es!«

Volpi lächelte: »So einfach war es leider am Ende nicht – denn mit Pfeil und Bogen können sie hier alle meisterlich umgehen. Als ich die Bogensammlung des Stephani-Türmers und Feuerreiters Groenewold sah, dachte ich gar kurz, er könnt's gewesen sein!«

Trotz der Anspannung lachten die Goslarer auf, um sofort zu noch ergrimmterem Ernst zurückzufinden und Volpis weiterem Vortrag zu lauschen.

»Den Zündpfeil anlegen ... das tat jener damals nur im Buch – jener, der dies Buch verfasste über einen Verdammten, den der Teufel zum Mordbrand aufstachelte ... Aber dieser Unglückselige tat noch mehr – er ließ sogar Messen lesen für sein Seelenheil ... in Sankt Stephani, der Kirche der Bergbeamten, Herr Brandt!«

»Brandt!«, entfuhr es dem Herzog. »Ein sprechender Name!«

Brandt war kreideweiß ob dieser Ansprache ...

»Was soll das? Was wollt Ihr von mir?«, bläffte er.

»Erst einmal nur eine Auskunft: Wann kamen jene fahrenden Feuerkünstler auf das Göpelplateau, bevor sie nach Gittelde weiterzogen?«

Jetzt wich auch Herzog Heinrichs Gesichtsfarbe, und er fragte schwach: »Nach Gittelde? Zu unserer Belustigung? Ihr sollt gleich wissen – Sie sind nach Gitter statt nach Gittelde gekommen. Und jetzt sind sie drüben bei unserem Tross am Kattenberg. Ihr meint doch die Truppe von ... Stechow! Wie heißt der Ober-Feuer-Gaukler?«

»Stobeken ... «

Ein Aufschrei seitens der Goslarer ... Des Herzogs Adlatus schien sich mit Absicht versprochen zu haben ...

»Nein: Habeke ... Verzeiht, mein Fürst, jetzt hab ich's: Habek Schmauch! Das ist sein Name!«

Jetzt grölten sie im reichsstädtischen Lager über diesen brenzligen Namen, am lautesten der erleichterte Stobeken ...

»Hab ich es doch gleich gewusst!«, kam es laut von Papen. »Es sind herzogliche Brandstifter! Der Pfeil kam von ihnen!«

Heinrich sagte unbeirrt zu Volpi: »Habek Schmauch. Ist es der, den Ihr meint? Soll ich ihn verhaften lassen?«

Es dauerte eine ganze Weile, bis sich die Unruhe wieder gelegt hatte.

Volpi fragte erstaunt: »Ach, wenn diese Gaukler schon einmal hier sind, wäre es von Vorteil, einen von ihnen herzubringen ... und zwar den, der seinen schönen Goldregenbogen verkauft hat, einen Tag, bevor damit der erste Brandpfeil abgeschossen wurde – innerhalb der Stadtmauern, Herr Papen, wie bereits ausgeführt ...«

Während der Herzog seine Anweisung gab, hatte Volpi enerviert in Papens Richtung geblickt. Er verdankte diesem Herrn den *Zünd-Tölpel*, also wollte er nicht strenger mit ihm sein ...

»Ihr habt erzählt, dass es zwei Gruppen waren, und dass die erste einen Tag vor der zweiten kam. Und Ihr wisst, wem er ihn verkauft hat, Herr Brandt – den Bogen ...«

Brandts Farbe, eben vorsichtig zurückgekehrt, da er aus dem Interesse gerückt schien, verflüchtigte sich umgehend wieder. Volpis einschmeichelnd-gehässige Stimme hätte Karolus Fischer gehören können ... dem Großinquisitor von Westfalen ...

»Ihr müsst ein nachgerade elementares Interesse daran haben, dies Wissen totzuschweigen ... Oh, ich kann Euch verstehen: Würde das nicht ein jeder, der so viel Geld mit seinem bloßen Schweigen verdienen kann. Und noch das Doppelte an Geld hinzu ... wenn es gut geht ...«

»Jetzt gelüstet es mich doch sehr nach meinem Brevier ... Ich weiß nicht mehr, wovon dieser Mann redet«, sagte der Herzog und wurde so unruhig, dass sein Rappe die Lauscher hochstellte und den Kopf hob: Adieu Gras, adieu Kräuter ...

»Nur kurz noch Geduld, Durchlaucht!«, bat Volpi und fasste Stobeken scharf ins Auge. »Der, dem's zugute käm, wenn er sein Braugeschäft im künftigen Brandt'schen Haus betriebe, käm somit doch noch zu dem Geldsegen, den ihm der wetterwendische Otto Herbst so plump versagte ...«

Stobeken war leichenblass geworden und stotterte: »Wa... was?«

»... indem er sein Testament noch kurz vorm Tod zugunsten der eigenen Frau und sehr zu Schaden für den Hinterbliebenen seiner geliebten Schwalbe, Vera Stobeken, veränderte! Entsinne ich mich richtig, Herr Syndikus?«

Der anwesende Keller zuckte zusammen und nickte so unauffällig, wie nur je in öffentlicher Verhandlung genickt worden ist ...

»Stobeken ... Stobeken ...«, raunte der Herzog zu Stechow, »... Ist das nicht der Brauer?«

»Otto Herbst änderte seinen letzten Willen, weil er im letzten Jahr doch noch einen eigenen Sohn bekommen hatte – einen, von dem er glaubte oder ausgehen musste, dass es sein eigener war ... Freilich konnte der Brauer von dieser Testamentsänderung nichts wissen, als er ...«

»Wusst' ich's doch ...«, flüsterte der Herzog: »Stobeken ist der Brauer!«

»... als er den Pfeil vom Dach des Kurienhauses ... abgeschossen hat!«

»Als ich was?«, fragte Stobeken entgeistert. »Wie soll denn das gegangen sein? Ich war ja den ganzen Abend in der eigenen Wirtsstube! Das können ... Herr Tilling und ... Herr Papen bezeugen!«

Er hatte sichtlich in höchster Verzweiflung nach diesen Namen gesucht.

»Ach, das können die Herren? Ich fragte bei meinem Besuch damals gar nicht danach, wo Ihr an jenem Abend wart ...«, sagte Volpi und schien ratlos.

Papen und Tilling konnten es bestätigen.

»Wie lebensrettend für Euch! Dann habt Ihr also auch nicht jenen Bogen gekauft, von dem ich sprach, und auch nicht dem langjährigen Stephani-Küster, der die Freundlichkeit besaß, mich zu begleiten ...«

Wolter Eck – der käferartige kleine Mann, den auch in dieser abgehobenen Runde nicht die Leutseligkeit verließ – neigte kurz das Haupt ...

»... vor zwölf Jahren ein Granatapfelbäumchen gegeben, und dringliche Wünsche fürs eigene Heil drangeknüpft?«

»Aber nein!«, sagte Stobeken, und in die Stille, die auf seine ablehnende Entrüstung folgte, fiel die Ankunft des Feuerkünstlers Habek Schmauch, der sich verbeugte und anschließend schweigend wartete.

Volpi atmete auf, denn das entband ihn der Verpflichtung, länger um den heißen Brei herumzureden ... der Dramatik halber. Jetzt konnte er sich endlich dem Kern der Sache nähern.

»Der Liebe, Herr Brandt ... der Liebe Wirken ist doch ein ewiges Rätsel! ... Finden Sie nicht auch?«

Brandt schwieg wie ein verstockter Ketzer. Volpi schlenderte an den Reihen der Goslarer entlang und fasste einen nach dem anderen ernst ins Auge.

Bei Bartholdi blieb er stehen und raunte, dass es alle Umstehenden hören mussten: »Sibylle Herbst wollte sich das Leben nehmen! Sie hat einen Abschiedsbrief geschrieben, in dem sie ...«

Die letzten Worte verschluckte er absichtlich.

»In dem sie was ... ?«, flehte Bartholdi, doch umsonst: Volpi wandte sich wieder um und sprach laut, eindringlich erst Brandt, dann den Herzog anblickend – der aussah, als wolle er vor Erschöpfung gleich vom Rappen fallen ... :

»Ich habe hier einen Brief von Sibylle Herbst, der Frau Otto Herbsts ... Sie schreibt darin von einem Liebhaber, der ihren Mann tötete – in der Hoffnung, dass sie nach der Trauer ihn zu ehelichen bestrebt wäre – und der über ihre Weigerung, ihn zu ehelichen, den Verstand verlor und all dies verursachte. Sie nennt seinen Namen nicht. Allerdings habe ich von Euch und Sibylle Herbst als von einem leidenschaftlichen Liebespaar munkeln hören. Ich frage Euch also: Seid Ihr, Martin Brandt, jener Liebhaber, von dem sie hierin spricht?«

Volpi wedelte mit dem Brief wie mit einem Fehdehandschuh in der erhobenen rechten Hand, und alle erwarteten, dass er die Absicht hegte, ihn Brandt vor die Füße zu schleudern ...

Des Herzogs schwarzer Federbusch auf dem Helm wippte erregt: Das seltsame Possenspiel, das dieser Paduaner aufführte, hatte gerade Schwung genug, dass er nicht sofort einschlief.

»Nein!«, sagte Brandt. »Und bitte verschont mich mit Bogen- und Granatapfel-Fragen ... Ich weiß wohl, wer den Bogen gekauft hat. Aber ich sage es nicht. Ich verrate keinen Geschäftspartner.«

»Auch wenn dieser Geschäftspartner nur mit Euch Geschäfte machen will, weil er die Flammen vielleicht doch mehr fürchtet als sein höllischer Mann im Ohr? Wer hat Euren Bogen gekauft?«

Volpi hatte sich dem Feuerkünstler mit dem sprechenden Namen zugewandt. Er mochte sprechende Namen. Wüstemann. Tübchen. Wolf. Fuchs. Keller.

»Ich habe seinen Namen vergessen«, sagte der Feuerkünstler Schmauch. Volpi war enttäuscht, sagte aber gleich:

»Doch Ihr würdet ihn zweifelsohne wiedererkennen?«

»Natürlich.«

»Ist er hier?«

»Ja.«

»Bitte sagt mir leise, welcher der Herren es ist.«

»Der hinter dem Zwerg«, flüsterte Schmauch.

Volpi lächelte und trat zum Stephani-Küster.

»Nun sagt mir bitte leise, Herr Eck: Welcher Herr Euch vertraute Euch einst den Granatapfel-Schößling an und war ums eigene Seelenheil so besorgt?«

»Der Archivkobold steht vor ihm ...«

»Ich danke Euch, Herr Schmauch, und auch Euch, Herr Eck! Ihr habt mir denselben Mann bezeichnet.«

Volpi ging, unbeeindruckt von allen Zurufen, die auf sofortige Preisgabe des Namens drangen, einige Schritte ins Abseits.

»Ist die Posse um?«, fragte Heinrich, der nun doch kurz eingenickt war.

Da kam Volpi zurück und fragte ihn direkt, indem er ihm ein schmales, längliches Blatt zeigte, das er im Hintergrund von einem Strauch in einem Kübel gerissen hatte: »Wissen Eure Hochfürstliche Durchlaucht und auch Königliche Hoheit, was das hier für ein Blatt ist?«

»Wollt Ihr mich jetzt auch noch als vermeintlichen Schurken examinieren, Herr Planteur? Das ist ein Blatt vom Granatapfel!«

»Bravo. Und der Mann, von dem die Granatäpfel in Goslar zuerst kultiviert wurden, war Otto Herbst. Dies hier ist sein Garten. Er gehört jetzt Herbsts Bruder ...« Volpi trat in die Lücke, die sich gebildet hatte, und legte dem Schreckensbleichen die Hand auf die Schulter, während er den Satz vollendete. »... dem Autor des *Zünd-Tölpels*, dem Geliebten der Frau seines Bruders ... dem Vater von Sibylle Herbsts einjährigem Sohn Otto ... dem von Sibylle Herbst ob seiner ersten Mordtat Zurückgewiesenen ... dem Mordbrenner, der drei Menschen tötete, darunter den eigenen Bruder, und der 5000 Gulden von der Stadt erpresste ...! «

»5000 Gulden? Das ist nicht schlecht, dabei ist der Kerl nicht mal Herzog!«, entfuhr es dem jüngeren Heinrich.

Für einen kurzen Moment schien Hans Herbst wesenlos, wie erstarrt – dann begehrte er auf: »Was fällt Euch ein? Ich bin ein ehrbarer Mann! Verleumdung! Wie könnt Ihr es wagen? Dahergelaufen seid Ihr! Brecht unsere Gesetze, achtet die Trauer einer Witwe nicht! Verhöhnt meinen Bruder noch im Grab, indem ihr seine Frau begehrt! Hoheit – der Euch dies hier vorgaukelt, ist ein Ketzer!«

Der Herzog starrte gebannt auf sie herab. Volpi erbleichte und wurde kalt bis ins Mark. Mit Todesverachtung in der Stimme wandte er sich an den Bergrichter:

»Jetzt müsst Ihr mit der Sprache heraus, Herr Brandt! Euer Wissen um den Bogenhandel wäre ihm wohl kaum so viel wert gewesen. Er hätte ihn auch als gestohlen angeben können. Was habt Ihr wirklich gewusst ... von Hans Herbst?«

Der Teil von Herbst, der noch immer nicht begreifen wollte, dass es vorbei war, rief: »Hüte deine Zunge, Brandt, sonst bekommst du gar nichts ... gar nichts!«

»Was soll's denn noch, dein Drohen? Bist ja schon ein toter Mann, Herbst! Ich ... ich kriege gar nichts von dir! Die arme Sibylle ... Ja, die Liebe ist schon ein seltsames Ding, Herr Doktor ...« Er dämpfte die Stimme. »Er wollte nicht, dass ich erzähle, was ich im vorletzten Sommer einmal frühmorgens am Berghang sah, eine Stunde vor Sonnenaufgang: Da lag er mit seiner Schwägerin ... im Gras, am Rammelsberg ... und es war kein bloßes Ruhelager, wie ich hören konnte ...«

Herbst brüllte auf, dann sprang er unvermittelt auf den Herzog zu. Die Adjutanten hielten ihn auf Abstand, während Volpi schrie: »Hüte sich jeder, ihn mit bloßer Hand zu berühren! Warbeck, den er erwürgte, hatte die Franzosenkrankheit ...«

Erschrocken wichen die Männer zurück und senkten ihre Piken oder Schwerter gegen den Unhold. Der Herzog tat auf dem Pferd drei gezierte Schritte zurück ...

»Ich zahle dir, Beelzebub, alles an Silber, was ich habe ...«, raunte Herbst in des Herzogs Richtung, so leise, dass scheint's nur Volpi es hörte. Heinrich hatte bessere Ohren, als er glaubte.

»Dank fürs Kompliment ... Ei, wo ist es denn, das Silber? Dann können wir über den Handel reden ...«

Herbst deutete auf den Hochofen: »An einem sicheren Ort ...«

Seine Augen rollten bedrohlich. Rote Flecken zeigten sich jetzt deutlich auf seinen Armen, die er beschwörend erhoben.

Er sank auf die Knie und sprach himmelwärts: »Oh, höllischer Freund! Nun führe mich dahin, wohin schon immer ich wollte! Mach wahr, was du versprachst, denn ich habe alles getan, was du befahlst ... führ' mich ins reinigende Feuer! Leg mich in die wärmenden Flammen! ... Auf dass meine Sünden tropfend von mir abschmelzen ... im Hochofen des Fegefeuers!«

Der Bürgermeister Immhoff sprach: »Nicht das Feuer, Hans Herbst, wartet auf Euch... Hier hat es schon genug gebrannt, wir alle sind des Feuers reichlich müde ... Brennen ... sollen von mir aus die Inquisitoren ...«

Das war klug formuliert, fand Volpi.

»Ihr dagegen, Hans Herbst ...«, brachte der Erste Bürgermeister seinen Gedanken zu Ende, »... wo nun Euer reiches Erbe dem Rat verfällt und uns ein paar Wochen vorm Ruin rettet, werdet die Ehre haben, eine Vorstellung auf Köppelsbleek zu geben ... Meister Diel wird sich freuen, wenn er auch sicher die Axt, das Schwert oder die Diele vorziehen würde. Weil Ihr die Seuche habt, entgeht Ihr der Gnade des Schwertes ... da wird keiner unserer feinen Bürger auf die Idee kommen, Euer Blut zu trinken, wie es beim Köppeln unselige Sitte ist ... Wir werden Euch den Prozess machen, und alles, was uns heute hier vorgetragen wurde, wird noch einmal füglich erwogen ... Dann aber, und daran hege ich keinen Zweifel, werdet Ihr gehenkt werden wie der letzte Straßenräuber. Das scheint mir durchaus angemessen ... Was nun das Übrige anbelangt, Hochfürstliche Durchlaucht ...«

Er hatte sich umgedreht, doch Heinrich entgegnete, noch ehe Immhoff weitersprechen konnte: »Der Vertrag liegt bereit ... Kommt zu mir nach dem Riechenberg, wenn Ihr ... hiermit fertig seid...«, und im Davonreiten, den Hang hinauf, murmelte er, mit einem traurigen Blick den fast fertigen Hochofen zur Linken streifend: »Ich krieg schon noch meinen Teil, verlasst Euch drauf!«

Baader und ein paar städtische Kriegsknechte trieben derweil den willenlosen Herbst zur Stadt hinunter ab, darauf bedacht, ihn nicht zu berühren, als sei er bereits verwesendes Aas.

»Köppelsbleek ...«, sagte Bartholdi zu Volpi, bekreuzigte sich und fasste sich demonstrativ an den Hals: »... ist das Hochgericht bei Sankt Pankratius, da wird seit alters her geköppelt, blutig ... zack ... oder trocken ... krrks ... Übrigens: Gratulation, du reicher Mann!«

Immhoff und Richter traten zu ihnen.

»Machen wir uns nichts vor: Ehebrecherinnen droht nach unserer städtischen Willkür das Schafott genauso ...«

Das traf Volpi nicht unvorbereitet, lehrte er doch in Padua die Rechte:

»Das mag wohl richtig sein. Doch in Sibylle Herbsts Fall ... ist der fragliche Ehebruch doppelt verjährt – er geschah 1550 –, überdies ist er nur durch einen Rivalen bezeugt, dessen Aussage kaum Gewicht beigemessen werden kann. Üble Nachrede, wenn man es genau nimmt.« Er bekam im Sprechen wieder Farbe. »Keiner kann heute sagen, von wem der kleine Otto stammt ... Otto Herbst ist offiziell der Vater. Und er hat die Ehe schließlich als Erster gebrochen, was die eventuelle Schuld der Frau zwar nicht mindert, aber nach christlichem Verständnis die Ehe annulliert.« Er zog Sibylles Brief hervor, der zum Glück nicht der Abschiedsbrief war, der er nach dem Willen der Schreiberin hätte sein sollen, und gab ihn Immhoff. »Sibylle Herbst hat mich zum Vormund für dieses Kind bestimmt. Daher sehe ich mich durchaus ermächtigt, nun auch für die Mutter zu bestimmen, die augenblicklich nicht bei Sinnen ist: Wählt für sie nicht die Gnade des Schwertes, sondern die der Verbannung!«

Immhoff und Richter stöhnten auf. Ob sie sich bereits Ähnliches zurechtgelegt hatten, war schwer zu sagen, doch sie wirkten erleichtert.

»So sei es. Wir werden dies beantragen, und ich bin sicher, dass es so entschieden wird.«

Jetzt endlich fiel auch Volpi ein Stein vom Herzen, und er kam zum Schluss:

»Wenn sie will, werde ich sie mit nach Padua nehmen. Und wenn mein Freund, der Großarchivar, nun keine Arbeit mehr hat, wo die Prozesse mit dem großen eisernen Mann da droben zu Ende sind, so mag er auch mit uns ziehen!«

Volpi wandte sich dem Freund direkt zu:

»Du musst ja und wirst deinen Teil abbekommen von der Belohnung!«

Bartholdi sprang vor Freude im Kreis und rief: »Heißa! Juchhee! Das ist das Ende deines unseligen Anblickes, Dukatenscheißer! Du wirst einem anderen vor der Nase herumtanzen! Aber ... meine Bücher ... die kommen alle, alle mit!«

Montag, 13. Juni 1552

Sibylle Herbst trug ein einfaches graues Büßergewand. Sie weinte leise, hinter Volpi auf dem Araber sitzend, den Jobst ihm zum Abschied geschenkt hatte. Gerade ritten sie den steilen Weg nach Clausthal hinauf. Sie waren sich einig gewesen, im frühesten Morgenlicht aufzubrechen. Allein Bartholdi, ein Maultier unter sich und dem kleinen Otto ein fürsichtiger Beschützer, warf immer wieder Blicke zurück, sich ängstlich auf die Lippen beißend. Er war nicht wegen der unwiderruflich entschwundenen Stadt besorgt, sondern wegen der drei schwer bepackten Maulesel, die jene Auswahl seiner Bücher trugen, die zu treffen er sich schweren Herzens hatte durchringen müssen …

Sibylle suchte an nichts zu denken, außer an den Süden, an die Sonne, an das bevorstehende Glück … Der Prozess hatte auch das letzte Gefühl für Hans Herbst in ihr abgetötet. Alles war so gewesen, wie sie es sich insgeheim ausgemalt hatte. Und wie froh war sie, dass das jetzt alles hinter ihr lag. Sie klammerte sich an den Mann, der sie aus dem Elend herausführte.

Volpi dachte an die Kaltblütigkeit, mit der Hans Herbst sie alle so lange genarrt hatte. Unerklärlich, wenn es einen Gott gab, dass er einem Unhold soviel Gunst bewies. Andererseits … 2500 Gulden verdankte nun er wiederum dem Bösen! Sie hatten einige Bücher ausgehöhlt, um einen kleinen Teil als baren Notgroschen mitzuführen. Den größeren Teil der Summe würde Volpi bei einem Geschäftspartner Jobsts in Venedig einlösen können. Wie das genau vor sich ging? Ach, er hatte Geldgeschäfte dieser Art noch nie verstanden.

Zumindest glaubte er inzwischen ein klareres Bild von Herbsts Attacke im Stollen zu haben … Nichts davon war von langer Hand geplant gewesen. Nach dem Mord an Warbeck hatte der Mann in Herbsts Ohr die Oberhand gewonnen und ihn die Gunst der Stunde und die Ungunst des Ortes doppelt energisch nutzen lassen. Vom Hass angestachelt, vor Eifersucht tobend, hatte er eine der Wettertüren geschlossen, lange bevor sie eingefahren waren. Und Adener wollte er nur in die Irre schicken, den Umstand ausnutzend, dass es dem Bürgermeister nicht gelang, sein Licht wieder zu entzünden. Anschließend hatte er sich selbst im Schutze des Qualms an allen, auch an den verhassten Kontrahenten Volpi und Bartholdi, vorbei zur ominösen, noch geschlossenen Wettertür vorgestohlen. Brandt und Stobeken waren im Dunkel in Sicherheit gelaufen, von ihm und der Tür ungehindert. Erst Bartholdi und Volpi indes, kenntlich am Selbstgespräch, wurden mit Schwung auf den Abweg gebracht. Im Schrägschacht hätte alles schon vorbei sein können … und Volpi verdankte sein Leben nur dem Umstand, dass der kleine Mann auf seinem Maultier hinter ihnen so viel Mut, Kraft und Geistesgegenwart bewiesen hatte, indem er ortskundig hinauskroch und … Volpi schüttelte sich, um die dunklen Erinnerungen loszuwerden, die ihn wie Fledermäuse am Tag heimsuchten. Unterdessen hatten sie die Bergkuppe erreicht. Einen letzten Blick warfen sie mit gemischten Gefühlen in Goslars Richtung. Sie sahen bloß Tannenwipfel … So ritten sie endlich weiter und waren verschwunden.

In der warmen Luft lagen die Wohlgerüche des Sommers. Die Schmetterlinge passten schlecht zu den ernsten Mienen. Satt war das Grün der Wiesen. Allein der Himmel schien zu wissen, wie es in ihren Herzen und Köpfen aussah, denn er zeigte ein hartes Stahlblau … Kalte Verachtung fühlten sie für den wilden Mann, den hochfürstlichen Schröpfer, der sie eben in die Armut getrieben hatte. Von der Verlesung und Unterzeichnung des Riechenberger Knebelvertrages kamen sie. Und die Herren des Rates, alle eisigen Angesichts unter starrem Barett, rechneten sich ihren Anteil an den 10000 Gulden aus, die ihnen Heinz, das geifernde Raubtier, abverlangte. Was konnte es da Passenderes geben für den Nachmittag als eine Hinrichtung? Schweigend schritt der Zug über den Kohlenweg hin. Eben kamen sie auf Sichtweite am geschleiften Georgenkloster vorbei und hörten die Kolkraben, die sich krächzend und geifernd ums Aas einer Katze zankten. Für Augenblicke waren sie in einen ungeheuren Gestank gehüllt. Der Hansturm, üble Trümmerstätte auch er, zog vorbei, und schlimme Erinnerungen an 1527 plagten alle. Doch es dauerte noch ein ganzes Stück, bis sie, immer am Gebück der Landwehr entlanggehend, endlich den dreischläfrigen Galgen des Goslarer Hochgerichtes erreichten: Köppelsbleek. Das Kapell-Glöcklein vom Siechenhof schallte stumpf zur None: Drei Uhr des Nachmittags war es, als Meister Diel, der Henker, und sein Knecht den Verurteilten heranschleiften, auf einer mit Kuhhaut bespannten Holzpritsche festgebunden, unwillig und voller Wut darüber, dass sie den eklen Siechen so lange in Gewahrsam hatten halten müssen. Sie hatten Angst, zu kriegen, was er hatte, dieses Schwein … Und eine rechte Hinrichtung hatte sowieso bei der Prim zu erfolgen, um sechs Uhr am Morgen! Was sollte das also nun schon werden? Würde ihn der Teufel auch nachmittags noch holen? … Man palaverte und schwatzte, doch es wollte nicht die übliche Ausgelassenheit aufkommen, die sich sonst bei Hinrichtungen einzustellen beliebte. Warum hatten sie nicht die Feuergaukler geholt … Und dass das Nebengeschäft mit dem Blut nicht sein sollte … Verflixt und zugenäht! … Endlich brachten sie Hans Herbst vor das Gerüst und führten ihn, mit Handschuhen, zu den beiden Leitern, die an den nördlichsten der Todesbalken gelehnt waren, eine für ihn, die andere für den Henker. Mein Gott, Herbst stank wie der Leibhaftige – sie hatten ihm die letzten Tage keine Wäsche mehr gewechselt, aus Furcht, ihn zu berühren, war auch zu teuer, mussten ja alles verbrennen … Er bekam von Diel die Schlinge verpasst, legte sie sich selbst sauber um, und zog sie auch lächelnd fest. Dann stieg er rücklings hinauf, der Meister an seiner Seite, hartnäckig seinen Blick vermeidend. Der Henker warf den Strick über den Querbalken – den Strick, der sehr dünn war, damit er besser einschnitt –, schlang das Ende um einen Haken. Er maß den Abstand zum Schopf von Herbst und fand ihn klein genug: Das Haar musste den Galgen berühren. Ohne viel Federlesens stieß Meister Diel den ruhig stehenden Mann von dem Tritt auf seiner Leiter. Es gab einen Ruck, Herbst zappelte, und sein Gesicht zeigte schreckliche Grimassen. Einige wollten ein satanisches Lachen gehört haben. Ohne darauf zu warten, dass er erschlaffte, verließen alle die Stätte. Es war, sollte Richter den Vorgang später trefflich zusammenfassen, kein Anblick zum Verweilen. Ein Kuckuck, als würde er sich einen Jux machen, schrie Herbsts Jahre aus und stoppte – Daniel Jobst war nicht der Einzige, der mitgezählt hatte, und dies später bezeugen konnte – bei vierundvierzig ... Allerdings wollte Tilling gesehen haben, wie Immhoff einen Stein nach dem frechen, graugesperberten Vogel geschleudert und ihn damit eben rechtzeitig zum Verstummen gebracht hatte.

Kuckuck! ... Kuckuck! ... Er hörte IHN schreien, und er hörte sie schreien ... *Hol dich der Kuckuck! Hol dich der Kuckuck! Der Leib ist ein Nest für vielerlei Gelichter ... Was sagst du da? Gelichter? Gar nicht so falsch ... Kein so übler Gedanke, den Gesperberten zu erwähnen ...* Was wollt ihr? Er hat mich nicht geholt, und er wird es auch nicht tun ... ihr Narren! Der Teufel, der Kuckuck ... *Kuckuck sagen sie, weil er gerne andere für sich arbeiten lässt, weil er ein Blender ist, ein Gleisner, Bluffer, Schleicher, Lügenbold ...* Und wie soll er mich denn jetzt holen, wo wir schon so viele Jahre gut Freund sind? Den Teufel wird er tun ... *Den Teufel werd ich tun ... Teufel hin,* Teufel her ... Ist mir doch ganz egal, was sie denken, die Beschränkten ... Ich ... *Du? Ich!* Nein nicht DU, ICH! ... *Hörst du die Vögel zwitschern? Denkst du an sie, an deine Sibylle? An deinen Sohn, den sie nach deinem Bruder benannt hat?* ... Ja – nach meinem verhassten Bruder hat sie ihn genannt ... *Denke nur nicht an sie, sonst* ... sonst verderbe ich mir die Stimmung zum Sterben? Warum sollte ich das noch genießen wollen? Der Strick ist für Strauchdiebe, nicht für meinesgleichen ... *Bist was Besseres, gelt! Es sind fühllose Ignoranten, da geb ich dir Recht!* ... Hör zu: Ich denke an sie, wann und wie ich will. *Ach, ganz neue*

Töne schlägt er an, der Herr ... Brauch ich dich jetzt noch? Wo du alle Versprechen gebrochen hast. Es ist nichts geworden mit dem Feuer. Mit dem großen Brand ... Es ist nichts geworden mit dem Hochofen. Der Doktor kam dazwischen ... Das ist fast das Schlimmste, bei Licht besehen ... war beinahe eine größere Enttäuschung als ihre Abkehr ... *tja* ... *man nennt mich eben nicht umsonst den großen Kulissier ... Schiebe gern Kulissen, mag sehr auch das Possenspiel! Verloren, wer mir zu arg vertraut. Wer alles für bare Münze nimmt* ... Also, was soll's noch? Ich habe sie geliebt, und ich liebe sie immer noch. Und wenn es eine Hölle gibt, werde ich ... *wird dir deine glücklose Liebe ganz besonders weh tun: Sie wird die kleine Flamme sein, auf der du ewig brätst!* Ach scher dich doch zum ... *Zum was? Zu wem? Zu mir selbst? Teufel, er redet schon irr! Denk lieber an was Gescheites, wenn du noch Zeit findest, doch, leider, leider – ich fürchte* ... hehe! In manuas tuas ... *zu spät!* ... Krrrrk! ... Licht! ... Also doch der Himmel? Der Himmel aber kann es wohl nicht sein ... Strahl ... und grünes Feld, durch das rote Flüsse fließen ... die langsam auch grünlich schimmern, bis alles ... alles ... einen Punkt am Fluss ... am Berg ... grün ...

Damian Baader hatte mit Engelszungen geredet, um sie endlich in die Sektion einwilligen zu lassen. Doch die Stunde war günstig gewesen, sie hatten die Köpfe woanders gehabt ... dem wilden Heinz sei Dank! Dass es ein Anwärter für die Ludergrube war, an dem er seine verrufene Kunst zu schulen gedachte, hatte geholfen, die letzten Skrupel zu beseitigen ... und ihn einfach machen zu lassen ... Nicht hängen bleiben durfte er ja, um langsam in Fetzen zu gehen und herunterzufallen. Sie kannten doch die Leichenfledderer, die sich ein Stück vom Gehenkten zu holen kämen ...

Höllisch aufpassen musste er, das war ihm bewusst, denn die Lustseuche wollte er sich bei der Gelegenheit nicht einfangen ... Aber mit den Därmen über den Händen, mit einer Brille aus wasserklarstem Marienglas und einer Binde vor Mund und

Nase ließ es sich wohl wagen. Es war die erste Schädelöffnung, die er vornahm ... und ... Sie übertraf alles, was er sich erhofft hatte ... Ein Geschwulst von dieser Größe hatte er noch nie gesehen, und er brauchte lange, nachdem er alles gesäubert hatte, sie zu zeichnen. Er würde auch Volpi eine Skizze schicken. Zu schade, dass der es so eilig gehabt hatte, dachte er, während er den Henkersknecht begleitete, um Herbst zur letzten unheiligen Ruhe auf dem Schindanger zu betten. Den Teufel hatte er in Alkohol eingelegt.

Epilog

Bartholdi war an der Universität beschäftigt – er verwaltete die Sämereien des Großen Botanischen Gartens von Padua ... und war der beste Aufpasser für den kleinen Otto, den man sich wünschen konnte. Die kleine Anna, die sich ihnen allen zugesellt hatte, war noch zu klein, um mehr als den Schutz des Bettes zu benötigen ... Anna Sibylla Volpi ... Der Name klang da unten gar nicht so seltsam ... Der glückliche Vater hatte vor Tagen – nach drei Jahren – endlich die letzte Zeile seines Goslar-Lobpreises niedergeschrieben. Nie hatte ihm die schöne Stadt Goslar so lebendig vor Augen gestanden wie jetzt ... als seien Sibylle, Bartholdi und er eben erst durchs Klaustor hinaus ... Volpi blätterte noch einmal zum Anfang seines Manuskriptes und las: *Wer kennt es nicht, das wilde Glück, das uns beim Anhauch alter Zeit ergreift?* ... Er seufzte. Jetzt war er aufgestiegen und lehrte als ordentlicher Professor für Medizin an der Universität – über die questiones legales ... Doch er hätte nie gedacht, dass die Karriere eine viel schlimmere Schreibhemmung bedeuten könnte, als das Unglück in der Liebe ... Er hatte jetzt gesellschaftliche Verpflichtungen, die er ausnehmend hasste, da sie ihm jede freie Minute zu stehlen begannen! Auch an diesem Abend würden Sibylle und er wieder bei den Bacchigliones essen ... und er würde wieder mit allerlei aus dem Barett gezaubertem, gelehrten Unfug brillieren müssen ... Monika von Bacchiglione, eine ziemlich einfältige Dame, war übrigens nicht den ersten Vers eines Sonettes wert ... So hatte er sein Gedicht ganz allein für Sibylle geschrieben ... Sibylle! Und ihr würde er es vorlesen, morgen, oder irgendwann ... Er seufzte noch einmal. An einem freien Abend ... Wie es gerade Mode war, setzte er auf gut humanistisch einen Segenswunsch darunter, denn gedruckt werden würde es, damit er es nach Goslar schicken könnte, an Baader und an Jobst, an Tilling, Immhoff, Richter und ... ja ... auch an Papen und Wohlgemuth, und ... ach, an wen noch alles:

Flieg doch nicht fort, liebes Buch,
ohne zu wissen, was dein Verfasser
dir mitgeben will ... Wie ungezogen
wäre das! Also höre nur aufmerksam:
Gebildete und Verehrer der Musen,
die du antriffst, grüße alle von ihm,
und bitte sie aufs Beste, dass sie,
wenn er ihnen würdig erscheine,
ihn zur Zahl der alten Gemeinschaft,
sei's auch als Letzten, hinzuzählten!
Aber Spottdrosseln und Ohrenspitzer
mögen, Buch, dir, alle für nichtig gelten!
Mach einen Bogen um Heuchler in Kutten,
hässlich und dumm, und halte dich ja fern
von stirnrunzelnden nörgelnden Greisen!
Die selbstgefälligen Kritiker meide,
sowie die hölzernen Schulmeister!
Das sind den Musen verhasste Geschlechter.
Nicht zappeln! Gleich schon ist's aus ...
Nur so viel wollte ich sagen. Und nun –
gehab dich wohl!

Historische Stichworte

Feuersetzen

Um den Erzabbau im Rammelsberg zu erleichtern, bediente man sich des Feuers. In der „Mutter aller europäischen Bergwerke" in Schwaz-Brixlegg fand man Belege dafür, dass das Feuersetzen als Abbautechnik bereits im 9. vorchristlichen Jahrhundert bekannt war. Außer im Harzbergbau wurde dieses Verfahren im erzgebirgischen Zinnbergbau angewendet.

Im Rammelsberg legte man vom jeweiligen Schacht aus Querschläge ans Erzlager, trieb Strecken in seinem Streichen (der horizontalen Laufrichtung), halb im Tonschiefer, halb im Erz, und setzte mehrere Fichtenholzstöße oder Schränke von 60 Zoll Höhe auf Steinsockel (wichtig für den Zug), sodass sie oben bis an die Firste des Stollens (die Decke) oder ans Hangende (das über dem Lager liegende Deckgebirge) reichten. Zwei oder drei solcher Stöße, die in Zwischenräumen von 2 bis 3 Fuß nebeneinandergestellt wurden, nannte man einen „Brand". Zu einem Brand benötigte man ¾ bis 1¼ Malter Brandholz. Zwischen die untersten Schichten der Schränke wurden Splitter und Späne gelegt, um das schnellere Anbrennen zu befördern. Der Feuerhüter mit seinem Gehilfen steckte die Brände nach und nach an und wartete etwa eine halbe Stunde, bis sie niedergebrannt waren. Es durften nur Brände zugleich angezündet werden, die auf einer Sohle lagen, oder solche, deren Rauch nach verschiedenen Wetterschächten geleitet wurde.

Die Flammen erhitzten die äußere Fläche des Erzes sehr schnell, während das innere Erz noch kalt blieb, wodurch ein Abspringen in Schalen von 2 bis 8 Zoll Stärke bewirkt wurde. Bei feuchtem Erz verstärkte sich das Abspringen durch die entwickelten Gase. Die Ablösung des Erzes erfolgte schalenförmig, weshalb nach mehrmaligem Feuersetzen runde Weitungen im Berg entstanden, die beachtliche Dimensionen erreichen konnten und abgesichert bzw. rückgebaut (mit Versatz verfüllt oder ausgemauert) werden mussten.

Feuergesetzt wurde bevorzugt abends und am Wochenende, wenn wenige Bergleute in den Gruben waren und durch Rauch und Brandgase gefährdet werden konnten. Vor allem Schwefelgestank stand nach dem Feuersetzen in den Gruben. Der im Misch-Erz des Rammelsberges enthaltene Schwefelkies begann sich bei großer Hitze zu zersetzen und konnte sogar brennen. Die Zeitpläne für das Feuersetzen änderten sich je nach Bedarf und nach Jahrhundert (abhängig von der Abbausituation und dem Lagerstättenverlauf). Aus dem 19. Jahrhundert ist die Frühschicht des Sonnabends als fester Termin bekannt (genauer: 8–12 Uhr). Gemessen an der Branddauer (ca. ½ Stunden) werden in den Hochzeiten des Bergbaues im Rammelsberg maximal zehn bis zwanzig Brände gesetzt worden sein. Im 15. und 16. Jahrhundert wurde auch zwei- oder dreimal in der Woche Feuer gesetzt; bevorzugt abends nach dem Nachtsang, nach dem Ausfahren der letzten Bergleute.

„Im Durchschnitte kann man rechnen, daß von einem Förstenbrande 20 Scherben [...] grobes Erz (Stufferz) erfolgt. [...] Zu dem Anstecken der Brände gehört eine genaue Kenntniß des Wetterzuges, weshalb der Feuerwächter ein darin erfahrener Bergmann sein muß. Durch das Öffnen und Zumachen der Spunde (Wetterthüren) ist man im Stande, die Wetter dahin zu leiten, wohin man sie haben will. Der Rauch von den Bränden zieht in den vier Haupt-Wetterschächten, die zu Tage ausgehen, ab und wird denselben durch Wetterörter und inwendige Wetterschächte zugeführt. Des Montags früh vor dem Anfahren der Bergleute, welches wegen des in der Clauskirche abzuhaltenden Gottesdienstes erst nach 8 Uhr geschieht, muß der Feuerwächter mit dem Kunstknechte die Stellen nachsehen, wo am Sonnabend Brände gestanden haben und die etwa noch glimmenden

Kohlen und die in Brand gerathenen kleinen Erzstücke ausgießen. [...] Seit dem Jahre 1818 hat man das Feuersetzen wegen des Holzmangels sehr vermindert [...]. Vor 1818 betrug der Holzverbrauch jährlich 2300 Malter, jetzt aber, wo wöchentlich nur 8 bis 12 Bränder gesetzt werden, beträgt derselbe etwa 520 Malter." (Heinrich Ahrend: Beschreibung des Bergbaues am Rammelsberge bei Goslar. Aus: Berg- und hüttenmännische Zeitung, Freiberg, 1854; zit. nach: Karl Zschocke u. Ernst Preuschen: Das urzeitliche Bergbaugebiet ..., Wien, 1932, S. 253f.)

Maße und Gewichte

1 Linie --- 0,002 m
1 Zoll --- 0,024 cm
1 (hannoveraner) Fuß --- 12 Zoll à 12 Linien --- 0,29 m
zum Vergleich 1 (rheinischer) Fuß --- 0,31 m
1 Elle --- ca. 0,5–0,8 m
1 Spanne --- ½ Elle --- ca. 0,25–0,4 m
1 Lachter --- 8 Spannen à 10 Zoll --- 6,6 han. Fuß --- ca. 1,9 m
1 Klafter --- (Spannweite der Arme) --- 3 Ellen --- ca. 5–8 han. Fuß --- ca. 1,5–2,5 m
1 han. Meile --- 2 Stunden --- 12 000 han. Fuß --- 3480 m
1 (han.) Kubikfuß --- 0,024 m^3
1 Scherben --- 4 han. Kubikfuß --- 0,096 m^3
1 Malter --- 80 han. Kubikfuß --- 1,92 m^3
1 Schock --- 2 Bund --- 5 Dutzend --- 60 Stück
1 Unze --- 2 Lot --- $1/16$ Pfund --- $1/8$ kölnische Mark --- 28,35 g (Apothekerunze --- 31,1 g)
1 Quart --- 1,1365 Liter
1 Kanne --- ½ Stübchen --- 1,85–1,95 Liter
1 Stübchen --- $1/10$ Anker --- 3,7–3,9 Liter
1 Eimer --- 4 Stübchen --- 14,8–15,6 Liter
1 Anker --- 37–39 Liter

Dichtung und Wahrheit

Die Krimi-Handlung ist erfunden. Aber sie wurde in einen historisch bedeutsamen Goslarer Frühling eingebettet (siehe unten: Historie am Rande). Hier seien eingangs nur einige Punkte gestreift: Hans Geismar verzeichnete in seiner Goslar-Chronik 1551 und 1552 zahlreiche Brände und mehrere Morde. Im Text wird Geismar *Chronist* genannt, doch seine Chronik war für die Schublade und kam erst viel später ans Licht. / Die Gefährdung der Stadt durch mögliche Mordbrenner im Auftrag Heinrichs des Jüngeren war sehr real, wiewohl es 1540 überall, nur nicht in Goslar, mutmaßliche herzogliche Brandstiftungen gegeben hatte. / Die massiv verstärkte Goslarer Stadtbefestigung könnte kurzzeitig mehr Türme aufgewiesen haben, als das runde Halbhundert, das Hans-Günther Griep auf seiner Karte „Goslar um 1500" verzeichnet – aber 182 Stück, wie es ein engagierter Stadthistoriker einst für möglich hielt? (K. Woltereck: Goslar. Aus dem Leben einer 1000jährigen Stadt. Hannover, 1924, S. 63). Das erschient selbst dem Türmer Groenewold im Text übertrieben ... / Die Zahl der Goslarer Bürger (ohne Kleriker, andere Steuerfreie, Kinder und Sieche) lag 1507 bei etwa 7000; 1552 dürften es zwischen 7000 und 8000 gewesen sein, d. h. also ca. 10000 Einwohner insgesamt. / Abgerichtete Lastesel, bzw. Maulesel oder Maultiere, die zwischen den „Werken" und der Stadt pendelten? Dichterische Freiheit oder Blüten der Phantasie ...

Sprache

Einen authentischen sprachlichen Eindruck vom Mittelniederdeutschen des Jahres 1552 möge ein Auszug aus der Geismar'schen Chronik vermitteln. Mit etwas Geduld und Hartnäckigkeit enträtseln sich Lautverschiebungen und Vokabeln; es geht um Brände, Morde und den Herzog (slage: Schlage;

do: da; brenden: brannten / brende: brannte; tho: zu; Gerstidde: Jerstedt; furstidde: Feuerstätten; isernhutten: Eisenhütte; ane: ohne; gebuete: Gebäude; fur, fuer: Feuer; avende: Abend; dage: Tage; by: bei; hir: hier; sulvigen: selbigen; aff: ab, huß, hus, huser: Haus, Häuser; orem: ihrem ...):

„1551 [...] *16. Mai* Am pingestavende tho 1 slage do brenden tho Gerstidde 14 furstidde aff ane alle andern gebuete, und in dieser sulvigen wochen brende vor Osterrode eine isernhutten aff. [...] *12. Juli* Am sondage in s:Margareten avende umb 12 slege by dage do wardt hir tho Goslar 1 fuer in der Buserschen huse, dat dar in 3 Stunde 11 huser affbrennen up der marckstraten, alse der Buserschen huß, Bultemans 2 huser, Vidt Beckers huß, ehrn Johan Geismers huß, Hinrick Wrotels huß, Henningen Witten huß, mester Tilenn huß, Harmen Tacken huß, Hans Kolers huß und Jans huß, ahn alle andern gebuete, und dede over de 30000 gulden schade, und wenn Henni Luder und der Robenschen stenen gevel nicht gedan hedden, so hedde de halve stadt affgebrendt und de buch an s:Tillien, und de kercke wart dat daeck dal gebrokenn etc. *26. November; 9. September* Donnerdach na s: Katarinae wardt Hinrick Sluman im Klockenbarge dot geschoten. Am avende na nativitatis Mariae ist Marten Pflips huß affgebrent up der breden straten. / Ock wardt ein fruwe Dorathia, Harmen Fuestes witwe, in orem egen huse gemordet und under dat bedde gesteken, darnach de morder dat huß angesticht by der Bartelsmolen. 1552 [...] *2. Juni* Thoch der h: von Bronschwigk vor de stadt Goslar des donnerdages vor pingesten mit 1700 lansknechten und 600 pferde [...]." (Die Goslarer Chronik des Hans Geismar; hrsg. v. Gerhard Cordes. Goslar, 1954, S. 154ff.)

Historie am Rande: Goslar und der Herzog 1527–1552

Seit 1527 prozessierten Goslar und Heinrich von Braunschweig-Wolfenbüttel um den Rammelsberg. Als die Stadt protestantisch wurde, kam ein religiöser Glaubenskampf mit dem katholischen Fürsten hinzu. Um die Goslarer daran zu hindern, Kontakt zu Beistandspartnern aufzunehmen, ließ Heinrich den langjährigen Syndikus und Abgesandten Dr. Konrad Dellinghausen bei Homburg vor der Höhe im Hessischen kidnappen. Bei der Rückkehr vom Augsburger Reichstag 1530 ergriffen ihn herzogliche Agenten. 1532 ging Dellinghausen im Verlies von Schloss Schöningen nahe Helmstedt elend zugrunde. Goslar schickte aber auch künftig Abgesandte zu politisch wichtigen Versammlungen. So war die Stadt auf der Tagung der evangelischen Einung im Dezember 1531 in Frankfurt am Main vertreten und schloss sich dem Schmalkaldischen Bund an. Die Schmalkalder wollten der Stadt bei ihrem Streit mit dem Herzog keinen Beistand leisten. Landgraf Philipp von Hessen, der sich schon früher vermittelnd in den Berg-und-Wald-Streit eingemischt hatte, legte für Goslar ein gutes Wort ein. Aber Goslar kam nicht mehr in den Genuss bündischen Schutzes bei herzoglichen Übergriffen.

1546 rief der Kaiser zum offenen Kampf gegen den Protestantismus auf. Goslar unterstützte das schmalkaldische Heer mit Soldaten. Auch hansische Kontingente aus Magdeburg, Bremen, Hamburg, Lüneburg, Hildesheim und Hannover nahmen am 24. April 1547 an der Entscheidungsschlacht bei Mühlberg teil. Die Schlacht ging verloren, die Anführer kapitulierten: Kurfürst Johann Friedrich von Sachsen wurde gefangengenommen, Landgraf Philipp von Hessen ergab sich.

Karl V. hielt sich an Goslar schadlos: „Die Stadt mußte [...] 30000 fl. [Florin: Gulden] zahlen [...], dazu das Kloster Frankenberg dem Herzoge übergeben, die Wiedereinführung der katholischen Gottesdienste hier sowie im Domstift und im Kloster Neuwerk zugestehen [...]." (P. J. Meier: Der Streit Herzog Heinrichs des Jüngeren von Braunschweig-Wolfenbüttel mit der Reichsstadt Goslar um den Rammelsberg. Goslar, 1928, S. 107f.) Zu allem Unglück strengte dann der Braunschweig-Wolfenbütteler eine Klage gegen die Stadt Goslar wegen schweren Landfriedensbruches an. Er beschuldigte die Goslarer, 1527 grundlos die Klöster geschleift zu haben, die in seiner Oberhoheit lagen. Er gewann, und die Stadt musste wieder berappen.

Der Rechtsstreit zwischen Herzog und Stadt um Berg und Forsten schwelte ungehindert vor dem Reichskammergericht fort, von Goslar aus gutem Grund mit allen Mitteln in die Länge gezogen: „Und wieviel Papier ist mit der hochnotpeinlichen Klage der Stadt verbraucht, daß an einem Schreiben von 1537 ein Siegel beschädigt und deshalb der Verdacht nicht abzuweisen sei, es möchte seitens der Gegenpartei ein Vertrauensbruch stattgefunden haben [...]. Die braunschweigische Partei unterläßt es selbstverständlich nicht, auch wegen dieser Sache den Vorwurf der Verschleppung zu erheben." (Meier, Der Streit ..., a. a. O., S. 105) Was wieder Gelegenheit gab zu jahrelangen Erwiderungen ...

Im Schmalkaldischen Krieg hatte Heinrich der Jüngere von Braunschweig-Wolfenbüttel Gefangenschaft und Entehrung erdulden müssen und viel Zeit damit verbracht, sein Land wieder katholisch zu machen. Erst als das meiste erledigt war, widmete er sich seinem Lieblingsgegner Goslar. Vom Prozessieren hatte er schon lange genug. Im Juni 1552 zog er überraschend vor die Stadt. Wie 1527 schlug er auf dem Kattenberg beim Kloster Riechenberg sein Feldlager auf. Dieses Mal jedoch wusste er, dass ihm keine große Gegenwehr drohte. Gegen seine 1700 Landsknechte und 600 Berittenen hatte der Goslarer Rat angesichts eines gähnend leeren Stadtsäckels wenig aufzubieten. Eilig angelegte Schanzgräben für die Gildeschützen blieben nutzlos, wie Hans Geismar berichtet, der selbst als Rottenführer der Büchsenschützen aktiv war. Von den Schüssen aus dem Lager des Gegners kam indes nur eine Ente zu Tode, schrieb Geismar ...

Der Herzog zwang Goslar durch kurze und waffenstarrende Belagerung zum Kniefall. Am 13. Juni 1552 besiegelten die ungleichen Parteien im Kloster Riechenberg den später sogenannten „Riechenberger Vertrag". Er bedeutete weniger eine Rechts-, denn eine „Machtentscheidung" des Streites (Meier, Der Streit ..., a. a. O., S. 88). Der Herzog hatte – aus späterer Sicht – nur in Bezug auf eine Zehnten-Forderung an den Schmelzhütten und Teile der Wälder gewisse Anrechte. Unberechtigt indessen scheint der durchgesetzte Anspruch auf den sog. Vorkauf und auf jeden zehnten Korb allen Erzes gewesen zu sein. Aber darum ging es im Wesentlichen gar nicht mehr ...

Die Fehde hatte sich wohl ursprünglich am Rammelsberg entzündet. Aber im Verlaufe eines Vierteljahrhunderts war sie zu einem privaten Kreuzzug des katholischen Fürsten gegen die aufmüpfige Stadt geworden (vgl. Meier, Der Streit ..., a. a. O., besonders S. 88–149). Der Sieger ließ nun seine Regressforderungen der versammelten Bürgerschaft theatralisch am Rammelsberg verlesen. Als Verleser dieses Diktates agierte Balthasar von Stechow, der am Tod des städtischen Syndikus und Abgesandten Dr. Konrad Dellinghausen mitschuldig geworden war. 33 Goslarern reisten mit 10 000 Gulden im Gepäck nach Wolfenbüttel, um das Geld dem Herzog zu übergeben und Abbitte zu leisten. Zur Ummäntelung dieser räuberischen Forderung wurde der Stadt herzogliche Protektion für zwanzig Jahre zugesichert. Der nur auf dem Papier existente Schutz, der eigentlich Patronage dafür war, vom Patron selbst nicht behelligt zu werden, kostete somit 500 Gulden für jedes Jahr der Ruhe. Zahlbar im Voraus ... (1 Silber-Gulden wog ca. 10 Gramm. Man konnte mit ihm so viel kaufen wie heute etwa mit 40–50 Euro).

Der Riechenberger Vertrag, der nach früherer Meinung den wirtschaftlichen Niedergang der Hanse-Stadt Goslar einleitete, wird inzwischen differenzierter bewertet. Von einer generellen Verarmung der Stadt konnte in der Folge nicht die Rede sein. Die Handelsherren hatten auch andere Güter, mit denen Geld zu verdienen war – Flexibilität hieß bereits damals das Zauberwort. Allein der Montanhandel, zuvor wirtschaftlicher Hauptimpuls des Goslarer Handels, war extrem geschwächt. Das Vorkaufsrecht für die Erze aus den 22 nichtstädtischen Gruben lag nicht länger beim Rat. Alle Erze mussten dem Herzog verkauft werden, zu *seinem* Preis ... Private Grubenbesitzer hatten jeden zehnten Korb Erz als Zehntabgabe an die fürstliche Kammer auf dem Riechenberg abzuliefern. Die Stadt dagegen, die damals vier Gruben betrieb, durfte – einer alten Regelung zufolge, weil ihr der tiefste Stollen (der Rats- oder Rathstiefste) gehörte – nach wie vor jeden neunten Korb aller Erze für sich beanspruchen. Der Herzog schöpfte den goldenen Rahm von den Hüttenerträgen ab und setzte sich in den Besitz großer Teile der vormals für die Stadt so einträglichen Forsten. Goslar verblieb in etwa der (goslarisch „die") heutige Stadtforst.

Bedrohung Goslars durch herzogliche Mordbrenner

Am 20. Mai 1540 schrieb Landgraf Philipp von Hessen an den Goslarer Rat: „Es ist uns eingefallen, ob wohl Herzog Heinrich Vorhaben wäre, auch den Rammelsberg aus[zu]prennen oder die Kunst in solchem Bergwerk zerprechen zu lassen, sonderlich weil er einen Gesellen [...], welcher solcher Bergwerks Gelegenheit trefflich wisse, bei sich haben soll." (zit. n. Meier, Der Streit ..., a. a. O., S. 98). Im folgenden Monat, am 26. Juli 1540 um 6 Uhr abends, brach in Einbeck ein verheerender Brand aus, bei dem 350 Menschen starben. Am 29. Juli schrieb Philipp von Hessen erneut nach Goslar und warnte, dass der Stadt ein ähnliches Schicksal drohen könnte. Als wahrscheinlicher

Brandstifter sei ein angetrunkener Hirte geschnappt worden, der gestanden hätte, vom braunschweigisch-wolfenbüttelschen Vogt von Hohenbüchen (Heinrich Diek, aus Einbeck verbannter Patrizier) fürs Brandlegen bezahlt worden zu sein. Diek wiederum gab später im September 1540 im Verhör zu Protokoll, durch verschiedene herzogliche Mittelsmänner zur Anwerbung des Brandstifters verleitet worden zu sein. Auch wenn alle Aussagen unter Folter zustande kamen und z. T. widerrufen wurden, scheint Heinrich der Jüngere im Sommer 1540 erfolgte und versuchte Brandstiftungen in Pausa, Triptis, Nordhausen, Erfurt, Bovenden, Northeim, Kassel, Göttingen, Braunschweig, Halberstadt und Magdeburg initiiert zu haben. Alle Täter nannten, wenn sie gefasst und befragt wurden, Herzog Heinrich oder seine Mittelsmänner als Auftraggeber und den Papst als Finanzier. Im Mai 1540 waren dem Schmalkaldischen Bund angebliche apostolische Geldsendungen an Heinrich zur „Dämpfung der Lutherischen" gemeldet worden.

„Auf dem Naumburger Bundestag des Schmalkaldischen Bundes (Jahreswende 1540/1541) werden die Brandstiftungen diskutiert und das Vorgehen auf dem im April 1541 beginnenden Reichstag in Regensburg abgestimmt. Ende März 1541 erscheint Luthers Schrift *Wider Hans Worst* und am 13. Mai 1541 übergibt man dem Kaiser auf dem Reichstag eine *Supplication der Mordbrenner halben ...*, in der Heinrich als Auftraggeber der Brandstiftungen und geplanter Mordanschläge gegen den Landgrafen von Hessen angeklagt wird. Noch während des Reichstages lässt Heinrich eine Erwiderungsschrift erscheinen. Eine Entscheidung fällt in dieser Sache auf dem Reichstag nicht." (Andreas Heege: 26. Juli 1540, 18.00–22.00 Uhr: Martin Luther, „Hans Worst" und der Stadtbrand von Einbeck; in: Mitteilungen der Deutschen Gesellschaft für Archäologie des Mittelalters und der Neuzeit 16. 2005: Historisches Ereignis und archäologischer Befund. Sitzung der Gesellschaft in Amberg, 1.–3. Juni 2004. S. 105–111; Zitat: S. 110). Diese

Auseinandersetzungen gingen dem Schmalkaldischen Krieg voraus. Einbeck erlebte noch eine zweite, vermeintlich herzogliche Brandstiftung: 1549 brannten 588 Häuser. 1550 wurde ein schmachvoller Frieden geschlossen, wobei der „wilde Heinz" die Einbecker zu allem Unglück tüchtig zur Kasse bat. Brandbriefe, wie im fingierten Goslarer Fall, hat es bei den herzoglichen Verbrechen nirgends gegeben, was auch Luther in seiner Schrift besonders hervorhob und Heinrich II. im Vergleich zu Kaiser Nero übel anrechnete, der bei seiner (damals noch ihm nachgesagten) römischen Brandstiftung offen und frei heraus vorgegangen sei ...

Mordbrennerei war neben der Landsknechts-Plage eine Haupt-Spielart des mittelalterlichen Terrorismus. Meist in Banden organisiert und unterm Einfluss eines allgewaltigen Anführers stehend, zogen die Brandstifter durch die Lande. Feuer war Druckmittel zur Erpressung und Einschüchterung ganzer Gemeinden. Hierzu wurde ein Brandbrief angeschlagen, auf dem jeder Hausbesitzer lesen konnte, was ihm blühte, wenn er den Forderungen der Banditen nicht willfahrte. Mordbrenner-Banden gab es in Deutschland noch im frühen 19. Jahrhundert, im Brandenburgischen etwa die Horst'sche Bande – Heinrich von Kleist berichtete über ihr Wirken im ersten Extrablatt der *Berliner Abendblätter*. 1813 wurden Johann Peter Horst und Luise Delitz auf dem Scheiterhaufen in der Berliner Jungfernheide verbrannt. Horst hatte an 45 Orten gezündelt, Delitz in Schönerlinde bei Bernau, wo 30 Gehöfte brannten und vier Menschen starben. Es war die letzte öffentliche Hinrichtung von Brandstiftern durch Verbrennung, die an Berliner Richtstätten stattfand.

Brandstiftung und Pyromanie

Kaiser Nero (= Lucius Domitius Ahenobarbus, 37–68 n. Chr.) war wahrscheinlich nicht der berühmte Brandstifter, als der er noch bis ins 20. Jahrhundert vielfach galt. Aber seine Geschichte zeigt, dass Brandstiftung bereits in der Antike als kapitales Verbrechen angesehen wurde. Ganz gleich aus welchen Beweggründen: Versicherungsbetrug oder Vertuschung eines anderen Verbrechens – Brandstiftung wurde bis ins 18. Jahrhundert mit dem Scheiterhaufen bestraft. Wegen der teuflischen Konnotation des Feuers war der Vorwurf der Mordbrennerei eine der beliebtesten Anschuldigungen der Inquisitoren. Schmiede oder Hausfrauen, die besonders gern das Feuer schürten, wurden bevorzugt der Hexerei bezichtigt. Krankhafte, zwanghafte Brandstiftung wird nach wie vor als psychische Anomalie betrachtet und ist als *Pyromanie* noch immer im psychiatrischen Sprachgebrauch präsent, obwohl die Motivationen der „Pyromanen" nur höchst diffus umschrieben sind (Erregung vor der Tat, Befriedigung durch das Feuer, keine materiellen und klar ersichtlichen Beweggründe für das Feuerlegen).

Feuer in der mittelalterlichen Stadt

Feuer war der Stadtfeind Nummer eins, noch vor Fürsten und Landsknechten. Schutz und Bekämpfung blieben lange ungeregelt und wirkungslos. Erst im 15. Jahrhundert wurden spezielle obrigkeitliche Feuerschutzordnungen erlassen. Feuerpolizeiliche Kontrollaufgaben (Feuerstättenschau und Bauabnahme, nicht aber Brandbekämpfung) oblagen fortan den „Wetteherren", die auch für Gewerbe- und Marktaufsicht zuständig waren. Eine städtische Feuerwehr gab es noch nicht; bei der Bekämpfung ging es daher chaotisch zu.

Am Tage war die Gefahr eines entstehenden Hausbrandes geringer, da die Feuerstätten von Menschen umgeben waren, die (meist) ein Auge darauf hatten. Nachts wiesen patrouillierende Wächter auf die Gefahr durch offenes Feuer und Licht. Die Türmer waren zur Brandentdeckung nachts und tags am wichtigsten. Sie hatten den besten Überblick darüber, was in der Stadt vor sich ging und bemerkten entstehende Feuer früher als andere. Weil die Rauchabzüge in der Regel noch nicht aus Stein, sondern aus Lehm (mit Stroh) oder gar aus Holz (!) bestanden, waren Kamin- und Schornsteinbrände die häufigsten Brandursachen. Wenn Trockenheit herrschte und zudem ein guter Windzug durch die engen Gassen lief, griff ein Hausbrand schnell über, vor allem in einer Zeit ohne Brandschutzwände.

Neben den Kirchengeläuten wurde – der Autor verlässt sich hier auf Heinrich Heines Schilderung in der *Harzreise*... – in Goslar angeblich auch das erzene Brunnenbecken des Marktbrunnens zur Alarmglocke: „Bei Feuersbrünsten wird einige Male daran geschlagen; es gibt dann einen weitschallenden Ton."

Schmiede, Bäcker, Töpfer, Gerber und andere Handwerker, bei deren Arbeit Feuer zur Tagesordnung gehörte, wurden bevorzugt in die Brandbekämpfungspflicht genommen. Jeder Haushalt musste über große Feuerhaken verfügen, mit denen man brennende Balken herunterreißen konnte. Desgleichen hatten Feuerpatschen, lederne Löscheimer und ein Wasservorrat – in einer Bütte – im Haus zu sein. Die Hausbesitzer waren verpflichtet, beim Kampf gegen ein Feuer in der Nachbarschaft oder im weiteren Stadtviertel zu helfen, desgleichen alle Gildemitglieder. Die fortschrittlichsten Geräte zur Feuerbekämpfung waren Stockspritzen aus Metall, mit denen man einige Liter Wasser aufsaugen und ins Feuer spritzen konnte. Hilfsmittel, einem Brand in der Vertikalen beizukommen, waren Stehleitern und Steckstrickleitern. Die geniale zahnradgetriebene Einholmleiter, wie sie Leonardo da Vinci entworfen hatte, existierte nur auf dem Papier.

„Wie begrenzt im 15. Jahrhundert die Möglichkeiten waren, einem Großbrand effektiv entgegenzutreten, zeigt [...] das Beispiel der großen Berner Feuersbrunst im Mai 1405. Von einem starken Wind in Gang gehalten, breitete sich in den Nachmittagsstunden das in der Brunnengasse aus ungeklärter Ursache entstandene Feuer rasch über die Stadt aus. Mehr als 100 Menschen ließen ihr Leben, und über 600 Häuser wurden ein Raub der Flammen. Innerhalb von nur 15 Minuten fing die gesamte westliche Zähringerstadt Feuer. Alle Versuche zum Löschen und Eindämmen blieben aufgrund des starken Windes erfolglos. [...] Erst am Fluss, der Aare, kam der Brand ob des natürlichen Hindernisses zum Stehen." (Kay Peter Jankrift: Brände, Stürme, Hungersnöte. Katastrophen in der mittelalterlichen Lebenswelt. Ostfildern, 2003, S. 100).

Die Kompetenzen der Räte, wenn es darum ging, einem ausufernden Großfeuer wirksam zu begegnen, indem man noch unbetroffene Häuser niederriss, um dem Feuer Nahrung zu nehmen, waren von Stadt zu Stadt unterschiedlich geregelt. In London etwa hing an dieser Entscheidung Glück und Unglück: Der Rat zögerte, wollte nicht in Regresspflicht genommen werden. So brannte das meiste sozusagen *rechtmäßig* ab ... Wären beherzte Maßnahmen ergriffen worden, wie in Goslar 1551, wo zwei entschlossene Bürger auf Kosten der eigenen Häuser „stenen gevel [...] gedan hedden", d. h. auf Neuhochdeutsch: die Steine ihrer Häuser zu Fall gebracht hätten, wäre der Brand Londons 1698 vielleicht einzudämmen gewesen.

Einem Brand fiel 1589 der Nordturm der Goslarer Marktkirche zum Opfer. Noch im 18. Jahrhundert, als es schon eine Art Feuerwehr gab, waren die Bilanzen verheerend: 1728 brannten innerhalb von 10 Stunden 168 Gebäude der Goslarer Unterstadt ab – darunter 50 Brauhäuser und, in nur einer Stunde, die Kreuzbasilika Sankt Stephani mit ihren beiden neunglockigen Türmen samt Inventar (u. a. massive silberne Apostelfiguren,

22 silberne und goldene Kelche u. v. a. m.). 1780 brannten 294 Häuser ab; diesmal lief der Brand „vom breiten Tor bis zum Markt, so daß hier 6 Gildehäuser zum Raub der Flammen wurden. / Die Worth [...] ward dabei ebenfalls stark beschädigt und konnte nur mit Mühe gerettet werden. [...] Selbst die Mauern und Tore der Unterstadt waren bei diesem Brande mit betroffen, so daß man damals an ein Abtragen des breiten Tores gedacht." (K. Woltereck: Goslar, s. o., S. 93f.) Als Beispiel für bezeugte Brandstiftung lässt sich aus der Literatur noch K. Woltereck Hinweis auf ein Niederbrennen der Häuser der Ziegenstraße bis zur Ostseite der Peterstraße „1851 [...] innerhalb weniger Nachtstunden" (K. Woltereck: Goslar, s. o., S. 152) anführen.

Über die physikalischen und chemischen Vorgänge bei der Verbrennung wusste man im 16. Jahrhundert noch nicht sehr viel. Den Vorstellungen einer „feurigen Materie" bei Plinius dem Älteren (24–79 n.Chr.) folgend, welcher – Ironie des Schicksals – bei einem Vesuvausbruch ums Leben kam, hatte Paracelsus im Schwefel das feurige Element lokalisiert. Bei jedem Feuer, so glaubte man ihm zufolge, werde Schwefel frei. Das Sulfur war jener „feurige Gast", den man mit magischen Besprechungen zu besänftigen suchte. Das Sulfur war eine irdische Manifestation des Höllenfeuers, sein tierisches Attribut war der (nach Plinius d. Ä.) unverbrennbare Salamander; sein Diener der feuerspeiende Drache. Der Sauerstoff und die Oxidation waren dagegen noch unbekannt, wiewohl man aus Erfahrung wusste, dass der Brand, das *Befreien des Sulfurs*, vom Luftzug angefacht wird, eine Tatsache, ohne deren Kenntnis kein Kamin zu bauen ist.

Bei einem Hausbrand, der in wenigen Minuten eskalieren kann, steigen die Temperaturen von 200 Grad Celsius rasch bis zu einem kritischen Punkt von 750 bis 800 Grad. Sind diese erreicht, ist selbst heute ein totales Niederbrennen des Gebäudes schwer zu verhindern. Schnelles Eingreifen ist das oberste

Gebot bei der Feuerbekämpfung. Unlegiertes Gold hat einen Schmelzpunkt von 1064 Grad Celsius, bei Legierungen liegt er darüber. Ein hochkarätiger Goldring kann daher ein Hausfeuer bis zu einem gewissen Grad wohl überstehen. Ebenso ein massiver Kelch ... Da fragt sich nun allerdings, wo das viele Goldgeschirr von Sankt Stephani abgeblieben ist ...

Feuer in Aberglaube und Brauchtum

In der mittelalterlichen Volksmythologie verkörperte Feuer einerseits Göttliches, Reinigendes (Fegefeuer) und Lebensspendendes; zum anderen die Zerstörung, und das Böse. Die stets virulente erotische, „venerische" Seite des Feuers zeigt diese Ambivalenz. Feuer in der Liebe birgt neben der Lust und der Freude immer auch die Gefahr – Krankheit, Tabubruch, ungewollte Nachkommenschaft, Eifersucht, Hass, Todessehnsucht. Der christliche Satan enthält beides in nuce: Ursprünglich war Luciferus oder Phosphorus in der römischen Mythologie nur der Kärrner des Morgensterns – der Venus –, eben der Lichtbringer (lux, ferre). Die christliche Mythologie hat dann einen wegen Vermessenheit aus dem Himmel geworfenen Engel aus ihm werden lassen (König von Babylon, von Tyrus etc.) ...

Auch der Drache verkörperte die Doppelnatur des Feuers. Er war ein nächtlicher Abglanz des Luzifers, ein Teufelsdiener. Der geflügelte Lindwurm oder einfach *Wurm* wurde ursprünglich mit den schnellen Schweifsternen, den Sternschnuppen, aber auch mit dem Blitz in eins gedacht. Als Feuerstrich, Flamme, blakende Feuersphäre oder Entladung fuhr er über den Himmel. Er trug Schätze bei sich – Lebensmittel, Gold, Silber – und gehörte wie andere „Feuertiere" (Hirschkäfer, Salamander und der sagenhafte Phönix) zur Feuerwelt, indem er etwa Flammen spuckte, wenn man ihm nicht wohlwollte oder ihn ärgerte. Nicht einseitig wild und böse war er (wie die feuerspeienden Bestien in der Apokalypse), sondern ein sehr nützliches Haustier für alle, die sich mit ihm arrangierten. Das Wort *Hausdrache* (für die teuflische, tonangebende Hausfrau) hat da seinen mythologischen Ursprung. Wer einem Drachen unter seinem Dach Unterschlupf bot, etwa durch den Einbau eines Drachenloches (Aussparung in der Mauer, so groß wie eine Schießscharte), in das der *Tatzelwurm* einfahren konnte wie in einen Nistkasten, hatte das Glück gepachtet: Scheunen füllten sich wie von Zauberhand, die Familie litt nie mehr Hunger. Drachengeld – also Münzen aus dem Geldschatz eines Hausdrachen – hatten die angenehme Eigenschaft, stets wieder zu dem zurückzukehren, der mit ihnen bezahlte. Doch wer den Drachen vergrätzte, v. a. ihn nicht mit Hirsebrei begrüßte und fütterte, dem steckte er das Haus überm Kopf an und hielt mit Groll wieder Ausfahrt … Neid und Missgunst der Nachbarschaft waren stets rege, wenn einer zu viel Glück hatte. In der Inquisitionshysterie bedeutete es eine große Gefahr, im Ruch zu stehen, einen Dämon zu beherbergen. Wer einem Sendling und Diener des Teufels Quartier gab, war selbst ein Ungeheuer und wurde angeschwärzt. Ein Brand war somit immer auch ein Beweis, dass da nebenan „etwas" nicht in Ordnung gewesen war. Ob die letztlich zu Tage liegende Unordnung allerdings den ausfahrenden Drachen oder den schadhaften Schornstein zur Ursache hatte … Wer konnte das schon sagen?

Ein Feuerreiter beschwor und bannte nach mittelalterlichem Volksglauben das schädliche Feuer – sei's ein brennendes Gebäude, Häuserkarree oder gar eine ganze brennende Stadt –, indem er das Feuer dreimal reitend umkreiste und dabei einen formelhaften Text sprach, in welchem Gott um Hilfe gegen die dämonischen Urgewalten angerufen wurde. Der „feurige Gast", das Sulfur, die vom Teufel gesäten Flammen, durften dabei nicht durch Wehklagen bestärkt werden. Der Feuerreiter führte Erde in einem Beutel mit sich, um einige Handvoll symbolisch ins Feuer schleudern zu können. Eine Handschrift des Feuersegens konnte als frühe, kostenlose Form des Feuerschutzbriefes, in einen Hohlraum im Türbalken gelegt werden. Der im Roman zitierte Text folgt leicht modifiziert dem „Normal-Feuersegen", den Herbert Freudenthal, dessen Feuer-Monographie nach wie vor das Beste zum Thema ist, aus verschiedensten Textüberlieferungen extrahierte. Freudenthal beschreibt noch unzählige Arten des Besprechens, Bewerfens, des Anrufens zuständiger Heiliger und des Bereithaltens von Schutzbriefen im Kapitel „Schadenfeuer" (Herbert Freudenthal: Das Feuer im deutschen Glauben und Brauch. Berlin; Leipzig, 1931, hier: S. 354–448).

Pietro Paolo Volpi

Der Wanderhumanist Volpi, im Auftrag seines Paduaner Sponsors, Mäzens und Brotherrn botanisierend das Heilige Römische Reich deutscher Nation durchstreifend, verkörpert das kosmopolitische Ideal der Zeit, wie auch Hanse-Kaufmann Jobst. Padua galt als Heimstätte der Poesie, der Philosophie und der übrigen Wissenschaften. Es hatte als erste italienische Stadt eine Universität und einen botanischen Garten. Mit Andreas Vesalius wurde 1537 der größte Wegbereiter der modernen Medizin in Padua Professor.

Volpis reales Vorbild war Euricius Cordus: „Humanist und Dichter, Arzt und Naturwissenschaftler, * 1486 in Simtshausen bei Wetter (Oberhessen) als das jüngste von 13 Kindern (daher Cordu – der Späte) des Bauern Urban Solden, † 24.12. 1535 in Bremen. [...] Cordus wurde 1523 von dem Senat der Stadt Braunschweig zum Arzt und 1527 von dem Landgrafen Philipp von Hessen zum Professor der Medizin an die neugegründete Universität Marburg berufen. Da er in seinen Schriften Aberglauben und Astrologie bekämpfte und die medizinische Wissenschaft von der Autorität der arabischen Ärzte zu befreien suchte, geriet er mit seinen Kollegen in Streit und ging darum

1534 als Stadtarzt und Gymnasiallehrer nach Bremen. E. war einer der begabtesten neulateinischen Dichter und als Epigrammatiker im 16. Jahrhundert unerreicht. Viele seiner mehr als 1200 Epigramme hat Gotthold Ephraim Lessing in seinen Sinngedichten benutzt. [...] In einem Gedicht von mehr als 1500 Hexametern an Karl V. und die deutschen Fürsten verteidigte er 1525 die Reformation. – E. zählt zu den Begründern der deutschen Botanik als Wissenschaft." (Friedrich Wilhelm Bautz in: Biographisch-Bibliographisches Kirchenlexikon; Bd.1 1990, Sp. 1559f.) Euricius Cordus war im April und Mai 1522 in Goslar und fuhr in die Gruben im Rammelsberg ein, wo er das Feuersetzen beobachtete (vgl. Der Rammelsberg. Tausend Jahre Mensch – Natur – Technik. Hrsg. v. Reinhard Roseneck. Goslar, 2001, S. 14f., Anm. 1, S. 516). Das wunderbare *liber de urinis*, Euricius Cordus' Schrift über den Urin – postum 1543 in Frankfurt herausgegeben vom ebenfalls aus Wetter gebürtigen Johann Dryander – wurde hier mutwillig Volpi zugeschrieben ... Beim Schlusspassus (Verabschiedung des Buches) und dem Gedicht „An Lupa" handelt es sich um freie Anlehnungen Volpis an zwei cordische Epigramme. Das Gedicht, mit dem seine Schreibhemmung endet, hat Volpi selbst geschrieben. Die Briefzeilen an seinen Bruder („O Jahrhundert! ...) sind ein Zitat aus einem Brief Ulrich von Huttens an Willibald Pirckheimer vom 25. Oktober 1518. Das *Pervigilium Veneris* (*Fest der Venus in der Nacht*) ist ein anonym überliefertes spätantikes Gedicht, das in Wahrheit der französische Anwalt Petrus Pithoeus 1587 erstmals wieder herausgab. In 93 trochäischen katalektischen Tetrametern erzählt es vom Frühlingsanfang, am Vorabend der traditionellen Nachtfeier der Venus im Hain des sikulischen Hybla, am Südhang des Ätna. Die elegische Schlussklage gilt als früheste Thematisierung des *writers block*, der Schreibhemmung. Die fingierte Kostprobe aus dem *Zünd-Tölpel* ist eine Anlehnung an das erste Volksbuch von Dr. Johann Faust, „Doctor Fausti Weheklag" (Frankfurt am Main, 1587).

Obduktionen

Über die Wundmedizin war man im 16. Jahrhundert relativ gut unterrichtet, u. a. durch hervorragende Lehrbücher wie Hans von Gerssdorffs *Feldbuch der Wundarznei* (Straßburg, 1517), wo nicht nur das menschliche Innenleben in Schautafeln dargestellt und beschrieben, sondern auch die Praxis der Behandlung vorgeführt wurde, vor allem freilich und notgedrungen als letztes Mittel bei unbehandelbaren Wundinfektionen: die Amputation ... Andreas Vesalius' *Sieben Bücher vom Bau des menschlichen Körpers* (Basel, 1543) boten gänzlich neue Ansichten vom Innenleben. Vesalius korrigierte die anatomischen Befunde von Claudius Galenus aus dem 2. Jahrhundert, die unangefochten über die Jahrhunderte gegolten hatten, in etwa 200 Punkten. Vesalius sezierte Menschen; Galenus dagegen hatte Tiere aufgeschnitten. Leichenöffnungen zu anatomischen Studienzwecken wurden schon in vorchristlicher Zeit (Herophilos, ca. 300 v. Chr.) vorgenommen. Sie fanden aber bis ins 16. Jahrhundert meist im Geheimen statt, wiewohl es zahlreiche Abbildungen, einige davon in Bilderhandschriften, gibt. Friedrich II. von Hohenstaufen schrieb schon Ende des 13. Jahrhunderts vor, dass angehende Ärzte bei Autopsien anwesend sein mussten. Allerdings war der Vorgang noch so anrüchig, dass die Ausführenden durch das Los bestimmt wurden. Die erste bezeugte gerichtsärztliche Sektion fand 1302 in Bologna statt (vgl. Klaus Bergdolt: *Das Gewissen der Medizin*, 2004, S. 103ff.). Im 14. Jahrhundert intensivierte sich die anatomische und gerichtsmedizinische Grundlagenforschung, doch noch ein Jahrhundert verging, bevor sich ein allgemeines wissenschaftliches Interesse gegen kirchliche Moralvorbehalte durchsetzte. Das erste anatomische Theater entstand in Padua 1594; Pläne dafür gab es seit 1497. Obduktionen für die Studenten wurden seit dem frühen 16. Jahrhundert gezeigt, so etwa 1530 an der Sorbonne. Einige der ersten bezeugten Autopsien in Deutschland führte Euricius Cordus' Famulus Johann Dryander 1535 und 1536 als Professor für Mathematik und Medizin an der Marburger Philipps-Universität durch. Nach Verweisen in der „Peinlichen Halsgerichtsordnung" Karls V. (1532) wurden bereits zu Anfang des 16. Jahrhunderts Ärzte, Bader und Chirurgen als Fachleute zur Leichenbeschau hinzugezogen; in Zürich hieß das entsprechende Kollegium „Fünf geschworene Meister". Die Regeln des „Coroners" (Leichenbeschauers), dessen königliches Amt in England seit dem 13. Jahrhundert bezeugt ist, waren damals rudimentär auch in Deutschland bekannt. Paolo Zacchia (1584–1659) veröffentlichte 1620–1650 mit den mehrbändigen „Questiones medico-legales" das erste fundierte Handbuch für Rechtsmediziner.

Bier in Goslar

Spätmittelalterliche Getränke – außer dem meist verunreinigten Wasser – waren vor allem Honigwasser (Met), Fruchtsäfte und Gärgetränke wie Most, Zider (Cidre, Apfelwein), Wein und Bier. Bevor der Hopfen als Konservierungsmittel zu dominieren begann, konnte ein Brauer im 16. Jahrhundert eine ganze Reihe von Pflanzen verwenden, um sein Bier zu verbittern, haltbarer zu machen, zu würzen und seine berauschende Wirkung zu erhöhen: teure asiatische Gewürze (Ingwer, Gewürznelken, Galgant, Zimt, Muskat und sogar indische Lorbeerblätter), billigere Importe (Paradieskörner, Koriander, Süßholz) und einheimische Kräuter für die schmalere Ökonomie (Fenchel, Pfefferminze, Wacholder, Rosmarin und Gagel).

Bier war das haltbarste Getränk und zudem um zwei Drittel billiger als Wein. Der Siegeszug des Bieres im späten Mittelalter begann in Hamburg und ging in Richtung der Weinländer im Süden. In Goslar vermehrte sich die Brautätigkeit der Bürger erst nach 1552, da man wegen der Einbrüche im Metallhandel Ausweich-Erwerbsquellen suchte. Das Braurecht wurde für einzelne Bürgerhäuser verliehen, die festen Braupfannen galten als Immobilien. „Bürger und Brauer" konnte man somit werden, wenn man ein braufähiges Haus erwarb oder für das eigene Haus das ius braxandi; an die Person selbst war dieses dagegen nicht gebunden.

Bier war kapitales Handelsgut im Hanseraum und feste Steuereinnahmequelle für Fürsten und Städte. Ein durchschnittlicher Jahreskonsum von 350 Litern pro Kopf wird angenommen (dagegen heute: 110 Liter, in Bamberg: 300 Liter), jedoch enthielt das mittelalterliche Bier im Durchschnitt weniger Alkohol als heutiges. Das bürgerliche Brauen wurde vom Rat kontrolliert. Die bis Mitte des 15. Jahrhunderts vorwiegend obergärigen Biere wurden auch exportiert. Das Bierfernhandelsvolumen war aber gering, da sich mit dem Transportweg das Ausfuhrgut ungebührlich verteuerte und am Zielort nur noch als Luxusgut galt. Das seit 1397 urkundlich bezeugte „Gose"-Bier aus Goslar wurde auswärts in größeren Kontingenten vor allem von Fürsten, Klöstern und reichen Bürger gekauft – zur Bewirtung für Gäste oder zum Ausschank bei Festen.

Seit der Mitte des 14. Jahrhunderts führten Überproduktion und das einsetzende Hopfenbrauen in Holland zur generellen Verminderung des Bierfernhandels im ganzen Hanseraum. Viele Städte belegten fremdes Bier fortan mit hohen Einfuhrzöllen oder erlaubten seinen Genuss nur noch an bestimmten Feiertagen und zur Krankendiät. Die Goslar'sche Spätentwicklung beim Exportmarkt könnte auf eine besondere Bierqualität der „Gose" hinweisen. Kaiser Otto III. mag 995 als *Gose* ganz einfach das Wasser des Gießbaches (von althochdeutsch: gieszan – gießen) getrunken haben, das dem Bier den Namen gab. *Gose* hieß später auch in Dessau, Halle und Leipzig ein obergäriges, durch Spontan-Gärung erzeugtes Bier ähnlich der Berliner Weißen, für das es eigene Kugelflaschen gab – natürlich erst nach dem Aufkommen der Glasflaschen für Getränke im 18.

Jahrhundert. Das heutige sogenannte „Gose"-Bier ist mit dem alten aber nicht zu vergleichen.

Einzelne Brauer aus dem 16. Jahrhundert werden selten namentlich erwähnt, da sie meist nur für die Abnehmer in der nächsten Nachbarschaft arbeiteten. Markennamen im heutigen Sinne gab es noch nicht. Hans Geismar vermerkte 1557 nur eine Verteuerung des „stobeken beers tho Gosler up 1 marriengrossen" (Stübchen Goslarer Bieres auf einen Mariengroschen). „Ein Stübchen", das klingt so harmlos ... dabei waren das dreieinhalb bis vier Liter!

Wandschneider – Worthgilde – Worth

Gewand- oder Wandschneider hießen die Tuchfernhändler (die Tuch- oder Lakenmacher dagegen produzierten die Tuche). In Goslar war die Wandschneidergilde neben den Münzern die angesehenste und reichste. Das Gildehaus, die Worth, nach welchem sich die Goslarer Wandschneidergilde auch „Worthgilde" nannte, zeugt noch heute vom Reichtum der Tuchkaufleute. Die Worthgilde umfasste allerdings nicht nur die echten Wandschneider, sondern alle diejenigen gildepflichtigen Bürger, die aufgrund ihrer Berufe in keiner der anderen Handels-, (Gewerbs-) oder Handwerks-Gilden unterkamen: zunftungebundene Beamte, Geistliche und Lehrer. Voraussetzung war ein anerkannter Geburtsbrief und ein tadelloser Lebenswandel. Sitten und Gebräuche der Handels-, (Gewerbs-) und Handwerksgilden ähnelten einander weitgehend, von speziellen Initiationsriten abgesehen, die sich nur bei den Handwerkern finden – etwa dem Eintauchen oder „Gautschen" der werdenden Gesellen im Marktbrunnen bei den Buchdruckern.

Für die wirklichen Tuchhändler bildete die Worth eine Art Markthalle mit Verkaufs-, Lager-, Verwaltungs-, „Tagungs-"

und Vergnügungsbereich. Da die Wohnverhältnisse in der Stadt beengt waren, war es praktisch, für Lagerung und Verkauf der raumgreifenden Tuche und Leinwandbahnen gemeinschaftlich genutzte Räumlichkeiten zu haben. Zudem wurden auf diese Weise sowohl die gegenseitige Kontrolle erleichtert (Neid gemildert, Fairness gefördert) als auch der Handel belebt. Im Vorderhaus der Worth am Markt – mit dem Verkaufslaubengang – befanden sich die Worthgildestube, ein paar Amtsräume sowie hohe Tuch-Speicher; im zweiten, hinteren Gebäude zur Worthstraße hin (welches 1815 verschwand), gab es einen großen Festsaal nebst zugehörigen Wirtschaftsräumen. In der Worthgildestube wurden übers Jahr nach Bedarf Versammlungen der kaufmännischen Mitglieder abgehalten, die „Morgensprachen". Fürs „Gilde-Trinken", die Gildefeiern zur Fastenzeit, v. a. auch für das Worthgilde-Fest – dem Tag der „echten Morgensprache" –, kam dagegen nur der Festsaal im hinteren Haus in Frage.

Am 9. November, dem Tag vor Martini, feierten die Goslarer Wandschneider jährlich sich selbst. An diesem Tag wurde im Festsaal die Gilderolle verlesen, neue Mitglieder wurden aufgenommen, Verstorbene betrauert, die Gildesechsmannen oder „Vormünder" neu gewählt (ein Gildemeister und fünf Beisitzer), die begehrten und viel zu wenigen Verkaufsplätze unter den Lauben neu verteilt. Anschließend wurde dann so lange, wie es irgend ging, „die Gilde getrunken", getanzt, gesungen und reich gegessen – was schließlich dem heutigen Hotel Kaiserworth eine solide Tradition beschert, auch wenn es sich im einst dem Handel vorbehaltenen Vorderhaus eingerichtet hat.

Teile des heute sichtbaren Figurenschmucks, Wasserspeier und Erker sind noch mittelalterlich; der aufgesetzte Turm mit dem geschweiften Helm sowie die Mansarden sind jüngeren Datums, wie auch der Name „Kaiserworth", der das seit 1831 existierende Gasthaus bezeichnet: Die Kaiserfiguren traten zu dieser Zeit erstmals in Erscheinung und sollten wohl die gewünschten reichen Gäste symbolisieren ... Die alten Heiligen indes, die bis dahin Gottes Segen auf die Gilde herabgezogen hatten, waren nutzlos geworden und mussten abtreten. Das Dukatenmännchen, welches Bartholdi so störte, war nicht das Symbol des Reichtums, wie man heute fälschlich oft hört, sondern die Anmahnung des Niederganges. Geld zu sch... war das Letzte, wozu ein Kaufmann, der vor dem Ruin stand, öffentlich gezwungen wurde. Der Zahlungsunfähige wurde mit nacktem Hintern auf einen Stein gestoßen, damit vielleicht aus seinem Gedärm käme, was seine Börse nicht mehr hergab ... Dies sollte alle Kaufleute dazu anhalten, auf positive Bilanzen zu achten.

Rat

Sechsmannen, Ratsherren, Innungsmeister ratsfähiger Gilden und Vertreter der „Gemeine", bildeten den weiten Rat, der in Goslar zeitweilig bis zu 100 Personen umfasste. Üblich war es, dass zur Ratswahl, die keine Wahl im heutigen Sinne darstellte, sondern eine feierliche Wiederbestätigung des Bestehenden bei geringen Veränderungen (da der Platz im Rat normalerweise auf Lebenszeit besetzt blieb), eine aktive und eine passive Gruppe wechselten. Die Ratsmitglieder, deren Ratsamt ruhte, bildeten den „Alten Rat", die amtierenden den „Neuen Rat". Je zwei Bürgermeister (des aktiven und passiven Rates) waren eingesetzt, um als „primi inter pares", als Erste unter Gleichen, die Entscheidungsfindung im Gremium moderierend zu erleichtern und gegebenenfalls ein Machtwort zu sprechen. Um in den Alltagsgeschäften handlungsfähig zu sein, trat für gewöhnlich nur eine Bereitschafts-Auswahl – der enge Rat – in Beratung. Im engen Rat zu sitzen, bedeutete eine Auszeichnung. Doch die Verantwortung war auch eine Belastung, für die kein Gehalt in heutiger Form entschädigte. Für allgemein spürbare Fehlentscheidungen wurden die Ratsherren dagegen reichlich mit Verachtung, Spott oder anderen schönen Dingen belohnt.

Rauschdrogen – venerisches Gift – hansische Syphilis-Gewinnler

Die Gefahren des Genusses von Pflanzenteilen oder Auszügen des Stechapfels (datura stramonium) sind nicht zu verharmlosen. Pflanzenteile können bei vergleichsweise geringen Verzehrmengen bereits tödlich sein. Während Plinius d. Ä. von Stechapfelgift als Pfeilgift berichtete, kennt man aus dem 16. Jahrhundert deutsche Erwähnungen von Stechapfelauszügen in Wein – als Rauschtrank, aphrodisierendes Getränk oder als K.o.-Tropfen. Die Wirkung schwankte je nach Art der Pflanze (damals wurden die Engelstrompeten ebenfalls als Stechäpfel bezeichnet), ihrem Standort, der eingenommenen Pflanzenmenge und der Teile (ob Blüte, Blatt oder Samen). Die Stechapfel-Symptome sind bezeugt – die erwähnte Schrift des Paracelsus über den Stechapfel und Volpis Nachweismethode dagegen sind es nicht.

Von der Lustseuche blieb Volpi glücklich verschont. Der medizinische Terminus *Syphilis* für die Krankheit wurde 1530 von dem Veroneser Arzt Fracostoro eingeführt. Er bezog sich bei dieser Namensgebung auf ein zeitgenössisches lateinisches Lehrgedicht, in dem die Geschichte des Hirten Syphilus erzählt wird, der von Gott abfällt und dafür mit der Krankheit bestraft wird. Die Syphilis wurde auch Lues (Lues: lat. Seuche; venerisch: vom Liebesgenuss herrührend) oder venerische Krankheit genannt (Venus, veneris: lat. Anmut, Liebreiz; personifiziert: Venus, Veneris: lat. Göttin der Liebe), auch gallische oder Franzosen-Krankheit, bzw. neapolitanische, italienische, französische, spanische, kastilische, englische, schottische oder polnische Krankheit – je nachdem, aus welchem Land die Erkrankung vermeintlich gekommen war. 1493 hatten die Rückkehrer der zweiten Kolumbusreise die Erreger nach Europa eingeschleppt, und 1494, als die Truppen Karls VIII. von Frankreich nach erfolglosem Feldzug gegen das Königreich Neapel wieder in ihre diversen Heimatländer zurückkehrten, begann sie in Europa epidemisch zu grassieren. Das brasilianische Quajak- oder Guajak-Holz (Franzosenholz, Pockholz, lignum sanctum), das die Indios gegen die Lues anwendeten, wurde zum großen Gewinngeschäft der Fugger, die sich das europäische Monopol sicherten. Paracelsus, der im *Spittal Buch* die Wirksamkeit des angeblichen Wundermittels in Abrede stellte und die Einnahme von Quecksilbersalzen favorisierte, wurde von den Fuggern zum Verlassen Nürnbergs gedrängt.

Köppelsbleek

Im Norden, in der Unglückrichtung, gen Mitternacht, wurde geköppelt und geknüpft und gebrannt. Verglichen mit der Pariser Richtstätte Montfaucon, die 16 Säulen hatte und zweistöckig war (15 Meter hoch), nahm sich Goslars „Köppelsbleek" (köppeln: köpfen; bleek: Rodung, Freifläche) bescheiden aus: ein dreischläfriger Galgen, einstöckig, nach der Darstellung von Hans-Günther Griep zu urteilen. Keine Dutzende von Leichen also baumelten dort gleichzeitig im Wind, von Raben umflattert und bepickt, wie es aus Paris bezeugt ist (vgl. Karl Bruno Leder: Todesstrafe, 1980, S.118). Beim einstöckigen Galgen fehlte leider die Gelegenheit, den einen Sünder höher zu hängen als den anderen und so die Schwere einer Straftat zu signalisieren, sonst hätte Hans Herbst sicher einen besonderen Platz gefunden. Henken galt gegenüber dem Köpfen als niedrig, auch wurde die Enthauptung fälschlicherweise als weniger grausam angesehen. Berichte scheußlicher „Fehlschläge" beweisen das Gegenteil – doch das Henken gelang teilweise auch erst im zweiten oder dritten Anlauf.

Der Name der Goslarer Richtstätte wurde von Ernst Jünger aufgegriffen und in *Auf den Marmorklippen* (1939) als Bezeichnung einer Folter- und Schädelstätte verwendet. Jünger hatte mit der Arbeit an den *Marmorklippen* während seiner Goslarer Jahre begonnen (1933–1936). Er beendete den Roman in Überlingen am Bodensee. „Köppelsbleek" in den *Marmorklippen* bezeichnet daher nicht das mittelalterliche Hochgericht, wo ja – *cum grano salis* vielleicht, doch stets „nach bestem Wissen und Gewissen" – Recht gesprochen wurde. Es ist bei Jünger die Bezeichnung einer grauenhaften Scheuer auf baumgesäumter, distelbestandener Lichtung, wo ein kleines Männlein Leichen kleinsägt und die Teile einkocht ... Köppelsbleek wurde so zum Symbol für die seit Anfang der NS-Gewaltherrschaft existierenden Konzentrationslager, die damals schon genügend Stoff für die schrecklichsten Phantasien lieferten: „Stankhöhlen grauenhafter Sorte, darinnen auf alle Ewigkeit verworfenes Gelichter sich an der Schändung der Menschenwürde und Menschenfreiheit schauerlich ergötzt. Dann schweigen die Musen, und die Wahrheit beginnt zu flackern wie eine Leuchte in böser Wetterluft." (Ernst Jünger: Auf den Marmorklippen, Ullstein-Taschenbuch, 1972, S. 84f.) Jünger nannte das Phänomen der visionären Vorausschau von furchtbaren Ereignissen „Vorbrand" und bezeichnete es als ein „in Westfalen und Niedersachsen" bekanntes Phänomen. Das Wort ist passend, und die Erscheinung ist auch andernorts bekannt ...

Der Autor bedankt sich sehr herzlich bei der Stadt Goslar für die Ermöglichung eines die Geister aufscheuchenden Aufenthaltes im gastfreundlichen Haus Jakobi. Sowohl er als auch seine Hauptfigur Pietro Paolo Volpi sind zudem Hans-Georg Dettmer vom Museum und Besucherbergwerk WELTKULTUR-ERBE RAMMELSBERG fürs eingehende, korrigierende Probelesen, für Literaturhinweise, gedankliche Anregungen und eine unvergessliche Gruben-Befahrung zu (raths)tiefstem Dank verpflichtet. Am und im Rammelsberg wurden dem Autor die ersten Lichter aufgesteckt – über den Verlauf, den der Roman nehmen sollte ... Und damit Glück auf!

Tom Wolf, Januar 2009

Besuchen Sie den Autor im Internet: www.doktor-wolf.de

Bibliografische Information der Deutschen Nationalbibliothek
Die Deutsche Nationalbibliothek verzeichnet diese Publikation in der
Deutschen Nationalbibliografie; detaillierte bibliografische Daten sind
im Internet über http://dnb.d-nb.de abrufbar.

© Die Hanse | EVA Europäische Verlagsanstalt, Hamburg 2009
Umschlaggestaltung: Bayerl & Ost unter Verwendung
einer Fotografie von Gerhard Weigert
Satz: Johanna Boy
Printed in Germany
Alle Rechte vorbehalten
ISBN 978-3-434-52829-6

Informationen zu unserem Verlagsprogramm finden Sie im Internet
unter www.die-hanse.de

Tom Wolf
Die Bestie im Turm
Ein Hansekrimi
Taschenbuch 52826
247 Seiten
ISBN 3-434-52826-5

Goslar 1527
Der Rat der freien Reichsstadt streitet sich mit dem Herzog von Braunschweig-Wolfenbüttel um den erzreichen Rammelsberg. Seit Monaten ruht die Arbeit in den Bergwerken, und nicht nur die Bergleute stehen vor dem Ruin: Das ganze Goslarer Wirtschaftsleben droht zu erliegen. In dieser schwierigen Zeit werden zwei angesehene Handels- und Grubenherren von unbekannter Hand getötet. Daniel Jobst, frischgebackenes Ratsmitglied, fühlt sich aufgerufen, die Todesfälle zu untersuchen. Gregor Geismar, sein Lehrling, hilft ihm dabei – doch so richtig vorwärts kommen die beiden nicht. Die „Bestie" mordet weiter und weiter ...

Tom Wolf
Der Bierkrieg
Ein Hansekrimi
Taschenbuch 52827
264 Seiten
ISBN 3-434-52827-2

Soltwedel 1488
Zwölf Jahre, nachdem Kristof Soltmann während eines Gewitters starb, wird sein Sohn Niklas von einem Unbekannten beschuldigt, den Vater umgebracht zu haben. Kurfürst Johann von Brandenburg und Bischof Berthold von Verden – denen Soltwedeler Bier lieb und teuer ist – entsenden zwei Ermittler in die Doppelstadt an der Jeetze. Generalvikar Vullo und Bernd von Waldenfels gehen wohl oder übel gemeinsam daran, den mysteriösen Fall aufzuklären. Dass der Kurfürst gerade in diesen Tagen die Erhebung einer neuen Biersteuer verkünden lässt, trägt keineswegs zur Erleichterung ihrer Arbeit bei … In der Altmark bricht ein Aufstand los.

Frank Goyke
Der Geselle des Knochenhauers
Ein Hansekrimi
Taschenbuch 52819
265 Seiten
ISBN 978-3-434-52819-7

Hildesheim im Jahre 1542
In der öffentlichen Badestube wird ein Einbecker Holzhändler erstochen. Am nächsten Abend wird der Hildesheimer Knochenhauer Klingenbiel auf offener Straße erdolcht. Wenig später zieht man die zwölfjährige Tochter des Knochenhauers tot aus dem Fischteich. Von der Mordwelle gegen die Klingenbiels bleiben nur die junge Witwe Marie und der Geselle des Knochenhauers verschont. Weihbischof Balthazar Fannemann lässt von den Kanzeln herab die Protestanten als die Schuldigen an den Mordfällen anprangern. Consul Tile Brandis, Ratsherr der Stadt, will verhindern, dass im katholischen Hildesheim die Reformation ausbricht. Er heuert einen wandernden Zimmergesellen an, der den alten Dominikanerpater Eusebius und den Novizen Johannes überwachen soll, die wiederum der Weihbischof darauf angesetzt hat, nach dem wahren Täter zu forschen. Eine seltsame Jagd beginnt, die die Beteiligten von den Schankstuben zur Domburg und schließlich in die Folterkammer von Meister Hans führt.

Anno 1552 war die »Worth« das Gildehaus der Goslarer Wandschneider...

Erleben Sie unsere Gastfreundschaft! *Experience our hospitality!*

Stilvoll und komfortabel wohnen und speisen muss nicht teuer sein.
Beide Häuser am Marktplatz.

Hotel Kaiserworth**
D-38640 Goslar
Markt 3
+49 (0)5321 709-0
www.kaiserworth.de

Hotel Brusttuch**
D-38640 Goslar
Hoher Weg 1 2
+49 (0)5321 3460 0
www.brusttuch.de

BRUSTTUCH
DAS KLEINE GRANDHOTEL
★ ★ ★

KAISERWORTH
HOTEL & RESTAURANT
BAR
★ ★ ★ ★

Hinter der historischen Fassade des Hotel Kaiserworth, die zudem meistfotografierten Motiven Goslars zählt, finden Sie den neuzeitlichen Komfort eines 4-Sterne-Hotels. Das einzigartige Flair und der unwiderstehliche Charme des Hauses faszinieren selbst anspruchsvollste Gäste. Die romantische Atmosphäre und das geschmackvolle Ambiente lassen Ihren Aufenthalt zu einem unvergesslichen Erlebnis werden. Alle 65 Zimmer sind individuell und sehr stilvoll eingerichtet. Einige haben Marktblick.

Seit Ende 2007 gehört auch das 3-Sterne-Hotel Brusttuch mit weiteren 13 Zimmern zu uns. Zwei Häuser – fast unendliche Möglichkeiten.

Ein gemütliches Restaurant mit hervorragender Küche und unser aufmerksamer, freundlicher Service sind weitere Highlights unseres Hauses. In der warmen Jahreszeit ist unsere Terrasse ein beliebter Logenplatz auf dem Marktplatz.

Für Hochzeiten und Geschäftstagungen, Seminare, Klassentreffen und Familienfeiern bieten wir sieben individuelle, klimatisierte Tagungsräume für 10 bis 120 Personen. Unsere Dukatenbar ist täglich ab 17 Uhr bis 6 Uhr morgens geöffnet.

Two hotels - nearly infinite possibilities. The Hotel Kaiserworth is 4-stars rated and first choice at place. It can be found directly at the romantic market place in the calm pedestrian zone. 65 classy arranged rooms await you here. The luxurient front of the over 500 years old building is one of the most photographed objects of Goslar. Another 13 beautiful rooms are offered in the hotel Brusttuch.

Tagungsraum im Kaiserworth
conference room in the Kaiserworth

Restaurant „Die Worth" im Kaiserworth
Restaurant „Die Worth" in the Kaiserworth

www.goslar.de